光文社文庫

文庫書下ろし

狩りの季節

異形コレクション LII

井上雅彦 監修

光 文 社

この作品は光文社文庫のために書下ろされました。

狩りの季節

CONTENTS

CONTENTS

LII FREAK OUT COLLECTION

編集序文

井上雅彦

闇を愛する皆様。

闇のなかでこそ、美しく燦《きら》めく物語を愛してやまぬ皆様。

五十二冊目の《異形コレクション》をお贈りいたします。


本書で、復刊四冊目……。

世界的に猛威を振るう災厄が浸蝕《しんしょく》を続けるなか、読み手と作り手の願いを繋ぎ、短篇小説に秘められた無限の可能性を追い求めて、《異形コレクション》を〈復活〉することができたのは、ちょうど一年前のこと。

瞬《また》く間の様にも思われますし、よく生き延びたとも思える十二ヶ月でもありました。

この一年間で世に問うてきた『ダーク・ロマンス』、『蠱惑《こわく》の本』、『秘密』の三冊は、自分にとってはこれまで以上に思い入れの深いものとなりましたし、なによりも、集めることのできた書き下ろし作品――《異形》初期から書き続けてくれた作家と《異形》を読んで育った世代の作家とが、腕に縒《よ》りをかけて創りあげた最新作――を「最初の読者」として味わい、自らも実作を創ることで、あらためて、気づかされたことがありました。

自分は、つくづくこの分野が好きだったのだな……という今さらながらの事実に。

――幻想と恐怖、怪奇と戦慄《せんりつ》、空想と驚異、人外の唯美……。

――言葉の力で、現実を「異化」していく短篇小説たち……。

勿論、その思いは、自分ばかりではない。多くの読者が、この分野に渇望を抱いていたことにも、出版後には、あらためて思い知らされたのでした。だからこそ……。

宵闇色《よいやみいろ》に染められた異形の小説たちを、これからも、貪欲《どんよく》なまでに追求していきたい。

そんな思いを込めて、また一冊。皆様に贈ることができました。

五十二冊目――復刊四冊目の《異形コレクション》。

『狩りの季節』――テーマは〈狩り〉なのです。

〈狩り〉に纏《まつ》わる物語。

今の季節に相応《ふさわ》しいかもしれません。実は、かなり以前から候補にしていたものです。

狩り。ハンティング。ハンター。狩人……。

これらの言葉は、まさに人類の遠い営みを彷彿《ほうふつ》させます。

狩猟民族として、マンモスを追っていた遠い昔。〈狩り〉が人類の生存に関わるものだった時代。〈狩り〉は、本能に基づくものです。われわれのＤＮＡに刻まれています。弱肉強食の時代。いや、その本能は、われわれが、まだ人類ではなかった時代から……。

ハンターとしての自己は、生き残るために「世界」と対峙《たいじ》する「個」です。

当然、さまざまな「物語」が生まれます。

たとえば――狩るものと、狩られるもの――。

このモチーフは、物語としては、スリラーやサスペンス、さらには、ホラー・フィクションに登場します。

〈追うもの／追われるもの〉をテーマにした優れたオリジナル・アンソロジーがありました。エド・ゴーマン編『罠』（扶桑社ミステリー）は、一九九二年に日本でも翻訳されました。標題作のＤ・Ｒ・クーンツやマキャモン、ジョー・Ｒ・ランズデールなどが参加し、モダンホラーも多く含まれています。

この種のスリラーには、人間が人間を狩る〈人間狩り〉というモチーフが登場することもありますが、おそらく、それを有名にしたのが、映画『ダーティハンター』（一九七四）――これは、三人のベトナム帰還兵が、孤島を舞台に、野生動物のハンティングであるかのように人間狩りゲームをはじめるという、初見の時は本当にショッキングな作品でした。

しかし、〈狩るもの／狩られるもの〉には、逆転も起こります。『罠』収録のいくつかの作品や、『ダーティハンター』にも描かれるその〈黄金プロット〉を、最も魅惑的に描いて見せたのは、日本の創作童話作品です。

宮沢賢治《みやざわけんじ》「注文の多い料理店」――ここでは、イギリス兵のように鉄砲をかついで白熊のような猟犬を連れた二人の紳士が「鹿の黄いろな横っ腹なんぞに、二三発お見舞もうしたら、ずいぶん痛快だろうねえ。」などといいながら、山にやってきて、例の「西洋料理店」の罠に落ちるというわけです。

ブラック・ユーモアに満ちたこの物語をホラーと断定するには勇気がいるかもしれませんが、深山で不思議な体験をする猟師の物語は、〈山の怪談〉にも少なくありません。《狩り》のモチーフは、怪談とも相性が良いものです。

怪談、幽霊物語といえば、ここにも〈狩り〉が登場します。

〈幽霊《ゴースト》ハンティング〉――十九世紀の英国、ヴィクトリア調時代。当時の科学の勃興は、幽霊の正体にまで迫ろうという知識人のムーブメントにまで発展していきました。「心霊現象研究協会（SPR）」にも代表される心霊研究家の調査。幽霊の正体を明るみにしようという者は〈ゴースト・ハンター〉とも呼ばれるわけですが、こうした影響下で産まれた怪奇小説は、たとえば、古典中の古典、E・B・リットンの「幽霊屋敷」。あるいは、ヒッチコックも選んだH・R・ウェイクフィールドの「ゴースト・ハント」。

二十世紀では、リチャード・マシスンの『地獄の家』、映画化された『ヘルハウス』にも科学機材を使う心霊研究家が挑む姿が描かれていましたが、伝説の幽霊映画として名高い『シェラ・デ・コブレの幽霊』の主人公も心霊研究家として怪奇事件に挑む物語でした。

さて、この種の〈幽霊ハント〉について、四年前に〈ゴーストハンター〉特集を展開した「ナイトランド・クォータリー」誌（vol.10）上で、当時の編集長・牧原勝志《まきはらかつし》（現在は「幻想と怪奇」誌の編集長）が「huntには探求、捜索、追跡という意味も」あると述べておられたのは見事な卓識でした。世界に対峙する〈ハンター〉の意義が深まります。

その意味で、真理を求める科学者、真相を求める名探偵も〈ハンター〉なのです。SFやミステリもまた、〈ハンター〉の登場する〈狩り〉の物語になりうるわけです。

ミステリと怪奇幻想の融合としては、幽霊ハンターを探偵役として連作短篇シリーズを展開したのがウイリアム・ホープ・ホジスンの『幽霊狩人カーナッキ』。まさにシャーロック・ホームズのライヴァル、ある時は本物の心霊現象を、ある時は人間の犯人も暴き出すトマス・カーナッキは、キャラクター小説としての幻想怪奇を先んじたようにも思います。

現在のキャラクター小説でも〈ハンター〉は重要な位置を占めています。現代の〈幽霊ハンター〉は調査研究者のみならず、霊能者、祓《はら》い師《し》、退魔師など、直接的に対決し、文字通りの幽霊退治を行う者が主流になっているようです。いや、《狩り》の対象は幽霊だけとは限りません。諸星大二郎《もろぼしだいじろう》の『妖怪ハンター』の考古学者・稗田礼二郎《ひえだれいじろう》は、日本各地の不思議な風習を研究し、怖ろしい「妖怪」に遭遇します。彼の場合は研究と調査ですが、《異形コレクション》でもお馴染《なじ》みの朝松健《あさまつけん》の一休宗純《いっきゅうそうじゅん》は、妖《あやかし》を鎮《しず》め、魔を倒し、浄化する。夢枕獏《ゆめまくらばく》の『闇狩り師』は、主人公・九十九乱蔵《つくもらんぞう》が鍛え抜いた身体の〈気〉を操って、妖怪――どこか生物学的なロジックを持った異形――をフィジカルに退治する。

狩られる「妖怪」として、最も有名なのは吸血鬼でしょう。ブラム・ストーカー『吸血鬼ドラキュラ』のヴァン・ヘルシング教授を嚆矢《こうし》とし、菊地秀行《きくちひでゆき》《吸血鬼《ヴァンパイア》ハンターD》の、未来に蔓延《まんえん》した貴族（吸血鬼）を狩るダンピール（吸血鬼と人間のミックス）のヒーロー「D」に至るまで、《吸血鬼ハンター》もまた独自の発展を遂げています。

幽霊、妖怪、そして巨大怪獣（ゲームの「モンスターハンター」）と、《狩る》行為、ハンターとなる自己の物語は、この生き残るのに厳しい時代には必要とされるのでしょう。

一方、〈魔女狩り〉という名の〈人間狩り〉の愚かさや教訓も、〈ミュータント狩り〉〈超能力者狩り〉ともいえるSF（A・E・ヴァン・ヴォークト『スラン』や筒井康隆《つついやすたか》「七瀬ふたたび」など）に描かれる《狩られる側の物語》も、この時代を生きる私たちには必要なものだと思われます。《狩り》を巡る物語は、実に多様性に満ちています。

今回も、多種多様。秘境とも言える物語の領域から集めた異形たちが、読者《ハンター》の追跡を待っています。探求《ハント》してください。物語の森の奥へ。皆様じしんの心の奥へ。

それでは、狩猟解禁です。

柴田勝家

天使を撃つのは

●『天使を撃つのは』柴田勝家《しばたかついえ》

アンソロジストとは、トレジャー・ハンターなのだと私は思う。傑作選を編集するアンソロジストは、まさに埋もれた財宝を発掘する。そして、書き下ろしアンソロジーを作ろうという私のような者は、生きた財宝を見つけ出すためにあらゆる秘境を探索する。こうして出会った才能が《異形コレクション》の歴史を作ってきた。本作の作者・柴田勝家と出会えたことも、まさにトレジャー・ハンターとしての僥倖《ぎょうこう》だった。生息していたのは怪奇幻想ならぬSFの秘境。第2回ハヤカワSFコンテストで大賞を受賞しデビュー。第一短篇集『アメリカン・ブッダ』（ハヤカワ文庫JA）収録の表題作が、2021年第52回星雲賞・日本短編部門（小説）を獲得するほどの期待の新世代SF作家・柴田勝家だが、描き出す世界は、まさに宵闇色《よいやみいろ》を求める読者を魅了する。初登場を果たした《異形コレクション》『蠱惑《こわく》の本』（第50巻）参加作の「書骸《しょがい》」――本の剥製《はくせい》を作る男を描いた作品――は、間違いなく日本の幻想小説シーンを一段高みに引きあげる傑作といっても過言ではない。自家薬籠中《じかやくろうちゅう》の民俗学的モチーフを不思議な世界に落とし込む柴田勝家が、今回《狩り》の舞台に選んだのは、中世ヨーロッパ。世にも希《まれ》なる獲物の狩りを、心して見まもっていただきたい。

1

野生の〝天使〟を見たことがあるかい？

そうだよ、あの美しい〝天使〟サマさ。真っ白な羽根を広げて、ラッパを鳴らして空から降りてくる。艶《つや》やかで柔らかな毛は風を孕《はら》んでいて、眩《まばゆ》い光輪《オレオール》は四肢に陰影を作るんだ。アレは人間の似姿なんかじゃなくて、人間がアレの出来損ないだ、って。そう思ってしまうような。

それが〝天使〟さ。

いや、大仰に言って悪かった。アンタの顔を見て安心したよ。それほど〝天使〟に思い入れがなさそうで、これは結構だ。なんてったって普通の人間が目にする〝天使〟ってのは、土産物屋に並んでる羽細工か、馬車に轢《ひ》かれてグズグズになった死骸だけだろう。

イヤな顔をするね。でもアンタがオレの仕事を聞いてきたんだぜ。何をしてらっしゃる人ですか、って。まさか神父だなんて思ってくれるなよ。

正直に答えるよ。オレは〝天使〟を撃ち殺しては金に変えてる不信心な男だ。腕はいいぜ、羽根に穴の一つだって開けない。調子がいい時なんか〝天使〟があくびをした瞬間に、口の中に一発だけ撃ち込める。すると銃弾は頭ン中をメチャクチャにするが、外側には傷がつかないんだ。天使を撃つには、それが一番良い。

おっと、逃げようなんて思わないでくれよ。オレは変なことは言ってない。それに同じ馬車に乗り合った仲じゃないか。目的地は一緒だろう？　アルデネッキの街だ。修道院があったはずだ。

ところで一応聞いておくが、アンタは〝天使〟を信仰する人かい？　それなら、ここから先の話はしないでおくよ、オレは自分の仕事を辞められないが、それでも〝天使〟に救われたっていう人間には敬意を払う。イヤなことはしないし、話さない。

話しても良い、っていうならオレが何のために〝天使〟を撃つのか聞いてくれるか。暇つぶしにはなると思うぜ。

よし、ならまず聞いてくれ。この世界に〝天使〟がどれだけいるか知ってるか？

聖書だとこう言ってるぜ、万の幾万倍、千の幾千倍、ってな。それから偉い神学者なんかは、針の上で何人の〝天使〟が踊れるか、って考えたらしい。その答えは数え切れない、だ。そりゃ〝天使〟っていうのは見えない存在だからな、小さな針の先に何匹だって留まることはできる。

オレが何を言いたいのか、わかってくれるかい？

つまり〝天使〟っていうのは、その辺の野山にいる獣よりずっと数が多いってことだ。小さな兎や小鳥を殺して、何日分の食料になるよ。痩《や》せっぽちの獣を狩って何人分の服になる？　狩猟官の目を誤魔化して鹿でも狩るか？

その点、〝天使〟サマは便利だ。

綺麗な羽根は高価なアクセサリーになるし、髪の毛も編めば光沢のある糸になる。それに肉だってたっぷり取れる。人間と似てるからだろうな、医者がまるごと買い取ってくれることもある。

ちなみに〝天使〟のラッパは見たことあるかい？　あれはラッパって言われているが、体にくっついてる器官みたいなものだ。牛や鹿の角と同じさ。たまに薬として売ってるだろ？でも気をつけな、大抵は普通の獣のものを使った偽物だぜ。

とにかくよ、そんな獲物が無数にいるんだ。管理された森に入り込んで罰金を支払うこともない。他の獣を一匹狩るよりも、流れる血はよっぽど少ないし、幸せになる人間は多くなる。他の狩人よりも〝天使〟撃ちの方が慈悲深いぜ。

いや、最後のは聞き流してくれ。自分を正当化したいだけなんだ。さすがに人間と似た相手を殺し続けるってのは、そうでも思わないとやってられないのさ。

ただ、人間は結局、いつかは〝天使〟を狩ることになってただろう。オレは自分の銃を見るたびにそう思う。

狩ることさえできたなら、昔から〝天使〟は人間の獲物だっただろうし、聖書に登場することだってなかっただろう。ヤツらは弓矢の届かない空を飛ぶし、地上に降りてきても人間の目には見えない。だから人間にとっては神秘だった。

それが、ほんの百年くらい前だぜ。銃が発明されてよ、頭の良いヤツが〝天使〟の狩り方を見つけた。それだけで、あっという間に〝天使〟は人間の獲物になった。ヤツらを照らす光の輪を剝ぎ取ったのさ。

アンタは〝天使〟の狩り方を知ってるかい？

知らないだろうな。狩人以外には意味のない知識だ。でも、せっかくだから教えておくよ。

いいかい、ヤツらは必要があれば地上に降りてくる。そこを狙って撃つだけだ。おっと、想像したな。だがそれはきっと間違いだ。ヤツらは喉が渇いたからって森の泉に来るわけじゃない。

ヤツらは人間の声に反応するんだ。声じゃなくても良いが、なんていうのか、願いみたいなものを嗅《か》ぎつけるのさ。助けてくれ、救ってくれ。そんな悲嘆の入り混じった声を聞きつけてやってくる。血の臭いに寄ってくる獣みたいにな。

それは〝天使〟の習性なんだろうな、救いを求める人間には奇跡を施《ほどこ》してやろうとする。それとも人間の哀れな叫びこそがヤツらの餌なのか。とにかく、いつもは遥か空の彼方《かなた》にいるヤツらが、そんな瞬間だけ地上に降りてくる。

そこを狙って、ズドン、だ。

ここで大事なのは銃の腕じゃない。こちらの意図に気づかれずに、どれだけ有利な場所に〝天使〟を呼べるかだ。救いを求める声は真剣なものじゃないといけない。

だから、オレは猟犬を使うんだ。

ああ、まだ説明してなかったな。コイツは大人しいからな、麻袋をかぶせておくと身動きひとつしないんだ。人形だと思ったって？　それは何よりだ。服だけは上等なものにしてるんだ。どうやら〝天使〟は見すぼらしい格好より、こういう高貴な格好の方を好むらしい。

それから、やっぱり子供が良いんだ。

イヤな話だよな。貧しい大人の救いを求める声ってのは〝天使〟には届きにくくてな、いくらか裕福な子供が酷《ひど》い目に遭ってる方が〝天使〟の気を引けるんだよ。

さて、ここらで挨拶しなくちゃな。安心してくれよ、麻袋を取っても噛み付いたりしない。少しだけ不幸な子供ってだけだ。

おいおい、だから逃げようとしないでくれ。

別に酷いことはしちゃいない。目と口は縫い合わされてるが、それ以外は健康そのものだ。きちんと声は聞こえて理解もしてる。

おい、待て！　余計なことはするな。そうだ、そう、手を引っ込めな。オレは馬車の中でも猟銃を扱えるぜ。

聞いてくれ、オレとコイツは長いこと上手くやってる。アンタが思うような酷いことはしてない。こうなってるのは、コイツが余計なものを見ないよう、話さないようにしているだけだ。

確かに、こうしているだけで〝天使〟は勝手に寄ってくる。アンタが今さっき手を出そうとしたように、それと同じさ、人間にもある習性だ。

気をつけな。人間はいつでも〝天使〟になれるんだ。

2

これ以上、変な誤解をされないように身の上話でもするか。

まずコイツの名前はヨルクだ。でも名前を呼んでくれるな。コイツは自分の名前が嫌いらしい。

生まれたのはジャルルヴィルの近く、サントマ村だ。修道院が一つだけある小さな村さ。行ったことはないだろうな、外から人が来るような場所じゃない。どいつもこいつも、農地に張り付いてさ、先祖からずっと同じことを続けてるだけの村だ。でも、暮らす分には十分で、それほど貧しいわけでもない。

それからコイツの母親の名前はクレマンス、父親の方はわからない。おっと、もしかしてオレが父親だと思ったか？　なら違うな。オレは母親のクレマンスとは知り合いだが、コイツの父親とは会ったことはない。名前がアルマン風なのは父親がつけたんだろうな。だから嫌いなんだろう。

それで、どこから話せばいいかな。

まずオレのところにクレマンスから手紙が届いたんだ。今から四年くらい前さ。

オレたちは同じ村の出身でな、彼女との詳しい間柄は後で話すことにするが、とにかくオレは手紙を受け取って喜んだ。尊敬できる友人だからだ。なにより彼女は頭が良い。手紙だってそうさ、オレは文字は読めるが書けないからな。

それで、クレマンスは手紙の中で結婚したことと、今は息子と一緒に修道院で暮らしていることを伝えてきた。暮らし向きは上等とは言えないが、それなりに満足しているという。

どうだい、普通の話に思うだろう？　でもな、クレマンスの手紙には書かれてなかったこともある。それは、彼女が〝天使〟に取り憑《つ》かれていたってことさ。

手紙の中で、クレマンスは息子との生活がいかに幸福かを語っていた。だが嘘だ。彼女が幸福を感じていたのは、息子が〝天使〟に愛されていたからだ。

あれは二年前の夏だ。オレは行商人についていって、羽毛を売るために都市を渡り歩いてた。その頃はまだ〝天使〟撃ちじゃなく、普通に鳥を撃ってたよ。

それで、シャルルヴィルに寄った時にクレマンスのことを思い出した。サントマまで足を運んで、なんなら結婚祝いの一つでも渡してやろうと思った。綺麗なアオサギの羽根があったんだ。売れ残りだったけど、それは高価すぎたからだ。贈り物には相応《ふさわ》しいだろう。

そこで出会ったのが、コイツさ。

母親に連れられて、寂《さび》れた修道院の庭で果樹の手入れをしていた。ハシバミ色の瞳に、野イチゴみたいな唇をすぼめてよ、頬のにこ毛の一本だって見逃さなかった。コイツはほっそりとした指を無遠慮に伸ばしてさ、枝の棘《とげ》に傷つけられていやがった。真っ赤な血が大地に滴る。そこに虫が群がって、太陽は残酷なくらい眩《まぶ》しかった。

何が言いたいかって、コイツが間違いなくクレマンスの子供だってわかったってことだ。ただ最初はな、かたわらにいた母親の方を、オレはクレマンスだと気づけなかった。オレの思い出の中にいる彼女は美しい少女だったが、その母親はめっきり老けてて、首元のしわばかり目立ってた。

ああ、名乗らないでくれとまで思ったね。

でも残念、エティエンヌ、久しぶりね、って。まるで死にかけのイタチみたいな女が、オレの大切なクレマンスだと名乗って話しかけてきた。

でも、それはいい。別にいいんだ。手紙には書いてなかったが、父親の話がなかった時に覚悟はしていた。だからオレは何も聞かない。彼女に何があって、どうして今ここにいるのか、それを聞かない。大事なのは彼女が子供と二人、幸せに暮らしていることだ。

自分にそう言い聞かせて、オレは手元の飾り羽を贈ることにした。ほら、綺麗だろ、ってな。

だが、その羽根を見た瞬間にクレマンスは金切り声をあげた。それこそ、我が子が目の前で車輪に巻き込まれたのを目撃した時のような……。

悲痛な叫び声の中でさ、彼女はオレにこう言う。信じられない、なんてことを、アナタは〝天使〟を撃ち殺した、って。ただの鳥だって、何度も言って聞かせたさ。でも、彼女は髪を振り乱して、目を見開いて、声を枯らして助けを呼ぶばかりさ。助けて、助けて、神様、お許しください。

やがて建物の方から修道女たちがやってきた。若いヤツは一人もいなかったが、それが良かった。全員が全員、クレマンスの親戚のおばちゃんみたいに寄り添ってさ、背をさすってやって、なだめながら修道院の方へ連れて行った。

扉が閉まる最後の時、一番の年長者らしい修道女がオレの方を見て申し訳無さそうに顔を伏せるんだ。口の中が乾いて苦かったのを覚えてる。きっと、オレは彼女の扱い方を間違えた。何も知らなかったがよ、でも、傷つけてしまった。

クレマンスにとって〝天使〟はそれだけ大事だったんだ。

そこで振り返れば彼女の息子が、コイツが一人で樹の前に立ってたぜ。母親から引き離されて、ただ佇《たたず》んでた。指の傷はそのまま、血が垂れていく。オレはどうすることもできず、その場を逃げるように立ち去ったよ。

でもサントマの村からは出なかった。クレマンスの悲痛な声が耳から離れなかったからだ。宿はなかったから、オレと同じ猟師の家を探して無理を言って泊めてもらったんだ。

それから三日経って、ようやくクレマンスと会えることになった。修道院の婆さんが、ずっと付きっきりで彼女の世話をしていた。その間に何度も言い聞かせてくれたんだと。つまり〝天使〟を狩ることなんてできない、神聖なものを撃つことなどできない、ってな。今となっちゃ冗談に思えるが、その村には〝天使〟撃ちがいなかったからクレマンスも信じたらしい。

彼女と話す場所は前と同じ、修道院の庭だった。よお、悪かったな、怖がらせた、って、それが最初の挨拶さ。十年ぶりの再会、そのやり直しだ。オレは精一杯、彼女のことを気遣った。

そうしたら、クレマンスの方も小さく微笑《ほほえ》んでくれた。剝き出しになった歯が数本なくて、それこそ森の獣みたいだった。でも、なんとなく許された気になれた。

クレマンスは、隣に立つ息子を撫でながら色んなことを話してくれたんだ。オレが故郷を出たあと、一度はパリに出たとも言ってた。そこで知り合った相手、ああ、夫とは言わなかったぜ、その相手とシャルルヴィルに引っ越してきたらしい。

そこまで話しててよ、クレマンスの表情が明らかに変わったんだ。彼女の瞳が、どこか遠くの空を見つめて動かなくなった。薄ら笑いは消えないで、灰色の舌が犬みたいに伸びていくんだ。

するのは何を思ったのか、クレマンスはそれまで撫でてた我が子の……、コイツの耳を引っ張りやがった。小さな子供の耳だぜ、ちぎれても構わないような力でよ。片手で持ち上がるくらいで、コイツは足を突っ張って耐えてた。でも限界が来たのか、それはもう悲惨な泣き声をあげるんだ。

オレは何が起こっているのかわからなかった。ただクレマンスは子供に目もくれずに、これで〝天使〟が来てくれた、って、そう言ったんだ。

さっき教えたよな。〝天使〟は救いを求める声に反応してやってくるって。クレマンスはそれと同じことをしたんだ。それも子供を使ってさ、どんな〝天使〟撃ちよりも頭の良い方法だ。

彼女が何を呼ぼうとしているか、そこでオレもようやく気づいて、手を伸ばしたんだ。さっきのアンタとまるきり同じさ。だから、その後の反応も同じだ。

この子に触れないで。さらにクレマンスは泣き叫ぶ我が子に向けて問いかける。さぁ、教えて。〝天使〟はどこにいるの？　するとコイツはそれに従って修道院の屋根を指差すんだ。

驚いた。コイツは〝天使〟を呼ぶだけじゃなく、その姿を見ることもできるんだ、って。

オレはクレマンスの暴挙を止めることもせず、素直に感心しちまったんだ。〝天使〟撃ちを生業《なりわい》にしてる猟師のことは知ってたが、その頃のオレは狩り方までは知らなかったからな。

でもそこまでだ。オレにはまだ〝天使〟じみた習性が残ってたんだろうな。クレマンスを突き飛ばして、コイツを抱き寄せてた。助けたのさ、簡単に言えばな。

その後はもう、彼女の目を見ることもできなかった。修道院の婆さんを呼んで、コイツを大事にしてくれって、それだけ頼んだ。お礼はアオサギの綺麗な羽根だ。クレマンスに渡すはずの……。

そしてオレは村を出ることにした。もう彼女と会うこともない。そう思った。

クレマンスみたいな人間がいるってのは知ってるぜ。辛い目に遭ってよ、それがたまたま〝天使〟に救われて……。悪いことじゃないが、結局のところ〝天使〟はただの獣だ。人間が勝手に救われただけで、向こうは慈悲なんて持ち合わせちゃいない。

3

さて、コイツがどんな状況にいたのか、なんとなく知ってもらえたと思うが、じゃあなんでオレが一緒にいるのか。

あの不幸な別れから季節が巡って、次の手紙が届いたのは冬だった。ただし差出人はクレマンスじゃなくて、修道院の婆さんからだった。

うんざりするほど丁寧な挨拶から始まって、オレのことをクレマンスに聞いたこと、この手紙がどこで受け取ってもらえるかわからないこと、なんて無駄なことを書いてやがった。オレは頭が良いわけじゃないから、その婆さんが何を伝えたいのか、どうにもわからなかった。四回くらい読み返して、ようやくオレに助けを求めているんだって気づいたよ。どうやらクレマンスは、自分の息子を酷い目に遭わせているらしい。だが、それを村の人間に話すと醜聞《しゅうぶん》になる。助けたいが頼れる人間がいない、アナタは外の人間だし、クレマンスの知人だろう、だからお願い、って調子だ。

変な納得があったよ。あの時、クレマンスは〝天使〟を呼ぶためにコイツに何をしたか。それを思い出してさ、指の先が震えた。怒りが湧いた。

どうやらオレにも人間らしい、いや〝天使〟じみた心があったみたいでな、すぐさま馬車を乗り継いでシャルルヴィルまで駆けつけた。そこからは徒歩だ。雨の夜でよ、体が冷えるのもお構いなしに、盗賊が出るのも恐れずにだ。

修道院の門扉《もんぴ》を叩くと若いシスターが出てきた。最初は幽霊を見たように怯えていたが、オレの名前を聞いたら、すぐに手紙を寄越《よこ》した婆さんに取り次いでくれた。

部屋に通されて、まず暖炉で体を温めてさ、親切なことに着替えも用意してくれた。しかも壁にはオレがあげた羽根が飾られてた。婆さんは間違いなく天国へ行ける、それくらいの善人だ。そんな相手が、顔をしかめてさ、クレマンスのことを言いづらそうにしている。よほどのことなんだろう。

事実、クレマンスが暮らす質素な小屋に入った時、オレはまったく言葉を失っちまった。薄暗い石積みの壁に影がある。細い蠟燭《ろうそく》の明かりに照らされて、ゆったりとしたローブをまとったクレマンスが針仕事をしていた。ブロンドの髪は真っ直ぐで、いくらか痩せちゃいたが魅力的だ。首をかしげながら、薄目で手元を見ている。繊細なレースが出来上がっていく横で、一人の子供が大人しく母親を見ている。

宗教画みたいだよな。オレも最初はそう思った。

でもな、違うんだ。とにかく違う。

蠟燭の炎が揺らめいて、子供の顔が見えた。横顔だ。最初は眠いんだろうって思った。だから目を瞑《つむ》ってるんだ、って。そりゃ普通は考えないだろうさ、瞼《まぶた》を蠟《ろう》で潰してから糸で縫い付けてるなんてな。口もそうだ。同じように糸で綴《と》じられている。母親の手元にあるレースは綺麗なのに、我が子の唇を縫うのはぞんざいな仕事ぶりだった。もっとズタズタで、ちぐはぐな……。

あの婆さんが言ってた意味がよく理解できた。

これは外には出せない。ましてや大声をあげて、あの子供を取り上げようとでもしてみな。クレマンスがどうなるか想像もつかない。

だからオレは優しく声をかけた。少しは震えてたかもな。

やぁ、クレマンス、久しぶりだな。元気かい、って。すると彼女は視線を動かすこともなく、あら、エティエンヌ、お久しぶり。彼女は全く平然とそう言ったよ。忙しいのかと思ってた、前も早々に帰ってしまったでしょう、ってな。

オレの声が聞こえたのか、息子がぴくりと動いた。良かった、耳までは潰されてないんだ、ってイヤな安心があったよ。

だがクレマンスはオレの方を見ない。息子の方もだ。ねぇ、見て。こんなに近くに〝天使〟が来てくれた、って窓の方を向くんだ。その時、コイツは既に救いの声を上げていたんだろうな。声にならない声でよ。

その日、オレは初めて野生の〝天使〟を見た。

クレマンスと寄り添うように、そいつはいた。のっぺりした窓ガラス越しだが、その表情だって蠟燭に照らし出されてた。雨の夜なのに、そいつの周囲には薄ぼんやりした光のベールがあって、金色の巻毛が濡れることもなかった。顔は、そうだな、男性とも女性とも言えないが、とにかく美しい。宗教画にあるような姿のままだよ。

ただ不気味なもんだ。まるでステンドグラスを貼り付けたようで、光彩を放っているのに冷たい微笑みがある。クレマンスはそれをうっとりと見つめてやがる。

中には入れないのか、って尋ねた。するとクレマンスは残念そうに、今は貴方《あなた》がいるから来てくれない、だとよ。今にして思うと滑稽《こっけい》なやり取りだよな。すぐ近くに悲惨な目に遭ってる子供がいるのに、オレも彼女も〝天使〟のことで頭が一杯になってた。

クレマンスは言ったよ。この〝天使〟は息子が呼んでくれたのよ。この子は〝天使〟に愛されてる。この子が助けを求めれば必ず来てくれるし、この子は〝天使〟のいる場所を見つけられる、って。

その時、オレは二つのことを考えていた。一つは常識的な方で、これはすぐに言葉にできた。なぁ、クレマンス、この子は目も見えないし、喋れないと思うが、だからこそ〝天使〟は来てくれるのかい、ってな。

答えはこうだ。ええ、その通りよ、エティエンヌ。その方が良いの。この世は汚いものに溢れているから、余計なものを見ない方が輝きは見えるし、無駄に喋らない方が純粋な救いの声が出せる。オレは続けて聞いたさ。じゃあ、この子は病気とかではないんだな。今の状況は、君の素晴らしい考えによって生み出されたんだな、って。

そして彼女は同じ答えを繰り返す。ええ、その通り。

さて、ここで〝天使〟のような心を持ったオレはコイツを助けることに決めた。一方で、さっきも言ったように、オレはそれとは別のことを考えていた。

つまり、コイツは〝天使〟を狩るのに便利すぎる、ってな。

悪どいよな。オレもそう思う。ただ聞いてくれ、これはオレなりの狩人の極意なんだ。獲物を殺すとき、オレは銃の一部になる。人間じゃなくて、道具になりきるんだよ。

そんな道具としての自分が囁いてきたんだ。コイツを使えば、オレはもっと便利に殺せるぞ。それも獲物は〝天使〞だ。さぁ、喜べ！

オレは既に決めてたぜ。あの〝天使〞を撃ち殺して、クレマンスを解放してやろうって。きっと彼女は取り乱すだろうが、いつかは落ち着くはずだ。ただ、それまで子供とは離れて暮らすことになるだろう。そうなったら、オレが面倒を見るって申し出るんだ。善人の婆さんはオレを疑うこともない。その間、オレは〝天使〞を呼べるコイツを使って狩りをするとも知らずにな。

とにかく、これが最初の〝天使〞撃ちになる。そう思って銃を背中から降ろした。彼女に背を向けて、丁寧に袋の紐を解いていく。まるで贈り物でもするみたいにな。

どうしたの、エティエンヌ？　そう彼女が呟く。悪い、外は雨だったからな、火薬が濡れてないか確かめたいんだ。オレは答える。薬莢《カルトゥーシュ》を破いて火薬を注ぐ。部屋の中で悪いな、臭うだろう。弾は一発、銃口から砲身の奥に落とす。大丈夫よ、気にしないわ。棒《バゲット》で弾を押し込んで準備ができた。

ゆっくりと振り返った。彼女に気取られないか不安だったが、ありえないことだった。クレマンスは陶酔したように〝天使〞を見ているだけさ。あとは引き金を引く。それで終わり。

だがな、あの〝天使〞を撃つっていう、その覚悟を決めてたのはオレだけじゃなかったらしい。

ばぁん。

雷が落ちたのさ。全く同じタイミングでな。そして窓には血が飛び散った。オレの銃はマスケットだが、狙いは正確だ。寸分違わずに〝天使〟の眉間《みけん》が撃ち抜かれた。

ただし撃ったのはオレじゃない。

コイツだ。この目も見えず、口も聞けない子供が、まるで山猫みたいな動きでオレから銃を奪った。何か言うより先に雷が落ちて、その瞬間に全てが終わった。

窓ガラスが無様に割れてた。クレマンスも〝天使〟の絶叫を聞いて全てを悟った。たった一言、なんで、って呟いてから床に倒れた。気を失ったのさ。

どうして息子が〝天使〟を撃ったのか、クレマンスはそれをわかっちゃいなかった。自分は〝天使〟に愛されている、だから息子もそれを喜んでいる。そう思ってたんだろうな。

だが、きっとコイツは母親を〝天使〟から救いたかったのさ。何も言っちゃくれないがな。いずれにしても、コイツは幸運か、それとも運命か、たった一発の弾丸で〝天使〟を仕留めた。すっかり舌を巻いちまったが、後始末はしなくちゃいけない。

オレはすぐに銃をコイツから取り上げて、ただ一言、大したもんだ、しっかり〝天使〟を撃ったな、って褒《ほ》めてやった。それから、割れたガラスを踏まないよう、動かずにいるよう伝えて、今から獲物を持ってきてやるって言ったんだ。

そこからは少し大変だったぜ。オレは小屋から出て、外に転がっている〝天使〟の死体を運び込んだ。冷たくなってはいるが、例の光のベールのせいか体は濡れちゃいない。ただ金色の巻毛は血でべっとり固まってやがる。綺麗だった顔も歪《ゆが》んでるんだ。ただ羽根だけは美しいままだった。

次にオレは何をしたと思う？　大人しく部屋で待ってたコイツに、自分が狩った獲物を触らせた。それが礼儀だからだ。銃は死の実感もなく命を奪える道具だ。だからこそ、しっかりと殺したことを確かめさせる。

コイツは最初こそ怯えていたが、その手が羽根に振れた時に笑った気がした。見事に〝天使〟を狩ったんだ。そうだろう？　ああ、見てくれ、今だって頷いてくれた。

さて、そこから先は簡単だ。オレはコイツの手を引いて、一緒に旅に出ることを選んだ。修道院の婆さんには事の次第を伝えてある。婆さんだって〝天使〟に取り憑かれたクレマンスを救いたかったんだろうが、修道女という立場がそれを許さなかった。決して喜んじゃくれないだろうが、オレみたいな不信心な男が勝手にやったことなら目を瞑ってくれる。

それからクレマンスのことは、今でも婆さんが手紙で伝えてくれる。かなり憔悴《しょうすい》してるみたいだが、少しずつ正気を取り戻しているそうだ。もう一年もしたら、コイツを母親に会わせてやってもいいかもな。

さて、これで理解してくれたか？

オレは善人じゃないし、今でもコイツを利用して〝天使〟を狩ってるような人間だ。きっと地獄に行くだろう。でもな、オレはクレマンスを愛していたし、その子供を救いたかった。

それだけが、オレの本心だ。

4

森を抜けたな。馬車の揺れも気にならなくなってきた。街までもうすぐだ。オレはそこで新たに〝天使〟を狩るだろうさ。

ところでアンタは〝天使〟に救われたことはないんだったか？　なら今後もないことを祈るよ。馬鹿にしちゃいない。本当に、ろくでもないことだからだ。

ヤツらは勝手に人間を救ってくる。善意なんてものはない。自分が気持ちよくなりたいから、弱ってる相手に付け入るんだ。ただの習性なんだよ。この習性を〝愛〟って名付けた誰かをオレは殴ってやりたいね。

そうだな、愛している。愛していたんだろう。

さっき、オレとクレマンスは同郷だって言ったよな。小さな村さ。年の近い子供はオレたちだけで、幼馴染《おさななじみ》だった。村に残っているかぎりは夫婦になるのが当然だった。

ストゥルヴ村って知ってるか？　いや、知らないよな。オレたちの故郷だが、もう存在しない。村人は飢饉《ききん》で大半が死んで、生き残ったヤツも村を出た。今じゃ崩れた家と伸び放題の雑草だらけさ。オレも見たわけじゃないがな。

とにかく、オレとクレマンスはそんな小さな村で生まれた。アイツの父親は大工で、かたやオレの父親は猟師だった。この二人だって仲は良かったんだぜ。ただ、残念ながら二人とも同じ時期に死んじまった。その話もあとで出てくるよ。

それでオレたちが子供の頃、村が凶作に襲われた。別に特別なことじゃないよな。あの頃はどこでもそうだった。小麦が取れず、地主サマは少ない収穫物を奪っていくか、借金を背負わせるだけだ。オレはそんなものだと思っていたが、大人たちは苦しい苦しいって毎日訴えていたのを覚えている。

子供だったオレは父親に弓矢を教えてもらって、兎や小鳥を獲ってた。遊びじゃない。肉は食料にしたし、毛皮や羽根は商人に買い取ってもらってた。それ以外にも、村のために農作業も手伝っていた。それが当然だったからだ。

ただ、クレマンスはそういったことをしなかった。可愛がられていたのか、って？　いいや、普通の農村の娘だ。ただ彼女は生まれつき、左腕が上手く動かなかった。農作業をするにも不便で、かといって家の仕事を任せられもしない。

だからなのかな、アイツは貴族みたいに振る舞うのが得意になっていった。一緒に遊ぶときは、いつだってオレが使用人だった。いや、別に本心で偉ぶってたわけじゃないんだ。クレマンスは自分が貴族だって思い込むことで、何もできない自分を守ってたんだ。貴族なら働かなくても仕方ない。貴族なら、悪くても、嫌われても、仕方ないってな。

本当のクレマンスは美しい心を持った少女なんだ。オレだけがそれを知っている。

ある日、森の小川のそばで泣いている彼女を見かけた。服を濡らしててさ、そばには壊れた桶があるんだ。どうやら彼女は、一人で森の奥まで入って、水汲みを手伝おうとしていたらしい。でも失敗した。それが悔しくて泣いているんだろう、って、オレは見て見ぬ振りをして茂みから立ち去ったよ。

でも残念ながら、そんな子供の純真さを大人は見抜けないんだ。考えてやるほどの余裕もなかった。次第にクレマンスは村の厄介者になっていった。とはいえ子供だから、いつかは村に役立ってくれると淡く期待されてたんだろう。オレも両親に彼女を嫌わないでくれって何度も訴えたしな。

結局、そんな日は来なかったけどよ。

いよいよ農作物が全く取れない年が来たのさ。しかも間の悪いことに、都市で流行《はや》ってた疫病も村に入り込んだ。誰も彼も仕事もできず、飢えて、あるいは熱病で死んでいく。

こうして村中を恐怖が覆った。不安が不安を呼ぶんだ。遠くから山賊が来るって噂が広まって、動ける大人は自警団を作って村を守った。夜通し火を焚いて、眠ることもせずにさ。

体力の尽きた大人から脱落していくんだ。

そんな中で、クレマンスが呆《ほう》けた表情で森から帰ってきた。まだ元気な大人たちの前で彼女はこう言ったんだ。

すぐそこで〝天使〟を見たよ、もうすぐ救われるよ、ってな。

その後の大人たちは酷いもんだ。クレマンスの言う〝天使〟の到来を信じて、ひたすらに祈り始めた。本当なら村人総出で地主サマたる修道院を襲うつもりだったらしい。だが、それも取りやめになった。なんてったって〝天使〟を呼ぶのに不信心なことはできないからな。

さぁ、この先のことは想像するだけでわかるだろう？

まだ助かる目のあった大人たちは、無駄に日々を費やして衰えていく。病に倒れて、飢餓の中で死んでいく。日が沈むごとに村人の誰かが減る。

さらに大人たちの中でも〝天使〟を見る者が増えていった。間違いなく〝天使〟は村に近づいている。もうすぐ、もうすぐだ。明日には〝天使〟は村を訪れて、皆を救ってくれるはず。

それで〝天使〟は来たのか？　ああ、確かに来てくれた。

ただし、その〝天使〟はクレマンスの左腕を治して去っていったよ。

村の大人たちは、自分たちが救われると信じて、遠く空をくるくると飛ぶ〝天使〟を見上げ続けた。オレと彼女もその場にいた。やがて救いは与えられて、それまで動かなかったクレマンスの左腕が動くようになった。素晴らしい奇跡じゃないか、ええ？

見て、エティエンヌ。私の腕、こんなに動くのよ。嬉しそうに彼女は言った。オレも嬉しかった。彼女はその奇跡を村の大人たちにも見せびらかしに行ったはずだ。ただ次にオレが見たのは、いつかと同じ、クレマンスの泣き顔だった。

あの日の大人たちの顔は思い出したくもないね。本当の絶望っていうのは、ああいう表情を言うんだ。どこかへ飛んでいく〝天使〟に罵声《ばせい》を浴びせて、それで力を使い果たして死んだ爺さんもいる。他の大人たちだって、だらしなく口を開けたままだ。よろよろと家に帰った者は翌日には姿を見せなくなる。

クレマンスの父親は娘の回復を喜んだあと、それ以上の救いがないことに気づいて自殺した。自分で作った風車小屋によじ登って、村人たちに大声で謝ってから飛び降りたんだ。それからオレの父親は、その頃にはもう病気で臥《ふ》せってて、次の日には血を吐いて死んだよ。

奇跡を与えてくれるはずの〝天使〟は、村人たちの願いなんて無視して、クレマンスという少女を一人だけ救った。でも、仕方のないことだよな。飢えた犬の前にカビの生えた大量のパンと、ほんの一切れのチーズを置く。なら、どっちを食べるか？

その後のことは話すまでもないな。村は滅んで、クレマンスは母親と一緒に都市へ出ていった。オレは一人で猟師として生きていくことにした。別れの時に言葉を交わすこともない。まるで腐った木が音もなく裂けるみたいに。

たまに狼に滅ぼされた村の話は聞くよな。山の奥から飢えた獣が押しかけてきて、村の家畜を襲い、食料を奪っていく。弱った者がいればそいつも餌食になる。それと似たようなもんだ。オレの村はヤツに滅ぼされたんだ。

これが、オレが〝天使〟を撃つ理由の一つだ。

今まで言ってきたこと、わかってくれたと思うぜ。ヤツらは人間の事情なんて知らない。ただ習性として救いと奇跡を与えて、その喜びを啜《すす》っていく獣なんだ。

アンタもどこかで〝天使〟に遭ったなら、救われようなんて考えないでくれ。ヤツは勝手に人間を救って、そこから生まれる悲惨なものを無視してやがる。

オレは〝天使〟が嫌いなんだ。殺したくて仕方がない。

5

さて、これで愉快な旅も終わりだ。

窮屈な馬車ともおさらば。ここから北に少し行けばアルデネッキの街に着くだろう。

本当だったら、アンタとはここで別れるはずだったが、今回は特別だぜ。アンタが〝天使〟を狩るところを見たいなんて言うからだ。最後に少しだけ狩りを見せてやるよ。

ほら見ろ、コイツが鼻をひくつかせてる。猟犬と同じさ。森に潜む獣を追うみたいにさ。〝天使〟っていうのは、どんな臭いがするんだろうな。オレは知らないが、きっと甘くて優しい臭いだろう。

わざわざ森の奥まで行く必要はない。道を少し外れて木立ちに入れば、そこに〝天使〟はいるんだ。人間の近くが良いのさ、餌が豊富にあるからな。

ほら、見てみな、あそこに泉があるだろう。そこにコイツを立たせる。罠猟と同じさ、おとり《ルアー》に近づいてきた獲物を狩るんだ。

さぁ、行って来い。足を滑らせるなよ。

そうだ、そこで止まれ！　よし、あとは大人しくしてな。お前が祈った分だけ〝天使〟も早く来るぞ。

そう、待つんだ。

いつもだったら、これ以上のお喋りはしないが、今日はアンタが隣にいる。だから少しだけ話させてくれ。

オレは〝天使〟が大嫌いだ。故郷を滅ぼしたのも、クレマンスの人生をメチャクチャにしたのも、その息子を未《いま》だに縛り付けるのも、何もかもが嫌いだ。できるなら狩り尽くしてやりたいが、これは無理な願いだ。なんたって、ヤツらは無限にいるんだからな。

ヤツらは、何のために存在してるんだろうな。

最初からいなかったなら、オレたちの人生も変わってたんだろうな。普段は姿を見せないくせに、弱ってるときばかり視界にチラついてくる。全員を救えないなら、最初から救いなんて与えるべきじゃない。でないと、いつか救われなかった方から報いがくる。鉛の銃弾が飛んでくるんだ。

ああ、そうだな、アンタの言うとおりだ。それでも助けずにはいられない。人間だって同じなんだ。

オレは獲物を殺すときに、自分の中に獣じみた喜びがあるのを自覚する。それと同じくらい、他人を助けたときに〝天使〟じみた喜びが湧いてくる。

どっちも、同じなんだよ。

おっと、羽ばたきが聞こえたな。

静かに。

風下だ。火薬の臭いはしないだろう。

静かに。

当たったな、これで狩りは終わりだ。

アンタも見たいものが見られたはずだ。満足しただろう?

おっと、待て。そこから先は言うな。あの子が近づいてくる。耳が良いんだ。小声で。

ああ、そうだよ。あそこに転がってるのはアオサギだ。大きいだけの普通の鳥だ。あれは

〝天使〟なんかじゃない。

いや〝天使〟なんかいない。そんなのオレだってわかってる。アンタはずっと、オレが〝天使〟に取り憑かれた哀れな男だと思ってただろう。それは正しいがな。

ただ、いいか、あの子が、あの雨の夜に撃ったのは間違いなく〝天使〟だった。だから、この世には〝天使〟は存在するし、オレはそれを狩り続ける。いつまで続けられるかは、わからないが。

この後、オレは鳥の羽根を摑《つか》んであの子に触らせる。どうだ、今回も立派な〝天使〟を狩ることができた。お前のおかげだ、って。できるなら、アンタも同じように褒めてやってくれ。綺麗な〝天使〟だってな。

頼むよ、お願いだ。

やめてくれ、そんな目でオレを見るな。オレは〝天使〟が嫌いなんだ。ただ、アンタも理解してくれただろう。

オレが〝天使〟を撃つのは、あの子のためなんだ。

黒木あるじ

哭《な》いた青鬼

●『哭《な》いた青鬼』黒木《くろき》あるじ

実話系の怪談作家としてつとに知られる黒木あるじが《異形コレクション》の復活第一弾『ダーク・ロマンス』（第49巻）に発表した「ルボワットの匣《はこ》」は、英米のホラー・フィクションをも彷彿《ほうふつ》とさせるスタイリッシュな作風で、多くの読者を驚かせ、また魅了した。そもそも筆名の由来が、アルジャーノン・ブラックウッドに由来するという黒木あるじにとって、西洋風の怪奇小説は一種の原点回帰だったのかもしれない。

本作は、ブラックウッドも得意とする大自然を舞台にしたホラーなのだが、黒木あるじは、前作とはまったく異なる手法で、驚くべき物語を創りあげた。

冒頭は、実話系怪談の妙味。猟師怪談。山の怪談。舞台は山形県。さらに、この地でなければ成立しない有名なフィクションも重要な材料にされている。伝承系の戦慄《せんりつ》が、想像を絶する奇想の恐怖に変わっていく過程が実に心地よい。怪異を「取材」していく主人公がライターというのも作者本人の分身を思わせる。そして、ラストの衝撃。

本作には、黒木あるじの全てが込められている。一読忘れ難い傑作である。

1

私がはじめて〈鬼〉に遭ったのは、小糠雨《こぬかあめ》の降る午後だった。

里はすっかり春の陽気だというのに、山は四月になっても冬の残り香が漂っていた。泥土《ういじ》と残雪が織りなす白斑《はくはん》、痩《や》せた巨人を思わせる裸の木々。見あげた空は鈍い鼠色《ねずみいろ》に染まり、ときおり吹きつける山背風《やませかぜ》も身が凍《し》むほどに冷たい。加えて数日前から降り続く雨が落葉を湿らせ、足許《あしもと》を覚束《おぼつか》なくさせていた。ひと足ごとに靴が沈んで泥濘《ぬかるみ》に踝《くるぶし》が踊り、何度も滑落《かつらく》しそうになる。

しょせんは標高五百メートルあまりの〈裏山〉、さしたる装備も要らぬだろうと高を括《くく》っていた数時間前の自分を恨めしく思いつつ、私は猟銃を手に山肌を登っていた。

もっとも——なにかを撃つ気も狩るつもりもなかった。

銃を担わなくては山へ行く理由が、自宅を脱出《ぬけ》る口実が見つからない。それだけだった。

雨霧に烟《けぶ》る丘陵へ目を凝《こ》らすうち、平らな岩場が数メートル先に見えた。

よろめきながら近づき、倒れるように腰を下ろす。銃を脇に立てかけ、かじかむ指を擦《こす》りあわせた。水を吸ったネルシャツとズボンが重い。白い吐息が山霞《やまがすみ》に溶けていく。すこし休めば体力も回復すると思っていたが、腰はなかなか上がらなかった。今年で三十五歳、まだまだ若いと過信していたおのれの甘さを悟り、がっくりと項垂《うなだ》れる。どれほどそうしていたものか――自責の念は、何者かの気配で断ちきられた。

「……あ」

おもてをあげるなり、無意識に声を漏らす。

雨で織られたカーテンの向こうに、見たこともない生き物が屹立《きつりつ》している。

蒼《あお》い獣だった。

すらりと伸びた四肢。額から突きだす太く短い双角《そうかく》。体毛のないつるりとした肌は瑠璃《るり》を溶かしたような深い青に染まっている。なによりも異様なことに、獣の顔は人間のそれによく似ていた。煙雨《えんう》で明瞭《はっき》りとは判らないが、禽獣《きんじゅう》の相貌には見えなかった。

慌《あわ》てて銃を構え、筒先を向ける。

けれども蒼獣《そうじゅう》は身じろぎひとつせず、置物かと見紛《みまが》うほど静かに立ち尽くしていた。

野生動物なら怯《おび》えるはずだ。もしくは逃げるか、或いは身構えるはずだ。

だとすれば、獣ではないのか。

もしや――鬼か。

体色からして、青鬼か。

息を飲む。身体が強張《こわば》る。引《ひ》き鉄《がね》に指を掛けたまま、私は動けずにいた。

静寂は時間の長短を心許《こころもと》なくさせる。だから、どれほどのあいだ対峙していたものかは自分でも判らない。数秒か、数分か——気がつくと、いつのまにか青鬼は消えていた。

脱力したはずみで猟銃が手から離れ、足許に転がる。

放心する私を笑うかのごとく、寒風がびょうびょうと吹き荒《すさ》んでいた。

2

「青鬼なんかじゃありませんよ、それは」

缶ビールをひとくち飲んでから、須田池雄《すだいけお》が答えた。

「ニホンカモシカです。地域によってはアオやアオジシと呼ばれるんですよ。青い汗を流すのが名前の由来だと聞きましたが、それほど鮮やかな青色とは知りませんでした」

僕も見たかったなあ——心から残念そうに、須田は唸《うな》っている。

感嘆を聞きつけ、妻の絹江《きぬえ》が「そんなものを見たがるなんて、やっぱり須田さんてば変わった人ね」と、笑いながらリビングへとやってきた。

手にした大皿には、ローストビーフの巨大な肉塊《にくかい》が鎮座《ちんざ》ましましている。テーブルは、すでに芽キャベツのサラダやムール貝の白ワイン蒸しなど、妻お手製の料理が所狭しとならんでいた。いつもとは比べものにならないほど豪華な夕餉《ゆうげ》。料理好きの妻だが、私と同い年ということもあって最近は夫婦ともども少食になっている。自分たちより五つも若い健啖家《けんたんか》が来訪すると聞き、久々に腕をふるったのだろう。

「私は見たくないな。青い汗の生き物なんて、なんだか気味が悪いもの」

絹江のぼやきに、須田がムール貝を穿《ほじく》りながら「地域コーディネーターって仕事は、好奇心が主食みたいなもんですから」と嘯《うそぶ》く。

「あら残念、今日のメニューに〈好奇心〉は入ってないの」

「じゃあ今度、新鮮な好奇心をお持ちしましょうか。禁断の味ですよ」

「脱線はそのくらいにしてくれ」

ふたりの会話に割りこんで、私はなおも食い下がった。

「アレは毛が生えていなかったし、人間そっくりの顔をしていたぞ。どう考えてもシカには見えなかったけどな」

「カモシカはシカじゃありませんよ。偶蹄目《ぐうていもく》、ウシの仲間です」

須田が笑いながら否定する。敬語こそ崩さないものの、言葉のはしばしに侮蔑《ぶべつ》めいたニュアンスが見え隠れした。

そんなことも知らないのかよ、にわか猟師め——暗にそう言われたような気がして、私はむっつりしながら二本目の缶ビールを開ける。当の須田はこちらの不満など気づかぬ様子で講釈を続けていた。

「毛のない動物というのは、得てして異様な姿に見えるものです。ほら、謎の生き物が発見された……なんてニュースをたまに聞くでしょう。ああいうのはたいてい、なんの変哲もない動物が体毛を失っただけなんです。日本ならタヌキやネコ、海外だったらコヨーテなどが頻繁に目撃されますね。パナマで無毛生物の死体が見つかり、調査してみたらナマケモノだったという例もありましたよ」

「じゃあ、今日見たのもナマケモノかな。俺の仲間みたいなもんだ」

子供じみた悪態をつく私を、絹江が視線で咎《とが》める。ようやく不穏な気配に気づき、須田が苦笑しながら弁明した。

「まあ、カモシカを〈牛鬼《うしおに》〉と呼ぶ地方もあるそうですから、鬼と見間違えても無理はありませんよ。寒立《かんだ》ちに遭遇したなら、なおのこと不気味だったでしょうし」

「カンダチ……って、なんだね」

「おなじ場所に何時間も立ち尽くすカモシカの習性です。さっきも言ったとおりカモシカは牛の仲間なので、エサを食べると複数の胃で反芻《はんすう》するんですよ。そのため消化を待つためにじっと動かないのではないか……と考えられています」

「なるほど、興味深いね」

平静を装い、ひとこと絞りだすのが精いっぱいだった。〈寒立ち〉とかいう言葉も、山に従事する者なら知っていて当然なのだろう。須田は内心呆れているに違いない。自棄《やけ》気味にビールを飲み干す。口に広がる苦味が、先ほどよりもやけに濃かった。

切りわけたローストビーフを小皿によそいながら、絹江が「ほんと、須田さんはいろんなことを知ってるのね」と目を細め、さらに問いかけた。

「じゃあ、物知り博士に追加で質問。毛がなかったのは、どうしてなの」

「疥癬《かいせん》か感染症による皮膚炎でしょうね。もしかしたら……」

ミディアムレアの肉片を口に放りこんでから、須田が窓の外へ視線を移す。

「無毛になった原因こそが、あの山に動物がいない理由かもしれません」

やっぱり妙ですよ、禰骸《ねがい》山は——。

声につられて、私も暮れなずむ空へ目を向けた。

〈裏山〉はいまや夕闇に溶け、稜線がおぼろげになっている。空との境界を失った黒い影は、さながら村を取り囲む牢壁のように見えた。

私が暮らす禰骸村は、山形県置賜《おきたま》地方の山間部にある。

飯豊《いいで》連峰に囲まれた盆地で、人口わずか二百人あまり。集落裏手にある禰骸山ではかつて林業や木材加工などの山仕事が盛んにおこなわれていたが、現在はそのほとんどが途絶えてしまった。高齢化と少子化への対策が喫緊《きっきん》の課題という、いわゆる限界集落――などと訳知り顔で説明してみたものの、これらはすべて村史を斜め読みしての付け焼き刃と、須田からの受け売りだ。そもそも私は、この村の出身ではない。

一年前――フリーのWebライターだった私のもとに、一件の依頼が舞いこんだ。

その依頼こそ、禰骸村で立ちあげた移住者誘致事業のPR記事だった。住宅費や生活費の一部を補助する代わり、三年以内に新規事業を立ちあげることを条件とした、いま流行《はや》りの地域創生プロジェクトである。

記事を書くため内訳を調べるうち、私は「自分も参加したい」と考え始めた。新たな事業の目算などなかったが、諸々《もろもろ》の事情で現状を打破したかったのだ。

調査したところ、禰骸村に隣接する小国町《おぐにまち》には現在も伝統的な猟師のマタギが数名いると判明した。彼らはいまも熊狩りをおこない、仕留めた熊を奉納する〈熊祭り〉を町ぐるみで毎年おこなっているらしい。

これだ――私は閃《ひらめ》いた。

狩猟免許を取得してみずから鳥獣を狩り、ジビエ料理の店を開こうと決めたのだ。

野生動物を食材に用いるジビエは、昨今人気を集めていた。現に私自身、過疎地区でジビエの専門店を開いた若者を何人か取材している。彼らの多くはみずから狩猟免許を取得し、自分で獲物を仕留めていた。自分で食材を調達するので、仕入れに伴う費用がかからない。

おまけに店で捌《さば》ききれない肉はソーセージやハムに加工できるから無駄がないのだという。猟師だ、猟師になるしかない。天啓を得て、私は渋る妻を懸命に説き伏せた。

「こういう過疎地は、猟師が絶対的に不足しているんだよ。だから、役場の害獣駆除を請け負えば、開店前も安定した賃金が得られる。狩猟免許を取るまでの悲喜こもごもや山の生活を記事にすればゆくゆくは出版の話だって舞いこむかもしれないし」

こうして絹江をなんとか納得させると、私たちはさっそく村へ移住。苦労したすえに狩猟免許を取得し、猟銃の所持許可も得た。

しかし──ジビエ料理の店はいまだにオープンの目処《めど》が立っていない。

禰骸山には、ただの一匹も獣がいなかったからだ。

ジビエで人気のキジやウサギはおろか、付近の自治体で困り果てているイノシシすら、まったく見かけない。私も何度となく山を探索したが、野生動物の姿はもとより足跡や糞《ふん》さえ発見できなかった。地形の影響なのか、植物が食性に適していないのか、有害な廃棄物でも投棄されているのか──いろいろ調べてはみたものの、結局なにもわからぬまま一年が過ぎようとしている。銃は一度も撃たず、記事は一本も書いていない。

つまるところ、私は山を、獣を舐めていたのだろう。

なによりも、人生そのものを舐めていたのだろう。

とはいえ、いまさら後戻りはできない。どうすれば良いのか。どうすれば──。

「……どうすればいいのかなあ」

須田の声で我にかえった。

見れば、テーブルの皿はあらかた空になっている。こちらが思索にふけるあいだに客人がすっかり食べ尽くしたらしい。「据え膳食わぬはなんとやら」なる喩《たと》えも顔負けの無遠慮な食べっぷりに呆れながら、私は残っている缶ビールを呷《あお》った。

須田がもう一度「どうすればいいかなあ」と嘆き、腕組みをする。

「ようやく見つけた動物がカモシカじゃ、うかつに手が出せないもんなあ」

「どうしてカモシカには手を出せないの」

絹江が素朴な疑問を漏らす。

「ニホンカモシカは天然記念物なんですよ。戦前、毛皮を取るため乱獲したおかげで絶滅の危機に瀕《ひん》したんです。慌てて国は天然記念物に指定したんですが、最近では数が増えすぎて駆除の対象になっている。皮肉なもんです」

「でも、駆除の対象だったら撃ってもいいじゃない」

「害獣として駆除はできても、食用にはできませんよ。だから、ジビエとして大々的に売ることは不可能です。ほかの動物を捕らえないと、開店は難しいでしょうね」

不躾《ぶしつけ》な言葉に、落ちついたはずの憤《いきどお》りが再び鎌首をもたげる。

店を開くのは俺だ。偉そうに経営者面をして、こちらの領域に土足で踏みこむなよ。そもそも地域コーディネーターこそ自称しているが、しょせん俺たちとおなじ立場、地域創生に手を挙げた〈馬の骨〉じゃないか。そのくせに、なにを偉そうな——喉元までせりあがった罵詈雑言《ばりぞうごん》を無理やりビールで流しこみ、私はひとことだけ吐き捨てた。

「単なるカモシカじゃない。それだけは確かだ」

あの蒼獣の異様さは目にした者しか理解できないだろう。それを勝手にカモシカだと結論づけられ、あまつさえ新規事業まで心配されるのは不愉快だった。

須田が困惑した顔で「まあ、たしかに断定はできませんが」と私の強弁を庇護する。

「なにせ、このへんは『泣いた赤鬼』のお膝元ですからね。土地柄を考えれば青鬼がいても、おかしくはないかもしれません」

「え、『泣いた赤鬼』って子供向けの童話でしょ。このあたりが舞台なの」

「舞台かどうかは知らないが、作者はここらの出身だよ。俺も前に話したじゃないか」

目を丸くする絹江に向かって、私は静かに抗議した。

置賜地方は、昭和初期に活躍した童話作家・浜田広介《はまだひろすけ》を輩出した土地でもある。転居前に周辺の市町村をまわったおり、私は彼の功績を讃える記念館を見つけていた。そのとき、幼いころに読んだ『泣いた赤鬼』が浜田広介の作品だと絹江にも教えたはずだ。

「そうだっけ。あんまり憶えてないけど、あれは赤鬼のお話でしょ」

私を軽くいなす妻に向かい、須田が「青鬼も出てきますよ」と言った。

「赤鬼は主人公です。彼は鬼ながらも心優しく、人間と仲良くなることを願っていた。けれどもしょせん鬼ですから、村人は誰も近づかない。そこで、親友の青鬼は嘆く赤鬼を助けるために村を襲うんです」

「えっ、どういうこと。意味がわかんないんだけど」

「青鬼は〝自分が暴れているところに登場し、村人を守れ〟と赤鬼にアドバイスしたんです。いわば、ひと芝居打ったんですね。目論見《もくろみ》は成功し、赤鬼は願いどおり人々に愛され、慕われる。ところがある日、赤鬼がお礼を言いに青鬼の家を訪ねると、そこはすでにもぬけの殻。戸口に一通の貼り紙があるばかりでした」

流麗な語り口で、須田が『泣いた赤鬼』のあらすじを諳《そら》んじ続ける。

「貼り紙には、このように書かれていたのです。〈赤鬼くん、どうか人間たちと仲良く暮らしてください。僕とこのままつきあっていたら、君も悪い鬼だと思われる。だから僕は旅に出ます。けれども君は、いつまでも僕の大切な友達です。さようなら〉それを読んだ赤鬼は、友人を傷つけたことを悟り、いつまでも泣き続けるのでした……」

語り終えた須田がカーテンコールよろしく、うやうやしく一礼する。

絹江が目を潤《うる》ませながら拍手した。しぶしぶ、私も手を叩く。

「いやあ、うっかり聞き入ってしまったよ。地域おこしよりライター向きの性格だな。私よりもよっぽど人気になる。あるいは、詐欺師でも食っていけるかもしれない」

嫌味まじりで賞賛する私などお構いなしで、妻は頬杖をつきながら「悲しいお話ね、なんだか青鬼が可哀想」と素直すぎる感想を零した。

「でも、それで赤鬼は幸せなのかしら」

「そういう教訓を子供に教えるための話なんでしょう。安易に願いを叶えようとすると大切なものを失ってしまう、そんなテーマがこめられて……」

「くだらないよ」

空のビール缶を握りつぶし、私は声を荒らげた。

「俺が見たのは本物なんだ。童話と一緒にするな」

リビングが再び微妙な空気に包まれる。須田が私から視線を逸《そ》らして目を伏せた。絹江は唇を硬く結び、空っぽの皿へ視線を落としている。

「……そうだ、彼に聞いてみたらどうです」

おもむろに須田が手を叩いた。

「ほら、あの頑固そうなお爺ちゃん」

「源蔵《げんぞう》さんのことか」

「ええ。こういうときは古老《ころう》の知恵ってやつが役に立つかもしれません。もし時間があるんだったら、明日にでも訪ねてみてはいかがですか」

「いや……これから行ってくる」

ふらつきながら立ちあがる私を、絹江が「さすがに遅いでしょ」と窘《たしな》めた。

「心配ないよ。歩いて五分の距離だ。寝ているようなら素直に帰ってくるさ」

不安そうに顔を見あわせるふたりを残し、そそくさと玄関へ向かう。

正直なところ、青鬼の正体にさして興味はなかった。一刻も早く、重苦しい空間から立ち去りたかった。須田が場を和《なご》ませようと努めていることも、妻が険悪なディナーにうんざりしているのも察していた。だからこそ、耐えられなかった。

すっかり夜の帷《とばり》が降りた道をとぼとぼ歩く。

ふと、後悔の念に襲われて振りかえると、我が家のリビングから灯りが溢れていた。

その光はなぜかやけに寒々しく、獣の蒼い肌と重なって見えた。

3

「青鬼だよ、それァ」

突然の訪問に困惑する様子もなく、柏倉《かしわくら》源蔵は私の問いに淡々と答えた。

須田が〈古老〉と称したとおり、源蔵は集落で最高齢に属する老人である。かつては猟師から炭焼き、木挽《こび》きまでこなす〈山の達人〉だったが二十年以上前にわけあって廃業したと聞いている。妻も子もない独居老人だが耳も頭も衰えておらず、いまも矍鑠《かくしゃく》とした様子で私に応対をしていた。

「ええと……この地域では、カモシカをそのように呼ぶんですか」

質問を重ねる私を一瞥《いちべつ》すると、源蔵は「東京のアンちゃんはなンも知らねえんだな」と、こめかみを太い指でぼりぼり掻《か》いた。彼は私を東京のアンちゃんと呼ぶ。猟師と認めていないのか、そもそも村の仲間と思っていないのか——理由は訊けずにいる。

「……玄関の立ち話で風邪引いでもバガくせェ。まンず、あがれ」

顎をしゃくって無言で「居間へ来い」と促すや、源蔵が廊下を歩きはじめた。慌てて靴を脱ぎ、古老の背中を追う。

通された居間は、雑然としていた。いかにも古民家らしい和室だが、ゴミとも生活用品ともつかぬ品々がそこらじゅうに散らかっている。蓋が開いた置き薬の箱。半端《はんぱ》に畳まれた古新聞。夏も出しっぱなしとおぼしきコタツは、リモコンや孫の手に天板を占拠されていた。

「適当に座れ」

促されるまま、なんとか隙間を見つけてコタツに足を滑りこませるなり、源蔵が湯呑みを差しだしてきた。いつのまに淹《い》れたものか、湯呑みには薄緑の日本茶がなみなみと注がれている。私がひとくち啜《すす》るのを見届けてから、ようやく古老は口を開いた。

「東京のアンちゃん、『泣いた赤鬼』知ってっか」

おらが村の偉人か知らないが、こちらが聞きたいのは童話などではない。郷土の誉《ほま》れか、とはいえ、はなから否定してしまっては、先ほどの我が家の二の舞になりかねない。仕方なく、私はお追従《ついしょう》めいた感想を述べることにした。

「子供のときは悲しいばかりの話だと思っていましたが、大人になって改めて読むと、いい物語ですよね。赤鬼の立場、青鬼の気持ち、いろいろと考えさせられ……」

「あれァ作り話だ」

　こちらの発言を半ばで遮《さえぎ》り、源蔵がぼそりと呟いた。

「それは……そうでしょう。あの話は浜田広介のオリジナルですから」

「そういう意味でねエよ」

　自身の湯呑みに出涸《でが》らしの茶を注ぎながら、老人が説明を続ける。

「あの話を浜田んとこの小倅《こせがれ》に教えだな、ウチの曾祖母《ひいばあ》だ。近所の小僧ッコを集めでは、昔からこのへんサ伝わる噺《はなし》コを夜な夜な聞がせでけっだんだど。浜田の小倅ァ、そいづを勝手に弄《いじく》りまわして〈いいお話〉サ仕立てだんだべ」

『泣いた赤鬼』に、基《もと》となる話が存在した――唐突な告白に驚きはしたものの、まるで信じられぬ話でもない。浜田広介の出生地はこの集落から山ひとつ隔《へだ》てた処《ところ》にある。いまでこそ山を周回する県道が交通の要《かなめ》となっているものの、当時は徒歩での山越えが普通だったはずだ。だとすれば、かつては隣村程度の認識であったのかもしれない。

だが——仮にその話が本当だとして、それがいったいどうしたというのか。

自分が知りたいのは、蒼い獣の正体なのだ。

「……むがス、あったけど」

唐突に源蔵が声を張りあげた。訛《なま》りがきついせいで、発言の真意が判然としない。

どういう意味ですか——問う私を横目で見遣り、老人は再び口を開いた。

「禰骸の村のはずれっこサ、ひとりの鉄砲撃《テツポブ》ちが女房《かかあ》ど住んでだっけど」

ようやく私は悟った。老人は『泣いた赤鬼』の原話を語っているのだ。彼の曾祖母《そうそぼ》が子供らに聞かせたという炉話《ろばなし》を再現しているのだ。

「この鉄砲撃ちっつうのがまンず役立たずでの。銃の腕ァ半人前で、ウサギの一羽も捕まえらんねェわ、おまげに山仕事もまどもに出来ねェわど、さっぱり頼りにならねェ野郎だったんだど。とうとう仲間がらも嫁がらも愛想つかされッだもんで、男ァ〝オラみでェな半端者、もう死ぬしかねえ〟ど、泣ぎながら山サ入ったんだど」

耳を傾けつつ、私は不快な既視感に襲われていた。

ぶざまな猟師、愛想をつかす妻、絶望のうちに分け入る山——いま聞いているのは本当に昔話なのだろうか。まるで私を揶揄《やゆ》するため、即興でこしらえたとしか思えない。

せっかく我が家から逃げてきたのに、ここでも厭《いや》な気分にさせられるというのか。こんな与太話を聞くくらいなら、帰って酒を飲みなおしたほうが——。

「ところが、だ」

がつん、と音を立て、源蔵が湯呑みを置いた。慌てて姿勢を正す。

「男が山奥へ入るど洞穴《ほらあな》があっての。そごサ、真っ青な身体の鬼が棲んでいだっけど。鉄砲撃ちァ、まンず魂消《たまげ》でしまって〝オラ、山サ死にに来ただげだ。頼むさげ殺さねでけろ〟と必死に拝んだっけど。そしたば青鬼ァ、腹抱えでガラガラど笑っての。〝死ぬつもりだがら殺さねでけろどは、なんぼ面白い冗談だ。笑わせでもらった礼に、お前の願いをひとつだげ叶えでやっさげ、なんでも言ってみろ〟ど、吠えだんだど。そごで、男ァこう言ったんだ」

オラ、村の誰サも莫迦《ばか》にされねェで暮らしてえ——。

そこで、源蔵は言葉を止めた。

それからどうなったのか。男の願いは叶《かな》ったのか。続きを欲して、思わず前のめりになる。

張りつめた空気を煽《あお》るように、居間の蛍光灯が、きん、と鳴った。

それが合図であったかのごとく、古老が夜咄《よばなし》を再開する。

「……青鬼は〝わがったわがった、お前の願いァ叶えでやっさげ〟と笑いながら、消えでしまったっけど。鉄砲撃ちァ、なんだが死ぬ気もすっかり失せでしまって、とぼとぼと村サ帰ったんだど。そしたば、村の者も女房も」

みんな死んでおったっけど。

「は」

予想もしない展開に、思わず声を漏らす。

こちらの驚きなど意に介さず、源蔵は取り憑かれたように語り続けている。

「村人ァひとり残らず腕も足も腑《はらわた》もズダズダに裂がれで、村はずれに積まれであったけど。すっと、まもなぐ禰骸山の天辺《てっぺん》がら鬼のガラガラ声が聞こえできたんだど。〝喜べ、みんなオラが殺してやったさげ、もうお前ァ莫迦にする者は誰もいねェぞ〟ってのォ。男は泣きながら〝そうでねえ、そうでねえ〟ど言ったけど、もうどうもならねっけど。んだがらヨ、頼み事すッとぎァ、よォぐ考えねばならねんだど。どんびんからりん」

ぼおん──どこかの部屋から、柱時計らしき音が聞こえた。

コタツに突っこんでいる指先がやけに冷たかった。足だけではない。身体じゅうに鳥肌が立っている。

「……ずいぶん、救いのない話ですね」

ようやく言葉を絞りだす。返事の代わりに、源蔵が茶を啜った。

「んだがら、浜田の小倅ァ書き換えだんだべな。童《わらし》コサ聞かせるなァ、ちいっと毒気が強すぎるものヨ」

「ま、とは言ったたって、いまどきの子供はもっと過激な漫画やゲームに慣れてますからね。

この程度の御伽噺《おとぎばなし》じゃつまらない……なんて文句を垂れるかもしれませんよ」

そのとおりだ――そんな返事を期待しての軽口だった。一緒に笑ってほしかった。

しかし、源蔵はこちらをひと睨《にら》みすると、呆れたように息を吐いた。

「東京のアンちゃんよ、お前は本当になんも知らねェ男だな」

時計はまだ鳴り続けている。

「青鬼サ遭ったら願いば言え。たったひとつだげ、なんでも叶えでもらえる……昔からこのあだりではそう教わるんだ。願いの叶う山ァある処だがら禰骸村なんだ」

「ですから、そういった言い伝えはさておき、私が知りたいのはあの動物の……」

「言い伝えなんかでねえ」

時計がようやく音を止めた。

「俺ァ、青鬼サ本当に願いを叶えでもらったんだ」

低い声で告げてから、源蔵がおもむろに立ちあがる。

「……さ、年寄りァ寝る時間だ。悪イけんど、そろそろ帰ってけろ」

「ちょ、ちょっと待ってください。いまの言葉はどういう……」

引き留める私を無視して、老人が襖《ふすま》の向こうへ消えていく。

握りしめていた湯飲みは、すっかり冷たくなっていた。

家に戻ると、リビングには絹江も須田の姿もなかった。

キッチンシンクには皿が乱暴に重ねられ、その脇では潰されたビール缶が山を作っている。どうやら宴《うたげ》は終わったらしい。まさしく、まつりのあとだ。

このまま寝る気にはなれず、飲みなおそうとウイスキーをグラスに注ぐ。冷凍庫からロックアイスを取りだしたところで、下着姿の絹江が浴室からリビングへやってきた。

先ほどまでの〈営業スマイル〉はとうに失せ、普段の冷めきった表情に戻っている。

「おかえり。先にシャワー浴びたから」

濡れた頭にバスタオルを巻いたまま、妻が、洗いものをしようと蛇口を捻《ひね》る。すかさず「俺が洗うよ」とシンクの前に割りこんだ。

「すまなかったな、勝手に源蔵さんのところへ行って」

詫びるこちらを、絹江は「別に」と鼻で笑った。

「勝手なのはいつものことだから。でも、今日の態度はさすがにひどかったけど」

「……須田くんには、今度会ったときに詫びておくよ」

「須田さんだけじゃないでしょ」

蛇口の水を止めてから、絹江がこちらを向いた。

「もうすこし、ご近所にも愛想よくふるまってよ。あなたは、厭なことがあったら山へ逃げこめば良いけど、私は朝から晩までこの村にいるのよ。お爺ちゃんお婆ちゃんの話し相手をしたり、奥さんたちに貰った野菜のお礼を言いに行ったり、どれもこれも私がこなしてるの。そのたびにいろいろ訊かれるの。厭でも答えなくちゃいけないの」

いろいろ――が、なにを指しているのかを察し、私は口を噤《つぐ》んだ。

俯《うつむ》く顔をじっと見つめ、絹江が溜め息を漏らす。

「ねえ、いつになったらお店を開くつもりなの」

「いや、はじめたいとは思ってるよ。でも、動物が獲れないんだから仕方ないだろ」

「そういうのって、先に調べとくもんじゃないの。来てから悩むことじゃないよね。なんでいつもそうなの。どうしてなにも考えずに引っ越しちゃったの」

どうしてって、それはお前の――思わず漏らしかけたひとことを、ぐっと堪《こら》える。

「……なにか言いたいなら、ちゃんと喋ってほしいんだけど」

答えなかった。答えられなかった。

「……いいよ、もう。おやすみ」

もう一度、長々と息を吐いて絹江が寝室へ向かう。

遠ざかる妻の背中に向かい、私は視線で告げた。

引っ越したのは――お前のためじゃないか。

結婚六年目を迎えたいまも、私たち夫婦は子供に恵まれていない。二年前から不妊治療もおこなっていたが、芳《かんば》しい結果は得られなかった。

一般的な病気とは異なり、不妊治療は努力したから報われるとはかぎらない。原因もわからぬまま、再びチャレンジをするか、止めるかを選択させられる。それが、子供を授かるか諦めるまで延々と続く。経済的にもさることながら精神的な負担がとても大きい。

それでも絹江は生来の明るさで治療を前向きにこなしていた。数日おきの面倒な受診も、自身の腹部にホルモン剤の注射を毎日刺すときも、愚痴《ぐち》ひとつ言わなかった。鈍感な私は、それを彼女の大らかさだと信じて疑わなかった。

しかし——治療を続けて一年目、ようやく宿った新しい命が九週目で旅立ったとき、絹江は被《かぶ》っていた仮面を投げ捨て、自身の箍《たが》をはずした。

自分がどんなに辛かったか、孤独だったか、無神経な私にどれほど苛立っていたかを彼女は泣きながら訴え、その日を境に笑顔を消した。彼女を支える糸が一本ずつ切れていくのが、傍目《はため》にも容易《たやす》く判った。

このままでは、夫婦の絆まで千切《ちぎ》れてしまう——悩んだすえ、私は移住を提案する。新天地でのんびり暮らせば絹江の気分も変わるだろうし、あわよくば環境の変化が良い作用をもたらし、妊娠するかもしれない。愚かな私は、そんな淡い期待を抱いていた。

それが間違いだと気づくのに、さして時間はかからなかったのだが。

禰骸村の人々は、ことあるごと「子供はいるのが」「いづ産むんだ」と訊ねてきた。ちょっとした挨拶のつもり、むろん悪気など微塵《みじん》もないのは承知している。だからこそ訊かれるのが辛く、答えるのが苦しかった。だから私は、山へ入り浸るようになった。

自分が逃げだしたぶん、その無慈悲な言葉が絹江に向かうことなど微塵も考えずに。

数時間前に見た、夕暮れの禰骸山を思いだす。

妻にとってこの村は、まさしく牢壁に囲まれた監獄のようなものだ。ならば、私たちはなんの罪を犯したというのか。どんな罰を受けているというのか。

胸の奥に、あぶくのような憤りが、ぼこり、ぼこり、と湧いてくる。

違う。私も妻も咎人《とがにん》などではない。幸福を摑むためにやってきた客人《まろうど》だ。私たちは幸せになる権利が、願いを叶える権利があるのだ。

願い——私はなにを願っていたのだっけ。どんな願いを叶えたかったのだっけ。

おのれに問うなり、源蔵の顔が頭に浮かんだ。

青鬼サ遭ったら願いば言え。たったひとつだげ、なんでも叶えでける——。

古老の言葉が脳内で反響する。

ずれていた歯車が嵌《はま》ったような感覚をおぼえつつ、私はシンクの前に立ち尽くしていた。

グラスの氷が溶けるのも構わず、じっと考え続けていた。

4

「青鬼、いましたか」

真っ赤なSUVが目の前に停まるなり、運転席から須田が話しかけてきた。

「簡単に見つかったら苦労しないよ。それに、最近は忙しくて山もご無沙汰なんだ」

軽い調子で彼の問いを受け流す。

嘘だった。

あの日から私は山へ通い詰めていた。今日で二週間になる。

目的は——もちろん青鬼だ。

もう一度、蒼獣をこの目で見たかった。正体を確かめたかった。なにより、源蔵の言葉が真実か否か、試さなくては気がおさまらなかった。

「そっちも忙しそうだね」

それとなく話題を変える。これ以上、不毛な青鬼論争などしたくはない。

「ええ、おかげさまで村のイベントを任されることになったんです。金額もそれなりに大きいので、いつも以上に気合いが入ってますよ」

白い歯を見せて微笑んでから、須田が「あ、そうだ」とエンジンを止めた。

「イベントの準備をするため、ここ最近はいろいろ調べものをしていたんですけどね、その過程で面白い事実が判明したんですよ」

「へえ」

あえて素っ気ない相槌《あいづち》を打つ。「興味がないよ」というひそやかなサイン。けれども須田はまるで気づくふうもなく車のドアを開けるや、おもてに降り立ってきた。内心で舌打ちしながら彼と向きあう。すこしだけ付きあうよりほかあるまい。

「この村の名前の由来、非常に興味深いんです。禰という文字は〈神に生贄《いけにえ》を捧げる台〉をあらわす象形文字で、骸は……まあ、そのままの意味ですね。どうやらこの村は神に捧げる供物《くもつ》、つまりは贄となる死体を置く場所だったみたいなんですよ」

「あまり愉快な謂《いわ》れではないね。我々は死体安置所《モルグ》の上に住んでいるわけだ」

「でも、こういう話はけっこう地域おこしに役立つんです。最近は土着系ホラーも流行ってますからね。意外と若い観光客を呼ぶ起爆剤になるかもしれませんよ」

「で、その旅人が最後は生贄になるんだな。ホラーとしては悪くない展開だ」

須田の言葉を茶化しながら、私はひそかに納得していた。源蔵の「願いが転化《てんか》した」という説よりは説得力がある。もしくは「願い」と二重の掛詞《かけことば》なのかもしれない。

ふと、台座に置かれた死体を想像し、源蔵の曾祖母が語ったという夜咄を回顧する。もしかしたら、あれは史実に基づく伝承なのだろうか。

願いを叶える代償に、人を屠《ほふ》る神。つまり——それは。

「……いや、なかなか面白かった。ジビエ料理の店名を〈生贄《サクリファイス》〉にでもしようかな」

笑えない冗談で話を終えようとした矢先、須田が「あの」と、声の調子を変えた。

「このあいだは、本当にすいませんでした」

「謝るのはこっちだよ。飲みすぎて絡み酒になってしまった。どうか忘れてくれ」

軽く流そうとするものの、彼は引き下がらなかった。

「一緒にこの村を支えていく仲間なのに、偉そうな口をきいてしまって……でも僕は心から、おふたりを大切な同志だと思っているんです。本当なんです」

「……ああ、私もおなじ気持ちだよ」

戸惑う私の手を、須田が強く握りしめる。

「だったら、お願いがあります。山へ行くときは、ちゃんと僕に教えてほしいんです。裏山みたいなものだから心配ない……そう思うかもしれませんが、山では、いつなにが起こるかわからないんです。いろんな地域をまわるなかで、油断して危険な目に遭った人を、僕は何人も見てきました。だから、入山するかどうかだけでも知っておきたいんです。お節介だと思うでしょうが……どうか、お願いします」

何度も頭を下げる若僧に、私は正直なところ苛立っていた。

なんの真似か知らないが、友情ごっこにつきあっている暇はない。青鬼と再会し、願いを叶えるまでは一秒たりとも無駄にできないのだ。

このままでは埒《らち》が明かない——しぶしぶ、私は正直に告白した。

「わかった……じゃあ、仲間のきみに教えておくよ。今日もこれから山に行く予定だ」

「……ありがとうございます！　どうか、お気をつけて」

深々と礼をする須田に手を振り、私は足早に立ち去った。

「……本当に、もうすこし気をつけるべきだったな」

誰にともなく呟きながら、私は豪雨のなかを濡れ鼠で歩いていた。

山に入ってまもなく、雨粒が葉を鳴らしはじめた。引きかえすべきか否か悩んだが、このまま戻っては今日を無駄にするような気がして、私はそのまま山道を進んだ。なに、どうせ先日とおなじ小雨さ。じきに止むだろう——その判断が誤りであったと気づくのに、それほど時間は要らなかった。

一時間ほど経ったいまも篠突《しのつ》く雨が弱まる気配はない。すでに山路のあちこちには即席の小川が生まれ、歩きなれたはずの道程を一変させている。〈遭難〉の二文字が、じわじわと現実味を帯びてきていた。

行くか戻るか逡巡《しゅんじゅん》しつつも、私は足を止められなかった。一歩ごと、水を含んだ靴が脱げそうになる。濡れた身体が芯から寒い。なによりも銃の重さがわずらわしかった。

どうせ撃てなどしないのだから、いっそ、この場に棄ててしまおうか——甘い誘惑に駆られた刹那《せつな》、私はふいに自分へ問うた。

ほかにも選択肢は数多《あまた》あったはずなのに、なぜ私は狩人になろうと考えたのだろう。

どうして銃を持ち、獣を撃とうと思ったのだろう。

効率的なジビエ料理での成功、書き手としての新規軸、心身が傷ついた妻の静養。理由を胸のうちで挙げるたび、もうひとりの自分が「違うだろ、嘘つきめ」と笑う。

解っている。どれもみな偽りの方便、かりそめの小理屈だ。

私は、子供ができない理由がほしかったのだ。

みずからの手で生命を奪う代償に、新たな命を受けとる資格を失った——私は、そう思いたかったのだ。後づけでも構わないから、そのように信じたかったのだ。「あきらめろ」と妻に諭《さと》せない代わりに、自身が呪われたかったのだ。

だが、いまはもう呪われる気など微塵《みじん》もない。

もう一度あの蒼獣に遭い、願いを唱えれば、すべてが上手くいく。私たち夫婦の望む未来、新しい命が手に入る。そうすれば絹江も笑顔を取り戻し——。

私の高揚感は、そこで途切れた。

濡れた苔に気づかぬまま、不用意に足を踏みだしたからだ。

靴が滑り、身体が浮遊する感覚をおぼえ——次の瞬間、私は滑落していた。

車軸を流すような大雨のなか、銃を杖代わりに私は歩き続けていた。

幸いにも動けぬほどの怪我こそ負いはしなかったが、何度も岩へ叩きつけられた腰は脈打つごとに疼《うず》き、勢いを止めようとでたらめに伸ばした手は、皮膚が派手に擦りむけ真っ赤に染まっていた。腫れた足首、呼吸のたびに痛む肋骨《あばらぼね》、なにより身体が寒くて堪《たま》らなかった。経験の浅い自分ですら、低体温症になりかけているのだと容易に判る。

「道に迷ったときは、沢に降りず尾根をめざせ……」

どこで聞いたのかも思いだせない言葉を頼りに、這いずるような姿勢で山肌を登る。掌に滲む血が雨に淩《さら》われて、赤いすじとなり流れていく。指に力が入らない。筋肉が痺《しび》れ、骨が悲鳴をあげている。

無理だ、もう限界だ——あきらめかけた直後、いきなり雨音が消えた。

驚いて周囲を見わたすうち、たまさか岸壁の洞穴へ潜りこんだのだと気づく。窪《くぼ》みに毛が生えた程度の洞《うろ》ではあったが、雨が凌《しの》げるだけで冷静になれる。消えかけた生命の芯に、わずかな灯りがともったような気がした。

とにかく、まずは衣服を乾かさなくてはいけない。歯の根を震わせながらシャツとズボン、下着を脱いで絞る。裸で縮こまり、膝を抱えて体温の低下を防いだ。

雨はいつかな止む気配がない。そろそろ村では騒ぎになっているだろうか。よしんば救助されたとしても、絹江は安堵するどころか呆れはてるだろう。もしかしたらこれを契機に、いよいよ見限られるかもしれない。

悲しくはあったけれど、いまの私に嘆く気力は残っていなかった。

熱があるのか意識が朦朧《もうろう》とする。息が浅く、吸うのも吐くのもままならない。視界はどんどん狭くなり、焦点がまるで定まらなかった。

ここで俺の人生は終わるのか。せめて、最後に妻とひとこと交わしたかった。自分を赦《ゆる》してほしかった。微笑んでほしかった。優しい言葉をかけてほし——。

がさ、と藪の揺れる音が聞こえ、洞穴の入り口が陰った。

「……青鬼」

瑠璃色の四足獣が、洞を塞ぐように立っていた。

前回は霧雨《きりさめ》で判然としなかった姿が、今日は明瞭りと判る。

体軀《たいく》こそカモシカだが、その面相は、やはり人間にそっくりだった。

穏やかな瞳を、滑《なめ》らかな鼻梁《びりょう》を、熟れた唇をしていた。

獣は怯える様子もなく、こちらへ近づいてくる。蹄《ひづめ》の岩を打つ音が、洞内に響く。

私も畏《おそ》れてはいなかった。その余裕もなかった。いまはただ、温もりがほしかった。

よろよろと獣の前へ進み、凭《もた》れかかるように身体へしがみつく。あいかわらず蒼獣に抵抗するそぶりはない。ぬるぬるとした分泌物は、仄《ほの》かに温かく、微《かす》かに生臭かった。どこか艶《なまめ》かしい、遠い昔に嗅いだ憶えのある臭気だった。

いったいどこで――記憶の火花が散る。これは、絹江のにおいだ。はじめて結ばれた夜、恥じらう彼女の脚を強引に開いて顔を寄せたとき、秘部から漂ってきた薫香《くんこう》だ。

「きぬえ」

思わず妻の名前を呼ぶ。応えるように蒼獣が、噫乎《アア》、噫乎《アア》と哭《な》きながらしなだれてきた。

黒目が潤んでいる。結婚したころの絹江を彷彿《ほうふつ》とさせるまなざしだった。

私は貪《むさぼ》った。

乳房を弄《いじ》り、唇を吸い、目の前の肉に溺れていった。絹江を抱き、獣を抱擁した。

身体が火照《ほて》り、呼吸が荒くなる。痛いほど滾《たぎ》った陰茎《いんけい》が、なにかの奥へぬるりと挿入《はい》った。

意思と無関係に腰が跳《は》ねる。においが強くなる。絹江が、噫乎《アア》、と哭いた。

そうだ――願いごとを。願いを叶えてもらわなくては。

絹江の笑顔が浮かぶ。もう一度あの笑顔を見たい。そのために、そのために――。

「子供をくれッ、俺の子供をくれえッ」

降り続く雨に負けじと、私は咆哮《ほうこう》した。

5

「青鬼、いましたよ」

身体じゅうを青く染めた私を見るなり、源蔵は玄関に膝をついた。

「源蔵さんに伺ったとおり、山奥の洞穴で遭遇したんです」

「それで……どうした。遭ってから、どうなった」

身体を震わせながら、源蔵が膝立ちで迫ってくる。

「気がついたら、すでに消えていましたけど……ちゃんと願いは唱えましたよ」

さすがに詳細までは話せなかった。自分でも、あれが真実《まこと》の出来事だったのか、熱に浮かされての幻覚だったのか、判断がつかない。

「本当に、居だのが……」

いきなり古老はその場に手をつくと、四つん這いのままで呻《うめ》いた。

「ちょうど二十年前、秋の暮れだった。俺ア山裾《やますそ》で一匹の猪サ銃をぶっ放した。ざっと三十尺、寝でいでも当だる距離だ。ところが……猪は倒れねがった。俺が啞然としてるあいだに、森の奥サ逃げでいった。その日は〝まあ、弘法《こうぼう》も筆の誤りだな、撃ち損じる日もあるべ〟ど自分を笑って済ませだ」

そこまで一気に喋ると、源蔵は長い息をひとつ吐いた。

「けンど……次の日も、その次の日も、俺ァ獲物を仕留め損ねだ。こいづァ只事でねェ、そう思って町の医者サ行ったれば、緑内障だど言われでの」

「それで……銃を持てなくなったんですね」

視力が著しく低下した場合、猟銃は所持できない。誤って人を撃つ可能性が否めないからだ。私も狩猟免許の講習で「目は大事にしろ」と、しつこいほどに言われていた。

「俺にとって山サ入れねェってのは、息が吸えねえのど一緒だ。だがら、死のうど思った。どうせなら山でくたばろうど奥へ奥へ入っていった。そしたば……あれが居だ」

跪《ひざまず》いたまま、源蔵は語り続けている。

「魂消《たまげ》だなんてもんでねがった。曾祖母が語ってあった話ァ本当だったんだがらの。そこで俺ァ、ようやっと思いだした」

「青鬼に遭ったら願いを言えぇ。たったひとつだけ、なんでも叶えてもらえる……」

暗誦する私をちらりと見て、古老が首を振った。

「迷ったすえ、俺ァ青鬼サ向がって〝もう山サ行がねくても済むようにしてけろ〟ど叫んだんだ。目を治してもらったどしても、いずれは足が駄目になる。腕があがらねぐなって腰が立だねぐなる。何度も辛い思いするくれェなら、いっそ山に入る気持ちを吹き飛ばしてけろ……そう願ったたつもりだった」

「その願いは、叶ったんですか」

私が訊ねた途端、源蔵が嗚咽《おえつ》を漏らしはじめた。三和土《たたき》が涙と鼻水で濡れていく。

「……とんでもねェことになった。俺ァ、そういうつもりで言ったつもりはねがった。俺ァ、昔話の鉄砲撃ちど一緒だった。どうしようもねェ莫迦だ」

「どういう意味ですか。いったいなにが起こったんですか」

「すまねえ……東京のアンちゃん、本当にすまねえ」

その後どれだけ問い質《ただ》しても、源蔵は要領を得ない謝罪を繰りかえすばかりだった。そのさまは哀れであったが、憐憫《れんびん》の情を傍《かたわら》に追いやるほど私の胸は高鳴っていた。

やはりあの獣は、高熱が見せた幻ではなかったのだ。正真正銘の青鬼だったのだ。

「と、とにかく、話はまた今度聞きます」

早口で源蔵に別れを告げて、家への路《みち》を駆ける。いまは妻にすべてを打ち明けるのが先決だった。一刻も早く、彼女を解放してやりたかった。

血と泥と体液にまみれた夫を見たら、彼女はどんな顔をするだろう。驚くだろうか。叱るだろうか。呆れるだろうか。なに、もし諍《いさか》いになったとしても、それは狂喜の前の戯言《ざれごと》に過ぎない。事情を話せば、絹江はきっと喜んでくれるはずだ。あのころのように、笑ってくれるはずだ。だって——ようやく願いが叶うのだから。

逸《はや》る心を懸命に抑えながら靴を脱ぎ捨て、リビングへ小走りで向かう。

「絹江、絹江」

返事はない。電気を点けると、テーブルの上には一枚の便箋が置かれていた。

〈一緒に行きます。自分に正直に生きます。離婚届は郵送します〉

呆然としたまま、短い文を何度も読みかえす。絡まっていた思考がじわじわと解《ほど》けていく。千切れたと思っていた糸が、一本に繫がっていく。

源蔵宅から帰宅したとき、浴室から出てきた絹江の半裸が脳裏によみがえる。なぜ彼女はあのときシャワーを浴びていたのか。なにを洗い流そうとしたのか。

「やめろ」

かぶりを振って、悪い想像を追いはらう。入れ替わりに思いだしたのは、執拗《しつよう》に山へ行く日を訪ねる須田の笑顔だった。あの発言は私を心配していたものではなく、不在を確認するためだったのではないか。

「やめろ、やめろ」

好奇心が主食、禁断の味、いろんなことを知ってるのね——宴の席でのふたりの会話が、きれぎれに浮かんでは消えていく。

「やめろ、やめろやめろやめろやめろ」

そんなはずがない。絹江が須田と逃げるわけがない。

だって俺は、子供をくれと、ちゃんと願って、青鬼は聞き届けて——。

「やめてくれ！」
堪らずに絶叫した直後——遠くで、銃声がこだました。

6

パトカーの回転灯が、満月の浮かぶ空を赤銅色《しやくどういろ》に染めている。

警察官に見つからぬよう身を潜め、私はそっと自宅を抜けだした。

ここ数日、村は厳戒態勢が敷かれている。昼夜となくパトカーが巡回し、空き家や荒地の捜索を続けていた。日が替わったいまも複数の警察官が村をうろついている。

家の裏手にまわり、腰をかがめて生垣沿いに進む。枝葉の隙間から、路地を歩く警察官の制服が見えた。腕を伸ばせばホルスターに手が届く。いっそ、拳銃を奪い取ろうか。長くて重い散弾銃よりは手軽に携帯できる。そうすれば、このあとの〈計画〉が容易になる。強奪の光景を一瞬だけ夢想してから、私はすぐに考えを改めた。

無理だ。自分の腕前では、源蔵のように上手くは死ねない。

私から青鬼との遭遇を聞いたその晩——源蔵は自殺した。

住民が県警から聞いた話によれば、源蔵は隠し持っていたスラッグ弾を古い散弾銃にこめると筒先を口に咥《くわ》え、足の指で器用に引き鉄を引いたらしい。飛び散った脳漿《のうしよう》は天井まで散っていたという。一発必中、最期まで彼は〈一流の猟師〉だったわけだ。

だが、いま村を騒がせているのは源蔵ではない。彼の自殺はセンセーショナルでこそあったが、事件性は乏しく、警察も現場検証をおこなうとすぐに帰っていった。

渦中の人物は、須田だ。

かの地域コーディネーターは村役場からイベントの運営資金を預かると、そのまま行方《ゆくえ》をくらましたのである。慌てて役場職員が調べたところ、須田は他県でもたびたびトラブルを起こしていた。賃金不払い、女性絡みのいざこざ、暴力沙汰——騒動の数も種類も片手では足りないほど、彼は札付きの男だった。

村はじまって以来の事件である。議会では事業そのものを中止すべしとの意見が出ているらしい。つまりは私も放りだされるということだ。もっとも、任期中に解約されるだけならまだ幸運なのかもしれない。妻が須田と駆け落ちしたなどと知れれば、私も共犯を疑われ、警察に事情聴取を受ける可能性が高い。村に住み続けるどころか、ライターとしても葬り去られてしまうだろう。

しかし——もはや、そんなことはどうでも良かった。

同朋の裏切りも、妻の不貞もいっさい興味がなかった。

いま、知りたいのはただひとつ。私の願いは成就したのか——それだけだ。

信じていなかったわけではない。むしろ信じていたからこそ、聞き届けられたとの確信があったからこそ、私の胸にはひとつの疑念が渦巻いていた。

源蔵の教えてくれた物語が、瞼《まぶた》の裏に浮かぶ。あの話に登場する青鬼は思いこみで先走り、村人すべてを殺してしまった。願いを叶えたつもりで、鉄砲撃ちを不幸せにしてしまった。いっぽう、『泣いた赤鬼』の青鬼は良かれと思って手を差し伸べたものの、親友を思っての行動が裏目に出て、赤鬼の心に癒《い》えない傷を残している。

どちらの青鬼も、悪意などなかったのだ。願いを聞き届けてやっただけなのだ。なのに、恨まれ、憎まれ、畏れられ——本当に哭くべきは、青鬼ではないのか。真に責められるべきは、言葉足らずな願いを乞うた者ではないのか。

つまり——私だ。自分の不始末は、自身で決着をつけなくてはいけないのだ。

銃身を握りなおし、私は月灯りの下を走った。


素人目なら藪《やぶ》にしか見えない獣道を折れ、階段状の岩場をよじ登る。ひと月前までは右も左もわからなかった山が、いまは庭同然に思えるのが自分でも不思議だった。

山に受け入れられたのか。それとも呑みこまれたのか。

張りつくようにして直角の絶壁を踏み継いでいく。迷いも躊躇《ためら》いもなかった。人生ではじめて、自分は正しい道を選んでいる自信があった。

鬱蒼《うっそう》とした低木のあいだを潜りながら進むうち、突如として視界が拓《ひら》けた。

眼下に、擂《す》り鉢《ばち》状の窪地が広がっている。

火口跡だろうか。もしや、これが〈穪骸〉の語源となった神域なのだろうか。徒然《つれづれ》に考えつつ、私は猟銃をストック代わりに用いながら慎重に傾斜をくだった。

辿りついた窪地の底は、月光に照らされて雪原のように輝いている。

発光の正体は、玉砂利のような乳白色の鉱物だった。いちめん敷き詰められた白い小石、その隙間からは色とりどりの花が咲き乱れ、擂り鉢に吹く夜風を甘くさせていた。

蒼白の大地に屈んで欠片《かけら》を摘《つま》みあげるなり、私はそれが石ではないと知った。

敷き詰められているのは無数の骨だった。大小さまざまの獣骨が、あるものは原型を留めたまま、あるものは風雨で粉々に砕け散り、神域を埋め尽くしていた。万骨《ばんこつ》の眼窩《がんか》や肋骨を縫いながら、花々は茎を伸ばし、葉を広げ、天へと花弁を開いていた。

なるほど、これこそが源蔵の〈願い〉の産物なのだろう。

山サ二度と行がねくて済むようにしてけろ——そう願ったのだ、と彼は言っていた。

たしかに禽獣が死に絶えてしまえば山へ赴《おもむ》く必要はなくなる。本末転倒だが、いかにも青鬼が選《よ》りそうな手段に思えた。捻《ね》じ曲がった善意、でたらめな神意だ。

源蔵の願掛けが、このような形で結実したとすれば——私の願いも、やはり。

白い骨片を靴底で砕き、花びらを踏みしめて、漂白の中央へ進んでいく。

周辺よりいっそう落ち窪んだ、もっとも低い部分。そこに、巨大な影があった。

こちらに気づいた影が、ゆら、と動く。

月光に、ラピスラズリの肌と二本の角が浮かびあがった。

青鬼は、花畑へ埋もれるように蹲《うずくま》っていた。

背中が激しく上下している。遠目にも呼吸の乱れが判った。

間違いない、まもなくだ——悪夢じみた予想があたっていたことを、私は悟る。

ただ、この夢は醒めない。笑いたくなるほど残酷で、醜悪で、荒唐無稽《こうとうむけい》な現実だ。

よろめきながら青鬼が立ちあがり、頸《くび》をあげて月を睨《にら》む。

獣の眦《まなじり》から、涙がひとすじ頬を伝った。それが合図だった。

ぶしゃり——。

飛沫《しぶき》を立て、蒼獣の下半身から果実を思わせるかたまりが花のなかに落ちた。

青鬼がどさりと身を横たえる。羊水に濡れた蒼い果実は、取りだした心臓のように蠕動《ぜんどう》を繰りかえしていた。

嗚呼《ああ》、やはり正しかった。

私の願いは、きちんと叶っていた。

あのとき、自分は青鬼と媾《まぐわ》いながら一心に叫んだ。

子供がほしい、子供がほしいと。

けれども——誰とのあいだに、とは言わなかった。

つまり。

羊膜《ようまく》を破り裂いて獣の赤児が頭を覗かせ、高らかに産声《うぶごえ》をあげた。

「おとおさん」

私に瓜ふたつの顔だった。

「おとおさん、おとおさあん」

青鬼の仔が哭く。月が陰る。闇のなかに、花の香りが満ちていた。

散弾銃に弾をこめ、私は一歩踏みだす。靴の裏で骨が、ぱきり、と割れた。

せっかく叶えてやった願いを反故《ほご》にされたら、青鬼は哭くだろうか。怒るだろうか。それとも、いよいよ呪ってくれるだろうか。

いずれにせよ、もう戻ることはできない。

「俺も鬼だ。今夜から、鬼だ」

筒先を我が子に向け、私は花を踏み散らしながら歩いていった。

ヒトに潜むもの

上田早夕里

●『ヒトに潜むもの』上田早夕里《うえださゆり》

現代日本を代表するSF作家・上田早夕里もまた稀代のハンターである。これまでの《異形コレクション》に上田早夕里が狩り集めてきた異形の生物相は、想像を遥《はる》かに超える多様さに満ちている。たとえば、初登場にて《オーシャンクロニクル》シリーズの出発点となった傑作「魚舟・獣舟」（第36巻『進化論』）の人間の〈朋〉となる海洋生物。「くさびらの道」（第38巻『心霊理論』）の畏《おそ》るべき菌類。「夢みる葦笛」（第43巻『怪物團』）の美声を奏でる腔腸《こうちょう》動物めいた頭部のヒューマノイド。「化石屋少女と夜の影」（第49巻『ダーク・ロマンス』）の化石となった異形博物学の対象生物たち……。独創的な異形の生物相をこれほどまでに創造するSF作家は近年では珍しいとも思われるが、なによりも凄いのがこの異形たちが人間たちに与えていく影響である。上田早夕里のSFでは、こうした異生物と関わる人間そのものが、すでに異形の生物相とすら見えてくる。

時代の先を見つめる目も素晴らしい。本作に登場するSNS環境は、いかにもSF作家の幻視する未来の環境と思われるが、しだいにフィクションではなくなりつつあるのかもしれない。いや、すでに私たち人間という生物相の変化も。

なお、上田早夕里は、昨年、『ダーク・ロマンス』校了直後に、中国で歴史あるSF文学賞『銀河賞』の「最も人気のある外国人SF作家」部門を、短篇集『夢みる葦笛』で受賞した。日本人初の快挙である。おくればせながら、この場を借りて祝福を贈りたい。

たとえば、環状線を走る列車に乗って、いつまでも降りずに乗客の様子を眺めているときや、軽く混み合う繁華街を、丸一日かけて、ゆっくりと行き来するときに。

彼の目は、そこで〈標的〉を見つけ出す。

市の総人口との対比でいえば、この街の〈標的〉の数はまだ少ない。だが、それらが人間社会に存在していること自体が、既に異常事態なのだ。

狩らねば、あいつらを。

〈標的〉を保有する〈対象者〉を発見すると、彼は何食わぬ顔をして、正面から相手とすれ違うルートを選ぶ。正確に間合いをとって接近しながら、左手の中指にはめた指輪型機器を親指の腹でこする。上衣のポケットに収めた音響銃のスイッチが入り、設定された周波数が鋭く放たれる。その音は人間の可聴域からは外れているので、通行人はおろか〈対象者〉の耳にも感知されない。この音に気づくのは、〈対象者〉に張りつく〈標的〉だけだ。

音を聴いた瞬間、〈標的〉は身を強《こわ》ばらせて動かなくなる。擬《ぎ》死《し》と呼ばれる防衛行動だ。天敵の鳴き声だと誤認して。死んだふりをしてやりすごす。地球上の動物や昆虫がとる手段と同じである。

彼はそれを利用して次の行動に移る。歩きながら右手を持ちあげ、マスクフックを兼ねている耳掛け式機器の右側の表面を指先でタップする。攻撃用のアプリが立ちあがり〈標的〉に狙いを定める。矢のように放たれた電子攻撃は、〈標的〉の本体に到達すると内部の回路を誤作動させ、一瞬で中枢を焼き切った。

散弾銃のザラ弾を浴びたように〈標的〉は穴だらけになって死ぬ。その末端に展開されている〈根〉は、本体を失って自壊し始める。

ちょうどそのタイミングで、彼は〈対象者〉とすれ違った。街角で見知らぬ者同士がそうするように。〈対象者〉は三歩も進まぬうちに両膝を折り、前のめりに倒れ込む。両耳に装着していた機器が外れ、マスクが一緒にはがれ落ちる。煉《れん》瓦《が》色《いろ》の歩道の上で、落下した機器が跳ねる。それは彼が〈標的〉を攻撃するために使った耳掛け式機器と同じもの――〈ｍｅ〉《ミー》と呼ばれる、最新型のウェアラブル通信機器だった。

彼はさっと振り返り、親切な通行人を装って〈対象者〉に駆け寄る。大声で「大丈夫ですか」「しっかりして下さい」などと呼びかけながら、他の通行人が気づく前に、歩道に落ちた〈ｍｅ〉を素早くひろって、自分のポケットに収める。

誰かが心配そうに寄ってきたので、彼は相手に向かって「救急車を呼んで下さい」と叫んだ。突然指名された相手は慌てふためき、反射的に自分の〈ｍｅ〉に触れて１１９をコールする。少しずつ野次馬が集まってくる。遠巻きに見るだけで何もしない人間が多いのは、歩道に倒れている者が、感染力の強い病気にかかっている可能性を恐れてのことだ。

救急車のサイレンが近づいてくる頃には、彼は通行人にまぎれ、現場からさりげなく姿を消す。


最近、遺品の中に〈ｍｅ〉が含まれていない行旅死亡人《こうりょしぼうにん》が増えている——。

市の福祉課に勤める颯太《そうた》は、そんな印象を、うっすらと抱いていた。

そのような死者は、マイクロチップも埋め込んでおらず、身元が判明しにくいので、大半が無縁仏になってしまうのだ。

〈ｍｅ〉は、非侵襲型脳波測定機能をそなえており、個人認証にも使われる装置だ。昔のフック付きワイヤレスイヤホンに似ており、耳の穴をふさがないデザインなので、ほぼ丸一日装着しても苦にならない。ＨＭＤ《ヘッドマウントディスプレイ》やコンタクトレンズ型ディスプレイと連動させて、通話やデータ通信に使う。颯太も寝るとき以外は身につけていた。

個人認証用の機器としては、注射器で皮下に打ち込むマイクロチップがあるが、日本では〈ｍｅ〉のほうが先に普及したので、いまでもこちらを使う人が多い。体外に装着する機器のほうが修理や購入が簡単だし、そもそも〈ｍｅ〉のほうが多機能なのだ。

ただし、二〇＊＊年現在の日本でも、皮下にマイクロチップがなく、〈ｍｅ〉も持っていない人間は大勢いた。

極度の貧困層に所属する人々や、一般人からは見えない社会で暮らす無国籍者だ。

社会の底辺で暮らす人々の中には、闇市場で流通する不法携帯端末を買い、日々の認証や決済を行っている者が多い。彼らや彼女らが死亡した場合、その機器からは本当の身元がわからず、身元引受人も判明しないことが大半だ。

所持品等から本人の氏名や本籍地が判明せず、家族などの連絡先もわからない場合、「行旅死亡人」扱いとなり、遺体は市が引き取って火葬にする。遺品は市役所の健康福祉部生活福祉課で管理。市役所は公式サイトに「行旅死亡人」に関する情報を掲載し、家族や知り合いが気づきやすいように働きかけているが、昨今は、問い合わせ自体がめっきり減った。

颯太は、福祉課で働き始めて十年になる。

十年間に及ぶ日本社会の暗い変化を、行旅死亡人の遺品整理をする中で、ひしひしと感じとってきた。

最近は「皮下にマイクロチップがない、〈ｍｅ〉も所持していない」という死者の中に、貧困層や無国籍者だけでなく、普通に生活していたと思われる人々までもが数多く含まれるようになった。

そういった人々の遺体は、安くはない鞄や装飾品を所持していたり、着衣も比較的新しかった。これは当人が、死亡直前まで、社会の中で平均的な生活水準にあったことを意味する。

実際、このような場合には捜索願いが出ていることがしばしばあり、行旅死亡人扱いにはならずに済むケースが多かった。

いったい何が起きてるんだ？

颯太は、この状況をうまく想像できなかった。

生活に困っている様子もないのに、マイクロチップも〈ｍｅ〉も持っていないとは、いったい――。

上へ報告するような事柄ではないが、ひどく気になる。

というのも、近頃は颯太自身も、〈ｍｅ〉がらみで、おかしなことを体験し続けているからだ。

あの日――颯太は、いつものように行旅死亡人の遺品と、その種類を記した一覧表を突き合わせる作業を行っていた。作業部屋には颯太を含めて二名のみ。複数の人間の目を通すのは、遺品の紛失や、書類の記載洩れ、パソコンへの登録ミス等を防ぐためだ。

ところが袋を開封しても、〈ｍｅ〉だけが入っていない。右耳用・左耳用、双方がない。他の遺品はすべてそろっているのに。

病院で死亡が確認された人だったので、医事課が送り忘れたのかと思って電話で確認してみたが、先方からは「入れ忘れだとは考えられない」との回答が返ってきた。病院側には残っていないという。

ないものをあるとは記録できず、公式サイトでは確認がとれた品だけを公開し、一覧表の

〈ｍｅ〉の欄には未受領と記入した。

また、別の日には、こんなこともあった。

作業室でテーブルに遺品を並べ、ひとつずつ確認していたときのことだ。書類内容を確認するため、ほんの少しのあいだ同僚と向き合って話をし、再びテーブルに視線を戻すと、〈ｍｅ〉だけが遺品の中から消えていた。

ふたりは同時に「えっ？」と声をあげた。

「さっきまで――ありましたよね、ここに」

「はい」

「テーブルの下に落ちていないか」

「見当たりません」

部屋中を隅々まで探し回った。テーブルの下はおろか、作業のために壁際に寄せておいた椅子の下にもない。そもそも〈ｍｅ〉は簡単に転がる形状ではなく、双方の手や腕があたって床へ落ちたとも考えにくかった。他の遺品はそのままなのだから、〈ｍｅ〉だけが落ちるのはおかしい。

まるで、〈ｍｅ〉に足でも生えて、どこかへ逃げ出したかのようだった。

如何《いかん》ともしがたいので、ふたりで話し合ったのち、颯太が上司にありのままを報告することになった。

報告を受けた上司は、なぜか颯太を叱責《しっせき》せず、途方に暮れた表情を浮かべた。そして、颯太に向かってそっと告げた。「じゃあ、また未受領にしておいてくれる?」

本来なら徹底的に原因を究明し、再発防止に努めるべき事例である。だが、いまの日本では、身元不明の遺体がやたらと増えているのだ。今回も、もう次の作業が待っている。ひとつの事例に、いつまでも関われないということか。あるいは――もしや、この上司も、過去に同じ事例を体験しているのではないか。

颯太は黙ってうなずいた。

逆らう理由など、ひとつもないのだ。


仕事を終えてマンションへ戻り、狭い自室でひとりで夕食を摂った。洗いものを片づけ終えると、あとは自由に使える時間が少し残る。

以前は友人と会い、イベントに出かけていた時間は、いまではインターネット上でのやりとりに置き換わっている。大勢の人間が集まる場所や施設には、〈警報〉が出ていないときだけ、慎重に準備して出向くことにしていた。年二回のワクチン接種が義務づけられ、治療薬があっても未《いま》だに死者が絶えない状況では、高性能マスクがあっても、仕事による外出以外はなるべく避けたいのだ。

上半身を包み込むクッションにもたれかかり、自宅だけで使う娯楽用ＨＭＤ《ヘッドマウントディスプレイ》をかけて、〈ｍｅ〉と接続した。娯楽用ＨＭＤは、外出時に使うＨＭＤよりも視野が広いので、電源を入れると室内の風景は完全に仮想空間に置き換わる。光学シースルーモードに切り替えるまで、見えるのはネット上の風景だけだ。

颯太は、指輪型機器をはめた左手を振って、メニューを呼び出した。仮想空間に置かれた姿見の前で、自分のアバターとユーザーネームを確認する。ジャケットを着込み細身のパンツをはいた魚のアバターが、鏡の向こうからこちらを見つめていた。颯太が最もよく使うアバター「メダカ」だ。他ユーザーとのあいだに距離を置きたいとき、颯太は非ヒト型アバターをよく使う。普通の人間型アバターを使うのは、知り合いと一緒にＳＮＳを巡るときだけだ。

メニューからお気に入りのワールドを選択して、ジャンプ。巡回コースに入れてあるワールドを次々とそぞろ歩いた。

〈ｍｅ〉と両指の機器を連動していると、視覚・聴覚に加えて、触覚データも楽しめる。触覚は比較的騙《だま》されやすい感覚なので、論理的な仕掛けがあれば、「対象物の肌触り」や「温度」までもが、ワールド上で再現可能なのだ。

颯太は、仮想世界の博物館や動物園や水族館めぐりを偏愛していた。本物の施設では絶対に触れられないものも、ワールド上なら、いくらでも好きなだけ撫でられる。化石や骨格標本、まばゆく光る宝石や鉱物、古い時代の衣服や武器、虎や豹《ひょう》などの危険な生物、シロナガスクジラのように施設に収容できない巨大な海棲《かいせい》生物等々を愛《め》でる行為には、官能的と言っていいほどの魅力があった。

最初期の仮想空間と違って、いまは、視覚・聴覚・触覚に加えて、味覚や嗅覚の再現も可能だ。ただ、颯太は、味覚と嗅覚にはあまり興味がなかった。人間の悪意を排除しきれないネットの世界では、アプリのブロック機能は不充分だ。いまでさえ、電子的五感を利用した嫌がらせや暴力行為は絶えない。「この技術は使用を中止すべきだ」とか「いや、積極的に使ってこそ、新しい用途を開拓できるのだ」と、激しい議論がＳＮＳの内外で繰り広げられている。

颯太は議論を野次馬的に眺め、他人がなんとかしてくれるのを待っているだけだ。それまでは現在のシステムで体と心を癒《い》やし、ときどきは、招待状がなければ入れない〈プライベート・ルーム〉で参加者合意のうえでの密かな快楽に耽溺《たんでき》しつつ、「もう少し、官能系デバイスの感度が上がらないものか」と悩ましく思ったりする程度で幸せなのだ。

今夜最後に訪問したワールドは、参加者があちこちに寝転がって、他人のトークを流し聞くだけの部屋だった。颯太もあいている場所に入り込み、毛足の長いラグの上に体を横たえた。ちょうど流れてきた話は、最新の都市伝説――「病院の怪談」だった。

怪談は、嘘か本当かわからないところが面白い。今日も、わくわくしながら耳を傾けていると、やがて、心臓がどくんと跳ねあがるような話が始まった。

怪談を語る男の声は、淡々と、自身の体験を話し続けた。

――私は病院で医療事務の仕事をしていますが、最近、奇妙な患者さんを、たくさん見るようになりましてね。交通事故じゃない、持病の発作を起こしたわけでもない、本人の過ちによる街角での転落や転倒でもない。外見上、大きな傷は皆無で、倒れたときに負った打撲のあとがあるぐらい。それなのに、全員が重体。

その人たちは病院に運び込まれると、例外なく、しばらくして死亡が確認されました。職種はいろいろです。会社員、学生、いろんな職業の労働者、旅行者。性別や年齢に偏りはなく、家出人や路上生活者でもなかった。皆、出先で倒れたところを通行人に発見され、うちへ搬送されてきたというパターンです。

そして、全員が、両方の耳の穴から出血していた。

最初は新手《あらて》の感染症を疑いましたよ。でも、県警の検視によると死因は脳内出血だそうで、伝染病や寄生虫が原因ではないらしい。未だに原因は謎なんです。

不思議なことに、この人たちは皆、最初は身元の確認が困難でした。マイクロチップを入れていない、〈ｍｅ〉も持っていない。外見から察するに、どちらかを所持しているはずの人たちなのに。

見た目の印象では、出勤や退社の途中、登校や下校の途中といった感じ。まあ、たいていは家族や友人がおかしいと気づいて捜索願いを出していたので、警察からの問い合わせで身元がわかるんですけどね。それでも何人かは、行旅死亡人扱いになってしまいました。

例えば〈ｍｅ〉を紛失しているのは、救急隊員が現場で回収し忘れたとも考えられますが、あれは、そう簡単には耳から外れないつくりでしょう。なんとも不思議でね。マイクロチップを埋めていないなら、必ず〈ｍｅ〉を持っているはずなのに。

両耳からの出血と〈ｍｅ〉の紛失が、何か関係あるのかなあと、ちょっと気になりました。

そんな、ある日――。

ひとりだけ、左耳に〈ｍｅ〉が残った状態で運び込まれた患者さんがいたんです。若い男性。駅前のショッピングセンターで倒れて搬送されたのですが、やはり目立った外傷はない。まだわずかに意識があると、救急隊員が連絡してきました。

私は病院の救急専用出入り口まで飛んでいって、扉を開けました。救急車が到着し、隊員が車内からストレッチャーを降ろす。私は患者さんの所持品を受け取り、救急隊員から聴き取った内容を医療用携帯端末に打ち込みました。そして、左耳に残っている〈ｍｅ〉から個人情報をコピーするために、付属のコードを延ばして、端子を接続しようとしたときに――〈ｍｅ〉がひとりでに、ぽろっと床に落ちたんです。ああ、これは、本人が倒れたときにフックの部分が壊れたんだな、本体も破損していたらまずいなと心配しながら、床に落ちた〈ｍｅ〉に手を伸ばそうとしたら――。

〈ｍｅ〉が、すすーっと動いたんですよ。

ひとりでに。

脚がたくさんある生き物が、床の上を、ささーっと走っていくみたいな感じで。

笑わないで下さいね。

本当に、見たんだから。

私、一瞬、何が起きたのかわかりませんでした。

その間に看護師はストレッチャーを処置室へ押していき、救急隊員は救急車へ戻っていきました。ドアをばたんと閉める音がして、エンジン音が響いて、赤い回転灯の光が遠ざかっていった。

私はそのあいだ、床の上で、もぞもぞと動き続ける〈ｍｅ〉を、ひとりで見つめていました。

悪夢みたいだった。

〈ｍｅ〉だったものが、いつのまにか、胴体の太い蜘蛛《くも》みたいな姿に変わっていて、いっぱい生えてる長い脚をゆらめかせながら、神経に障る甲高《かんだか》い声で「キエーッ！」と鳴いたんです。

そのあと、しばらく記憶がありません。

ふと気づけば、床の上からそいつは消えていて――。出入り口の扉が開いたままだったので、あれはそこから逃げたのかもしれません。

床に落ちたはずの〈ｍｅ〉は、いくら探しても見つかりませんでした。

その患者さんは、これまでの人たちと同じく、すぐに亡くなってしまいました。カルテには、いつものように脳内出血で死亡、と。両耳から出血があったと記載されていました。

私が見たあれは、いったい、なんだったんでしょうね？

同じ体験をした方、どこかに、いらっしゃいませんか。


にわかには信じがたい話だったが、颯太がどきりとしたのは、「目の前にあった〈ｍｅ〉が、いつのまにか消えた」というくだりだ。

〈ｍｅ〉が怪物に変わるところは、怪談らしくするために語り手が加えた虚構だろう。だが、あったはずの〈ｍｅ〉が眼前から消えたというエピソードだけは、自分の体験と一致する。つまり、似たような現象が、よそでも起きている証拠ではないのか。

颯太は、ワールド空間に表示されている語り手のユーザーネームに指先で触れた。プロフィールとコメントが表示された。ユーザー名は「篦口《のぐち》」。職業欄には病院勤務とだけある。自己紹介欄に「実話怪談について語り合うプライベート・ルームを運営しています。興味がある方はメッセージをお送り下さい。入室用パスワードを返信します」とあった。

メッセージのページを開き、すぐに申し込んでみた。

即座に返信があり、そこには、招待制のプライベート・ルームにジャンプするためのリンクと、入室時に入力するパスワードが記載されていた。

部屋の名前は「カサドール」。

手順通りに「カサドール」にアクセスし、パスワードを入れて部屋へ入ると、品のいいバーの風景が目の前に広がった。照明は適度に暗く、カウンターの向こうには、バーテンダーの服を着た女性のアバターが立っている。

バーテンダーは、颯太のアバターがメダカでも少しも嫌がらず、「いらっしゃいませ」と、にこやかに微笑んだ。アバターの動きや口調から、ユーザーが操作しているのではなく、自動で客対応するAIだとわかった。「篦口が入室するまで、しばらくお待ち下さい。お飲み物は如何《いかが》いたしますか」

「いや、味覚センサーを持っていないので、結構です」

「味覚センサーがなくても楽しめるつくりになっていますよ。無料なので遠慮なくどうぞ」

「では、モヒートを」

「かしこまりました」

アバターだから人物の動きは現実よりも省略され、仕草もアニメ的に誇張されているが、仮想空間だからこれでいい。むしろ、こういった遊び心がなければ、こういう場所へ来るユーザーの心は癒《い》やされない。

カウンター越しに受け取ったグラスに触れると、颯太が指にはめている機器が作動して、ひんやりとした感覚を再現してくれた。グラスを動かすと、炭酸ガスの泡がはじける音が鮮明に響いた。現実世界では、こんなに大きく聞こえる音ではないが、わざと鮮明に聞かせて、ユーザーの記憶を掘り起こし、「飲み物に炭酸ガスが入っているかのように」錯覚させる仕組みだ。呑む仕草をすると氷が鳴り、グラスの傾きを戻すと、わずかに酒の量が減った。グラスを傾けるたびに、少しずつ中身が減っていく。動画表現の芸が細かい。店長の人柄がうかがえた。

やがて、バックヤードの扉が開き、店長の篦口のアバターが入ってきた。黒いスーツの胸元から、襟を開いた紫色のシャツをのぞかせている。顔立ちは青年だが、実年齢はわからない。

篦口は颯太に向かって「ようこそ」と微笑んだ。「今日は貸し切りですから、他のユーザーは入ってきません。安心して、お喋りして下さい」

「貸し切り？」

「実話怪談の聴き取りでは、語る方のプライバシーを守らねばならないので、必ず一対一でお会いするんです」

「篦口さんは、実話怪談の収集家なんですか」

「少し違いますが、似たようなものです。メダカさんが興味をお持ちになったのは、病院の怪談――〈ｍｅ〉の話が出てくるやつですか？」

「はい。私も、目の前から突然〈ｍｅ〉が消えたことがありまして」

具体的な地名や職場名などは伏せたまま、颯太は自分の体験を話して聞かせた。

篦口は何度も相槌《あいづち》を打ちながら聴き、最後に、「で、メダカさんはそれについて、どう考えますか」と訊ねてきた。

颯太は首を左右に振った。「まるで見当がつきません。ただ、篦口さんの怪談を聞いて思ったのは、〈ｍｅ〉の本体には、虫が侵入できる隙間でもあるのかな、ということです」

「〈ｍｅ〉に棲みついた虫が、内側から機器を押して動かしたと」

「違うんでしょうか」

「少しね――。ところでメダカさんは、生き物を解剖する動画は苦手ですか」

「気持ち悪いのはダメですね。アジを三枚におろしたり、マグロを刺身にするぐらいなら平気ですが」

「それは料理だ。解剖じゃない」

「すみません。意気地なしで」

「では、静止画にしておきましょう。ピントをぼかして、色の彩度も落とします。ついでに、イラスト調に加工しますので、詳細を確認したいときには教えて下さい。加工をリセットします」

篦口が指を振ると、バーの壁に奇妙な画像が映し出された。

一見それは、〈ｍｅ〉の本体から、電子基板とコードが引き出されているように見えた。

だが、目を凝《こ》らしてみると違う。

基板やコードに見えたのは生物の内臓らしい。こんなものが〈ｍｅ〉の中に棲み着いているのか？　虫ではなく、小さなカエルなのだろうか。そういえば海外のジャングルには、硬貨よりも小さなカエルがいると、以前、どこかの記事で読んだ覚えがある。

「どうですか」と篦口が言った。

「どうと言われても、これはいったい」

「実はこれ、〈ｍｅ〉に擬態《ぎたい》する生物なんです」

颯太は啞然となった。

篦口が「いまのは冗談です」と言い出してくれるのを待ったが、彼のアバターは颯太の反応を待って、じっとこちらを見つめているだけだ。

「生物って？」と颯太がつぶやくと、

「言葉通りの意味です」と篦口は答えた。「メダカさんは、昆虫の擬態を見たことがありますか」

「はい。具体的に虫の名前までは出てこないけれど」

「木の枝そっくりのナナフシ、葉っぱそっくりの翅《はね》を持つ蝶、蘭の花そのものに見えるカマキリ、蛇の頭部と目玉に酷似した模様を翅に持つ蛾――。それと同じように、通信用の電子機器に擬態する生物がいる――と言ったら信じますか」

直後、颯太は指先を動かして、手元の空間にメニューを呼び出した。この部屋からの即時退室を試みる。

するとS口のアバターから鋭い声が飛んできた。「いま抜けても、あなたを追跡するのは簡単ですよ」

思わず指の動きをとめた。

このSNSは、ルームやワールドごとにユーザーネームを変更できるが、会員登録時に割り振られるID番号は個人認証と連動しているので不変だ。もし、それを、なんらかの不正手段によって深いところで摑《つか》まれたのであれば、最悪の場合、他のSNSでも身元がばれる。好奇心から地雷を踏んでしまったのか。だが、篦口は嘘で引き留めようとしているだけかもしれない。

篦口は少し口調を和《やわ》らげた。「落ち着いて下さい、メダカさん。あなたは、私と同じ体験をした人だ。これは一般人には知られないままに進行している、大事件なんです」

颯太はいったん退室をとりやめ、メニューを閉じた。「篦口さん自身も、〈me〉が目の前から消えたことがある、と？」

「はい。それだけでなく私は――というよりも『我々』は、ですね。チームをつくり、〈m

ｅ〉を駆除すべく、密かに狩りを行っています」

なるほど。だから、このバーの名前は「カサドール」なのか。

カサドールとは、ポルトガル語で狩人を意味する単語だ。猟兵を指す言葉でもある。

「もう少しだけ、話を聞いて頂けますか」

「いいでしょう」

「昆虫の擬態にはいくつもの種類があります。風景にまぎれるための迷彩的な擬態、毒を持つ別の昆虫そっくりになって天敵を避ける擬態——。この生物の場合は、人間社会の中で最も有利に生存するための形を真似ており、こういうスタイルを隠蔽《いんぺい》擬態と呼びます」

「とても信じられないけれど」

「人間の耳の奥が、どういう構造になっているかご存じですか」

「いいえ」

「鼓膜の奥には、耳小骨《じしょうこつ》、蝸牛《かぎゅう》といった器官がある。鼓膜から伝わった振動は、これらの器官と聴覚神経を経由して脳に伝わり、音として認識されます。そのため頭蓋骨には、聴覚神経が通る穴が開いている。〈ｍｅ〉に擬態した生物は、外耳《がいじ》から内耳《ないじ》へ〈根〉をのばし、この穴から人間の脳内に〈根〉を張ります」

「〈根〉を張られた人は、どうなるんですか」

「外見上は何も変わりませんが、人間性が変化します」

「どんなふうに」

「他人との協調性を失います。孤独を恐れず、なんでもひとりでやろうとします。実際、さまざまなことを独力で楽々とやり遂げてしまいます。集団への帰属を極端に嫌い、国家や政府への愛着を失います」

「そういう人は、この謎生物に寄生されなくても、たくさんいると思うけどなあ」

「私は真面目に話しているんですよ、メダカさん」

「すみません。こんな生物が実在するとは、とうてい思えなくて」

「あなたは家の中で、なくすはずがないものを失った経験はありませんか。散らかった部屋の中で消しゴムやペンが消えたり、積んでおいた読みかけの本が、どうしても見つからなかったり。それは、実は、物品に擬態した生物だったのですよ。電子機器以外にも擬態する奴がいますのでね。何かの拍子にあなたの持ち物にまぎれ込んだそいつが、正体を現して、部屋から逃げ出したのです」

颯太はぶるりと身を震わせた。

やはり即時退室すべきだった。まともに話を聞いていい相手ではなさそうだ。篦口は頭のネジが外れているのだ。一緒にいると、こちらまでおかしくなる。「すみません、僕、やっぱり帰ります」

「待って下さい！　いま、狩りの映像を見せますから！」

「狩るって、こんな小さなものを、どうやって狩るんですか」

「動画につなぎます。しばらく目を借りますね」

つないでいいとも答えていないのに、篦口は強引に、颯太の視野を動画の撮影視点と一致させた。

バーの風景が掻き消え、昼間の繁華街が目の前に広がる。

篦口が言った。「いまメダカさんの目は、〈狩人〉の視点と一致しています。動画の再生速度を早めますので、すぐに擬態生物と遭遇しますよ」

撮影者の歩幅に合わせて風景が後ろへ流れていく。動画は３６０度カメラで撮影されているので、首を上下左右に動かすと周囲の様子を観察できた。

カフェや服飾店などが並ぶ華やかな通りが目に眩しい。休日の撮影ではなさそうで、あまり人出がない大通りを撮影者はゆったりと歩いている。

篦口の声が耳元で響いた。「人類は、人体とネットワーク接続機器との高度な融合に成功し、いまや二十四時間装着が可能なウェアラブル機器や、コンタクトレンズ型ディスプレイや、皮下に埋め込むデバイスの実用化に成功しました。生体と機械との境界線が、ついに完全に融《と》けたのです。この擬態生物は、その状況に合わせて最適の変異を獲得した。耳のそばに装着する〈ｍｅ〉に擬態すれば、人間の脳内へ簡単に〈根〉を張れることに気づいたのです」

「通信機能はどうなっているんですか。擬態生物は、インターネットには直接つながれないでしょう」

「こいつは〈ｍｅ〉を体内に取り込み、そのまま利用し続けます。擬態すると同時に、機械装置にも寄生しているんです。だから、人間に気づかれにくい」

「いや、それは変です。風呂に入るときや寝るときには、いまでも〈ｍｅ〉を外す人が大半です。擬態生物が脳内に〈根〉を張っていたら、〈ｍｅ〉を外せなくなるでしょう。引っぱったら痛いんだから、誰でも、すぐにおかしいと気づく」

「脳に一定量の〈根〉を張り終えると、こいつは、外耳道で〈根〉と本体をいったん切り離します。その切断面には信号の受容体ができるので、人間が再び〈ｍｅ〉を装着すると、擬態生物は切断面へ向かって新たな〈根〉をのばして接触、脳内の〈根〉とのつながりを復活させます。人間が〈ｍｅ〉を外そうとすると、その新たな〈根〉の先端は自然に接触面から離れて、擬態生物の本体側に巻き取られる」

ますます怪しい話だ。でも、虚構としてはよくできている。

颯太は訊ねた。「では、本物の〈ｍｅ〉と擬態生物は、どうやって見分けるんですか。人間側には、ほとんど変化がないのでしょう？」

「寄生された者はすぐにわかりますよ。顔つきや目つきが違う。独特の反抗的な色合いを帯びますからね。あ、前方から老人が歩いてきますね。あれが擬態生物に寄生された者です。

私たちは擬態生物そのものを〈標的〉と呼び、それに寄生された者を〈対象者〉と呼ぶ。さあ、まずは音波で擬態生物の動きを封じますよ」

〈狩人〉が、指にはめた指輪型機器を親指の腹で撫でた。

少し経ってから、反対側の手で〈ｍｅ〉の表面をタップした。

やがて〈狩人〉と〈対象者〉は、何食わぬ顔ですれ違った。

〈狩人〉は数歩進んだのち背後を振り返った。歩道にうつ伏せに倒れた〈対象者〉の姿が、颯太の目に飛び込んできた。

「これで終わりです」と篦口が言った。「次へ向かいましょう」

「えっ、終わりって」

「いまの攻撃で擬態生物は死にました。擬態生物が〈対象者〉の〈ｍｅ〉を取り込んでいることを利用して、〈ｍｅ〉の本体に電子的な攻撃を加え、連動している擬態生物の中枢を破壊するのです」

「〈対象者〉は？」

「擬態生物が攻撃されると〈根〉も自壊《じかい》しますから、脳の機能が低下して、〈対象者〉も死んでしまう。この症状が、カルテに記載される脳内出血の状態です」

「それじゃあ、人間も一緒に殺しているんじゃないか。擬態生物だけでなく」

「仕方ありません。この擬態生物は単為生殖するので、放置しておくと、いくらでも増えるんですよ」

「だからって、寄生された人の命を犠牲にするなんて」

「擬態生物は人間の意思を操ります。自分たちの繁殖領域を広げるために、人間に旅行の計画を立てさせ、ときには当人を海外にまで渡らせる。人間は、それを自分の意思だと思うわけです。『久しぶりに旅行したいなあ、仕事で疲れたせいかなあ』と。違います。擬態生物に操られているんです。こんなこと、放置できないでしょう」

動画の再生はまだ続いていた。颯太の眼前で次々と人が倒れていった。男が、女が、若者が、中年が、老人が。篦口の話が本当なら、全員が、このあと死亡しているのだ。

怖気《おぞけ》が背筋を走り抜けた。これでは擬態生物狩りではなく、人間狩りではないか——。

篦口の声が再び耳元で響いた。「手伝って頂けませんか、メダカさん。道具類はこちらで用意します。我々の背後には大きな団体がついていますから、来年には、日本政府も作戦に参加してくれることでしょう。世界中で大規模な狩りが始まるのですよ。擬態生物から人類を守るために、メダカさんも〈狩人〉となって立ちあがって下さい！」

颯太は自分の頭部からＨＭＤと〈ｍｅ〉をむしり取った。強制的なＳＮＳからの離脱で、自分の部屋の光景が唐突に目の前に戻ってきた。

全力疾走したあとのように、心臓が激しく拍動していた。全身が、じっとりと嫌な汗で濡れている。

よろめきながら立ちあがり、キッチンへ行って冷蔵庫を開けた。ペットボトルを取り出して水をがぶ飲みする。

ようやく頭の混乱が収まったところで、勇気を奮い起こし、まだ少し震える指先で再びHMDと〈ｍｅ〉を装着した。さきほどのSNSにアクセス。参加中の全ワールドからの脱会となる退会処理を選択。その直前、メールボックスにメッセージが届いていることに気づいたが、無視して開封しなかった。

遊びで使っていたSNSだ。友人や仕事関係とのやりとりに影響はない。もう二度と訪れるまい。

颯太は、翌日からも福祉課で仕事を続けた。

行旅死亡人の遺品は毎日届き、身元を確認できない死者の数と、確認・未確認にかかわらず〈ｍｅ〉を紛失している死者の数は、少しずつだが増えていった。その理由については、なるべく考えないようにした。

篦口からは別経路でメールが届くこともなく、電話もかかってこなかった。

やはり、本当はこちらの情報など押さえておらず、あれは、興味本位でアクセスしたユーザーをからかう悪ふざけだったのだろう。

そう思いたかった。

だが、自信がなかった。

もしかしたら人類は、いまこの瞬間も、擬態生物に〈根〉を張られ続け――〈狩人〉たちは、果敢にそれを駆除しているのだろうか。いつかは、自分の〈ｍｅ〉にも擬態生物がとりつき、自分は知らぬまに、脳に〈根〉を張られてしまうのか。

いや――あるいは既にそうなっているからこそ、自分は、篦口の行動に賛同できなかったのではないか？

長く長く、不安と怒りに苛《さいな》まれ続けたのち、颯太はＳＮＳの巡回に費やしていた時間を、街をさまよう時間に変えた。

〈警報〉が出ていても、夜も昼も、積極的に人混みの中へ出ていくのは、いったい何年ぶりか。

訓練を受けていない颯太には、擬態生物と本物の〈ｍｅ〉の区別はつかない。ただの人間と、狩られるべき〈対象者〉の違いもわからない。自力で見分けるのは困難だ。だが、〈狩人〉が本当にあのような狩り方をしているのであれば、とてつもなく確率は低いが、根気よく待ち続けることで、狩りの瞬間を目撃できる可能性はある。

颯太は、環状線を走る列車に長時間乗ってみたり、繁華街をあてもなく歩きまわったり、駅前で人の流れをじっと見つめたりした。

イベント会場の警備員や、交通調査を行うアルバイトになった気分だった。

何ヶ月も過ぎた頃——駅前のベンチに座って雑踏を眺めていた颯太は、中年女性がひとり、ゆっくりと前のめりに倒れる瞬間を目撃した。通り過ぎる人々の視線が、倒れた女性の背中にちらちらと投げかけられる。だが、足をとめる者はいない。倒れた女性の周囲だけ、奇妙な隙間が生じている。

颯太はベンチから飛びあがり、倒れた女性に近づいた。その場にしゃがみこみ、彼女に向かって声をかけたり脈を確かめたりしながら、そばに落ちていた〈ｍｅ〉の片方を、素早くひろいあげ、自分の上衣のポケットに突っ込んだ。

自分の耳元に手をやって〈ｍｅ〉の表面をタップする。１１９をコール。幸い、そのときになっても野次馬はほとんど集まってこなかった。今日は〈警報〉が出ている日だ。感染症に対する警戒心が強くなっている現在、日本人は以前よりもなおいっそう、街中で倒れた者に安易に触れたりはしない。

ふと、誰かの気配を感じて颯太は顔をあげた。視線の先に、五十歳ぐらいの男性がひとり立っていた。魚類の如く感情や思考が読めない目で、颯太を見おろしていた。

こいつは〈狩人〉だと颯太は直感した。たったいま、この中年女性に寄生していた擬態生物を狩った人物に違いない。と同時に、もうひとつの考えが稲妻のように閃いた。こいつは本当に「人間」なのか？　いや、そもそも篦口自身が本物の人間だったのだろうか。篦口とはアバターを介して会っただけだ。本当の姿は知らない。擬態生物を狩る別の生物——天敵生物がもう一種類いて、ヒトの体や人間社会に潜んでいるとしたら。

男はふいに腕を伸ばし、颯太に摑みかかった。颯太はそれを避け、猛然と駆け出した。

完全に逃げ切るまで、決して振り返らなかった。


自宅へ戻った颯太は、ダイニングテーブルに新品のまな板を置いた。さきほどひろった〈ｍｅ〉をポケットから取り出し、まな板にのせる。

どう見ても本物の〈ｍｅ〉だ。生物には見えない。

ＨＭＤを操作し、手元を拡大モードに切り替える。音声入力で、自分の〈ｍｅ〉に撮影の開始を命じた。

オンラインショップで買ったチタンコートカッターを手にとり、〈ｍｅ〉の本体部分に縦方向にあてがった。〈ｍｅ〉の表面は、人間の皮膚と似た膜で覆われている。柔軟性に富み裂けにくい素材だが、このカッターぐらいの硬度があれば切れるはずだ。

刃を入れると、すっと切れ目が入った。左手でピンセットを持ち、カッターの刃先も使って切れ目を広げる。

〈ｍｅ〉の電子基板に、植物の根に似た白く細い筋が何本も食い込んでいた。小さな心臓や腸に見える器官もあるが、活動しているようには見えない。網目状に広がった薄桃色の血管が組織内に見える。なぜ、これで機械としての〈ｍｅ〉が正常に動くのかと目を疑うほど、擬態生物の組織は基板やコード類を侵食していた。

颯太は〈ｍｅ〉を完全に解体するまで作業をやめなかった。ときどき、固まりかけた透明な体液が切り口からとろりと流れ出た。あまりの気持ち悪さに逆に興奮し、かえって、手をとめられなかった。

ふと、思った。

〈ｍｅ〉に擬態できるなら、こいつは、マイクロチップにだって擬態できるだろう。こいつらが〈ｍｅ〉に擬態する行動は、ほんの前哨戦にすぎないんじゃないか？　本当の変異と適応は、人類がこいつらを、それとは知らずに注射で体内へ導入したり、頭蓋内チップとして埋め込んでしまったときが本番――なのではないのか。

颯太は解体を終えると撮影を止め、あらゆる角度から静止画も撮った。

記録を残すのは、誰かに見てもらうためではない。これは夢ではなく現実であると、いつでも確認できるようにしておきたかった。証拠がなければ自分の妄想だったのではないかと――次第に怖くなってしまう。

カッターと一緒に購入した、クリスタルレジンの箱を開けた。主剤と硬化剤の分量を電子秤で正確に測る。容器内で二対一の比率で混ぜ、泡が入らないように棒でゆっくりと攪拌《かくはん》する。それを直方体のシリコン型の中に半分ほど流し込む。ピンセットで、解体した擬態生物のパーツをつまみ、レジンの上に慎重に並べていった。並べ終えると、残りのレジンをそこへ流し込む。三十六時間以上の放置で、レジンは完全に固化するはずだ。

翌々日、型から外したクリスタルレジンは、透明な氷柱《ひょうちゅう》のように綺麗に固まっていた。色褪《いろあ》せることなく、永遠に保たれる擬態生物の標本だ。

表面をサンドペーパーで磨くと艶が出るらしいので、目の細かさが違うサンドペーパーを段階的に使って、丁寧にレジンの表面を磨いた。

完全に磨きあげたとき、標本のあまりの美しさに身が震えた。翅を広げた蝶のような格好に切り開かれた擬態生物は、少しも怖くはなく、むしろ、神々《こうごう》しさすら感じられるほどだった。

颯太は両手でレジンの塊に触れ、なめらかな表面を繰り返し撫でた。閉じ込められた擬態生物は、その指の動きをレジンの内側から見つめ、優しい感触を味わってくれているかのようだった。

手で触れられる形で残しておけば、自分の体験が妄想ではなかったことを確信できるはず——と思って始めた作業だったが、いまや、その理屈は完全に頭の中から消えていた。

この標本を、愛《いと》しいとすら感じた。

あるいは、いま自分は、同胞を悼《いた》んでいるのかもしれない。

涙の代わりに、ささやかな決意が心の底から湧きあがった。

生き延びる手段を探さねば。〈狩人〉たちに対抗できる方法を、彼らと闘う方法を見出さねばならない。

見知らぬ他人を平気で殺す者になるぐらいなら、自分は狩られる側でいたいと、颯太は強く願った。自分の脳が〈根〉で侵食され、もはや旧来の意味でのヒトではなくなっているのだとしても、篦口からの誘いを拒めるうちは、まだ、本物の人間でいられるような気がする。

颯太はレジンの塊に、自分の額をそっと押し当てた。

ひんやりとした感触が、たまらなく心地よかった。

早ければ明日、遅くとも何日かあとには、自分を狩ろうとする者に遭遇するかもしれない。

そうなったら、もう、ここへは戻れない可能性もある。

けれども、狩られる側の立場を守り続ける限り、不気味な集団の言いなりになって他人を殺すような真似をせずに済むのだと思うと——ほんの少しだけ心が安らいだ。

清水 朔

贄《にえ》のお作法

●『贄《にえ》のお作法』清水《しみず》朔《はじめ》

《異形コレクション》初登場の新たなる奇想探求者。

清水朔は、2018年に上梓した『奇譚蒐集録　弔い少女の鎮魂歌』（新潮文庫nex）が、数多くのミステリ読者、ホラー読者に支持され、熱い注目を浴びた。大正時代を舞台に沖縄の孤島に伝わる奇怪な伝承と葬送儀礼をめぐる事件に帝大講師と書生コンビが挑むというこの作品、日本ファンタジーノベル大賞の前年候補作を改稿したとのことだが、濃密な描写と個性的な奇想が実に印象的。2020年にはシリーズ第二作『奇譚蒐集録　北の大地のイコンヌプ』（新潮文庫nex）も上梓した。

彗星《すいせい》の如く現れた感のある清水朔だが実はデビューは2001年。集英社ノベル大賞（及び同読者大賞）を「神遊び」で受賞している。神をモチーフに恐怖と死が交錯する短篇集『神遊び』は、2003年にコバルト文庫として出ていたが、2021年、新たな短篇を加えて、十八年ぶりに集英社文庫から復刊した。デビュー時からのテーマを、民俗学者のように探求し続けて、ヒット作を産み出す。これからもますます愉《たの》しみな俊英である。

さて、本作は清水朔の新境地。舞台となるのは、明治十年の西南戦争である。

そう……戦地における世にも怖ろしい〈狩り〉の物語なのである。

峠に鳥が鳴く。

雪蔵《ゆきぞう》は声の主《ぬし》を探したが、鬱蒼《うっそう》とした緑の影からは見つけだせなかった。

ここは鳥神岡《とがめおか》――別名を伊佐《いさ》富士という。文字通り富士に似た美しい山だというが、あいにくと雪蔵は富士山を見たことがない。山といえば桜島、それに勝るものなどないと思っている。

山の北側から登ってしばらくすると二岐《ふたまた》に分かれた場所に出た。指示通りだ。左へ進み、次に出くわす赤いベロ掛けの地蔵を目印にせよと命令を受けている。

『やれるな、八馬《やま》』

命令を下したのは辺見《へんみ》大隊長その人だった。五月に大口《おおくち》に侵攻した官軍を止めるため、本営は雷撃隊――辺見十郎太《じゅうろうた》を遣《つか》わしたのだ。その編成に組み込まれるとは思わず、願ってもない状況に雪蔵は同輩たちと小躍りして喜んだ。

辺見隊の働きぶりは凄まじく、一時は官軍を再び熊本まで後退させしめるかに見えたものの、ほどなくして押し戻されながら激しい攻防戦を展開している。じりじりと前線を圧迫され、ついに山野を制圧された。

六月十三日——たった四日前のことである。

雪蔵ら兵卒も必死に応戦したが、負傷兵を運ぶにも手が足りないほどの難局を呈した。

現在は辺見隊を筆頭に各所で膠着《こうちゃく》状態にある。

この緊迫した状況下、わざわざ隊長がやってきたことにも驚いたが、その指名に一番驚いたのが雪蔵本人だ。

『我が隊の間諜《かんちょう》の正体が露見したゆえ、当人がこちらへ向かっている。追手はかかっていないと思われるが、有事を考え、腕の立つものを迎えに遣《や》りたいのだ』

『なんで雪蔵が！　俺《おい》が行きもす！』

『いや、俺《おい》が！』

名乗りを上げたのは皆同輩、いずれも郷士の小倅《こせがれ》たちだ。

だが異論が上がっても指名は覆されはしなかった。

思い出すだに小鼻が膨らむ。

隊長は雪蔵にうなずいたように見えた。

——俺の働きに一目置いてくださっている。

同輩たちの妬《ねた》みの眼は、存分に雪蔵をくすぐった。

また鳥が鳴いた。顔を上げる。反響した甲高《かんだか》い声は山に滲みていくようだ。

そういえば、何かがキチキチ鳴けば雨が上がるという。そんな諺《ことわざ》を、隊の誰かが言っていた。キチキチと鳴くそれが何の鳥だったかは覚えていない。

この鳥神岡も西側では堡塁《ほるい》を築いている頃だろうに。

開けた視界に天は青く、のんきに白雲など浮いている。


目印はすぐに見つかった。小半時《こはんとき》ほど登れば剝き出しの岩肌の崖、その下にたしかに小さな地蔵があった。だが首から上がない。

道なりに目を遣れば上へと続く左手、右手の道は下への傾斜になっている。人影はない。夜半まで降っていた雨でぬかるみがそこここにあるが、誰の足跡も認められなかった。もともと往来の多い峠ではないのだろう。

雪蔵は勢いよく太刀《たち》を引き抜くと、袴《はかま》の汚れも気にせずに地蔵らしきものの隣に腰を下ろした。ちゃぷ、と竹の水筒から水音が漏れる。胸元からはカサリと紙の音がした。開いて忘れないようにその名前を口の中で唱える。

じりじりと前線が南下する中、山野を逃げ出した彼はこの峠を目指して戻ってくるとのことだった。雪蔵は太刀に目を落とす。

——喉が渇く。

午《ひる》はとっくに超えている。郷里と変わらない陽射しの鋭さ、汗があごの下を伝う。乱暴に腕で拭《ぬぐ》った。

首無しの地蔵を見下ろすとベロ掛けは見当たらない。誰かが盗んでいくようなものでもないだろうから、千切《ちぎ》れて失せたか。あるいは誤情報か。

当然ながら御供《ごく》などもなかったが、まるでその代わりかのように蛙《ビッチョ》の死骸が落ちていた。手足までもはっきりわかる。水気の抜けた干物のようだ。なぜか木の枝に刺さっており、枝は尻から口まで貫通していた。まるで川魚を焼く時のように。

こういうものをどこかで見たことがある。幼い頃だったか。思い出せない。

その時だ。

とっさに太刀に手を掛け、目を眇《すが》めた。道の先に人影が見えたのだ。

男である。腰を曲げ、手拭の頬《ほっ》かむり、杖をついて歩いてくる。六十を越えた爺のようだ。

例の間諜は四十手前だと聞いている。

雪蔵は太刀から手を放し、素知らぬ振りで首を回した。男はどんどん近づいてくる。

尻からげから伸びた足が、爺のそれよりややがっしりしているように見えた。

やがて目の前に来ると、男はにこやかに会釈をしながら足を止めた。

「暑かですなぁ……こう暑かっちゃどげんしたって空く腹ん声ば止められんけん」

肥後弁《ひごべん》である。

「朝は何ば食うて来《き》んさったとな？」

雪蔵も慣れない言葉を使った。男は笑う。

「――オカベば」

雪蔵は太刀を取って立ち上がった。

「弥平治《やへいじ》だな？」

「……へえ」

男は手拭を取って腰を伸ばした。背丈は五尺ほど。頭ひとつ雪蔵の方が高かった。手拭の下からは浅黒い肌と黒々とした髪があらわれた。顔に泥を塗《まぶ》しているのはわざとだろう。

「篠塚《しのづか》村の弥平治でござります。ようやく逃れて来れました。難儀な……生きた心地のせんこつですたい」

顔に泥が入り込んでいるせいか、目元の皺《しわ》がやけに明瞭《はっきり》と見えた。

――旅に出っときゃ豆腐《オカベ》を食え。薩摩《さつま》の諺である。

「俺は八馬雪蔵。今は雷撃隊の末席に居《お》る」

「雷撃隊！　辺見隊長のところですな！　それはそれは」

眼を細めたまま、口の端をあげた。

「まだ若《わこ》うして居《お》られるのに、まっぽし頼もしか」

雪蔵は二十を超えたばかり、弥平治からすれば子どもの如き若輩だろうに、侮《あなど》りを感じさせない笑みと物言いだった。彼のこれまでの状況を物語っているように思われた。

弥平治は腰をたたいた。ずいぶん辛そうだ。雪蔵は竹筒を差し出した。

「まあ座れ、おやっとさあ《ごくろうさん》」

弥平治は礼を言い、遠慮がちに腰を下ろした。美味《うま》そうに喉を鳴らして水を飲む。

「追手は……追撃はどうだ？」

弥平治は口を拭うと、竹筒を返してきた。ちゃぷ、と水音がする。

「へえ、俺《おい》も気にはしとったばってん、そいはなさそうです。身の回りはそのままに、ふらっと厠《かわや》へ行くようにして抜けてきましたけん」

弥平治は途中で着物を老人と取り換えたという。周到なことである。

聞けばこの男、ひと月半も軍夫《ぐんぷ》として熊本鎮台《ちんだい》に潜り込んでいたというから驚きだ。

母方が辺見隊長の遠縁に連なるらしい。二月の蜂起以降、薩摩の手伝いをしたいと志願したのだそうだ。出夫を嫌がる村の者に成り代わるのは容易《たやす》かったという。軍夫として入り込み、人目を盗んでは増援の情報、砲門の数、陣内の負傷兵の情報などをまめに伝令に託してきた。

しかし二週間前、伝令と会っているところを、同じ軍夫に見られたのだという。

「分《ふん》の悪かった……小金ば握らせましたが、ここまで保《も》ったとも幸いやったかもしれんです。それでなくとも、ここのところの鎮台兵――官軍は殺気立っとりましたけん、即刻拷問でもおかしゅうはなかったかもしれん」

「殺気立って？　士気が戻ったと？」

弥平治は手を振った。

「支解《しかい》のせいですたい」

雪蔵は目を細めた。

「支解……」

「知っとりますか、支解て。俺《おい》は薩軍派の人間やし悪く言いたかなかばってん、あれは犬の糞《くそ》にも劣る。所帯の太かとこには、中にはそういう御仁《ごじん》もおんなはると、それはわからんでもなかですけど」

支解とは文字通りバラバラにすることを言う。弥平治は顔をしかめた。

「見たことなかとでっしょ、支解。高瀬《たかせ》の戦いの後やったか……遠くからでもひどか臭いで。虫のやたらぶんぶん飛んどって。かまわずに進んでいけば、目の前の木にボロ雑巾みたいなのがぶら下がっとるとですよ。長い褌《ふんどし》のごたっとが。腹の下ってしょんなか者《もん》が粗相したとやろ、そいばその辺の木にひっかけた——そんな感じやったばってん。下作《げさつ》かねって近づいたら、恐《おと》ろしか、そいは腸やったとですよ！　長ぁか、ハラワタ」

周囲には腕や足が散乱し、なぜか木の根元に紐のようなもので括《くく》りつけられた胴部分——ぱっくりと縦に口を開けた腹の中には、頭部が収まっていたという。

「捕虜として捕まっていた熊本の鎮台兵やったとです。官軍じゃ、捕虜は殺さずに居るとですが……薩軍は違う。捕まったら生きて帰れんって、もうお城じゃ決まり文句みたいなもんやったけん」

憤懣《ふんまん》やるかたない口調だ。だがすぐに気が付いたように慌てて否定する。

「あ、辺見隊長のところは違うと思っとりますよ！　血気盛んな兵士の仕業《しわざ》やろうけど、いくら憎か官軍やけんて、無抵抗の捕虜ば惨殺するとはどげんでん酷《むご》かごた。ねえ？」

雪蔵は曖昧《あいまい》にうなずいた。

ふと陽が陰る。同時に顔を上げると、大きな鳥が太陽を遮《さえぎ》って飛んでいくところだった。黒い影で、なんの鳥かはわからない。

「そういや、西郷《さいごう》先生は今月何かお触ればお出しんなったとか」

ああ、と雪蔵は再び陽の射した地面に目を落とした。乾き始めた道が白い。

「……『妄殺《ぼうさつ》ノ禁』だな」

「妄殺？」

「捕虜を妄《みだ》りに殺す勿《なか》れ、だ」

六月の初めに総大将が出したこの禁は、あまりに捕虜を殺す薩軍兵が多かったことに端を発する。私的に捕虜を殺す勿れ、生きたまま延岡《のべおか》の本営に護送するように、という指示である。

弥平治はしたり顔でうなずいた。

「さすが西郷先生ばい。……あの殺し方は酷か。人じゃなか」

顔をしかめている。凄惨な支解を目の当たりにしたせいか、もしかしたら殺された中には弥平治の顔見知りがいたのかもしれない。

顔を歪ませた雪蔵はそれでも小さくつぶやいた。

「戦とは人を殺すことだろう」

「大義ば失っては元ん子もなか。支解ばする輩《やから》ん振りかざす大義とか、聞く耳を持つ者はおらんでしょう」

「おまんさぁは……人を殺したことは？」

滅相もない、と弥平治は首を振る。

「俺《おい》は軍夫ですけん。人殺しは仕事じゃなか」

なるほど、と雪蔵は小さく笑った。

「軍夫か……」

ではいくか、と雪蔵は弥平治を促した。

立ち上がると発光するかのような地面にくらりと眩暈《めまい》がした。

「どげんしなった？」

弥平治の声がぼわんと頭の中で反響する。左の頭部を手のひらで押さえた。

「気にするな……先に行け。すぐに追いつく」

そうですか、とやや心細げな声で応じながら、弥平治は振り向き振り向き歩き出す。

——喉が渇く。

無言のまま竹筒をその場に置いた。草鞋《わらじ》を脱ぐ。弥平治はさほど離れていない。

雪蔵は走る。足裏は吸い付くよう。抜刀したまま地面を蹴れば音もない。だが気配を察してか、直前で弥平治が振り向いた。

「八っ？　ああああっ！」

太刀は弥平治の体に吸い込まれた。背から突き入れた刃は腹から切っ先を覗かせている。

「な、して」

肩越しの声には驚愕が勝っている。

「お前は自分が官軍の軍夫だと、その口で言ったばかりだぞ」

そんなことは、と弥平治が言うのと、刃を引き抜くのとが同時だった。迸《ほとばし》る鮮血に、たまらず弥平治が崩れておちる。返り血を浴びた雪蔵は小さく吐息する。

——滲むように潤っていく。

「同士は大砲で吹っ飛ばされた。官賊に利する者は全員殺す決まりだ」

雪蔵は座り込んだ弥平治を蹴り上げる。地面に伏せた形で、弥平治が逃げようともがく。

「俺《おい》は、官軍じゃな……」

「軍夫だと抜かしたは誰か」

雪蔵は唇を舐めた。

「犬《いん》の糞《くそ》にも劣る俺の振りかざす大義は、聞く耳もたん、のだったか？」

肢から尻にかけて切っ先を滑らせる。真っ赤な線から血が噴き出した。

弥平治が悲鳴を上げた。

「お助け、お、助けぇ！」

「敵は殺されねばならん」

『妄殺ノ禁』を受けてしばらくはおとなしくする日々が続いていた。官軍の捕虜も手に入らず、仮に手に入っても人目のせいで殺せないのは、雪蔵にいや増す渇きを齎《もたら》すだけだった。

――大隊長の指名は、こうなることを見越していたのかもしれない。

それが自分に都合の良い解釈であると判断する理性は、雪蔵にはなかった。

「違う！　た、助け」

うごめく弥平治がひどく醜く映る。泥濘《でいねい》に大量の血糊《ちのり》を混じらせながら文字通り這って逃げる男に、憐れみは少しも湧かなかった。手負いの獲物は放っておいても死ぬ定めだろう。虫と同じだ。手足を捥《も》がれればすぐに死ぬ。

ぞくぞくと背を伝う愉悦を押しとどめながら、雪蔵は弥平治を見下ろしたまま近づく。

無言で太刀を下ろした。

その瞬間、獲物は動きを止めた。

頭を割られた弥平治からはもう生の匂いはしなかった。泥濘に流れたものは雨の残りか腹の血か、それとも死後に緩み出た小便か。

屍《しかばね》は問答をしないが、その分不快さもない。静かに興奮が全身に広がっていく。つるりとした腹を裂き、現れる臓物、その湯気に触れたい。想像しただけで滾《たぎ》った。

雪蔵は弥平治の足を引っ張って近くの木に凭《もた》せかけた。頭の重みを利用する。溢れたもので手が血だらけになってしまった。

いったんその場を離れ、草鞋を取りに戻った。竹筒に残った水で手を洗い、地蔵の脇で履き直していると再び天が陰り、近くで大きな羽音が聞こえた気がしたが、雪蔵はもう顔をあげなかった。

——これで誰にも邪魔をされない。

ひどく浮き足立っている自分に笑った。その時だった。

はっと顔を上げると、そこには古風な市女笠《いちめがさ》を被《かぶ》った女が立っていた。山道の中に突如現れた陽炎《かげろう》だと言われたら信じたかもしれない。

——どこから現れた。

動きを止めた雪蔵は眼だけで女を凝視する。着物には詳しくない。黄味がかった茶色の絣《かすり》、足袋《たび》の白さが目につく。足元にはしっかりと影もある。狐狸《こり》の類《たぐい》ではなさそうだ。

我に返った。己に目を遣れば袴も着物も黒い血糊でしとどに濡れている。少し歩けば引きずられた大量の血、その先に座る、不自然な格好の弥平治に気付くのに暇はかからない。やり過ごすことはできないだろう。

「待て、女」

女の目の前に立ちふさがった。笠の中から窺っている気配のまま、女は足を止めている。

「行き逢ったが主の不運、悪いがここまでだ」

抜き身の刀をかざすと、えも言われぬ愉悦が背を走っていく。

この手がいとも容易く命を奪う。この心持ちをなんと呼べばいい。

「お、お侍さま」

女は拝むようにその場に座り込む。腰が抜けたのかもしれない。顔は見えない。

太刀筋の外だが、走れば造作もない。構えたまま、なんだ、と雪蔵は答えた。

今更ながら女を殺すのは初めてであることに気が付いた。

「拝察するに何某《なにがし》かの刃傷沙汰《にんじょうざた》があったご様子。戦火の折、そのようなこともございましょう。吹聴したりはいたしません。どうか命ばかりはお見逃しを」

声は澄んでおり震えてもいない。不思議と耳に心地よかった。雪蔵は大股で近づくと、太刀先で笠を跳ね上げる。

二十代半ばほどだろうか。豊かな髪を後ろに結い上げ、長い睫《まつげ》を伏せた女だった。青ざめてはいるが子鼠《こねずみ》のように怯えてもいない。かといって女中のようにも見えなかった。

「肝が据わっているな」

「滅相もございませぬ。お侍さまの胸先三寸で地に落ちる命、ひたすらにそれを惜しんでおる小物でございますれば」

雪蔵は女のあごを摑んで上を向かせる。まっすぐに焦点を合わせた女の黒々とした眼に自分が映っている。やや薹《とう》は立っているものの、袷《あわせ》から伺える胸乳《むなぢ》の膨らみも、触れている頰の柔らかさ、肌理《きめ》の細かさにも心地よさを覚えた。美しい女である。

『雪蔵さぁは優しか……』

郷里の兄嫁の姿をふと思い出した。

殺すのが少し惜しくなった。緩んだ手をそっと外して、女が懇願する。

「里へ遣いに出た帰りでございます。私が戻りませんと村の若い衆が捜索に参りましょう……そうなればいささか面倒になろうかと」

「ほう、この期《ご》に及んで脅す気か」

雪蔵は少し愉快になった。

「命乞いに何を差し出す？」

「私はもう命さえあれば、なにも……」

女は目を逸らし匂うような恥じらいを見せた。生娘《きむすめ》ではなさそうだ。雪蔵は太刀を鞘《さや》に納めた。

早くも下穿《したば》きの紐を緩め始めた雪蔵に、女は慌てたように顔を上げる。

「お待ちくださいお侍さま、このような往来では……どうでしょう、私とともに村へいらっしゃるというのは」

「村？」

お怒りにならないでくださいまし、と女は慌てて平伏《へいふく》する。

「見ればお召し物も汚れていらっしゃる。私を悪漢から助けてくださったことに致しましょう。さすれば皆あなた様を歓迎いたします。精のつく料理を召し上がって、熱い湯にもお浸かりくださいまし。村には温泉もございますので」

その言葉だけで、鼻に強烈な硫黄《いおう》の臭いが蘇ってくる。雪蔵はしばし考え込んだ。

辺見大隊長への言い訳はなんとでもなろう。弥平治は官賊の犬になり下がったために成敗した。だがこちらも手傷を負い、村人に助けられた。それなら戻っても面目は立つだろう。

仮に男衆が歯向かってきたところで、太刀の露になる獲物が増えるだけだと思えば良いのだ。

——人殺しをしたことのない者など、怖るるに足りん。

いいだろう、と雪蔵は女を立たせた。痩せているせいか驚くほど軽かった。

「埒《らち》もない真似をすれば、死ぬのはお前だけではないぞ」

「勿論でございますとも、お強いお侍さま」

女は微笑んだ。頰がふくらみ、僅かな稚気《ちき》を覗かせる。

「私は百代《ももよ》と申します。寛大なお心、命を助けてくださったことは忘れません。さ、早く参りましょう」

※※※

とろりとした乳白色の湯は、郷里のものとは違っていたが、やはり懐かしい硫黄の臭いがした。熱めの湯に浸かると思わず声が出るほど体がほぐれていくのを感じる。

てっきり山を下りるものだと思っていたが、百代が示したのは意外にも山の中だった。

「平家の落人《おちうど》の村、などと巷間《こうかん》では言われるのでしょうけど、そういうものは意外とすぐそばにあるものなんですよ。見ようとしない人たちには見えませんから。お足元、お気をつけくださいまし」

このまま難所を通らせ、煙《けむ》に巻いてごまかすつもりなら一瞬にして刀の錆《さび》にしてくれると構えもしたが、女は足取りも軽やかに、時折雪蔵を気遣う余裕さえ見せて、山の奥へと進んだ。

そういえば女が来た道を通り過ぎた時に妙な感じを覚えたが忘れてしまった。ぬかるみは雪蔵の草鞋を捕らえて離さず、歩くのに往生した悪路だった。女はずいぶん慣れた足取りで先を歩いていた。

　あの時感じた違和感はなんだったか。

　思い出せずにいるうちに、やがて本当に隠れ里のような村が現れた。

　百代は約束通り、村の衆に命を救われたと告げた。顔役のような爺が現れ、村を代表して礼を言い、深々と頭を下げられた。不思議と女の姿が見えないが、若い男と子どもが多い村のようだった。誰もかれも穏やかな笑みを湛《たた》え、子どもらが跳ねている。平和そのものだ。

　夕餉《ゆうげ》の前に案内された村の外れの温泉は秘湯《ひとう》と称するに相応《ふさわ》しいたたずまいだった。巨石の中、乳色をした湯がふんだんに湧いている。傷や怪我の治りによく効くとあって、遠慮なく飛び込んだ。

　湯に浸かるなど、郷里を出て以来だった。

　泥と血で染まった頭を沈め、浮かび上がって再び大きく息を吸う。こうやって亡き長兄と潜り比べをしたのはいつだったか。

　兄が病死し、子のなかった兄嫁は実家に戻された。別れの朝、兄嫁は雪蔵にこう言い残した。

『雪蔵さぁは兄さぁのように優しか。よかお侍さぁになってくださいね』

　ばしゃん、と水面をたたく。幻の声が途切れた。

ふと周囲を見回す。湯煙の向こうに影はない。覗かれているとは思えないが、何かの視線を感じる気がした。

持ち込んだ衣服と刀の傍へと泳ぎ、改めて息を吐く。

虫に怯えていた頃とは違う。雪蔵はもう兵士だ。郷士として育ち、家の名誉のため隊の蜂起に呼応した。家を離れ、不便な中で飢えや寒さに苦しみながら北上した。

初戦は二月二十二日、熊本城の攻防戦である。弥平治は大義といったが、あの頃抱いていた大義はただの画餅《がべい》だったと雪蔵は思う。

戦況が次第に過酷になっていった頃だ。ある時、足が竦んで動けない雪蔵の真横を、放たれた砲弾が直撃した。煙の中で郷中で一緒だった同輩の柾助《まさすけ》の顔が見えた。仲の良かった幼なじみだ。逃げようと左手を引いたとたん、不意に手ごたえが消えた。見れば柾助の右半分が吹き飛んでいた。

柾助は優しい男だった。雪蔵と同じく、相撲よりは絵を、鍛錬《たんれん》よりは算術をしている方が好きだった。雪蔵よりはまだしも虫に強く、良い年齢《とし》になっても芋虫や蛇、蚰蜒《げじげじ》に悲鳴を上げる幼なじみを笑いもせず、手早く追っ払ってくれるような男だった。

亡くなった兄にも似た、度量の大きさが眩《まぶ》しかった。

呼ぶとすれば、胸の奥からこみ上げたそれを大義というべきだったのかもしれない。

雪蔵は敵陣に飛び込んで戦った。官兵をひとり、またひとりと斬り殺すごとに、次第に感情が麻痺していった。

太刀が人の体を突き通す感覚に慣れた頃、手負いの兵士が数人、捕らえられていることを知った。

拷問を加えられてはいたが、情報価値のない下っ端の兵士のようだった。

ちょうど太刀を替えたばかりだった。悪態を囀《さえず》る余力もない、虚《うつ》ろな目をした獲物を見た途端、それが幼い頃に怯えた虫と重なった。

じっとその目を見つめた。青黒く腫れた瞼《まぶた》で視先は交わらなかったかもしれない。雪蔵は無言のまま前に進むと、その男の首を一刀のもとに落とした。

同輩が声を失う中、小物にその屍を運ばせ、そこでさらに刀の試し斬りを加えた。

細かく切り刻み、木に括りつけると、本当に虫のように見えた。少しだけ喉の渇きが癒《い》えた気がした。

『雪蔵さぁは兄さぁのように優しか……』

──喉が渇く。

最初は柾助の仇討のつもりだった。官兵はすべて敵であり、仇だった。殺さねばならなかった。大義とは、いつしか殺す行為そのものになった。

その頃からだ。同じように各所で捕虜の嬲《なぶ》り殺しが始まったという。雪蔵だけではなかったらしい。

『妄殺ノ病』が蔓延《まんえん》し始めたという噂が、どこからともなく聞こえだした。

※※※

吸い付くような湯のとろみは過去の記憶を反芻《はんすう》させた。やや湯あたりをしたかもしれない。夕餉にはさまざまな肉をはじめ、この地方ならではの山菜や漬物などが並んでいた。

「お湯加減はいかがでございましたか」

百代は結っていた髪を下ろし、かいがいしく雪蔵の給仕についた。広い板の間に、若い男衆が次々と食べ物を運んでくる。どの顔も貼り付けたようににこやかな笑みを浮かべ、そのくせ無駄口を叩くでもなく、すぐにいなくなる。

「ああ」

返事になっていない相槌を打ちながら、雪蔵は酒を飲む。濁酒《どぶろく》ではない。澄んだ清酒で、まるで水を飲むかのごとき口当たりの良さだ。後から桃のような香りが鼻に抜ける。

「良い酒じゃな」

百代は雪蔵の返答がおかしかったのか、口元を袖で隠して笑った。

「ここは水が良いのです。どんな生き物も水が良くなくては生きていけませんから」

弥平治を手にかけたせいか、それともこの酒のせいか。

不思議と今は渇きが癒えていた。

「ここなら渇かずに済むだろうか」

「渇いていらっしゃるのですか」

雪蔵は小さく笑った。

「病だ」

殺さねばならない、から、殺したくて殺すへと目的が変化した。その頃から喉の渇きが止まらない。

——優しい者たちは先に逝《い》ってしまう。

「病ですか」

「治らぬ病じゃゆえに主を殺したかった。だが」

女を殺したことはまだなかった。殺してみたいという衝動は間違いなくあった。

だが今は目の前の——どこか兄嫁に似た——百代を殺す気が不思議と消えて失せている。

「だが？」

歌うように百代が問う。広げられた手の中に酔った頭を凭れさせた。ふくよかな胸乳の柔らかさが、雪蔵の頭を受け止める。

ただ心地良い。腰に手をまわして抱き着くと、昔の自分に戻れるような気さえした。

「今は止してもいい」

「なんというご器量」

百代の手が優しく雪蔵の頬をくすぐる。頭の奥から靄《もや》がかかるようにして、強い眠気が襲ってきた。

「おやすみなさい、お優しいお侍さま」

※※※

不意に意識が覚醒した。頬の下には女の柔らかさなど微塵《みじん》もなかった。温《ぬく》もりが移っているのは硬い——板張り。

雪蔵は顔をあげた。陽が落ちたのか、薄暗い夜の気配がする。目を凝らせば、何かが室内に揺蕩《たゆた》っていた。煙だろうか、香だろうか。

「お目ざめになりました?」

百代の声がした。

起き上がろうとして気づく。両手は後ろ手に縛られている。板の間に転がされているようだとわかった。

「何すっ……何をする! 主《ぬし》ゃ……百代!」

呆れたようなため息が聞こえる。

「お静まりくださいまし」

「早よこん縄を切らんか！　外せっ！」

困ったように百代がため息を吐いた。

ややあって近づいてくる気配がする。足元が見えた。立ったまま、百代は雪蔵を見下ろしているようだった。

「今しばらくの間だけ、お静かになさってくださいまし。せっかくの歓待の声に雑駁《ざっぱく》な音を混じらせたくはございませんの」

何を言い出すのか、と反駁《はんばく》しようとして、口を噤《つぐ》んだ。

外から聞いたことのない、甲高い鳥の声が大音量で耳を劈《つんざ》く。一羽二羽の鳴き声ではない。かなりの数だ。

「百代《ひゃくだい》さま」

誰かに呼ばれて、百代は踵《きびす》を返した。彼女を目で追えば、その先に明るい光が見えた。光は蠟燭《ろうそく》のようだ。室内の前方に何かの祭壇らしきものがある。百代は光沢のある白い着物を着ている。そこで誰かと打ち合わせでもしているのだろうか。

その時、外に入り乱れる足音が聞こえた。とっさに頭をよぎったのは、官軍に売られたかということだった。

「くそ、早よ放せ！　外さんか！　百代！　俺を売ったか！」

「おや、何か誤解しておいでのようですね。やっと手に入れたあなたさまを売るなんてことがありましょうか」

外が急に明るくなった。格子障子の向こうには篝火《かがりび》が焚かれているのだろうか。整然と並んだ、たくさんの人影が映る。黒い影は大人数、しかも男ばかりのようだ。

人だかり——やはり兵士か、と頭を起こした雪蔵は、大きく目を見張った。

並んだ者たちの後ろに大きく蠢《うごめ》くものがいる。小山ほどの大きさに見えるのは、影のせいか。遠近による目の錯覚か。

それが巨大な嘴《くちばし》を持つ——鳥のように見えるのは。

不意に翼が伸ばされる。羽ばたきによる風で障子の桟《さん》がゴトゴトと音を立てた。

まるで台風のようだ。

その大きな翼が一斉に消える。いや違う。消えて失せたように見えた端から再び大きな影を象《かたど》っていく。

障子に浮かぶ蠢く大きな姿は、その実、無数の小さな何かの集まりなのか。

「戦場が近くにあるのはありがたいのです。最近とみに贄《にえ》をささげられることも増えました。それ自体は良いのですが、あまりに——下手の仕儀でございまして」

百代は大きなため息を吐《つ》く。

「手足を捥ぐのはいいとしても、腸を出したりするのはあまりに下作です。何をどうしたらせっかくの贄に傷をつけるという発想になるのでしょう」

「何を言っ……」

「どれだけ活きの良さを保てるか、生きているように見せられるかはとても大事なことなのですよ。首を落とすのも良くありません。あれではすぐに鮮度が落ちてしまう。同じく贄を作るものとして、あれは看過できる代物《しろもの》ではございませんでした」

その時、急に足に痛みを感じた。今更ながら足が動かないことに気付く。足元がぬるぬるしている。嗅ぎなれた鉄錆の臭いもする。

「酒の痺《しび》れ薬《ぐすり》は良く効きますでしょう。どちらの足の腱《けん》も切らせていただきましたのによくお眠りでした。痛みもございませんでしたでしょ。そろそろ効き目も切れる頃合いでしょうけど」

耐え難い痛みが徐々に押し寄せてくる。

「俺に何をした！」

「おや、まだおわかりになりませんか？」

百代は笑った。

「大女神への贄でございますよ。無傷であなたさまをお連れできて良かった。皆も大喜びでございましたでしょう？」

「百代さま」

近づいてきた若い男から彼女は何かを受け取った。同時に入口から若い男たちが入ってきた。

男たちは雪蔵の動かない足を動かしている。うつ伏せにさせられた。激痛が走る。雪蔵は喚《わめ》いた。

「触るな！　止せっ！」

「最近ではこの峠で神隠しに遭うと噂が立ちはじめておりましたので、なかなか旅人も寄り付かず。今夜の式には間に合わないかとも思いましたけれど、血の臭いであなたさまを見つけられたのは本当に僥倖《ぎょうこう》でしたのよ」

不意に思い出した。百代と一緒に、彼女が来ただろう道を辿っているときに感じた違和感の正体。

――ぬかるみには誰の足跡もなかったことを。

地蔵さまに願を掛けていたのが良かったのですかねぇ、と百代は嬉しそうだった。

「大女神は贄には大変厳しくていらっしゃるので、贄の選定にはとても気を遣います。しかしお気に召してくださったら、村の若い衆と交わって子を授けてくださいますから」

この村の子らは皆、大女神のお子なのです、と百代は外を見る。視線を辿れば、子どもらと思しき黒い影が走っていく。手を振ると見えたその先から形が変わり、細かい影が合わさり、翼のように羽ばたきをした。

いや違うあれは——膨らんだ着物の袖だ。

どれほど精巧でも、影だ。そう見えるだけだ。そう言い聞かせねばならぬほど、その動きは自然だった。

「そうそう、昼間あなたさまが殺した男ですけれども、あの後すぐにお仲間が連れて帰ったようですわね。躍起《やっき》になってあなたさまを探す兵隊が何人も居たらしゅうございますから、あのまま残っていたら、それこそ殺し合いになっていたかもしれませんわ」

——仲間が来た？

雪蔵の蟀谷《こめかみ》を汗が伝う。

——自分ひとりに託されたはずの任務ではなかったのか。

「すぐに駆け付けたということはどこぞで待機なさっていたとしか思えませんけれど。ねえ？」

意味深な百代の言葉は頭に入ってこなかった。

『妄殺ノ禁』を破っていたのは雪蔵だけではない。人より数は多かったかもしれないが、断じて自分だけではなかった。

憎い官軍を斬り刻み、それに喝采《かっさい》すら上げていたのはどいつらだ。

一緒になって遺体を毀損《きそん》し、笑っていたのは誰だ。

「あいつらが俺を売ったのか！」

仲間の顔が浮かんで消える。辺見隊長に要らぬ知恵をしたのは誰だ。ギリギリと歯軋《はぎし》りが鳴った。

「やはりここにいらしてくださってよかった。間一髪でしたわね」

男たちが動き始めた。

「やめんか！　触るなっ！」

触られた足の痛みが喚き声を大音声《だいおんじょう》にする。

這って逃げようとするのを押さえつけられ、下穿きを刃物を使ってはぎ取られた。足を開かされ、なぜか臀部《でんぶ》を左右に押し広げられる。

感じたことのない怖気《おぞけ》が走った。

――恐怖だ。

なぜだ。どうしてこうなった。俺の太刀はどこだ。こいつらは何者だ。俺の太刀は簡単に命を奪えるはずなのに。俺の得物は――獲物は。

「何をする！」

雪蔵はなりふり構わず喚き散らした。だが男たちの力は強い。

「あなたさまはすぐに死ぬようなことはありますまい。夜明けまでは意識もおありになることでしょう。それだけの業《わざ》を私たちは持っておりますゆえ」

彼女の口調は誇らしげだった。

肩で息をしながら、蠟燭を持って近寄ってくる百代を見上げる。

彼女が手に持っているのは棒だ。六尺はあるだろうか。

ここからでもその滑《なめ》らかな表面が見える。百代はそれを若いものへと渡した。

臀部を押し広げる手に、力がこもるのを感じた。

雪蔵は百代から目を離せない。

——あれを、どうするというのだ。

「良い贄にはお作法があるのです。地蔵前の贄をご覧になりましたでしょう？　ご安心くださいまし、私どもは手練《てだれ》でございますれば」

楽しげな笑い声が響く。

光に反射する赤い瞳が、瞬膜《しゅんまく》で黒に戻った。

地蔵の前に置かれた贄。
それは串刺しにされた蛙の——。

「ねえ、お優しいお侍さま」

女は雪蔵を見下ろす。

それはまさしく鳥の目だった。

井上雅彦

赤いシニン

●『赤いシニン』井上雅彦《いのうえまさひこ》

文学賞に投稿していた頃の自分は《賞金稼ぎ《バウンティ・ライター》》を名乗っていた。西部劇の賞金稼ぎ《バウンティ・ハンター》ものに感情移入していたからである。だから、ジョー・R・ランズデールの『死人街道』（新紀元社）のような西部劇スタイルの妖怪ハンターものにも目が無いのだが、幽霊ハンターといえば、やはり古い時代の英国に想いが及ぶ。

ウィリアム・ホープ・ホジスンの怪奇小説は、東宝映画『マタンゴ』の原作となった「夜の声」が日本では最も有名だが、連作短篇集『幽霊狩人カーナッキの事件簿』は今日の幽霊ハンターものの始祖であり、時々、読み返したくなる魅力を放つ名作である。

今回の井上作品は、そのオマージュを込めて、幽霊探偵トマス・カーナッキ本人を登場させてしまった。《異形コレクション》第50巻『蠱惑《こわく》の本』所収の「オモイツヅラ」の主人公のエピソードに絡めたものなのだが、カーナッキのパスティーシュは、それじたいがかなり「ニッチ」なうえに、しかも、カーナッキのファンであればあるほど、強い「違和感」を与えてしまうリスクもある。しかし、今回の場合、その違和感こそが、意識的に仕掛けた伏線ということで、最後までご笑覧いただければ幸甚《こうじん》である。

その特別な〈夜会〉に誘われた時、僕の脳裏に彩り豊かに拡がっていたのは、子供の頃から繰り返し繰り返し何度も読んできた「狩りの物語」の風景だった。

それは、僕にとってかなりお気に入りの「物語」だったのだが、実のところ長いこと忘れていたもので、それを、いったいどうして、この期に及んで思い出し、ぼおっと懐かしい感慨に耽《ふけ》ることになったのかは定かでない。いや——そもそも、その「物語」と出会った記憶も曖昧《あいまい》なのだ。幼い時に母が読んでくれた子供向きの童話のなかに混ざっていたようにも思われるし、長じて父の書斎で時折感じた〈不思議な視線〉に導かれ、手にとった何冊かのなかに、この本が入っていたようにも思われる。

内容は、現在では有名なものだ。

とある卓越した人物が自宅に呼んだ友人たちに自ら語る奇想天外《マーベラス》な物語。語り終えると、その主人公は「さあ、諸君、これで話はおしまいだ。お休みなされ」と友人たちを追い出しにかかる、という締めくくり。それでも〈読者〉としては、そこで本を置くわけにはいかぬまま、また次の不思議な話を愉《たの》しむために、頁《ページ》をめくることになる。

著者は十八世紀のプロシャ人。英国《こちら》への亡命中に、独逸《ドイツ》語ではなく英語で書きあげ、出版された。亡命前のプロシャ王国で、著者に自らの冒険談を語ってきかせた（という触れ込みの）主人公ミュンヒハウゼン男爵は、実在の人物だという。本のほとんどが男爵のロシアへの旅やトルコとの戦争について頁がさかれているのだけれども、その驚くべき内容——大砲の弾丸に跨《また》がって他国の領土へ飛んだだの、自分の下半身を失ったのに気づかない馬に乗って敵を蹴散らしただのという、俄《にわか》には信じられないような体験談——は、まあ、言ってしまえば「法螺話《ほらばなし》」なんだけれども、それが、この物語の本質《キモ》なのだ。ゆえに《ほら吹き男爵の冒険譚》というわけである。

この奇天烈《きてれつ》な「冒険譚」のなかでも、僕がとりわけ好んだのは、この男爵の語る「狩りの物語」で、これは、短い奇抜なエピソードばかりが幾つも詰めこまれている。

たとえば……鴫《しぎ》撃ちに行った男爵が、一計を案じ、長い紐に油っこい餌をひとつだけつけて、鴨の群れに投げ込む。一匹が餌を食べると、油っこいためすぐに胃腸を通り抜け未消化のまま肛門から排出してしまうと、それをまた別の一匹が食べては排出する。そんなことを繰り返すうちに、結局すべての鴨が一本の紐で数珠《じゅず》つなぎになる。こうして、男爵はその紐をたぐり寄せ、大量の鴨を捕らえることができる。意気揚々と家に引きあげようと言う時、ショックから立ち直った鴨が一斉に飛び立ったため、男爵はそのままぶらさがって空高く遊覧飛行を愉しんでしまう……といったような具合。

あるいは……森の中で見事なまでの枝角を持った鹿に出会ったが、猟銃の弾丸を切らしたことに気がつく男爵。そこで、しゃぶっていたサクランボの種を弾丸の代わりに撃つ。命中したはずだが、ふらふらした鹿に逃げられて数年後、満開の花を咲かせた巨大な桜の枝を生やした鹿に出会って、ついに仕留めた……という話。

他にも、発火させる燧石《フリント》を落としたため銃を撃てなくなった男爵が自分の目を殴り、目から出た火花で銃を撃つことができただの、涙も凍るような酷寒の雪穴の中に落としてしまった弾丸を回収するため、狙い定めて小便をかけ、たちどころに凍りついた長い棒状の小便氷とともに弾丸を抜き出すことができただの、様々な与太話《よたばなし》が幾つも披露《ひろう》される。

そんななかで、特に印象に残っているのが、狼の話だ。

森の中で、突如、至近距離から襲いかかってきた狼に、男爵はなすすべもなく、思わず利き腕の拳《こぶし》を狼の口の中に突っ込んでしまう。腕は肩のあたりまですっぽりと狼の喉の奥へと入っていくが、かえって狼も動きがとれなくなり、そのまま膠着《こうちゃく》状態が続く。しばらく、狼と睨《にら》み合ったあと――男爵は意を決して、狼の内臓をぐっと摑《つか》むと、力を込めて、一気に威勢良く腕をひっこ抜く。と、まるで手袋を脱ぐ時のように、内側がひきずりだされて、狼の身体の外側と内側が逆になる。つまり、狼は完全に裏返った状態になる。

男爵は、そのまま、裏返った狼をぽいと打ち捨てて、無事に帰宅した――というのだが、その狼の悲惨な状況を思い浮かべると、僕は思わず背筋が冷えてくる。

――もしも、人間の身体が、このように裏返ってしまったら……。

深紅に痙攣《けいれん》する痛々しい肉体の裏側を外界に晒《さら》したまま、自分の身に起きた悲惨な現状に思い至る人間の心情はいかばかりなのだろうかと想像してしまう。

——いったい、どうなってしまうのだろう……。どんな姿になるんだろう……。

そんな埒《らち》もないことを、頭に思い浮かべていた時だった。

「どうするの？　ジョン君」

博士《レディー》の、いつものように凜《りん》とした口調が、僕を現実に引き戻した。「めったにお呼びのかからない貴重なお招きよ。あなたを、私の助手として連れていくことにしたんだけど、異存ないわよね」

「も……もちろんです……」

助手という言葉に、僕は飛びついた。博士から、僕が「助手」と呼んでもらえようなどとは予想もしていなかった。僕は、そもそも博士の助手じゃない。稀代《きだい》の女性精神医として名高い彼女のモンタギュー街にある診療所で雇ってもらってはいるのだけれど、それは同じ建物内にある彼女の蔵書室の整理に男手がいるからだ。蔵書の数はあまりにも膨大で、徒歩数分の距離にある大英博物館よりも所蔵書籍の数は多いんじゃないかと、僕は最近、本気でそう思う。そのほとんどが稀覯本《きこうぼん》で、彼女は父親より受け継いだという。彼女の父親であるヴァン・ヘルシングという人物が、とてつもない学者であることは疑いもなく、その教え子のひとりが、ロンドンでも少しは名の知れたセワード精神病院を経営する僕の叔父だった。

――君は司書になるといい。

などと叔父に紹介されたのが、ここに勤めるきっかけなのだが、本当に司書に向いてるのかどうかは、自信が無い。この巨大な迷路のような蔵書室に、僕はいつだって翻弄《ほんろう》されるのだ。まるで、持ち主の博士が僕に対してそうするように。

しかし、その僕を博士が「助手」と呼んでくれるとは。

「で、博士。ぼくたちは、これから、どこに……」

「ええっ！　あなた、私の話、聞いてなかったの？」

博士は呆れたように、階下から僕を見上げた。「また、書棚の前で、自分の手の触れた本に、心をのっとられていたようね」

図星……なのかもしれない。もともと僕は、本棚から〈不思議な視線〉を感じることがある。そして、たまたま触った本から不思議な啓示を受けることがある。たった今、たまたま手の触れていた一冊は――背表紙に銀色の独逸文字が書かれているのだが、そうか！　今、気がついた。この貴族の髭《ひげ》を生やしたような独特の形の文字から、プロシャのほら吹き男爵に連想が飛んで……。

すみませんと謝ると、博士は不思議な微笑を返した。

「あなたは〈栞《しおり》〉なのよ、ジョン君。あなたの手は、キルヒャーのいうハシバミの枝。手に取ったその本も必ず意味がある」

博士の言ってることはいつもなんだかよくわからないのだけれど、僕を評価してくれているようで、悪い気はしない。

「そんなあなたを、連れて行きたいのよ。今夜の特別な〈夜会〉に」

「特別な〈夜会〉？」

「そう」

博士は不思議な笑みを見せた。

「ロンドンで最も有名な〈幽霊狩人《ゴーストハンター》〉の催す夜会」

辻馬車《ハンサムキャブ》は、チェルシーのチェーンウォークに向かっていた。

陽は暮れ始めている。午後から暗雲が立ちこめてきたので、夕焼けは見えない。

モンタギュー街から四マイルほど南西のテムズ川沿いに向かうまでの間、博士は今日の〈夜会〉が、いかに貴重なものなのかを、しきりに力説していた。

「館の主は、一種の探偵よ。依頼を受けて、英国中の幽霊に関する事件を調査する」

「幽霊の事件？」

「死霊の取り憑《つ》いた館。先祖代々の呪いを受け継いだ城。気味の悪い音がひっきりなしにする部屋。びしょぬれの女が這いあがる寝室……」

「怖がらせないでくださいよ」

「英国《このくに》の由緒ある建物には、そんな奇怪な現象の噂も数多くある。堪《た》えきれなくなった家主や、心身を損なうほどの被害を受けた住民などから依頼された時、調査に行くのが〈幽霊狩人《ゴーストハンター》〉。そう……夜会へご招待くださったのが、その道の第一人者というわけ」

「幽霊を狩る名人ですか。でも、いったい、どんな方法で幽霊を見つけるんですか？」

「特別な方法があるようね。写真を撮ったり、磁気を調べたり。機械を使って、異常な電気の流れを調べたり」

「ずいぶん科学的なんですね」

「心霊学は科学よ。そのための学会だって作られたじゃない。ほら、アメリカからエジソンが電気を広めにきた年に。おそらく彼は、その学会とも強い繋がりがある」

「そんな凄い人が〈夜会〉を？　いったい何のため？」

「いつもは、自分の限られた友人たちに、内輪だけの調査報告をしているらしいの。確か仲の良いお友だちが四人。調査の旅から戻ると、彼は四人に葉書で〈夜会〉の連絡をする。幽霊調査の顚末《てんまつ》をね。彼がいかにして、その真相にたどりついたのかを披露する」

「そうなんですか」

「かなり、怪奇な事件もあったらしい。なかには本当の心霊現象ではなく、人間が幽霊の仕業《しわざ》に見せかけて犯罪を行った例もあったようね。でも、怖ろしい霊体や妖魔に迫ることも少なくなかった。そんな体験談を、限られた友人だけが聞く恩恵に与《あずか》れた。そして――」

博士は笑い声になった。「聞くところによると、ひとしきり話を終えた彼は、『さあ、これで話は終わりだ。帰りたまえ』と、優しく友人たちを追い出しにかかるらしくて」

僕も思わず笑ってしまった。まるで、ほら吹き男爵の締めくくりだ。

「ところで――その有名な〈幽霊狩人〉さんは、なんていう名前なんです？」

「それは――」

博士は言いかけて、急に口を噤《つぐ》んだ。「そうね。……名前は、あとで本人から許可をとってから……」

「あ……そうなんですね」

そこまで教えておいて、名前だけ教えないのか、と僕は正直、不満だった。そういえば、そもそも、彼女は自分のファーストネームもきちんと教えてはくれない。僕には〈博士《レディー》〉と呼ばせるだけだ。それとも――それとも、彼女は、〈幽霊狩人〉の名前を、馭者に聞かれてしまうことにでも警戒しているのだろうか？　いや、まさか。

「その〈幽霊狩人〉さんは」

僕は声を低めた。

「これまで、気の置けない友人だけにしか〈夜会〉に呼ばなかったんですよね。それが、どうして今回に限って、博士《レディー》のことを？」

「なにか大きな変化があったことは確かね」

博士は言った。「大きな心境の変化」

「なるほど」

と僕は言った。「博士は幽霊よりも、その心理状態に興味があったのでしょう」

「いい勘してるじゃない」

博士は笑った。「それもある。でも……もうひとつ……」

鞭《むち》の音がして、馭者《ぎょしゃ》が呼びかけた。

「チェーンウォークに着きましたぜ。ここから、どちらへ」

「ありがとう。ここでいいわ」

博士は言って、馭者に、運賃とチップを渡した。

彼の住む屋敷までは、徒歩で行くことになるらしい。

それは、彼の屋敷を辻馬車の馭者にも知らせぬようにするためなのか、どうなのか、さすがにそこまではわかりかねた。

馬車から降りるときだった。博士の診療鞄が揺れて、白い封筒が零《こぼ》れ落ちるのに、僕は気がついた。僕は、とっさに拾いあげる。

馬車が行ってしまったのを見計らって、歩きながら、僕は即座に博士に差し出す。

「あ、あの、これ――」

「ありがとう」

博士はこともなげに受け取って、今度は自分の胸ポケットに仕舞《しま》った。
一瞬のことだったが——僕は、見るともなしに見てしまった。博士に宛てた手紙の差出人として書かれていた文字を。それが——おそらく、伝説の《幽霊狩人》の名前だということも。ひょっとして、博士はわざと教えてくれたのだろうか？　博士の背中を追いながらも、僕の脳裏には、その個性的な筆跡が焼き付いていた。その名は、トマス・カーナッキ。

屋敷は少し奥まったところにあった。

こぢんまりしているが豪華な造りだ。

なかに入ると、部屋に佇《たたず》む四人の鋭い目が銃口のように私たちに向けられた。

しかし、そのうちのひとりが、表情を和《やわ》らげて、

「お待ちしておりました。博士《レディー》……。こちらが助手の方ですね。仔細《しさい》は、主催者本人から伺っています」

ということは、僕が同意しなくとも、連れてくる予定だったのか、と気づいたが、それは それ。口火を切ってくれた相手は、四人の友人の代表格なのだろう。彼の言葉に、僕らに向けられた他の客たちの鋭い視線も、軟化したかに思われた。

「ところで……いつもでしたら、この会合では夕食が振る舞われるのですが、なんでも今日は手違いで、支度ができていないそうなのです。せっかくお招きしましたのに」

「かまいませんわ」

我慢できるわよね、と、いわんばかりの有無を言わせぬ表情で、博士は僕を見た。

「まったく申し訳ありません」

男は、さらに頭を下げる。「ゆったりとくつろいでいただきながら、ご研究のことなどうかがいたかったのですよ。アムステルダム大学名誉教授でいらっしゃるお父上から託された、日本の博物学に関する研究について。精神医学や心霊学にも、大いに寄与する内容だと伺っていますが、確か、シーボルトの……」

「いずれ、ゆっくりと」

博士は微笑んだ。「ところで……今夜の主役、幽霊狩人さんは……？」

「奥の間で、休んでいます」

友人代表が言った。「ふだんなら、誰よりも早く、暖炉の前のあの専用のソファーに腰掛けて、パイプを吹かしながら、思索にふけっている頃なのですが、今日は未《ま》だ……」

部屋の中央、暖炉の前は、指定席のように空いているが、その前面にガラスの衝立《スクリーン》が立てられている。透明な板一枚で来客との間を遮断している格好だ。友人代表はこれについて、以前、降霊術で使用したもので、霊の残留物の飛沫《ひまつ》を防ぐためのものだと説明しながら、

「しかし、この会合でこれを使うのははじめてです。理由も聞いていません――」

などと話しているうちに――ランプが瞬《またた》いた。

光が暗くなり、再び明るさを取り戻した時、暖炉の前のソファーには、ひとりの男が腰掛けていた。照明のせいで、年齢ははっきりとはわからないが、筋肉の引き締まった、精力的に見える男性だ。少し前に傾けた姿勢で、斜《はす》に構えた横顔が青白く、それがかえって知的にも見えた。静まりかえった観客の前でなにかを朗読する者のように、挨拶もなく、前触れもなく、いきなり、語りはじめる。

「今回の調査は、かなり近場だった。ケンジントンとの境だ。ひと昔前には、修道院が建っていた跡地で、今でも趣《おもむき》のある施設の痕跡が残っている。ところで、この話をする前に、特別にお招きしたゲストがいることも、お断りしておこう。私の恩人のひとり娘で、とても才能のある麗人だ」

館の主人は、ちらりとこちらに視線を向けた……ように見えた。

会釈をしたようにも見えないことはなかったが、いや、ほとんど姿勢を変えたようには見えなかった。正面を向かず斜《はす》に構え、ほとんど半分しか見えない顔にかかる髪が、静かに揺れただけだ。

それでも、博士には通じたようで、博士は立ちあがり、しなやかに頭をさげて、優雅な挨拶をしてみせた。僕もあわてて立ちあがり、挨拶をする途中で、主人は話を続けた。

「調査の依頼は地元の警官から持ち込まれた。周辺住民から、奇怪な体験や目撃談が絶えないとのことだ。こんな近場に幽霊の伝承があることを、不覚にも、私は耳に入れてこなかった。だが、改めて調べて見ると、確かに、噂はかなり前から存在した。——赤い屍人《しにん》が歩きまわるという噂」

主人は、そこで言葉を切った。

「目撃者は皆、一様にショックを受ける。怖ろしさのあまり、正気を失う者もいる。なかには行方不明になったものもいる。失神して助かった者などは、運の良いほうらしい。そうした幸福者《しあわせもの》の目撃談に依《よ》れば」

彼は言った。「悲惨な姿だそうだ。赤い屍人。それは、あたかも、口から内臓や内壁をすべて吐き出して、肉体の内側と外側が裏返ってしまったかのような……」

僕の背筋が凍りついた。

夜会の主、稀代の〈幽霊狩人〉は話を続けた。まるで、途中で誰かが口を挟むことを許さないとでもいった調子だった。

「さっきも言ったように、最初に〈赤い屍人〉の幽霊を調べて欲しいと依頼してきたのは、地区の警官だった。毒々しいほど赤く染まった、どう見ても屍体《したい》としか見えないものが、歩きまわり、ときには、人を襲う。そんな目撃談に翻弄されているのだという。屍体が現れるという場所は、廃院となった修道院跡だというのだが、その警官が言うには、そもそも魔女の伝説が残っているという。詳しい歴史はこの警官も知らなかったが、子供の頃から断片的に聞かされていたという。数百年も前。ある時から、星降る土地と呼ばれたこの修道院に来る者は、あらゆる病を癒《い》やしてもらえるとの評判がたち、噂は王国じゅうに伝わった。それが本当なら奇跡の物語だが、それが禍いとなった。あの有名な「鉄槌」が振り下ろされたのだ。魔女を狩り、罰を与える鉄槌《てつつい》。異端の嫌疑をかけられた多くの尼僧が裁判にかけられた。どんな怖ろしい拷問《ごうもん》が行われ、どんな死に方をしたのかはわからないが、それが〈赤い屍人〉に関係しているのではないか。警官からは、それしか聞かされなかった。

しかし、そんな大昔の伝説が何故、今になって突然、顕《あらわ》れたのかがわからない。

調べてみると、この修道院跡地を、つい最近になって購入した人物がいることがわかった。この人物の名は——仮にアルフレッド・ストロンブリーとしておくが——貿易で身をたてている資産家で、金融にも明るい。都心の近くで趣味の別宅を建てようと『手頃な』敷地を購入したということだ。手紙で会見の申し込みをしたのち、私は敷地を観察した。

そこは、南北に長い敷地だ。長い敷地の周囲は城壁めいた石の塀がぐるりと囲んでいる。南側にはストロンブリーが建てた新しい邸宅があり、北側は中世から残る古い礼拝堂の跡がそのまま残っているのが確認できた。敷地をひとまわりしたが、実に閑静だ。鳥や獣の声ひとつしない。城壁といっても、ところどころ毀《こわ》れたままで、防犯上の問題はありそうだが、むしろ周囲の住民は怖がって近寄らない。特に、陽が落ちてからは。その毀れた城壁から、赤い屍人が顔を出し、月明かりの中を歩いてくるというのが、目撃談の大半だった。

『それを知っていたら、こんな敷地を買うんじゃなかった』

アルフレッド・ストロンブリーの口ぶりは苦々しそうだったが、幽霊の話など心底信じているようには見えなかった。

招かれたのは、邸宅の正面にあるサンルーム。まるで、水晶宮のようにガラスが張られ、陽がさしこみ、幽霊の出る幕もなさそうだ。

ストロンブリーは快活な男だった。がっちりした大男で、握手の力も強い。貿易で財をなした父親は船主で、荒くれ男たちを引き連れてインド洋や北太平洋にも航海したというが、この二代目の趣味は海ではなく陸地にあった。狩猟だった。幽霊の出るという館の主と話すときは、雑談をしながら背景を探ることにしているが、鳴撃ちや穴熊狩り、大鹿狩りの自慢話をきかされた。

語られなくとも、その部屋を見れば一目瞭然だった。棚には何種類もの猟銃。周囲には、鹿や熊、物言わぬ動物たちの剥製《はくせい》が立ち並んでいる。ただ、自分で狩ったものかどうかは疑わしかった。他の調度品と同様、金に飽かして買い集めたものであるらしく、妙にちぐはぐで、出されたラプサン・スーチョンまがいの煙ったい紅茶同様、あまり芸術的な価値は認められなかった。剥製の中心に、弓矢を構えた、月と狩りの女神アルテミスの彫像が立っていた。これも古い石像につぎはぎをしたような印象がした。そういえば――これは、余談だが、私は以前、弓矢を構えたアルテミスの絵が額縁から抜け出して、館の来客を射貫《いぬ》いたという怪事件を調査したことがあった。これは、心霊の関与したものではなく、トリックに過ぎなかったのだけれども……これは今回の事件とは無関係だから説明しない。

この主人の俗物趣味には閉口したが、世には狩猟好きがいて、彼らが野獣を狩るのと同じようなヴァイタリティで都会のビジネスにおける獲物を追いかける。その気性の強さは、ストロンブリーからも、十分、感じることが出来た。

この館じたいには、とれたてて怪しいと思われることはなかったのだが、実は妙に気になるものもあった。なんともしれない異様な匂いだ。

悪霊が強烈な匂いを発することは、少なくない。魔術師が儀式魔術で召喚《しようかん》する存在も硫黄《いおう》の匂いが報告されているのは、真偽は別としても、よく知られていることでもある。また、私の調査した案件の中にも、腐乱死体めいた臭気を、肉体を失った霊が発した例もある。

私が率直にその臭気のことを依頼者に尋ねた時、依頼者は腹を抱えて笑いだし、

『それは、赤鰊《レッド・ヘリング》でしょう』

そう言って、マントルピースの上に置かれた陶磁器の皿の上に並べられている赤い物体を手に取った。『自家製でね。鰊《にしん》の塩漬けを燻製《くんせい》にしたものです』

『赤い鰊ですか』

キッパーとも呼ばれるその燻製のことは知っていたが、私は食したことがない。はじめて見たが、あまり、魚のようには見えなかった。むしろ、なにかの指のようにも見えた。

『さきほど作ったばかりですが、これは猟犬を欺《だま》すために使うんです』

『猟犬を欺す？』

『狐狩りの相手の犬を欺すのに、使えるんですよ。獣を追う猟犬は、この匂いに気をとられて道を間違う。うちの猟犬はこれで鍛えているので、間違うことはないのですがね』

また狩りの自慢話になりそうなので、私は、例の礼拝堂を見せてもらうことにした。

礼拝堂の話になってはじめて、彼は、ある〈重要な情報〉を話してくれた。

これで決まりだ、と思った私は、アルテミス像の立つ傍《かたわ》らの床に置かせてもらっていた自分の機材を持って、敷地の北にある礼拝堂へと向かった。

まったく静かな場所だった。

鳥や獣の声すら聞こえない。がさがさと自分の足音だけが大きく響いた。

空気の澄んでいるのは、ありがたかった。赤錬とやらの匂いが目に沁み、痒《かゆ》みに何度も目を擦《こす》ったが、冷たい空気で洗われていくようだった。

礼拝堂といっても、荒れ果て、崩れかけた外観も陰鬱《いんうつ》だ。むしろ、納骨堂ではないかと思うほどだ。私はいよいよ確信を持った。扉の毀れたドーム型の入り口の中は漆黒《しっこく》の闇。私は必要な機材をとりだして、準備を整えた。息を整えて、中に入った。

内部は広い。音の反響でもそれがわかる。だが、携帯用のカンテラがなければ、まったく身動きもできなかっただろう。ストロンブリーが教えてくれたものは、奥にある筈だ。

敷地を購入したばかりのストロンブリーも、好奇に惹《ひ》かれ、最初に「探検」したのがこの礼拝堂だという。鼻の利く自慢の猟犬たちが中を嗅ぎまわった。獲物に対してではなく、知らない人に吠え立てる時のいつもの調子で犬が反応した時は、さすがのストロンブリーもぞっとしたという。それは奥の壁。そこに描かれた古い文字だった。意味はわからないが、ぞっとしたのは、なにかがそれを打ち消すかのように拭《ぬぐ》いとった痕跡があったからだという。私はカンテラを近づけた。羅甸《ラテン》語による奇跡を讃える祝福の言葉であることは明白だった。確かに、それを上から、赤いなにかを押しつけて消そうと試みた跡がある。よく観察してみると、そこには、長い指と掌《てのひら》を押しつけた痕跡があるではないか。これを見た時のストロンブリーは、今の私と同様の戦慄《せんりつ》を感じたにちがいない。

『思わずどじをやってしまったんですよ』と、ストロンブリーは言っていた。『驚いて引き返した時に、蹴飛ばしてしまったようなんです。そこにあった祠《ほこら》みたいなものを』

私は、カンテラを近づけた。毀れた木の箱のようなものと、散らばったなにかがある。私に、再び、怖気《おぞけ》が走った。礼拝の儀式に使う聖木《せいぼく》ヒソップの杯や燭台《しょくだい》などの聖具とともに、無造作に散らばるのは大量の砕かれた人骨めいたもの。そして、それを囲うように、チョークで描かれた図形は、なんと、五芒星《ごぼうせい》ではないか。

いずれにせよ、これが今回の〈原因〉であることは間違いがない。魔女狩りとの関係はわからないが、非業の死を遂げた者の遺骸を、誰かが儀式的に結界を作り、封印していた。それが、最近になって、敷地の新しい所有者によって荒らされてしまった。それが〈現象〉を引き起こした。

私は、持ち込んだカメラを構えた。この明るさで撮るには光源が必要だが、私には自前の〈発光球〉がある。マグネシウムやアルミニウム、硝酸ナトリウムを合成したものを球状に固めたもので、これを発光させれば、昼のように写真が撮影できる。これを思いついたのはおそらく世界で私がはじめてだろう。

私は、その毀れた祠とちらばった人骨らしきもの――いくつかの頭蓋とおぼしきものを含めて――〈発光球〉を焚き、写真を撮った。もちろん、それだけでは仕事は終わらない。ここで夜になるのを待ち、なんらかの変化を撮影する。そう決め込んで、私は夜を待った。まさか、長い時間をかけぬうちに、あのような異変に出くわすとは思いもよらなかった。

それは、いきなり現れた。

まばゆい緑色の光が爆発した。光の中に――私は思わぬものを見た。

子どもだ。まだ、幼さの残る少年の面立《おもだ》ちだ。緑色の光に包まれた子ども。天使のような霊性を感じさせる半面、肉体の弱々しさすら感じさせる。そのあどけない顔は、たとえば、私の属する教区の牧師のせがれや、日曜日に教会に集まる子どもたち同様の、小さな弱々しい肉体をもった現実の存在にも見えたのだ。だが、しかし――すぐに、その印象は、一変した。緑の光のなかで、子どもが、耳をつんざくような声で、奇怪な言葉を発した。羅甸語《ラテン》でも希臘語《ギリシャ》でもない、異様な言語。いや、獣の叫び声かもしれない。その声が、急に聞き取れる英語の言葉に変わった。

——ここにいちゃだめ。あかいおばけにされる。にげて——

そう言った言葉は、確かに子どもの声だ。まだ声帯の柔らかな声だった。だが、声は同時に、もっと怖ろしい言葉をつけくわえた。

——でも、もう、おそすぎたかも——

それから、また奇妙な声に変わった。イアアアアアとかミアアアアアだとかいう獣めいた唸《うな》り声だ。また緑の光が爆発した。子どもの顔は、血のように赤く染まって、消えた。

凄まじい恐怖に襲われたが、私はすぐさま、理性を取り戻した。

ここが元凶だ。逃げるわけにはいかない。私はすぐさま、〈発光球〉を連続して焚き、幾枚もの写真を撮り続けた。光で自分の目が眩《くら》みだした。それだけではない。高い熱が出たように、震えはじめた。なにかにせきたてられるように、私は礼拝堂を飛び出し、修道院跡の敷地を飛び出した。そして——必要な処置を施してから、家路についた。そして、現像室に向かった。確信を得たのは、あの少年のような霊体や五芒星の写真を現像してみてからだ。その怖ろしさに改めて、戦慄した」

〈幽霊狩人〉は言葉を終えた。

沈黙が続いた。

「では、その写真に……」

友人のひとりが口を開いた。「写っていたのかね。その――霊体が」

「これを見るといい」

〈幽霊狩人〉は全員に見えるように、幾枚かの写真を掲げた。「私自身が現像した」

写真は――少年も五芒星も写っていない。いや、形あるものはなにひとつ写っていない。まるで闇の空隙のように、眩《まばゆ》い白い光が全体を覆い尽くしている。

「ご覧の通りだ」

〈幽霊狩人〉は言った。「すべての写真がこの通りだ。これが、光の調節を誤ったことによる撮影ミスと異なることは一目瞭然だろう。写真乾板《かんぱん》そのものが完全に感光していたのだ。原因不明の感光だ。それだけじゃない――使用していない乾板まで、すべて、異常な感光が起きている。諸君、私は、霊の出現が写真の乾板を感光させる幾つもの実例を知っている。しかし、こんなに強烈なものは、これまで、ただの一度も見たことがない。これこそ、心霊現象の証明でもある。すべては、あの礼拝堂が元凶だったのだ！」

どよめく来客を前に、〈幽霊狩人〉は続けた。

「たとえば魔女による儀式。殺害された子どもや、他の犠牲者の怨念《おんねん》が、封印された結界のなかで、何世紀も増幅されていたとする……。その結界を、あの新参者が破ってしまった。

〈赤い屍人〉とは、その産物だった……。だが——それがわかったからこそ、手を打てた。五芒星の結界なら、私も熟知している。だが、それより効果的な科学的方法を私は知っている！　礼拝堂を出た直後、私は必要な処置を施《ほどこ》したと言った。この判断は正しかった。霊の増幅を軽減するために、私が開発した電気的結界を、あの礼拝堂の周辺に施しておいたというわけだった。礼拝堂そのものを外側から封印した現在——」

幽霊狩人は断言した。

「危険は去った。この事件は解決したのだ」

おお、と友人たちは、安堵と賞賛の溜息を漏らした。——その時だった。

「いいえ。……まだ解決には、ほど遠いと思います」

博士《レディー》の凛とした声が、その場の空気を切り裂いた。

「今、なんと？」

凍りつくように沈黙した主人の前で、主人の友人は聞きかえした。

「危険は去ってはいないでしょうね。むしろ、赤い根は深く伸びている……」

「それは……どういう意味です？」

問い返す友人たちの視線が剣呑《けんのん》になった。説明して貰おうとばかりに詰め寄る、彼らの剣幕に、僕はただ、博士の顔を見るばかりだ。

「理由はいくつかあります」

博士は穏やかに言った。「あのお屋敷の話には、信用できない語り手がいるようです。たとえば、犬の問題」

あっけにとられた幽霊狩人一派の前で、博士は続けた。

「ストロンブリー氏は、赤鰊《レッド・ヘリング》を使って猟犬を調教するのだと言った。でも……変なんです。さきほどのお話のお屋敷には、猟犬が一頭も出てこない」

「え？」

「犬の気配がしないのですよ、あの屋敷には。アルテミス像や剝製や猟銃や赤鰊まで揃った〈狩りの部屋〉に、猟犬の姿だけがない。いや、敷地のどこにもです。なぜなら、『知らない人に吠え立てる』犬がいるはずの敷地に、幽霊狩人氏はがさがさと踏み込んだ。それなのに犬の吠え声がしない。『鳥や獣の声ひとつない』ほど静かというのはどういうことでしょう？　こうなると、犬の反応で異変に気づいたというストロンブリー氏の言葉の信用性にも疑問が生じませんか。いや……そもそも、礼拝堂を示唆した時点で怪しいのです。まるで……幽霊狩人の目を逸《そ》らすためのように……赤鰊の匂いで猟犬を誘導するかのように」

さすがにそれはまずいだろう、と僕は思った。伝説の幽霊狩人氏を猟犬扱いするとは。

退出を促す「帰りたまえ」という一喝が、誰の脳裏にも浮かんだ筈だ。

しかし——当の幽霊狩人氏は押し黙ったままだ。

「しかし……それなら、あの少年の霊体は？」

代表格が口を開いた。意外と冷静な口調だ。「どう説明されるのです？」

「そうですね」

博士は言った。「私も降霊術の経験は多少なりともあります。あの少年を召喚《しょうかん》してみようかと思うのですが。この場に」

彼女の言葉に、座は、ふたたび、どよめいた。

「世界の真実を知る少年よ」

朗々《ろうろう》とした声で、博士は指を宙にかざした。「さあ、ここに、入りたまえ！」

指を鳴らした。瞬間、一陣の風のようになにかが、博士の背後から、部屋に突入した。

誰もが声をあげたが、最も悲鳴に近い声をあげたのは、かくいう僕だ、なぜなら、僕のすぐ傍らに、白い服を着たあどけない顔をした少年が立っているからである。

だが——その顔を見て僕より大きな声で叫んだ者がいる。誰在ろう幽霊探偵氏である。

「皆さんに、ご紹介しましょう」

あっけにとられた人々の前で、博士は言った。

「この事件について、知っていることすべてを私に手紙で連絡してくれた少年——トマス・カーナッキ君です」

一瞬の沈黙のなか、僕の頭は猛烈に回転していた。

ということは、あの手紙の差出人——トマス・カーナッキというのは、ここに座っている伝説の幽霊狩人氏の名前ではなく、この少年の名前だったということか！

「幼いながら、彼は彼で、あの〈赤い屍人〉の噂を調査していたのです」

博士が紹介する。「持ち前の好奇心と独自の方法でね」

「ぼくも、かなり前から、あの場所を調べていて、たいへんなことに気づいたんです」

少年は言った。「もちろん、あのホコラにも問題があった。倒れてこわれていたのは、本当です。だから、ぼくが五芒星を描いて、封印していたんです」

「なんだって？　五芒星を——君が？」

「そしたら、あの日、ぼくの知ってるおじさんが——教会でいつも見かける優しいおじさんが——あの場所に入っていったんです……。危ない目にあいそうで。だからぼくも、たしかめるために、中に入って、写真用の閃光粉末を焚《た》いたんです。ぼくが配合すると、いつも、なんだか緑色が強くなってしまって——」

「それで、眩い緑の光か。しかし、奇怪な声で叫んだのは？」

「憶《おぼ》えてた『典儀書』の詠唱《えいしょう》をとなえたんだけれど、まちがっていたかも……あれは、レディーさんの住所が載ってた新聞の別の特集記事でされていた守護の呪文なんですけど……でも、モンダイはあの礼拝堂じゃないんです。もっと、もっと、たいへんなことが——」

子供騙しだ、と誰かが叫んだ。

「いえ。この問題の重大さは、当の幽霊探偵本人も気づいていた筈です」

博士は言った。「だから、私をわざわざ、ここに呼んだ。自分に起きている異変に気づいていた。自分が――なにかに未知のものに操られはじめていることを悟っていた。――料理を振る舞わなかったのも、このガラスの衝立《スクリーン》を置いたのも、みなさんを守るため。そうじゃないでしょうか」

友人の代表格が、こちらを見て、あらためて肯《うなず》いた。

次の瞬間――幽霊探偵の身体ががたがた震えだした。

……帰りたまえ……

譫言《うわごと》のように震える声で叫んだ。そして――いきなり、立ちあがった。

「帰り――たまえ！」

声を絞り出すかのようにそう言ったかと思うと、がっくりと倒れる。

その時、暗闇で隠れていた顔半分が光に晒された。

顔半分は、真っ赤な瘡蓋《かさぶた》のようなものでびっしりと覆われている。

「危ない。衝立《スクリーン》の中にはいらないように！」

博士が叫んだ。そして、診察鞄から出した手袋をし、ペスト医が使うような仮面の下半分を布に変えたようなものを顔半分に装着して、凝視した。そして、ひと言。

「ママダンゴ」

「え……マ……マタンゴ？」

僕は思わず聞きかえした。

「茸《キノコ》よ。……飯団子《ままだんご》というのは、日本の東北で言うある種の茸のことだとされているのだけれど、思わず、思い出してしまっただけ……」

「それもシーボルトの『日本妖物誌《ファンタズマ・ヤポニカ》』に？」

「いいえ、どちらかといえば、『日本植物誌《フローラ・ヤポニカ》』のレベルだけれども、収録されてない。覚え書きだけで、実態が確認されていないから。でも……ここにあるのは、普通の茸じゃない。人体に寄生している。こいつが、人間を操ってるのかも」

「まさか、そんな――」

「北太平洋に生息する灰色の茸をアヘンのように常習する船乗りの話を聞いたことがある。奇怪な噂とともにね。もしかすると、船乗りだったストロンブリーの父親がそうしたものを持っていたのかもしれない。それが、なんらかの理由で変異した――」

「だとしたら――」

僕が叫んだ。「いったい、どうしたら」

「決まってるじゃない」

博士は言った。「茸狩りよ」

ストロンブリー邸は、月明かりに輝いていた。

敷地の塀を乗り越える時は、さすがに僕は恐くなり、身体が震えているのがわかった。確かに、敷地内は静かだ。犬の声もしない。だが——犬に吠えられるよりも、はるかに怖ろしさを感じる。それに比べて、博士《レディー》はいつもと少しも変わらない。女賊《じょぞく》のような大胆さと優雅な身のこなしを見ていると、こうしたことに慣れているというより、愉しんでいるかのように思える。そんな彼女の様子は、勿論《もちろん》、いつも感じることでもあるが、それよりも、驚かされるのは、僕らを先導するカーナッキだ。小径《こみち》を走る彼の姿は、まるで一流の狩人だ。

その少年が、慌《あわ》てて大木の陰に身を隠すのが見えた。手だけで、僕らにも、隠れるように合図をする。なにかが起きた。と、次の瞬間——玄関で人の声が響いた。ストロンブリー邸に灯が灯った。温室のようなサンルームが燦然《さんぜん》と輝いている。

「夜分遅く申し訳ない」

玄関で主人を呼んでいるのは、ひとりの警官だ。

「至急、ここを開けてもらえませんか。中を検《あらた》めさせてもらいたいんですがね」

手違いだ。僕は啞然《あぜん》とした。確かに、警察にも協力を仰いでいる。幽霊狩人の急変の処置をした直後、武装警官をよこすように要請をしていたのだ。だが、来たのはたった独り。

ドアが開き、がっしりした体格の男が現れた。あれが、アルフレッド・ストロンブリーだろう。髪が乱れ、目がうつろなのは、睡眠中だったのか。それとも……。

「こちらで、なにやら、特殊な植物を栽培しているとの連絡をうけたのですがね」

警官は言った。「アヘンのように麻薬性のあるものだった場合、警察としては……」

その声が停まった。ストロンブリーが警官の肩をがっしりした手で掴んでいるのが見えたが、警官は声をつまらせて、震えている。なにか怖ろしいものを見ているかのように。

やがて、その「なにか」は、離れたところで見えている僕らの目にも明らかになった。

ストロンブリーの歪《ゆが》んだ口から赤い液体が流れて、垂れ下がる。のみならず、口からはいやな赤色の臓物《ぞうもつ》めいたものがどろどろと噴き出す。それは臓器のように艶《つや》やかな赤色の塊で、自身の着衣の上に拡がっていくが、同時に、彼の顔全体が赤い瘡蓋のようなものに覆い尽くされていく。人間の身体が裏返ったかのような、赤い化けものが立っている。

「マ……マ……マタンゴ……」

ほとんど嗚咽《おえつ》のように、僕はうろおぼえの茸の名前を口にした。

警官が引き裂かれたような悲鳴をあげたが、すぐに静かになる。警官の肩から首まで、赤くて巨大な菌類が巻きつき、ズルズルという音とともに締め上げる。みるみる警官の制服を着た身体が縮みはじめる。それはまさに「消化されている」としか見えないのだが、赤い化けものは振り向いて、獣じみた咆哮《ほうこう》をあげた。

すると、その瞬間――サンルームのガラスが内側から破れ、赤い屍体としか見えないものたちが、数体、飛び出してくる。こんな数は、想定していなかった。いやな色の赤い茸に覆われた人体のなれの果てだ。

僕は、思わず目を背《そむ》けた。自分の目前に博士《レディー》がいる。彼女は大木に身を隠しながら、無言でこの恐《おそ》るべき光景を観察している。いや——月明かりで見えた彼女の表情はうっとりとした眼差しで「観察」というよりも「鑑賞」しているようにさえ見える。

その時——思いもかけないことが起こった。

カーナッキが、怪物の前に立ちはだかったのだ。

その手に、護符のようなものが握られている。

僕は唖然とした。そんなものであの怪物どもに勝てる筈がない。赤い怪物は、ぐるりと少年を取り囲むように、歩いてくる。怪物化した館の主人とともに、それぞれが、異様な声を張りあげる。

夜の声に、カーナッキは怯《ひる》むことなく対峙する。

手にした五芒星を高く掲げると、緑の閃光が爆発する。一瞬、目を押さえて、しゃがみ込む怪物たち。

「目が弱点かもしれない」

博士《レディー》は言った。「……なら倒す手は」

しかし、怪物はすぐに立ちあがる。そして、少年を探し始める。

怪物化した館の主人が、少年に追いつく。その瞬間、博士《レディー》は手に取った薬物を、怪物に投げつけた。怪物は悲鳴をあげた。

「菌類には、重曹《じゅうそう》よ。……これで、少しは……」

カーナッキは素速く疾走し、サンルームに飛び込んだ。そうか、あそこなら銃器が。

「あの部屋は危険。銃器も感染の可能性が」

博士の声が背中に響くが、僕もあとを追う。少年を守ってやれなくて、どうする。

部屋の中は、幽霊狩人の説明通りだ。銃火器のコレクション。剝製。アルテミスの像。

当初の予定通り、武装警官が来るまで、なんとか持ちこたえられれば、いいのだが。

そのサンルームの正面で、怪物化した館の主人が、また吠えた。

赤い化けものは、互いに大きな声で喚《よ》びあうかのように、集まっていく。

乾いた内臓を露出させたような茸の化けものたちは、館の主人を中心に寄り集まると、赤い結節が伸び、根茎《こんけい》が寄り集まり、ミチミチと音をたてながら、ひとつの巨大な怪物のように膨《ふく》れあがっていく。

少年が僕にしがみついた。これまで好奇心に突き動かされて魔物の巣にまで潜り込んだ少年が、ようやく子どもらしい恐怖を感じたのだろうか。

博士《レディー》が、銃を取りだした。護身用として忍ばせるには大きな燧石銃《フリント・ロック》。彼女の父親から譲り受けたものだ。

彼女は怪物に銃口を向けた。そして、正面に向いたアルテミス像の肩に銃口を載せ、怪物に照準を合わせた。だが——。

「燧石《フリント》が……」

彼女が呟いた。「……湿ってる」

雨だ。いつの間にか降り出した霧のような雨が、この〈狩りの部屋〉にも、降り注いでいる。「……それでも、撃てる確率は」

少年はなにかを唱え始めた。神様に祈り始めたのか。

赤い怪物は咆哮をあげ、僕らに向かって、巨大な触手を振りあげた。

博士が引き金を指をかけた。

その瞬間——僕の脳裏に彩り豊かに拡がっていたのは、自らの目を殴って火花を出し、博士の燧石銃に火を送る自分自身の姿。そう。もちろん、僕の妄想だ。博士が銃爪《ひきがね》を引いたその瞬間、本当に、目から火花が飛び出したように、凄まじい閃光があたりを包んだ。

もがき苦しむ怪物の姿は、まるで、アルテミスの矢に貫かれた獣のようだった。そして、眩い黄金の炎が、めらめらと怪物を焼き尽くさんと燃え盛る。炎に炙られた巨大な身体が倒れかかってきたのは、寸前に僕たちが脱出した〈狩りの部屋〉であり、チェーンウォークの幽霊狩人仲間と警察隊が駆けつけた頃には、ストロンブリー邸は劫火《ごうか》に沈まんとしていた。

警察の話では、激しい落雷が館の正面を貫いたのだという。すると、怪物を倒したのは雷の力か。博士の燧石銃も発射できた筈だったが、ひょっとすると少年の願いも聞いたのかもしれない。少年が唱えたのが神への祈りではなかったとしても。少年は僕にしがみついた時、僕のポケットの中の小さな本に気づいたという。博士の書庫を整理していたあの時、偶然に手が触れた銀色の独逸語文字の書かれた本を、僕は博士に持たされていたのだった。少年は驚きを以て、その本を眺めていた。この『ジグムント写本』は、のちに彼の愛読書になったというが、それはまた、別の話……。

「君はりっぱな幽霊狩人になれるね」

僕が言った。「おそらく、二十世紀になってからのことだろうが」

「ゴースト・ハンターってカタガキ、ちょっと恐いですね」

「それならば」

博士が言った。「ゴースト・ファインダー（幽霊を見出す者）っていう肩書は、どう？」

＊　＊　＊

「……これが、もう前世紀のことになるが、私が最初に遭遇した驚くべき事件の顚末《てんまつ》だ」

カーナッキは、静かに語った。「この事件は、レディー・ヴァン・ヘルシングの助手ジョナサン・セワードの手記からもあきらかなように、特殊な変異生物のなせる業《わざ》だった」

「ところで」

我慢しきれずにアークライトが聞いた。「例の幽霊狩人氏は、どうなったんだね？」

「レディーが応急処置をした後は、例の四人の友人たち――英国心霊学協会会員が隔離し、治療した。妖魔からの防護のため常に自分の名前を秘匿《ひとく》してきた氏のことだから、完治していることを願うばかりだが……あるいは、今もどこかで幽閉されているのかもしれない」

一瞬の沈黙が流れた。

「館の持ち主が入手した中毒性のある菌糸生物が変異した理由は、この修道院の跡地に起因していた。かつて、あらゆる病気を治癒したというなんらかの作用。しかし、それは、北側の礼拝堂ではなく、南側のストロンブリー邸の敷地から発生していた。狩りの部屋だ。すべての写真乾板を感光させた原因も、あの土地にあった。星の降る地というのが、なにかを示唆していないだろうか。おそらくその特殊な作用は、現在、心霊学協会にも協力してくれる科学者たち、とりわけ、キュリー夫妻などが興味を持つものではないかと思われる」

「その《作用》が、狩りの部屋の場所から出ていたという根拠は？」

「あのアルテミス像だ」

カーナッキは言った。「あれは本来、アルテミス像ではなかった。あの地で治癒を行い、後に魔女として処刑された尼僧の像だ。ストロンブリーが無理矢理、女神像に偽装したものだったのだ。いや……それだけではない……実はあの時、私は見ていたのだよ。奇跡を」

「なんだって？」

「赤い怪物が迫り、レディーが銃を構えた時――アルテミスの顔が一瞬、生きた女性の顔に見えた。そして、本当に、矢を射たように見えたのだ。その瞬間――落雷が起きた」

「それは……」

アークライトも、ジェソップも、テイラーも、私ことドジスンも、絶句した。

「君の言う《外空間》の力というやつかね、カーナッキ」

「わからない……。私は人間に影響する《外空間》の霊力の存在を確信している。一方、レディーは人間の《心の深奥》にこそ異界と通じる扉があると主張する。しかして、その話になると、私の敬愛するジョナサン・セワード……すなわち、通称『ジョン君』は実に面白い譬《たと》えをしてみせるのだ。――ふたつは手袋の裏表みたいなもんだ、ってね」

そうして、カーナッキは言葉を切り、遠くを見つめた。それから、我々に言った。

「さあて、今夜はこれでお開きだ！　帰りたまえ！」


本作執筆に対して価値ある情報と助言を提供してくれたＷ・Ｈ・ホジスン『幽霊狩人カーナッキの事件簿』（創元推理文庫）の翻訳者・夏来健次《なつきけんじ》さんと「幻想と怪奇」編集長・牧原勝志《まきはらかつし》さんに心より感謝の意を表します。

霜島ケイ

七《しち》人《にん》御《み》先《さき》

●『七人御先《しちにんみさき》』霜島《しもじま》ケイ

知る人ぞ知る伝説の妖怪ハンターズが《異形コレクション》に帰ってきた。

近年、光文社文庫では「霜島けい」名義で《九十九字ふしぎ屋 商い中》シリーズを展開し、凛《りん》とした魅力を放つ江戸の女性の活躍を描きだしている作者だが、そんな作品にも必ず妖怪変化が絡むのは、「霜島ケイ」ならではの幻妖伝奇気質、宵闇色《よいやみいろ》を愛する気《き》っ風《ぷ》の良さだろう。本格的なオカルトの知識と恐怖体験（「幽霊ハンター」も怯《ひる》むような問題物件に住んだ体験は、怪談界でもつとに有名）を駆使して創り出す世界観と、それに対峙するキャラクターのヴィヴィッドな魅力は、霜島ケイの独壇場である。

本作は、南北朝時代を舞台にした妖怪ハンター作品。唱門師《しょうもじ》・八角《はっかく》と異能の少年・捨《すて》丸《まる》のバディが妖魔を狩る物語だが——このふたりが最初に登場したのは《異形コレクション》第24巻『酒の夜語り』（2002年）所収の「笑酒《えぐし》」だから、まさに十九年ぶりということになる。このふたりが登場する他作品は二年後にホーム社が刊行した女性十人によるオリジナルアンソロジー『怪談集　花月夜綺譚《はなづきよ》』に寄稿した「婆沙羅《ばさら》」だけであり、まさに本作が、三作目のシリーズ最新作なのである。

1990年のデビュー以来、「キャラクター文芸」等という言葉も確立していなかった頃から、霜島ケイが一貫して追求してきた作風。本作からもその魅力が伝わるだろう。

凄まじいばかりに蟬《せみ》が鳴いている。

まるで油で煎《い》り上げるかのようなその響きは、万緑《ばんりよく》に染まった深山《しんざん》の細道の大気までもわんわんと震わせていた。

「なああなあ、坊《ぼん》さん。おいらたち、どこまで行くんだよぅ」

蟬の声に、ふと幼い子供の声が混じった。

すぐさま野太い男の声が、ぶっきらぼうに返る。

「うるせえな。日田《ひた》だよ」

「日田ってどこさ」

「丹波《たんば》だ」

「丹波ってどこさ」

「あぁ？　俺たちが今いるここが、丹波の国だ。とうに国境《くにざかい》を越えてるってのに、今頃何を言っていやがる」

「だって坊さん、何も教えてくれなかったじゃないか。おいら、国の境なんて知らないもの。行けどもずっと山ばっかりでさ」

「おい捨丸《すてまる》。俺は坊主じゃねえと、さんざん言ってるだろうが。知らないなら、四の五の言わずに黙ってついて来い」

木の根がごつごつと浮き上がった山道を、奇妙な取り合わせの二人連れが歩いていた。

捨丸と呼ばれたのは、数えで七つか八つばかりの男の子だ。女物の小袖を縫い直したらしい古びた着物を着ているが、子供の細い身体にはどうにも寸法があわぬようで、動くたびあちこちがだぶついている。

もう一人は僧形《そうぎょう》の中年男、名を八角《はっかく》という。墨染《すみぞ》めを纏《まと》って頭を丸めてはいるが、なるほど僧侶と呼ぶには風体《ふうてい》が崩れている。首には念数珠《ねんじゅず》、手には鹿杖《かせづえ》、身体もでかいが顔立ちも目鼻口といいちいち造作の大きな異相である。そのせいか、見た目に三十とも四十とも、歳の判別がつかない。

八角は唱門師《しょうもじ》――寺に属する、下級の陰陽師《おんみょうじ》であった。定住の地を持たず、諸国を巡り歩いて祈禱《きとう》や呪術《じゅじゅつ》をおこなうを生業《なりわい》としている。

「坊さんで悪けりゃ、何て呼べばいいのさ？　父ちゃんかい？」

「馬鹿言え。俺はたまたまおまえを拾っただけだ。親でもなんでもねえ」

「おいらだってやなこった。坊さんは、坊さんだ」

捨丸は、わざわざ八角の前に回り込むと、べっと舌を出してみせた。そうして身をひるがえして、ひょいひょいと山道を先へ走りだした。

「あぁ、可愛げのねえ。……おい、捨丸！　はぐれても知らねえぞ！」

その時であった。

あれほど喧《やかま》しく響いていた蟬の声が、ふいに途切れた。

「むぅ……？」

その静寂に、八角は顔をしかめる。額に浮いていた汗が、しんと冷えた。

視線を巡らせ、道の行く手に目をこらして、唱門師は「ロクでもねえ」と舌打ちした。

「待て！　捨丸！」

少し先で驚いたように、捨丸が足を止めた。いかつい体軀《たいく》に似合わぬ敏捷《びんしょう》さで子供に駆け寄ると、八角は容赦なくその襟首を摑んで、そばの藪に放り投げた。

つづいておのれも同じ藪に転がり込み、身を潜ませる。

なんだよぅと口を尖らせた捨丸に、

「静かにしろ。俺がいいと言うまで、口を開くなよ」

鹿杖を横に置き、姿を隠すために隠形《おんぎょう》の印を素早く結ぶ。そうして、八角は藪の葉陰から目を細めて道を覗き見た。

前方から風が吹いた。現《うつつ》の風ではない。それが証拠に、草木の葉一枚揺らぎはしない。

ひやひやと怖気《おぞけ》立《だ》つような、腥《なまぐさ》い風だ。

その風の中に、騎馬武者が率いる雑兵《ぞうひょう》の一群があらわれた。

強い夏の陽射しの下、その姿はどこか朧《おぼろ》に歪《ゆが》んでいる。それもそのはず、鎧甲《よろいかぶと》をまとう武者、徒《かち》の兵ども、馬までもが白い骨を晒《さら》した亡霊である。

(者ども、遅れをとるな)

(いざ、京へ参らん)

(天下に我らが武勲《ぶくん》を知らしめよ)

あたりは静まり返ったまま、兵どもの足音も、武具の響きも聞こえない。ただひょうひょうと奔《はし》る風が、彼らの声なき声を運ぶのみ。

死者の軍勢は藪に隠れた八角の前を駆け抜けて、やがて風とともに道の果てへと消えていった。

とたん、それまでなりをひそめていた蟬が、いっせいに弾けたように鳴きはじめた。

「やれ、行ったかよ。まったく真っ昼間から傍迷惑《はためいわく》な」

八角は鹿杖を拾うと藪から這い出した。

「坊さん、あいつら何だよ?」

亡霊が去った方角をつま先立って眺めながら、捨丸が訊く。

「戦《いくさ》で死んだ連中だろ。本人たちがそのことに気づいてないだけで」

「だったら念仏でも唱えてやりなよ」

「俺は坊主じゃないんで、見返りなしの慈悲なんざ持ち合わせてねえんだよ。このご時世に、武者の亡霊なんぞにいちいち係わりあってちゃきりがねえ」

　世の中は混沌として、乱れていた。

　一天両帝《いってんりょうてい》、南北京。――京に北朝、吉野に南朝、天下にふたつの朝廷が並び立つ、後に南北朝時代と呼ばれる動乱の世である。

　小競《こぜ》り合《あ》い程度の紛争から数十万の軍勢がぶつかりあう大きな戦まで、各地に争い事の種は尽きず、京は幾度となく戦火に焼かれて荒れ果てた。略奪も暴行も日常茶飯事、ならばと商人たちは結託し、農民たちは田畑を守るために武装する。さらには新興の武士勢力が、情勢にのって力を拡げんと我先に動き出し、世の擾乱《じょうらん》にいっそうの拍車をかけた。

　ふうんとうなずいて、それきり捨丸は亡霊に興味を失ったらしい。踵《きびす》を返すと、歩きだした八角を追いかけた。

「それじゃあ、日田ってところには何があるんだい？」

「儲《もう》け話だ」

「本当？　どんな話さ？」

　たちまち目を輝かせた子供に、八角はふんと鼻を鳴らす。

「日田の土地は、京のとある寺の領地でな。そこに数年前からたちの悪い化け物が出没するようになって、領内の村々から農民が怖《と》がって逃げだしちまうんだと。人がいなくなりゃ、稲の刈り入れもままならねえ。米が穫れなきゃ年貢も取り立てられねえってんで、寺も困ったんだろうよ。化け物を退治した者には褒美《ほうび》を出すと言いだした。——で、俺がその化け者を狩って、褒美をいただこうって算段だ」

「へえ。どんな化け物だろ」

「なんでも、亡者が七人ぞろぞろと一列になって歩いていて、そいつらに出くわしたが最後、その場で命を取られちまうらしい」

「なんだよ、それ。おっかねえ」

捨丸はケラケラと笑った。それを八角は横目で睨んで、

「もっと怖いのはな、そいつらに殺されたらそのまま亡者の列に加わって、一番後ろに並ばなきゃならねえってことだ。で、代わりに先頭にいた奴が成仏するから、亡者の数はいつも七人きっかり、増えも減りもしねえんだと。つまりはおのれが成仏するには、先頭の番になるまで誰かを殺し続けにゃならねえわけだ」

——報奨目当ての同業がすでに何人か日田荘へ向かったが、ほとんどが戻って来なかったそうだ。おまえも行くなら、せいぜい気をつけろ。俺は命が惜しいから御免だ。

八角に寺の沙汰を伝えてきたのは、顔見知りの猿楽師《さるがくし》だった。呪術を操るという点で、やはり同業者である。

猿楽師は化け物の名も告げていった。

七人御先《しちにんみさき》——と。

「悪いな。飯まで馳走になって」

山道を歩きつづけた末に八角と捨丸が辿り着いたのは、山間《やまあい》の盆地に田畑を拡げた小さな村である。日田の領内にある山村のひとつで、佐井《さい》村といった。

「鄙《ひな》の村ゆえ、たいしたもてなしもできませんで」

囲炉裏《いろり》をはさんで八角の真向かいに座っているのは、霜のごとき白髪の老人だ。この村の名主《みようしゆ》で、山崎与三郎《やまさきよさぶろう》と名乗った。肉づきの薄い小柄な体躯の人物だが、さすがに村人たちをまとめる立場にあって物腰は穏やかに落ち着いている。

「あんたに声をかけてもらって、助かったぜ。なにせ村の者たちはとりつく島もなくてな」

「それは申し訳のないことを。村の者は皆、外から来る人間を警戒しておりまして」

「仕方ねえさ。こんな油断も隙もない世の中だ」

どこの村でもよそ者は嫌われる。略奪目的の雑兵や強盗の集団に踏み込まれれば、ひとたまりもないからだ。たとえやって来たのが子供連れの唱門師だろうと、災いの先触れでないとは限らない。外から来る人間を頑《かたく》なに拒むのは、農民にとっては身を守る術《すべ》である。

そんなわけでこの佐井村でも、村人たちは八角の姿を見かけると皆、そそくさと家に入ってぴしりと戸口を閉《た》てきってしまった。どうしたものかと考えあぐねているところに、与三郎があらわれて、八角と捨丸を自分の家に招いたのだ。

八角はさりげなく、家の中を見回した。名主の家と言っても、他の農家より幾分広いという程度の、質素な佇《たたず》まいである。繁華な土地の富農のそれとは、比べるべくもない。

家人はおらず、どうやら与三郎の独り住まいであるようだった。

「その子供はあなた様のお身内ですかな」

与三郎は、囲炉裏端に丸まってすうすうと寝息をたてている捨丸に目をやった。ふるまわれた麦飯と芋や山菜を煮た汁を腹一杯たいらげると、捨丸はすとんと眠り込んでしまったのだ。起きていても煩《うるさ》いだけなので、そのまま放ってある。

「そいつは、ただの旅の連れだ」

「幼い子供を連れての旅は、難儀でございましょう」

まあなと気のない返事をしてから、八角は片膝を立てて座り直した。

「さて、のらくらはお互いやめようぜ。ここが佐井村であんたが名主だってのなら、京に化け物のことを報せてきたのは、あんたに間違いねえな？」

与三郎は東の間八角を見つめて、ああと息を吐くような声を漏らした。いかにも安堵《あんど》したというように、

「やはり、御坊《ごぼう》はあの化け物のことでこの村へおいでになったのでしたか」

そうであろうと思ったからこそ、八角にみずから声をかけて家に迎えた。が、捨丸のような子供を連れているのを見て、もしや見当外れであったかと疑ってもいたという。

「俺は唱門師だ。——日田の化け物の話は慥《たし》かに聞いているぜ。佐井村の名主からの訴えで、そいつを退治しろという沙汰が出た。だったら、まずは村を訪ねて当人のあんたに直《じか》に話を聞くのが筋だろうよ」

「ありがたい。日田の村の者たちは、もう何年も、いつ化け物に殺されるかと恐れおののきながら暮らしております。それこそ毎日、生きた心地もいたしませなんだ。幸いこの佐井村では死人はまだ一人も出ておりませんが、山ひとつ越えた隣の滝村などは最初に化け物に襲われたために、村人は皆、殺されるか逃げだすかで、今は誰一人残ってはおりませぬ」

「そいつは凄まじいな」

「どうにかしたくとも、私どものような百姓には為《な》す術《すべ》もなく。こうなればあの化け物に打ち克《か》つほどの神通力の持ち主を恃《たの》むよりないと考えまして、京に文《ふみ》を送った次第でございます」

「あんたらが困っていることは、わかった。……ところで、俺より前にも同業が何人か、沙汰を聞いて日田に来ていたはずなんだが。そいつらは、ここには顔を見せてなかったかい？」

はて、と与三郎は首を捻った。

「存じ上げませぬな。この村に立ち寄られたのは、あなた様が初めてでございますよ」

そうかと呟いて、八角はおのれの顎《あご》を指で撫でる。

「で、その化け物にはどこへ行けば会える?」

「それは何とも……。いつどこで出くわすかわからぬところが、あれらの怖ろしいところでして。昼間に山中をさまよっていることもあれば、夜に人里へ来て家のまわりを一晩中ぐるぐると歩き続けていたという話も」

「あんたは、化け物を見たことがあるのか?」

「見ていたら、今ここにはおりませんでしょう」

違いないと八角はうなずく。そうして鹿杖を握っておもむろに立ち上がると、傍《かたわ》らの捨丸を揺さぶり起こした。

「おい起きろ、捨丸。出かけるぞ」

「どちらへ」

怪訝《けげん》な顔をする名主に、「隣村だ」と八角は言い放った。

「相手がどこにいるのかわからないんじゃ、狩ることもできやしねえ。このあたりの山の中を探すにしたって、当てずっぽうってわけにもいかんだろ。ならばいっそ、化け物が出たって場所へ行ってみりゃ、まだしも手がかりがあるかも知れねえや」

「しかし、先に申しましたように、滝村までは山をひとつ越えねばなりません。今から行って戻るのでは、夜になってしまいましょう」

「なに、俺は夜目《よめ》がきくたちでな」

はあ、とまだ困惑顔の老人を尻目に、八角は寝ぼけて目をこすっている捨丸を急《せ》かして、家を出た。

村境の山を越える程度なら、八角の足をもってすればたいした時間はかからなかった。ふたつの村を繋ぐ道は、今は通る者がないのか藪との境目もわからぬほどに荒れ果てている。その山道を八角は、捨丸を背負い、獣のごとき敏捷さで駆け上り下って、陽が傾きかけた頃にはかつて滝村があったという土地に踏み入った。

そこもまた盆地であるが、広さは佐井村の半分ほどであろうか。まだ日没まで間があるというのにあたりが薄暗く見えるのは、周囲から圧するようにせまる山々の影のせいだ。以前は田畑であったろう場所は雑草に覆われ、荒れ放題に茂る緑の中に倒壊しかけた家屋が点在している。廃《すた》れた土地に特有の、なんともうら寂しい光景だった。

草を掻き分け近くの家屋に駆け寄った捨丸が、中をのぞいてうわあと声をあげた。

「坊さん、見てみなよ。家の中におっきな木が生えてら」

「屋根が腐って抜けちまってんだ。陽が当たるなら、木だって好きに生えるだろうよ」

家屋の外側にまで枝を広げるその木を見やって、ふと八角は顔をしかめた。

「いや。……妙だな」

そんなことを呟いてから、まだ家の中をのぞき込んでいる子供に声をかけた。

「おい、捨丸。そのへんに人の骨が転がってるかもしれねえから、探して持ってこい」

「骨なんてどうするんだよ」

「ここの連中が化け物に殺されたってのなら、骨くらい残ってたっておかしかねえ。未練がありゃ、本人が化けて出てくるかもしれねえだろ。うまくしたら、化け物の話をそいつから聞くことができら」

「そっかぁ」

捨丸は素直にうなずいて、すぐさま足もとの草の根もとを探りはじめた。

その間に、八角は村中の家屋を調べて回った。草蒸した家の中まで、丹念に見ていく。

村の外れまで一通り調べ終えると、唱門師はその場に佇んだまま「何もねえな」と独りごちた。ふと思いついたように足もとの草を引き抜き、葉から根までじっくり眺めると、分厚い唇を引き結ぶ。鹿杖でとんとんと肩を打ち、それきり黙然《もくねん》と考え込んだ。

「坊さん」

泥だらけの手をはたきながら、捨丸が駆けてきた。

「おう、骨はあったか?」

「ううん。おいら、一生懸命探したけど」

骨のかけらも見つからなかったと、捨丸は言う。

そうかとうなずき、八角は空を見上げた。陽はすでに西の山の端《は》にかかっている。茜雲《あかねぐも》が華やぐ空の下、盆地には早くも黄昏《たそがれ》が忍びよりつつあった。

「引き揚げるぞ、捨丸」

「坊さんは何か見つけたかい」

「いや、何もねえ」

「じゃあ、無駄足かい？」

「そうでもねえさ。――むしろ、十分だ」

なんだよそれと捨丸が首をかしげるのにはかまわず、八角はさっさと歩きだした。

村を出て、来た道をとって返そうとした――その時。

八角の周囲から、音が消えた。

それまでわんわんと盆地に響き渡って鼓膜《こまく》を打った蟬の声が、ひたりと途切れて、静寂というよりもひたすらに無音である。

山道で武者の霊と遭遇した時と同じだ。

ざわり、と八角の背を冷たいものが走った。怪異には慣れているはずの唱門師が、珍しく、怖気立った。

ちょうど山へ入るとば口だ。八角は舌打ちすると、緩やかに傾斜しはじめた地面から一歩足を退き、肩越しに村の方角を振り返った。

陽《ひ》が没した。

盆地を覆う青い薄闇の中、廃屋《はいおく》は黒々と、波打つ草は灰色に変じて、風景は輪郭を曖昧《あいまい》にしている。

そこに――何かが動いていた。

八角は目を何度も瞬《しばたた》かせ、ついで鋭く細めた。

人影だ。複数の。

その姿はまだ遠い。にも拘《かか》わらず、静寂の中に草の波を踏みしだく足音が響いた。

ざ、ざ、ざ、ざ。ざざ、ざざ。

人影は真っ直ぐこちらに向かってくる。歩いているようにしか見えぬのに、みるみる近づいて来るのは、並の人間が走るよりもはるかに早く移動しているせいだ。

人数は数えるまでもない。七人いる。

くそ、と八角は唸《うな》った。

「探す手間もいらなかったな。……あらわれやがった」

――七人御先。

「おい、捨丸」

八角は傍らの子供の肩を摑んだ。見上げた子供に、ニッと笑いかけた。

「なんだよ、坊さん。薄気味悪い顔だなぁ」

「おまえにちょいと、頼みがある」

「なんだい」

「ここに立ってろ。で、そのまま動くな」

捨丸をその場で村の方角を向くように立たせると、八角は素早く身をひるがえした。

「じゃ、あとはまかせたぞ」

「えぇ？」

八角は後ろも見ずに駆けだした。一目散に逃げた、と言ってもいい。地を蹴り、岩から岩を跳び、木々の間を縫って、駆けに駆ける。たちどころにその姿は、夜の闇に呑まれて消えた。

言われた場所に突っ立ったまま、わけもわからず八角を見送って、捨丸は目を丸くした。そうしておもむろに正面に視線を戻すと、

「あれれ？」

目の前に、人の姿をした化け物が一列になって立っていた。髑髏《どくろ》に青黒い皮膚を張りつけたような死人の顔が七つ、無言で捨丸を見下ろしている。その目には眼球がなく、ぽかりと空ろなふたつの穴が穿《うが》たれたかのよう。

先頭の化け物が、手を伸ばした。きょとんとしている捨丸の細い首を鷲摑《わしづか》みにし、ぎりぎりと指を食い込ませた。

ごきり、と骨の砕ける音が響く。

ようやく化け物が手を放した時には、捨丸はすでに首を折られて息絶えていた。

「おい、ここを開けてくれ」

佐井村に戻った八角は、名主の家の戸を叩いた。

与三郎は戸を細く開けて、それが昼間の客人であることを確認すると、相変わらず戸惑ったふうに彼を中へ迎え入れた。

「水をくれ」

八角は無遠慮に囲炉裏端に上がり込み、どかりと腰を下ろす。老人が差し出した椀の水を一息に干して、それで人心地がついたように大きく息を吐いた。

囲炉裏に火が入っているのは、夏とはいえ山間の夜が冷えるからだろう。家の中の明かりは、その火の色のみだ。

「あの……お連れの子供は」

「ああ、捨丸か。あいつのことは気にするな」

「はあ」

与三郎は怪訝そうながらもうなずくと、自分も火のそばに座った。

「滝村はいかがでございましたか」

訊かれて、八角は大きく肩をそびやかす。

「まあ、行った甲斐《かい》はあったな」

「と、申されますと」

「手がかりどころか、当の化け物に出くわした」

「なんと……」

与三郎の顔が驚愕した。

「まことですか。あなた様はよくご無事で」

「なに、言うほどの奴らじゃなかったぜ。実際に見てみりゃ、なんのことはない、死人がぞろぞろと連れ立って歩いているだけだ」

八角は禿頭をつるりと撫でて、嘯《うそぶ》いた。

「安心しな。あいつらはもう、二度と悪さはできやしねえ」

「それは」

与三郎はまじまじと八角を見つめた。

「あなた様が、あの化け物を退治してくださったということでございますか」

「信じられねえかい」

「いえ、お言葉を疑うなど。それを聞けば日田の者どもは皆、喜びましょう」

言いながらも、老人は腑《ふ》に落ちぬ表情だ。無理もない、相手は長い間自分たちが怖れてきた化け物だ。それを、村にやって来たばかりの胡散臭《うさんくさ》い唱門師が、もう安心だ大丈夫だと言ったところで、俄《にわか》には信じられるものではない。騙されているのではと疑うのが、当然であろう。

「もしお差し支えなければ、あなた様がどうやってあの化け物を退治なさったのか教えていただけますまいか。悪さができぬということは、化け物は消えてしまったのでしょうか」

「いや。まだ消えちゃいないが」

「まだ……？」

「けどまあ、あいつらにゃもう人間を殺すような力はありゃしねえ。あんたも、実際にその目であいつらを見りゃ、信じるだろうよ」

詭弁《きべん》のような唱門師の言葉に、与三郎は憮然と黙り込む。かまわず八角はひとつ欠伸《あくび》をすると、頭の後ろで手を組んで、それを枕にごろりと寝そべった。

「ところでな。――隣村が化け物に襲われたってのは、いつのことだ？」

「はい。かれこれ三年、いえ四年も前になりますか」

馬鹿言えと、八角は鼻で嗤《わら》った。

「たかが三、四年で、木が家の中にまで根を張って、屋根を越えるまで育つものかよ。あの荒れようじゃ、どう見ても村人がいなくなったのは二十年近くは前のことだ」

寝転がって梁《はり》を見上げたまま、与三郎の返事を待たずに、八角は言葉をつづけた。

「おまけに奇妙なことによ、どの家を見ても中には何ひとつ残っちゃいねえときた。田畑を耕すための作業具も、土間に置いてあるはずの道具も家具も、一切合切だ。そういうものは、たとえ放っておかれて朽ちたところで、きれいさっぱり跡形もなく消えちまうようなもんじゃねえだろ」

「逃げる時に持って出たのでしょう。滝村の者は、いちどきに化け物に襲われて殺されたわけではありません。化け物は何度もやって来て、その都度《つど》死人が出たのです。いつまた化け物が来るかも知れぬ、次には自分が殺されるかも知れぬと怯《おび》えて、残った者は荷物をすべてまとめ、一家で村から逃げだしたということではありませんか」

「……俺は、戦に巻き込まれた村を幾つも見てきたが、逃げなきゃ死ぬって時に人間は何かを持ち出す余裕なぞありゃしねえ。自分と家族の命以外は、それこそ、身ひとつってやつよ。それが、化け物がいつまた村にやって来るかわからないって時に、怯えて震えながらきっちり荷造りして、石臼《いしうす》まで担いで逃げたってのか？」

「何が仰《おつしや》りたいので」

「俺の見立てが正しけりゃ、滝村を化け物が襲った事実はねえし、村人が消えたのはあんたが言うよりずいぶん昔のことだ」

「……まさか」

「化け物のせいで死人がけっこう出たってわりに、それを埋葬した形跡がねえんだよなあ。骸《むくろ》をそのままうっちゃっといたのなら、村の中に人骨が散らばってたっておかしかねえ。

が、探しても、骨なぞ見つからなかった」

八角は身体を起こすと、ようやく、与三郎に視線を据えた。

「あんたの話は、妙に辻褄《つじつま》があわねえんだよ」

囲炉裏の火の向こうで、老人が薄く笑ったように見えた。あるいは、ただその面《おもて》に、火《ほ》影《かげ》が揺れただけであったか。

とんとん、とその時、戸が音をたてた。

「坊さん、坊さん」

八角は立ち上がると、鹿杖を握って土間に降りた。躊躇《ちゅうちょ》もなく戸を引き開ける。

「よう、戻ったか。早かったな」

戸口に立って、捨丸は口を尖らせた。

「ひどいや、坊さん。おいらを置いていくなんて」

「仕方ねえだろ。俺が死んだらどうにもならん。おまえと違って、死んでもすぐに生き返るなんて芸当はできねえんだからよ」

ぷりぷり腹を立てている子供をいなして、八角は戸口の外に踏み出した。

そこにいたのは捨丸一人ではなかった。子供の背中に従うように、少し距離を置いて亡霊が六人、縦一列に並んで無言で佇んでいた。

「おいおい。なんだっておまえが先頭にいるんだ。新入りなら、一番後ろに並んどけ」

「そんなの知るもんか。おいらがここへ戻って来ようとしたら、みんなが勝手について来たんだもの」

「あくまで七人かよ。まったく、融通がきかねえ」

空には真円《しんえん》の月が浮かび、しらしらと降り落ちる光が夜の闇を青く透かせる。家の中よりよほど明るい。八角は初めて、月光の下に晒された亡霊の顔となりをじっくりと見つめた。

やはり、と唸る。

ある者は行者の白装束を、ある者は袈裟《けさ》をまとって錫杖《しやくじよう》を握り、さらには芸人の格好をした者や、覆面をした僧兵とおぼしき者もいた。体格や姿はまちまちであるが、共通しているのはいずれも呪術を操ることを生業とする——八角の同業者たちだということだ。

とすれば、一足先に化け物を狩りに来て、そのまま行方知れずとなった者たちに間違いない。

「とうに殺されていやがったか」

八角の背後で、ひゅっと息を呑む気配があった。

与三郎だ。八角は振り返らず、ゆえに老人の表情まではわからないが、くだんの化け物が戸口の前まで来ているのを知って呆然とした体《てい》である。

「言っただろう。こいつらにゃもう人間を殺すほどの力はねえってな」

八角はむしろのんびりとした足取りで、一歩、亡霊との間を詰めた。

「こいつらの名は七人御先。亡者《もうじゃ》が七人集まって、生者を害するほどの呪力を持つ化け物になった。――逆に言やぁ、七人に足りなけりゃ、七人御先の名に値しない。つまりは成仏し損ないの無力な亡霊どもでしかねえってことよ」

さらに一歩。鹿杖を握る手に力をこめる。

「見な。こいつらは今、六人しかいねえだろ。そりゃそうだ、捨丸を殺して一人成仏した後で、当の捨丸がけろりと生き返っちまったんだから。列にいるはずの一人が欠けて、こいつらもさぞかし慌てたことだろうよ」

「い、生き返った……？」

与三郎の声が驚愕する。

「言い忘れたが、その捨丸ってガキは人間じゃねえ。そいつこそは、正真正銘の化け物よ。もう何年もその見てくれのまま、槍で突こうが刀で斬ろうが水に沈めようが、死んでもすぐさま生き返りやがる。それこそ人を襲っちゃ厄介なんで、俺がそばにいて見張っているのさ」

旅の途中に立ち寄った村で、八角は人々に捕らわれた子供を見た。子供は人間の生き血を糧《かて》とする化け物で、腹がへれば人を襲ってその血を啜《すす》っていた。村人たちに縛《いまし》められ幾度殺されても、子供は生き返り、ついには火にくべられようとしていたところを、さすがに見かねて八角が引き取った。それ以来の連れである。

今は術で血吸いの記憶を封じているが、その効力がいつまで保《も》つかはわからない。その時がくればおのれの手で捨丸に引導を渡してやると、八角は決めている。

戸口から八角を凝視していた与三郎は、そろりと目を動かすと、捨丸を見た。子供は戸口の横にしゃがんでその場をぼうっと眺めていたが、視線に気づいて、彼に無邪気な顔を向けた。ニッと笑ったその口もとに、異様に尖った歯がのぞいたのを見て、老人は身体を強張《こわば》らせた。

「気の毒だが、おまえらは退《ひ》け時《どき》だ」

亡霊たちはうっそりと、身じろぎもせずに佇んでいる。八角を見ているのかいないのか、かつて眼球のあったふたつの穴は、月の光を映さずにただ暗い。

「往生しやがれ」

さらに踏み込み、次の一息で八角は彼らとの間合いを詰めた。杖を振り上げ、亡者の頭上に振り下ろした。

「坊さん、死んだ人を殴って成仏させるのはやめなよ。可哀想だよ」

八角が亡霊をことごとく鹿杖で殴り飛ばして消し去ったのを見て、捨丸は呆れたように言った。

「念仏を唱えるより、このほうがよほど手っ取り早ぇんだよ。どうせ死んでるんだ、本人たちは痛いも痒いもあるものか」

八角は杖でとんと自分の肩を打ってから、地面に目をやった。おやと呟く。

「こいつは……」

そこに散らばっていたものをひとつ、拾い上げた。

薄い木の板を細工した、大人の指の長さほどの——ヒトガタだ。人間の身代わりとしてその形を象《かたど》った呪具である。

掌《てのひら》にのせたそれを、しばし目を眇《すが》めて見つめてから、八角は「なるほどなぁ」と独りごちた。

「それなら、おいらも持ってるよ」

駆け寄って、八角の手もとをのぞき込んだ捨丸が、自分の着物をあちこち探って同じヒトガタを取りだした。

「おいらを殺して消えた奴が、落としてったんだ。なんだか大事なものみたいだったから」

「おう、でかした。——これで人数分、揃ったか」

他のヒトガタも拾い集めて懐《ふところ》に押し込むと、八角は与三郎を振り返った。悠然とした足取りで歩み寄り、まだ戸口に立ち尽くしていた老人に声をかけた。

「さて。話のつづきをしようぜ」

その言葉に与三郎が一瞬、老いた顔を暗く歪めたのを、果たして八角は見たか、どうか。

「――お見事でございました。日田の者たちもこれでようやく安堵いたしましょう。化け物を滅してくださいましたこと、佐井村の名主として心より礼を申し上げます」

囲炉裏端に戻った八角に、与三郎は床に手をついて深々と頭を下げた。

「得心《とくしん》がいったかい」

「この目で見ておりましたから」

八角はうなずくと、どうでもよさげに首筋をぼりぼりと掻きながら、

「ところでさっきの話だがな。――こいつは俺の憶測だが、七人御先に襲われて村人がいなくなっちまったのは、この佐井村のほうだったのじゃねえか」

与三郎はゆるりと頭をあげた。

「それはまた、突拍子もないことを言われますな」

「そうかい」

「こうして私どもが村におりますものを」

「あんたらはもとは隣村の者たちだろ。化け物騒ぎで誰もいなくなった佐井村に、全員で荷物をまとめて滝村から移ってきた。つまりこの佐井村は、一度村人が入れ替わっているんだ」

いや、と八角はわずかに声を強めた。

「滝村の村人が結託して、七人御先を使ってこの佐井村を乗っ取ったってことだろうよ」

束の間、火の爆《は》ぜる音だけが囲炉裏端に響いた。

やがて与三郎は低く声を漏らした。

「とんでもないことでございます。私ども百姓に、そのように大それたことができるはずもございませぬ。仮にあなた様の仰るとおりとして、化け物をいかにして操ると言われるか。そも、なにゆえ土地移りを望まねばなりませぬか」

「佐井村に比べて、滝村が貧しかったからさ。見ただけでわかるが、あのあたりは土地が痩《や》せている。狭いうえに日当たりも悪い。生えている草を調べてみたが、育ちが弱いのかよく見りゃ葉にも茎にも黒い染みが浮いていた。……あの様子じゃ、稲穂の実りもよくはなかったろう」

八角が佐井村へ来て真っ先に目に入ったのは、青々と健《すこ》やかに葉を伸ばした田んぼの稲や畑の作物であった。山ひとつ越えただけで、佐井村は陽射しにも土にも恵まれて、豊かな実りがあった。自分たちと引き比べ、滝村の者たちが羨《うらや》まなかったわけはない。それは妬《ねた》み嫉《そね》みとなり、いつしか佐井村に対する鬱屈《うっくつ》した感情となって、滝村の村人たちの内に澱《おり》のように積もっていったとしても、不思議はなかった。

八角は懐から、ヒトガタを一枚取りだして見せた。

「それと、このヒトガタだ。誰かが術を用いてこれに死者の霊を寄り憑《つ》かせ、七人揃えてできあがったのが、あの化け物さ。なんのことはない、日田の七人御先は人間の手でつくられたものだった。――それを、操っていた者がいる」

「誰がそのようなことを」

「あんただよ」

あっさりと言った八角を凝視してから、与三郎は腰を浮かせた。反射的に杖に手を伸ばした唱門師に、ゆるりと首を振って見せた。

「あの子のために、茣蓙《ござ》を持ってこようと思いまして」

見れば捨丸は、柱にもたれてこくりこくりと舟を漕いでいる。子供にとっては、退屈な話に違いない。与三郎が床に茣蓙を敷いてやると、捨丸は半分眠ったままそこに横になって、たちまち寝息をたてはじめた。

「おう、すまないな」

囲炉裏端に戻った老人は、ほうと小さく息を吐いた。

「いつからお気づきでしたか」

「最初から妙だったさ。あんたは七人御先を『あの』だの『あれら』だのと言っていたが、自分が見たことのないものを、そんなふうには言わねえもんだ」

「なるほど、迂闊《うかつ》なことを」

「もっとわかりやすかったのは、俺たちが滝村に行った時に、おあつらえむきに七人御先があらわれたことさ。どう考えても、都合がよすぎら。あんたはあいつらを操って、あそこで俺を仕留めるつもりだったんだろ」

「しくじるとは思いませせなんだ。よもや人外《じんがい》の者を連れておられたとは」

「他の連中も同じ手で殺したかよ。一人も会ったことがねえってのは、嘘だったな」

「はい」

八角は大きく肩をすくめると、ところで、と世間話でもするようにつづけた。

「――同業の間で今でも語り草になっている傀儡師《くぐつし》がいてな。そいつは木の人形どころか、その気になりゃ死体まで意のままに操って見せるほどの、傑出した呪力の持ち主だったそうだ。ところがよせばいいのに、どこぞのお偉方の宴で死者の踊りなど披露《ひろう》しちまったがために、外法《げほう》と言われて京を追われ、それきり行方が知れなくなった。二十年ばかり前の話だ」

「その傀儡師の名前は」

「連明《れんめい》だったか」

ふっと与三郎は皺《しわ》の寄った口もとを緩めた。

「とうに忘れ去られたかと思うておりました。同業にまだその名を覚えていただけていると は、嬉しいことでございますな」

ふんと八角は鼻を鳴らす。

「まさかそいつが、今は丹波の山村の名主になっていたとはな。おのれで化け物をつくっておきながら、なぜわざわざ助けを求める文など京に送ってきやがった」

「理由をお聞きになりたいですか」

「ああ」

さすればと与三郎は語る。――京を追われて放浪するうち、偶《たま》さかこの地に足を止めた。八角の言ったとおり、滝村は土地の痩せた貧しい村で、ことさらその年は稲に病気が発生したため不作となり、村人たちは窮状にあえいでいた。

村に満ちた恨みと嘆きの声を聞いて、思いついた。怨嗟《えんさ》は魔を呼び込む恰好の力となる。長年にわたって人の心の荒みきったこの土地ならば、その力を取り込んで、かつてない強力な傀儡を手に入れることができるのではないか、と。

「おのれのその欲に、抗うことができませなんだ。私は、生まれ故郷の西国で伝え聞いていた化け物を模して、傀儡をつくりあげ――」

それが、七人御先だ。

「――作ってしまえば、次にはそれを人前で披露したくなりましてな」

化け物を使って隣村の佐井村から人を追い、土地を奪うという企てを、滝村の者たちに持ちかけた。

「あなた様のお見立てどおり、二十年近く前のことでございます。今は村人たちの暮らしも落ち着いて、佐井村に移ってから生まれた子らもすっかり大きくなりました。私も先代の名主から役目を継いで、ずいぶんとたちます」

「村の住人が入れ替わったことに気づいた者だっていたんじゃねえのか。役人だって調べに来たろうに」

「そういう者もおりましたな」と、老人は口もとに笑みを浮かべた。「皆、死にましたが」

どれだけ殺しているのかと、八角は呆れた。

「で？　田畑を耕して穏やかに暮らしているはずが、いまだに傀儡を使って騒ぎを起こしたうえに、それをみずから訴えてくるってのはどういうわけなんだ」

「またも欲を抑えきれなくなったのでございますよ」

穏やかな笑みのままで、与三郎は言う。

「この村に住んで年月を重ねるうちにふと、おのれの力がまだ世の中に通用するものかどうかを確かめたいと思うようになりましてな。おのれの呪力が他の術者に勝るものであることを、おのれの傀儡がいかに優れたものであるかを世に知らしめたい。……そういう欲でございます」

なるほどと、八角は思った。

化け物の噂が広まれば、報奨目当てに日田にやって来る者の数も増えよう。その連中を殺すことが、この男の目的だったのだ。

京を追われた一件から今に至るまで、与三郎の——傀儡師、連明の行動は一貫している。自分の力を他者に誇示し、世間の耳目《じもく》を集めるという欲望に取り憑かれ、それを為すためならば何を犠牲にしても厭《いと》わない。野心とは別だ。それはもはや病に近い。

「俺もまんまとひっかかったクチか。だがあんたの傀儡は俺が退治しちまったから、俺の力のほうが上だったってことだな」

「正直なところ、腑《はらわた》が煮えくりかえっておりますよ」

「笑いながら言うなよ。これからどうするつもりだ？」

「あなた様こそ、どうされます。ここで私を捕らえますかな」

いや、と八角は首を振った。

「あんたを捕まえて役人に突きだしたところで、褒美は出ねえからな。あんたにこれ以上係わるのは、面倒なだけだ。――俺はこれで、引き揚げるとするさ」

だがな、と、軽口のつづきのように言葉を継ぐ。

「俺が今度のことを日田の領主に報告すれば、あんたの所業は明るみに出る。そうすりゃ次に日田へやって来るのは、化け物ではなくあんたを狩ろうって連中だ。捕まりゃ天下の咎人《とがにん》として河原で首を落とされるぜ。さぞ大勢の見物客が、あんたを一目見ようと詰めかけることだろうよ」

とたん、与三郎は口の端を引きあげた。

「それはまことに嬉しゅうございますなあ」

今までの微笑から一転、凄まじいまでの愉悦に歪んだ顔で、笑った。

眠ったままの捨丸をおぶって、八角は佐井村を出た。

途中、村内の家の前を通り過ぎるたび、こんな夜更けだというのに、戸の内側からこちらをうかがう視線を何度も感じた。

よそ者を警戒する以上に、頑なに拒絶し、相手の動向を必死に目で追っている。なるほど、彼らが怖れるのは略奪者や流れの雑兵たちばかりではない。与三郎に口止めされているか、申し合わせて口を噤《つぐ》んでいるのか、いずれにしてもかつて佐井村と滝村の間に起こった出来事を暴かれてはならぬと、外から訪れる人間を見るたびに怯えるのだろう。

坊さん、と背中で捨丸が声をあげた。

「褒美をたくさんもらえるといいね」

「おい。起きたのなら、自分で歩け」

やなこったと、捨丸は腕に力をこめて、八角にしがみつく。

「ねえ、さっきのヒトガタはどうするんだい？」

「ああ、褒美を受け取るついでに、売っぱらうとするか」

「あんなものが、売れるの？」

「希代の傀儡師が呪をこめたうえに、何人もの死霊の念まで残ったシロモノだ。呪具としてありがたがる奴はいくらでもいるだろうよ。せいぜい高値で売りつけてやるぜ」

はぁ、と捨丸は大仰にため息をついた。

「坊さん、もっと徳になることをしなよ」

「だから得になるじゃねえか。……そんなことより」

八角は皓々《こうこう》と夜空に浮かぶ月を見上げると、

「さて今夜も野宿かよ」

しまった、与三郎の正体を暴くのは明日にすればよかったと、残念そうに呟いたのだった。

澤村伊智

えれんとわたしの最後の事件

●『えれんとわたしの最後の事件』澤村伊智《さわむらいち》

英米で心霊調査研究者として登場した〈幽霊ハンター〉は、ホジスンの「幽霊狩人カーナッキ」などの幻想探偵キャラクターに進化を遂げ、やがて、日本では陰陽師《おんみようじ》、退魔師などの活躍する伝奇小説などと相まって、独自の隆盛・展開を遂げてきた。とりわけ、現代日本を舞台にしたモダンホラーとして、怪異を鎮《しず》める霊能者やその周辺ネットワークを描きだした澤村伊智のデビュー作『ぼぎわんが、来る』に始まる比嘉《ひが》姉妹シリーズの功績は、日本の〈幽霊ハンター〉史を語る上で、看過《かんか》することは出来ないだろう。

澤村伊智の本作は、まさに現代日本の〈幽霊ハンター〉とそのネットワークを、新しいキャラクターで描きだした最新作である。今回もホラー・フィクションに忠実な澤村伊智のマインドを感じさせる作品であり、同時に、これまでSFが描いてきたスペキュレイティヴなテーマを、ホラーの文法でやってのけようという強い探究心をも感じ取れる意欲作なのである。

最新作『怖ガラセ屋サン』(幻冬舎)同様、作者の矜持《きようじ》を感じて戴《いただ》こう。

一

「ようこそおいでくださいました」

赤児《あかご》のような風貌の小柄な老人が、深々とお辞儀をした。ワクチンは接種済みだと聞いているが、それで安心する気はないらしく、今着用しているマスクも大きな厚手の不織布《ふしょくふ》だった。

服は上等だ。しかしシャツの袖はほつれているし、カーディガンの胸元にはうっすらシミが残っている。肌の艶《つや》や姿勢、体格から栄養状態が良好なことも分かるが、顔色は悪く白目は赤い。

邸宅の外観どおり裕福な暮らしをしているが、しばらく満足に眠れておらず、精神的にも疲弊している。そして身繕《みづくろ》いに気を配る余裕もなければ、代わりに世話をしてくれる人間もいない——といったところか。

特に意外ではなかった。わたしたちの依頼人であればそうだろう。わたしは改めて、目の前の老いた男を観察する。見れば見るほど赤ん坊そっくりだが、勿論《もちろん》この男は単なるカワイイおじいちゃんではない。

鞍下正憲《くらしたまさのり》。七十二歳。

「くらしマート」「くらしファーム」「くらしモール」「くらシネマ」「くらしバンク」など、今やスーパーから映画館、銀行まで手広く全国に展開している、巨大グループ企業「ｋｕｒａｓｈｉｔａ」の相談役だ。創業者の長男であり、グループをここまで大きくした元社長であり、また慈善家としても知られる。一方で社長時代、会長時代は悪い意味で「会社は家族」の方針を徹底し、内外に多くの敵を作った。

鞍下は作り笑顔で「さ、どうぞお上がりください」と長い板張りの廊下を示した。つぶらな瞳でチラチラと、わたしの右隣――彼女を窺《うかが》っている。これも意外ではなかった。あからさまか、こっそりかの違いだけで、初めて顔を合わせた依頼人は常に同じ行動を取る。

わたしはマスクの位置を直して、訊ねた。

「如何《いかが》なさいましたか」

「いえ、ええ、お身体の具合が悪いのかと。そちらの、お若い方」

「サエちゃん」

お若い方――えれんは鞍下を無視し、いつもの眠たげな声でわたしを呼んだ。

上下ともにスウェット、それも古びたグレーのスウェットを着ているせいで、病人だと思われたのだろう。ぱちぱちと苛立たしげにマスクの紐を指で弾きながら、わたしを見上げている。

頷いて返すと、彼女はクロックスを蹴り飛ばすように脱いだ。裸足《はだし》で板張りの廊下を踏みしめる。右足の中指と薬指は第一関節から先が無く、左足の小指は根元から無い。いずれも子供の頃、両親に鋏《はさみ》や鑿《のみ》で切断されたものだ。

靴下が眉を顰《ひそ》めた。

「どうぞお気になさらず」

わたしは言った。えれんのクロックスを揃えてから、自分のローファーを脱ぐ。突っ立っている彼女は変わらず、マスクの紐を指で鳴らしていた。

明らかに警戒心を強めた靴下に案内されたのは、洋間の応接室だった。大きな窓から広い庭が見えるが、ところどころ荒れているのが分かる。わたしの視線で察したのか、「庭師も呼べなくなりましてね」と彼は言った。

「一人、仕事中に何というか……目《ま》の当たりにしたみたいで。怪我らしい怪我はなかったんだが。家内のお気に入りの瓶も、その時に割れてしまって、可愛がっていた金魚も……」

よっこらしょ、と大きなソファに腰を下ろす。わたしはつられて座ろうとするえれんの腕を摑んだ。

「後ほど詳しくお伺いしましょう。改めまして、尾白冴子《おじろさえこ》です。解良戸《けらと》のマネジメントとサポートを担当しております。そしてこちらが解良戸えれん。カウンセラーです」

「カウンセラー、ですか」

「ええ。誰かに訊ねられたらそう答えていただければ。長い自粛生活による精神的ストレスを治療するため、という名目にしておきましょうか」

「ええ、ええ、それで。たしかに今はそれが一番もっともらしい」

どうぞ、と鞍下に勧められ、わたしはえれんを先に座らせてから、彼女の傍《かたわ》らに腰を下ろした。

埃《ほこり》と指紋だらけのガラステーブルを見つめたまま、えれんは相変わらずマスクのゴムを弄《もてあそ》んでいた。煩《わずら》わしいうえに痒《かゆ》いのだろう。現に口の周りは荒れ始めている。彼女を引き取ってそろそろ七年。健康状態はあらかた把握していた。

「どう？　えれん」

彼女は天井を見上げた。大きな目を数度、しぱしぱと瞬《しばたた》かせる。少しして怠《だる》そうに項垂《うなだ》れ、頭を振った。

「何も。ごめん、サエちゃん」

「謝らなくていいの。教えてくれてありがとう」

わたしはソファに投げ出された、彼女の手をそっと握った。

「失礼ですが……」

鞍下が口を開いた。

「随分と、個性的な方でいらっしゃいますね。それに何というか、非常にラフというか、リラックスされているというか」

えれんを再びチラチラと眺める。

「……では、例えば」

わたしはサングラスを外した。

「髪を結い上げて巫女《みこ》装束を着て、御幣《ごへい》を手に来てくれた方がよかった、と？　一旦帰って着替えさせて、もう一度お伺いするところからやり直しましょうか？」

「ああ、いや、それは困る。困ります。外には絶対に漏らしたくはない。だからあなた方を呼んだんです」

「ええ、承知しております」

ここで口角を上げる。

「こちらのお宅で常識外の怪事が起こっていることも、それを解決してほしくて胡散臭《うさんくさ》いゴーストハンターを呼んだことも、絶対に大っぴらにしたくない。ですよね？」

「ゴーストハンターって言い方は、ちょっと。せめて……そうですな、占いの先生だとか」

「サエちゃん」

えれんがわたしを見て、また頭を振る。伸び放題の癖毛《くせげ》がバサバサとなびく。すぐにその意図を理解して、わたしは言った。

「鞍下さん、お手数ですが以降、解良戸を〝先生〟とは呼ばないでください」

「と、言いますと」

「バレないと思って解良戸を欲望の捌《は》け口《ぐち》にした教師がいたんですよ。小学校に一人、中学校に二人。それを思い出して心が乱れる。円滑に仕事を進めるうえでも必要なことです。なにとぞ」

えれんはスリッパを脱ぎ、自分の足先を見つめていた。

「そうですか。分かりました……ふう」

鞍下の溜息には明らかに「やれやれ」のニュアンスが込められていた。

もぞもぞとえれんが身じろぎした。

「でもサエちゃん、グループよく行くよね」

首を傾げる鞍下に、わたしはえれんの言葉を通訳して聞かせる。

「言葉どおりの意味です。解良戸もわたしも、ｋｕｒａｓｈｉｔａグループのお店やサービスには、日頃大変お世話になっている」

「ああ、そうですか。そりゃよかった」

「寿司」

「へ？」

「サエちゃん。一昨日《おととい》の、回転寿司。あれもグループだよ。まぐろ美味しかったね」

「えれん、あそこは違うの。名前はよく似てるけどグループとは関係ない」

「…………」

彼女は無言で顔を押さえ、背中を丸くした。

訝《いぶか》しげな表情を浮かべる鞍下に、わたしは言った。

「お気持ちは分かります。ですがご期待には必ずお応えしますよ。基本料金は既にいただきましたし」

「尾白さん、疑ってるわけではありません、ありませんが」

「こんな小汚くて無礼な小娘と、偉そうな態度のデカい中年女に、というお気持ちでいらっしゃる？」

「いや……」

「ご安心ください。どなたも最初はそうお思いになります。でもわたくしどもが帰る頃には、とても上機嫌になっておられる。涙を流して感謝する方もいらっしゃる。また何かあったらその時も、と仰《おつしや》る方も」

「ええ、お噂は聞いていますよ。ヤマダさんとこの工場の件だとか、杉並の何とかいう、アニメ会社のビルだとか。あとは」

「次期総理の噂も聞こえる大泉信三郎《おおいずみしんざぶろう》大臣の、奥様とお子様に悪いモノが憑《つ》いた件とか。てっきり大臣経由でわたくしどものことをお知りになったのかと」

「いや、ええ、そうだ。そうです。ですがね」

鞍下は言いにくそうに、

「尾白さん。率直に申し上げて、私は運命だとか運気だとか、目に見えない力なんてあるわけがないと思っていた。先代が信心深かった反動でしょう。まあ、些事《さじ》であれば家内の勘やら、占いの真似事やらを頼ったりもしてきましたが……」

あるんですね、と沈痛な面持ちで言う。

ここで怪現象を目の当たりにし、認めざるを得なくなったということか。

過去形が引っ掛かった。

「いま奥様はどちらに？」

「寝ています。ここ半年はベッドから起きることも、まともな会話もできない」

老人の顔が苦悶に歪《ゆが》んだ。ソファの大きな肘掛けに置かれた手が、堅く握られている。

「私一人なら正直、ほったらかしにしていたでしょう。この家でどれだけ妙なことが起こっても、訳の分からないものに取り殺されても、まあいいかと思えますよ。好きなように生きて、悔いも特にない。ですが」

そこで言葉を切る。

「……家内には、平穏無事でいてほしいんですよ。若い頃に散々苦労をかけたのでね」

思い詰めた目でわたしを見る。

　この点に関しては芝居ではなさそうだった。信念を曲げてでもわたしたちを呼ぶ理由も理解できた。

　わたしは鞄からタブレットを取り出して、

「では鞍下さん、今から時系列でこの家での怪事について、できるだけ詳しくお聞か」

「なに？」

　出し抜けにえれんが言った。

　いつの間にか身体を起こし、窓の方を見ていた。

「もっかい……え？」

　彼女の顔はわたしの位置からでは見えず、わたしは黙って事態を見守る。聞くのは後でいい。今は彼女に任せるのが一番だ。

　十数秒の沈黙の後、

「へえ」

　えれんは絡まった癖毛を搔き上げた。

「お、おい……何の話をしてるんだ」

　鞍下がソファから身を乗り出した。

　顔はこの一瞬で真っ青になり、額には汗が浮かんでいる。

　えれんは今日初めて鞍下と目を合わせたが、すぐまた窓の方を向いた。

「おいお嬢ちゃん、何か見えるのか。聞こえるのか。外に……庭にいるのか。なあ、答えてくれ」

言葉の端々から狼狽《ろうばい》と苛立ちが滲み出ている。隠していた尊大さが露《あら》わになる。

「へえ」

えれんは窓に目を向けたまま、首を傾げた。

「おい、あんた」

「鞍下さん」

「人の話を聞けえっ！」

鞍下が摑みかかった。

と思った瞬間にはもう、えれんに突き飛ばされていた。片手で、軽々と。

そのままソファに叩き付けられ、呻《うめ》き声を漏らす。

ぴしぴし、と乾いた音が響いた。

最初は何が起こったか、全く分からなかった。

「サエちゃん」

えれんが言って、下を指差す。

ガラステーブルの真ん中に、大きな罅《ひび》が入っていた。明らかにさっきまでは存在しなかった、文字のように見えなくもない罅が。

カエ

漢字か片仮名か判然としない。そう思っていると、またピシッと音がした。

新たな罅が入っていた。

「エ」のすぐ下に、縦長の罅が。

カエー

「うああっ」

奇声とともに金色の何かが、ガラステーブルを直撃した。取り乱した鞍下が投げ付けた、ライオンの置物だった。大きな音とともにテーブルは粉々になり、ガラス片が分厚い絨毯《じゅうたん》に散った。

咄嗟《とっさ》にえれんを庇《かば》っていたわたしは、そっと彼女から離れる。

鞍下は息を切らしていた。マスクを下ろして必死で酸素を吸い込み、こちらを睨《ね》め上げる。

「……読めま、した、か」

苦しい息の間から問いかける。

「いえ。読めたんですか?」

「カエレ――〝帰れ〟ですよ。こっちからは、はっきり見えた。角度のせいかも、しれん。すまない、お、怖ろしくて」

ああ、と再びソファに身体を沈め、天を仰ぐ。

想像した以上に鞍下は感情的で、攻撃的だった。当初纏《まと》っていた可愛らしさは、たった一度のささやかな怪現象で綺麗に剝がれ落ちていた。

「えれん」

声をかけると、彼女はぼりぼりと首を掻いた。

「外にいた。今はいない」

「何が?」

「人の形した犬。大きくて白くて、毛はない。あと、目もない。口がぐちゃぐちゃで、針が出てる。見たことないやつ。サエちゃん」

全く像を結ばない説明だが、質問を重ねるのはやめておいた。どうせわたしには見えない。えれんが戸惑っていない、つまり彼女なら対処できる。それさえ分かれば大丈夫だ。

「この家との関係は?」

「さあ」

えれんはガラス片を見下ろして、

「訊いた。さっきのが答え」

と言った。

二

最初の異変は三年前でした——と、鞍下は話し始めた。

ちょうど日が暮れた頃だったという。

書斎に入った瞬間、デスクの陰に何かが隠れた。

直前までデスクに手を突いて立っていた。白い、ひょろりとした人影だった。

夫人は外出していた。使用人には掃除以外では決して立ち入らせないし、それも午前中に済ませたはずだ。

静寂が妙に耳に響いた。本棚に並んだ本に、一斉に見下ろされているような気がした。

思い切って早足でテーブルに向かい、陰を確かめたが誰もいなかった。見間違いか、疲れていたせいか。大きな椅子に腰掛けようとした時、鞍下は気付いた。

テーブルの天板に、泥の塊が置いてあった。

テニスボールほどの大きさの、ひしゃげた泥の塊だった。鞍下の見ている前で、ズルリと崩れ落ちる。

すり潰された芋虫や甲虫《こうちゅう》が交じっていた。

魚の尾びれらしきものも覗いていた。

状況が分かった途端、腐臭が鼻を突いた。

「それからは忘れた頃になると、狙ったようにプンと漂ってきてな。どれだけ拭いても洗っても消えなかった」

「ということは、このテーブルは？」

「買い換えたものだ」

鞍下は敬語をやめていた。

わたしたちは書斎にいた。広さはえれんと住むマンションのリビングの、優に三倍はあるだろうか。本棚に並ぶのは昔懐かしい、来客にひけらかす為の百科事典がほとんどで、それ以外は鞍下本人によるビジネス指南書と、自己啓発本だった。

ざっと調べてみたが、変わったところは見付からなかった。

えれんはずっと無言だった。本棚を見上げるばかりで、わたしたちの会話にも、それ以外のことにも反応を示さなかった。

鞍下は順に語った。次の怪現象は数ヶ月後、居間で起こったらしい。

ハウスキーパーの一人が台所から居間を通り抜け、階段を上り始めた時のことだ。

どさ、と物音がして、彼女は階段の三段目あたりから振り返った。日差しが強かったのでカーテンは全て閉じており、居間は薄暗かった。

中央のカーペットの上に、ぐねぐねしたものが横たわっていた。

「大きな濡れた犬が寝ている」と彼女は思った。彼女の頭に浮かんだのは実家で飼っていた長毛の大型犬、アフガンハウンドで、不思議に思いつつも怖くはなかったという。

階段を下りてそっと近付く。途中、ソファに手をかけたところで、それはざざざと半身を起こした。

全身を覆うものは毛ではなく、腐った海藻のようだった、という。あるいは剝がれた皮膚のようだと。

それらの先からぼたぼたと、液体が滴《したた》り落ちていた。

ハウスキーパーはそれ以上の説明を拒み、半月後に辞めた。

「カーペットがえらく汚れていた。この点は事実だよ。私も家内も、他の使用人も実際に見ている。あまりにも酷いからすぐに捨てた」

「汚れていた、と言いますと」

「真っ黒だったよ。どぶ川に浸したみたいにな」

鞍下は顔をしかめた。

えれんは無言で壁の風景画を見ていた。

鞍下邸の怪現象はそれからも続いた。

べちゃべちゃと階段を下りる足音がした。

キッチンシンクの排水口に、ヘドロとしか思えないものが詰まっていた。

二階の廊下に濡れたクリスマスツリーのような影が立っていた。

車庫に駐車してエンジンを切ろうとした瞬間、車が大きく沈んだ。慌てて飛び出して調べたが何もなかった。

ハウスキーパー。料理人。運転手。そして鞍下自身。

目撃者、体験者は確実に増え、屋敷には不穏な空気が流れるようになった。複数の客人が「前に来た時より暗い」と言い出し、うち一人は予定よりずっと早く帰った。夫人が後日訊ねると、散々謝られた後、こんな答えが返ってきたという。

「家中、腐った水の臭いがした」

懇意にしていた庭師が庭の隅にあった瓶を割ったのは、ちょうど一年前のことだった。大きな音を聞いた鞍下が庭に出ると、庭師は割れた瓶の側で失神していた。

病院に運ばれた彼の口から、噛み潰された金魚が何匹も見付かった。状況と種類から考えて、夫人が瓶で飼っていたものと思われた。

庭師は翌々日に退院したが、それからというもの鞍下の依頼には応じない。本人が電話に出ることもないという。

鞍下邸には〝出る〟

あの家は〝ヤバい〟

庭師から広まったのだろう。庭の手入れを頼んだが、どこからもあれこれ理由を付けて断られた。家に招待すると、露骨に困った顔をする知人も現れた。

近くの神社にお祓《はら》いを頼んでも、何一つ改善しなかった。菩提寺《ぼだいじ》に頼んでも駄目だった。使用人達は次々に辞めていき、夫人も留守がちになった。

そして半年前。

鞍下が帰宅すると、夫人が洗面所で倒れていた。

洗面台は泥水で汚れ、鏡は粉々に割れていた。

夫人の喉の奥に、泥まみれのビニール袋が引っ掛かっていた。取り出すのが数分遅れたら危なかった、と病院で医師に言われたという。

わたしたちは夫人の部屋に移動した。介護ベッドで寝ている彼女に、「洗面所で何があったんですか」と問いかける。彼女は目を剝き、怯えた表情でわたしを見ていたが、何も答えなかった。

「ご存じかと思うが」鞍下が咳払いをした。「お二人を呼ぶ前に、あなた方の同業者をお招きした。結論から言うと三人とも匙《さじ》を投げた」

「三浦《みうら》さんと安藤《あんどう》さん、あと佐橋《さはし》さんですね。どなたも一流の方ばかりです。御三方ともここ数ヶ月、行方をくらましている。連絡しても繋がらない。余程ここでの仕事が堪《こた》えたのか……」

「そうですか」と、鞍下は青い顔を伏せた。この距離で見ても分かるほど震えていた。知らなくてもいい後日談を教えて、余計に怖がらせてしまったらしい。

証言をメモしたタブレットを読み返して、わたしは鞍下に訊ねた。

「この家の下に井戸は？」

「ない。みんな同じことを訊くから覚えたよ。ただ塞いだだけの井戸は悪いモノが溜まる、だったかな」

「そうです。では……」わたしはタブレットで地図アプリを開き、「この近くに川はありませんね。となると暗渠《あんきょ》だとかは」

「残念だかそれもない。詳しい人に調べてもらった」

「なるほど」

わたしは夫人をそっと窺う。彼女はさっきと同じ表情で、えれんを凝視していた。

えれんは壁に寄りかかり、棚の上に幾つも並んだ写真をつまらなそうに眺めていた。

「怖くはないのかね」

鞍下が呻くように訪ねた。

「と仰いますと？」

「あなた方の同業者はみんな、この辺で首を傾げるんです。それから段々落ち着かなくなる。おかしい、と思うんだろうな。声も小さくなるし、ブツブツ独り言を言い出すし、やたらトイレに行きたがるのもいた」

「ビビったんでしょうね」

わたしはタブレットを閉じた。

たしかに今の状況は不可解ではあった。水が絡んでいそうな怪現象が起こっているのに、井戸も暗渠もない。この家を騒がすモノは未《いま》だに得体が知れない。おまけにそいつは明らかに、わたしたちを歓迎していない。

だが。

「わたしなら平気です。解良戸が――えれんがいますから」

呆気に取られる鞍下に微笑みかけた。

そうだ。えれんなら必ず何とかしてくれる。この仕事を始めてから一度だって失敗したことのない彼女なら。

わたしは壁際のえれんを見る。えれんは自分の爪をじっと見つめている。

初めて彼女に会った日のことを思い出していた。

十年前、神奈川県の山奥にある廃墟で事件が起こった。

かつては旅館で、「心霊スポット」という言葉が生まれるずっと前から、主に不良たちが足を運んでいた建物だ。

廃墟近くから立ち上る黒煙に麓の住民が気付き、通報し、消防隊が現場に急行した。

彼らが目にしたのは、廃墟前の空き地で燃える車だった。

消火後、車の中から焼け焦げた死体が六体発見された。

県内の賃貸マンションの一室で共同生活を営む、十代二十代の男女だった。年長の男二人は仕切り役という名のヒモで、残りの十代女子たちに売春や風俗、ＪＫビジネスや未成年キャバクラで働かせて暮らしていたという。

車から少し離れたところに、二人の女子が身を寄せ合って蹲《うずくま》っていた。一人は全身打撲と火傷《やけど》と擦り傷だらけで、もう一人に目立った外傷はなかった。

後者がえれんだった。

二人が搬送された総合病院に勤めていた、看護師の一人がわたしだった。

入院中、えれんは全く口を開かず、警察の聞き取りにも無言を貫いた。筆談にも決して応じなかった。

同じ頃、別室のえれんでない方の女子が、警察に訳の分からないことを言っていた、と看護師仲間から聞いた。

下手《へた》打ってあそこに連れて行かれて、みんなにリンチされた。殺されると思った。

そのうちみんなオバケに取り憑かれて、殺し合いになった。

でもえれんちゃんが守ってくれた。

オバケをみんなの中に閉じ込めて、出られなくして、車ごと燃やしてくれた。ライターも使わずに。

えれんちゃんはすごい。そういえば付いてきただけで、リンチにも加わっていなかった。

ありがとう、えれんちゃん——

彼女の証言は「シンナーか何かを吸いすぎた子の幻覚」、つまり笑い話として院内に広まったが、わたしは何故か笑えなかった。心に引っ掛かり続けた。

退院前日、わたしはこっそりえれんに訊ねた。廃墟で何があったのか。何を見聞きしたのか。駄目元でメモ帳とペンを渡す。

彼女は少し考えてから、こう書いた。

〈まっくらのくに　に　かえした〉

メモ帳をわたしに返すなり、頭から布団を被って寝てしまった。

彼女の下手くそな字を見つめていた、その時の気持ちをどう表せばいいだろう。これ以上ないほど素直に言うと、わたしは彼女に強く惹かれていた。

それから半年後の相模原《さがみはら》駅での再会と、今はなくなった同県の少年院での邂逅《かいこう》を経て、わたしは彼女の複雑な家庭環境を知った。親やきょうだいや同級生らに暴力を振るわれ続けた、悲しい半生に涙した。そして顔を合わせる中で、彼女の「力」を確信した。

特殊な力を持つ虐待サバイバー。

昔よく読んだ長ったらしい海外ホラー小説に、繰り返し出てきた架空の存在。

それが実在し、今のこの国に、しかも目の前にいることに衝撃を受けた。同時に運命的なものを感じた。

身寄りのない彼女を引き取ったのも自然な流れだった。成人してすぐ両親を病気で立て続けに亡くし、ずっと独りで生きてきたわたしにとって、赤の他人との共同生活は不安もあったが楽しみでもあった。

根気よく意思疎通を試み、少しずつだが会話ができるようになった。それから彼女の力で助けるべき人を助け、報酬で生計を立てられるようになって、思い切って看護師を辞め――

記憶の渦から抜け出して、わたしは鞍下夫人の部屋に舞い戻った。夫人は目を閉じている。鞍下は枕元の椅子に腰掛け、夫人の痩《や》せた手を握っている。

「もう大丈夫だ。何とか間に合ったよ……」

夫人にそう語りかけている。わたしやえれんが怖がらないでいるせいだろう、先程までより恐怖は薄らいでいる風に見えた。

わたしはえれんに歩み寄った。何気なく棚の家族写真に目を向ける。

ぴたり、と勝手に足が止まった。

並んだ写真立ての、一番左端。最近は珍しい絹目の写真に、今よりずっと若い鞍下夫婦が、子供たちと並んで写っていた。鞍下そっくりの長男、長女。夫人似の次女。その隣、次女と手を繋いでいる十歳くらいの少女が——

わたしにそっくりだった。

瓜二つだった。わたしの顔から化粧と皺《しわ》をそっくり取って、顔を少しばかり縦に押し潰せば同じ顔ができあがる。絶対にできる。毎日鏡で見ているから分かる。

鞍下夫妻の子供は三人のはずだった。ではこの少女は。

若い頃のわたしでは有り得ない。

鞍下と会ったことなど一度もないし、庶民としか言いようのない両親が、藪下と面識があったとも思えない。

違和感がわらわらと、胸の内で育っていた。

「鞍下さん、失礼ですがこの写真は？」

平静を装ってわたしは訊ねた。

彼は不思議そうにこちらにやって来て、写真立てを覗き込む。

「これは……オーストラリアに行った時の写真だな。三十年くらい前だったか」

「では、この子は？」

「ああ、姪《めい》っ子だ。妻の妹の長女。一緒に行ったものでね。それが何か？」

ますます不思議そうな顔で、わたしと写真を交互に見る。似ている、とは思わないのだろうか。

「かわいい子ですね。つい見入ってしまいました」

わたしは真顔ではぐらかすことを選んだ。

首を傾げながら鞍下が夫人のもとに戻ったのを横目で確かめて、えれんに声をかける。

「この写真なんだけど、何か分かる？」

写真立てをまじまじと見つめるえれんに語りかける。

「おかしいよね？　他人の空似で説明できるレベルじゃない。何か関係あるんじゃない？　わたしには意味が分からないけど、あなたならすぐに――」

「何も」

えれんは答えた。

「全然似てないよ、サエちゃん」

と、顔を上げる。

ガラス玉のような目を見返していると、服の下で鳥肌が立ち始めた。あっという間に全身に広がっていく。プツプツと音が聞こえるようだった。

「……えれん、そんなことないでしょ」

辛《かろ》うじて笑顔を作る。

「だって、どう見ても妙だもの。これにはきっと何かある。例えばこの写真か、そうじゃなかったらわたしが悪いモノに干渉されてるとか」

「サエちゃん」

えれんは目を細めて、

「何もないよ」

きっぱりと言った。

鞍下がこれ以上無いほど不審そうな顔で、わたしたちを凝視していた。

三

ゲストルームの壁の絵に、わたしによく似た人物が描かれていた。

庭で一番大きな木の幹に、わたしの顔そっくりな瘤《こぶ》があった。

夫人のクローゼットの奥にわたしによく似た博多人形が仕舞ってあった。

鞍下がテレビを点けた瞬間わたしの顔が、画面に大写しになった。すぐ通販番組に切り替わったがテレビに映った方のわたしは楽しげな笑顔で、こちらのわたしを見つめていた。

わたしは辛うじて平静を装いながら、何度かえれんに訊ねた。おかしなことはないか、奇妙なことを感じないか。わたしは既に、悪いモノに攻撃されているのではないか。

えれんの答えは一緒だった。

「全然」

そんなはずはない、ちゃんと見て。

何度も喉元まで出かかった言葉を呑み込んだ。取り乱してはいけない。感情的になっても何一ついいことはない。鞍下は怪しむだろうし、何よりえれんが間違いなく混乱し、心を閉ざしてしまう。

ひととおり調査を終えた頃、恐怖はいよいよ深刻になっていた。

怪しいもの、怪しい箇所は見つからず、えれんも全く反応を示さない。おかしな現象も起こらない。わたしそっくりの顔を、わたしだけがあちこちで目にしている以外は。

悪寒《おかん》が身体を芯まで冷やしていた。

「尾白さん、どうだろう」

鞍下が訊ねた。家中のトイレと風呂を調べ、一階に戻ってきた直後のことだった。

わたしは「そうですね。もう少しお時間をいただければ」と明るく答えて、えれんを見る。

彼女は後から取り付けられたと思《おぼ》しき、階段の手すりを撫でていた。

「えれん、手すりが気になるの？」

「全然」

首を振った彼女の手元に、不意に目が留まる。

手すりの木目がわたしの横顔そっくりだった。もはや気のせいだとは少しも思えず、血の気が引いていくのが分かった。

何が起こっている。この家に、わたしに何が。

鞍下が「地下の井戸、とさっき仰っていましたが、そういえば……」と言ったところで、

「サエちゃん、こっち」

えれんが歩き出した。階段を降りきって、薄暗く長い廊下を進み、中程で立ち止まって、木の壁に触れる。

「あっ」

と、鞍下が小さく叫んだ。

「どうかされましたか」

「ここには扉がある。目立たないように作った隠し扉が」

わたしはえれんの撫でている辺りに目を凝《こ》らした。次いで数歩下がって俯瞰《ふかん》する。

騙し絵のように扉が浮かび上がった。壁との境はちょうど板の継ぎ目にあり、埋め込み型の小さな取っ手は木目に偽装されている。廊下の暗さもあって、言われなければ全く気付かなかっただろう。

「この向こうには何が？」

「向こうというより、下だ。地下室がある。そうだそうだ、シアタールームにするつもりが、建てて早々、降りるのが億劫《おっくう》になって……」

「お忘れになっていた、と」

鞍下は申し訳なさそうに縮こまったが、わたしは少しも腹が立たなかった。えれんが反応しているということは、そこに悪いモノがいるのだ。解決するのだ。

わたしは小さな取っ手に指をかけ、なんとか扉を開いた。

暗闇がぽっかりと長方形の口を開けた。無機質なコンクリートの壁と階段が寒々しい。手前の壁にあるスイッチを押すと、小さな照明が灯った。思った以上に階段は長く、見下ろすだけで息苦しくなった。

手すりは付いていなかった。はやる気持ちを抑えながら、わたしはえれんの手を取って一段一段、慎重に階段を降りた。

地下室の電気は一部しか点かなかったが、それでも全体像は把握できた。

広さは二十畳ほどで天井は低く、絨毯は赤く、壁には映像ソフトの棚が並び、奥の大きなスクリーンは傾いている。向かいの壁際には大きなスピーカーとサブウーファーがある。天井には上等なプロジェクターが設置されている。

それらの全てが、黒く汚れていた。

ぬらぬらとしたヘドロのようなものが付着し、嫌な臭いを放っている。床の一角には直径一メートルほどの、濁った水溜りができていた。

ここだ。ここに核心がある。

心臓が早鐘《はやがね》を打っていた。えれんが裸足でヘドロを踏みながら歩いて行って、スクリーンの下で立ち止まる。

「サエちゃん」

彼女は屈《かが》んで、スクリーンを捲《まく》り上げた。隠れていたモノが露わになる。

最初は悪趣味なオブジェに見えた。ホラー映画の特殊造型、あるいはそのレプリカ。鞍下か夫人か子供の誰かがホラーマニアで、作らせるか蒐集《しゅうしゅう》するかしたものでは、と。

だが。

「本物」

えれんの言葉で、ぎりりと心臓が鷲摑《わしづか》みにされた。

ボロボロの服を着たまま折り重なった、数人分の人骨だった。

頭蓋骨の数で三人分だろうと推測するが、確かなことは分からない。

「サエちゃん、あの人たち」

「え？」

彼女は少し考えて言った。

「金髪の男の人と、パーマの男の人と、日本人形みたいな女の人。同じ仕事の」

「それって」

三浦と安藤と佐橋のことだ。えれんの同業者で、ここでの仕事に失敗し、数ヶ月前から連絡が付かなくなっていた。

わたしは白骨死体に恐る恐る近付いて確かめる。側に落ちているスマートフォンのケース。肋骨《ろっこつ》にへばりついた服。指と首のアクセサリー。言われてみれば確かに、という気もするが、確信は抱けなかった。

「鞍下さん、これは……」

振り返ったが鞍下の姿はなかった。

ごん、と遠くで音がした。

扉が閉まる音だと気付いたのは少ししてからだった。

わたしは大急ぎで階段を駆け上がり、ドアノブを摑んだがびくともしなかった。外側から鍵を掛けられるらしい。叩いても叫んでも、思い切り蹴りつけても、廊下からの反応はなかった。

「鞍下さん！」

何十回目か忘れたがそう怒鳴って、わたしはがっくりと膝を突いた。

鞍下からの返事はなかった。

動悸と呼吸が落ち着くのを待って、よろよろと再び階段を降りる。

えれんはさっきまでと同じところに、スクリーンを捲ったまま突っ立っていた。

「どういうこと、えれん」

彼女は答えず、変わり果てた同業者を見下ろしている。

「えれん」

やはり彼女は答えない。

「えれん！」

わたしは床のヘドロを踏み分けて彼女に駆け寄り、手を摑んだ。スクリーンが同業者の亡《なき》骸《がら》を叩く。

ようやくわたしと目を合わせて、えれんは言った。

「サエちゃん、ゴキのあれ」

「は？」

「ほら……入ったら出れないやつ」

えれんは両手の人差し指で、虚空《こくう》に小さな長四角を描いた。

ゴキブリホイホイだろう。素直に考えてそうだ。だがそれが何だというのか。

わたしが訊くより先に、えれんが答えた。

「何か出るとか、ヤバいとか、助けて下さいって誘って、わたしはゴキ。ああそう、ツツモタセみたいな」

「ごめん、意味がよく――」

「狩られてるの、今、わたし」

ぼこん、という音が地下室に響いた。ぼこぼこ、ばしゃばしゃと続く。

振り返ると水溜りが泡立ち、広がっていた。水が――泥水が床下から湧き出している。

見ているだけで窒息しそうになって、わたしはマスクを剝ぎ取った。途端に電流が走ったような衝撃が、全身を貫く。

気配がした。

この部屋全体に何かが、いる、いるのが分かった。

部屋の空気がぬるぬるとわたしに纏《まと》わり付く。プロジェクターがチカチカと、弱々しい光を放つ。傾いだスクリーンに幾つか文字が映し出されているが、はっきりとは見えない。

動けなくなっていた。

いつの間にか踝《くるぶし》まで泥水に浸かっていたけれど、それでも立ち竦《すく》む以外のことができなかった。時間感覚がおかしくなったのか。それとも有り得ない量の泥水が一気に流れ込んでいるのか。

床一杯に広がる、ゴミの浮かんだ、灰色に濁った水。ジャボジャボとあちこちから音がする。波打っている。何かが泳いでいる。そうでなければ歩いている。姿は見えないが音と波と気配で分かる。そして凄まじいまでの不快感と悪寒で。

今回は、えれんでも難しいかもしれない。

どうにもならないかもしれない。つまり――

死ぬのだ。わたしも、えれんも。

ずっと彼女の側にいた経験から、わたしはそう思った。思ってしまった。最悪な予感と絶望と、恐怖が立て続けに押し寄せる。

「え……えれん」

「大丈夫」

彼女はいつもと同じ口調で答えた。

泥水の中で、足首に何かが巻き付いた。やけに生温かく、ぶよぶよしている。悲鳴を上げそうになったわたしの手を、えれんがそっと握る。

「すぐだよ」

「え？」

「すぐに終わる」

ばしゃ、と水を蹴って歩き出す。わたしの手を離し、部屋の中央に向かう。

中央ではガボガボと噴水のように、泥水が湧き立っていた。えれんが近付くに連れ勢いを増す。

えれんがくるりと振り返って、わたしを見た。

瞬間、泥水が大きく波打った。

わたしは呆気《あっけ》なく転び、重く真っ暗な水の中に沈んだ。

えれんの名前を呼ぼうと咄嗟《とっさ》に開いた口に、泥水が凄まじい勢いで流れ込んだ。

四

目が覚めた。

見慣れてはいないが来たことのある部屋の隅で、わたしは寝そべっていた。全身ずぶ濡れで、あちこちが痛い。気持ち悪さに呻きながら身体を起こす。

夫人の部屋だった。

彼女はベッドに横たわり、その手を鞍下が摑んでいる。

二人とも死んでいた。

目と鼻と口と耳からヘドロを垂らして事切《こと き》れていた。

状況が全く理解できず、わたしは濡れ鼠《ねずみ》のまま困り果てた。死なずに済んだのは分かる。濡れた服の不快感はあるが、悪寒は消えていた。気配もしない。心なしか部屋が明るくなっている気がした。庭の木々も芝生も、来た時よりずっと青々として見える。

退治したのか。でも依頼人は死んでいるから、仕事としては失敗なのか。

「えれん」

　無意識に呼んでいた。そうだ。えれんは何処だ。まさか――

　キイ、と音を立ててドアが開いた。

　えれんだった。わたしと同じくずぶ濡れで、水を吸ったスウェットを引きずるようにして歩いている。マスクはしておらず、青ざめた唇から八重歯が覗いていた。

目が合うと、彼女は小さく笑った。

わたしは思わず走り寄って、彼女を強く抱き締めた。

えれんの肌の温もりを感じた瞬間、視界が涙で滲んだ。いけない。感情的になっては駄目だ。そう分かっていても止められない。

「怪我はない？　大丈夫？」

涙声で訊ねると、

「うん」

彼女の手がわたしの背中に触れた。

しばらくの間、わたしたちは無言で抱き合った。身体を離したのは、えれんが小さなくしゃみをした後だった。

「……これ、どういうことなの」

彼女は濡れた髪を掻き上げて答えた。

「ずっと昔から、ここにいたの。あの悪い泥のやつが」

「昔って」

「三十年とか？　ここに家を建てて、住んで、すぐ」

夫婦の死体を一瞥《いちべつ》して、

「で、家の人を脅して、連れて来させたの。言うとおりにしないと殺すとか、苦しめるとか。それでわたしみたいな人をここに」

「どうして？」

「ご馳走」えれんは顔をしかめた。「命と、力を食べるの。代わりにいいものをくれる。元気とか、運とか」

「そう……」

この家に棲む邪悪な存在は、生贄《いけにえ》と引き換えに鞍下と、彼の統《す》べるグループ企業に繁栄をもたらしていた。えれんは退治するためではなく、生贄としてここに招かれた。

そう考えると、色々と腑《ふ》に落ちるところがある。

寝室で鞍下が、夫人に声をかけていたのを思い出す。

もう大丈夫だ。何とか間に合ったよ。彼は確かそんなことを言っていた。あれは怪現象が収まることを言っていたのではない。えれんというエサが手に入ったことを指していたのだ。

えれんが地下室を見つける直前、鞍下が何か言おうとしていたことも思い出す。あれは

「地下室の存在をたった今思い出した」という芝居をするつもりだったのではないか。

彼の語った怪現象が全て嘘だとは思えない。誇張した部分はあったかもしれないが、使用人がいないのは事実だし、夫人への気遣いも本心からのように思えた。

悪いモノは空腹を覚えると暴れ出し、怪現象を起こすのかもしれない。その段階を過ぎれば家を見限り、没落させてしまうのだろう。「間に合った」という鞍下の言葉とも符合する。

単純な仮説だが、それが一番辻褄《つじつま》が会う気がした。

だが――

「でもえれん、変なことがある」

首を傾げる彼女に、わたしは説明する。

「わたしたちをおびき寄せたのなら、ガラステーブルに〝カエレ〟はおかしくない？　それに、これはわたし一人にしか起こっていないことだけど……」

わたしはあちこちに自分の顔が見えたことを明かし、

「どういうこと？　特に〝カエレ〟は矛盾してるとしか思えない」

「してないよ」

えれんは答えた。わたしに微笑みかけて、

「あれはね、サエちゃん――〝カエレ〟じゃない。〝オカエリ〟の途中」

「え？」

「サエちゃんにだけサエちゃんの顔が見えたのも同じ。オカエリって意味」

「えれん、悪いけど分かるように――」

「いいエサを連れて帰ってきたからだよ、サエちゃんが」

ぽん、とわたしの胸を叩いた。

途端に凄まじい吐き気に襲われ、わたしはその場に蹲って吐いた。

びしゃびしゃと床を濡らしたのは、大量のヘドロだった。


「うあ、え、えれ……」

口の中を満たす不快感に喘《あえ》ぎながら、わたしは言った。体勢を維持することができず、ごろんと胎児のように床に転がる。全身を繋ぎ止めていた見えない何かが、全て失われた。そんな感覚がする。

「サエちゃん」

えれんがわたしの側にしゃがんだ。

「サエちゃんはこの家の子。でも出されたの。いいエサ……すごくいいエサを取ってくるために。きっと頭も、心も、がっつりイジられたんだよ。だから覚えてない」

気持ち悪さと虚脱感と混乱の中で、わたしは何とか口を開いた。

「そんなの、お、おかしい。わたしが、鞍下の子供?」

この家に足を踏み入れてから、今に至るまでのことを思い出していた。鞍下も、夫人も、わたしが自分たちの子供である素振りなど、一瞬たりとも見せなかった。写真についても平然と嘘を吐いた。

「じゃあ、あの人たち、自分たちの娘を」

「うん」

「うそ、だ、そんな親……」

ふっ、とえれんが歯を剝いて笑った。

「いるよ、フツーに」

氷のように冷たい声だった。見開かれた目は不気味なほど澄んでいた。

二の句が継げなくなったわたしに、えれんは「だからね」と語りかける。

「サエちゃんがわたしを拾ってくれたのも、この仕事したのも、全部それのせい」

床に広がったヘドロに目を向ける。

「ずっと操られてたの」

「違う、違う」

わたしは必死で言葉にした。

信じられなかった。受け入れられなかった。彼女への気持ちが全て偽物だなんて。自分の中から湧いたものではないなんて。嘘だ。絶対に嘘だ。辛い。悲しい。胸が張り裂けそうだ。

だが涙は流れず、嗚咽《おえつ》も出ない。そんな力さえ、もうわたしには残っていないらしい。

自分が内側から萎《しぼ》んでいくのが分かった。命の火が今まさに消えかかっているのも分かった。わたしは死ぬ。そうはっきり理解した。

彼女を見上げていると酷く悲しくなった。

「えれん……」

「ごめんね」

彼女はわたしの手を握った。

「気づいてた。写真、そっくりだったから。サエちゃんだけは、スルーしよっかなって思ってた」

手の甲を優しく撫でる。

「でも悪いモノは、真っ暗の国に返さないと」

きっぱりと言う。

うん、とわたしは頷いた。

えれんの言うとおりだ。彼女はその力がある。そうやってこの世界で生きていける。だからわたしの中に悪いモノがいるなら、こうするのが正しい。絶対に正しい。

そう思いながら心配にもなっていた。彼女を一人この世界に残してしまうことへの不安が、この瞬間にも大きくなっている。わたしがいなくて大丈夫だろうか。この子は一人で生きていけるだろうか。

「大丈夫」

えれんが頷いた。

「ここの子供……サエちゃんのお兄さんとか、お姉さんとかに、悪いモノがまだたくさん残ってる。違うな、増えてる。それも返す」

ああ、とわたしは歓喜の溜息を吐いた。

知らぬ間に成長していたえれんを目の当たりにして、場違いにも満たされた気持ちになっていた。力の入らない手を伸ばして、彼女の頬に触れる。

温かい。濡れている。泣いているのか。涙を流せるようになったのか。嬉しい。よかった。本当によかった。

もうこの距離でも見えない。声も出ない。

「今までありがとう、サエちゃん」

えれんの声を聞き、えれんのことを思いながら、わたしは死んだ。

牧野修

ブリーフ提督とイカれた潮干狩り

●『ブリーフ提督とイカれた潮干狩り』牧野《まきの》修《おさむ》

《異形コレクション》最初期から参加作家として独自の作風の短篇で読者を魅了し続けた牧野修は、昨年の復刊第一弾『ダーク・ロマンス』（第49巻）にも堂々参加、発表した「馬鹿な奴から死んでいく」は、魔道と虚構的科学が渾然一体とした世界で活躍する魔術医《ウイッチ・ドクター》が、相棒の犬とともに魔女と戦う姿を、主人公の一人称（すなわち、まごうかたなき牧野文体）で描いてみせた「ハード・ボイルド」だった。この作品は、大森望のSF鑑識眼をも惹きつけ、本書とほぼ同じ時期に刊行される『ベストSF2021』（竹書房文庫）にも収録された。この作品「馬鹿な奴から死んでいく」は、壮大なスケールで世界のことごとくが崩壊する未曾有《みぞう》の結末を迎える、主人公最後の作品の筈だったのが——なんと続編が作られた。これが、本作である。前日譚などではなく、後日譚。あの魔術医が帰ってきた。しかも、描かれる〈狩り〉は〈潮干狩り〉。この〈潮干狩り〉のアイディアが、実に魅力的で美しいのである。

しかも、なんといっても魅力的なのが主人公だ。牧野修は昨年、久々の大作『万博聖戦』（ハヤカワ文庫JA）を上梓しており、デビュー以来のテーマでもあるコドモとオトナの相克を描いているのだが、本作に描かれる主人公の魔術医は、あのコドモの感性に溢れているのをひしひしと感じるのだ。それは、牧野修本人と同様に。

あなたは夜が明ける直前に、部屋の中へと乱入してきた屈強な男たちに叩き起こされた経験があるだろうか。

俺はある。今朝のことだ。そのまま荷物みたいに梱包《こんぽう》され車に積まれ、そして気が付けばがらんとした部屋に転がされていた。壁にも床にもブルーシートが張り詰められている。内装の工事中なのか。

そして目の前に半裸の中年男が立っていた。

目を合わさないようにゆっくりと後ろを振り返ると、そこで俺を連行してきた黒服の男たちがドアをふさいでいた。背広の内側に吊るされたホルスターのでかい拳銃が丸見えだ。かなり物騒なドアボーイだ。俺は再びゆっくりと前を見る。ぶよぶよと太った中年男の、肉体というより肉塊《にくかい》というべきそれ。垂れ下がる胸や弛《たる》んだ腹の幾層もの皺《しわ》が作る陰影が、まるで目や鼻や口のように見えた。これにそっくりの妖怪の絵を見たことがある。あれは何という名前だったか……。

「これが気になるか？」

そう言って男は自分の腹をペタペタと叩いた。

「肌が敏感なんだ。生地がこすれるとヒリヒリしてたまらん。なのでいつもブリーフ一枚だ。君が来るというので慌ててズボンを穿《は》いたんだ。こう見えて礼節を重んじるタイプの人間でね。で、これだ」

俺の目の前で紙切れをひらひらとゆすって見せた。

「これが何かわかるな」

「紙」

「そう、借用書だ。君は私のローン会社から金を借りている。そして支払いの期日を大幅に過ぎている。その間に利息がどんどん増えていった。そろそろ限界だ。私も、君も」

男はでかい銃を取り出した。今までどこに隠していたんだ。ラッコみたいにあの腹の肉の間に挟んでいたのか。

どうあれ銃口はまっすぐ俺を指している。俺の生死がかかった次の一言を考えていたら、男は舌打ちし、革靴をポンポンと脱ぎ捨てた。裸足《はだし》だ。

「靴下を穿かないと靴も足も臭くなるぞ」

俺のアドバイスを無視して男は怒鳴った。

「やっぱり我慢できん」

撃たれるかと身構えたが、そうではなかった。男はおもむろにベルトを外した。そして一気にズボンを下ろし、脱皮するように脱ぐ。両足首の辺りで蛇腹《じゃばら》に畳まれたそれを、足先で蹴飛ばした。白いブリーフは腹の肉に食い込み腿《もも》に埋もれ見えない。一見全裸だ。滲み出る汗で全身が油を塗ったようにぬめぬめと光っていた。

「これで楽になった」

ほっ、と息をつき男は言った。

「君は魔術医《ウイッチ・ドクター》らしいね」

「ああ、そうだよ。で、あんたのことは何て呼べばいい。裸の王様か」

「提督だ。人生という荒波を越える雄雄《おお》しき戦艦を操る提督。それが私だ」

男は――提督は何もない中空を見上げ、歌うようにそう言うと胸を張った。

「で、君はあっちの世界には詳しい？」

「まあな」

「あっちに行って帰ってきたというのは本当か」

「本当だ」

「人間は生きていられない世界だって聞いてるが」

「まあ、そうなんだろうな」

「じゃあどうして戻ってこれた」

「俺は運がいいんだ」

嘘だ。運にはそこそこ見放されている。だいたい運のいい人間がこんなところでブリーフ一枚の肥満漢に銃を突きつけられているはずがない。だが提督は「確かに運はいいかもしれんな」と一人頷き話を続けた。

「今から君に簡単な仕事を頼もうと思っている。仕事がうまくいったら借金をチャラにしてやろう。君にとっては千載一遇《せんざいいちぐう》のチャンスだ。なんという強運の持ち主」

「簡単な仕事というと子守とかお使いとか」

「潮干狩りだ」

「……それはあの遠浅の海で熊手を使ってアサリを掘り出す、あれのことか」

「ふざけてるのか」

男の太い指が引き金に掛かった。安全装置はとっくに外しているようだ。

俺は慌ててふるふると首を振った。

「わかっているよな。私たちのような人間が言う〈潮干狩り〉が何を意味しているのか」

というわけで、ここで〈潮干狩り〉の解説をしよう。と言ってもさして詳しく知っているわけではない。とにかくわかっているのは、この世とは異なる歴史、異なる物理法則、異なる生命進化を遂げた異世界が、現実のこの世界の隣に存在しているということだ。この二つの世界が交わることは滅多になかったのだが、ある時からそれは定期的にこの世界へと染み出てくるようになった。流れ込んできた異世界の空気はこの世界とわずかに屈折率が違う。そのため陽炎《かげろう》のようにゆらゆらと景色が揺れる。それがまるで水を通して見ているような気分にさせる。実際湿度も高まるらしい。そして異世界は押し寄せては引き、引いては押し寄せるを幾度も繰り返す。しかもその時に潮騒《しおさい》そっくりの音まで聞こえる。さらに、異世界の出現は月齢《げつれい》に関係しているようだった。というわけでこの現象は特殊潮汐《ちょうせき》と呼ばれている。特殊潮汐の研究は進んでおり、それが我々の世界を訪れる場所と時間はかなり正確に予測され公示される。危険だからだ。その波に呑まれ異なる世界へと連れ去られたら、まず帰ってこられない。

潮干狩りって何って話だったな。

特殊潮汐が引いていくとき、しばらくの間その痕跡が残る。そこに異世界から打ち上げられた漂着物が残されているのだ。時には異世界の環境がまんま残された〈潮溜《しおだ》まり〉が残っていることもある。〈潮溜まり〉なら異世界の生物も捕獲できる。もちろんそれらもまた危険なものばかりだ。だから異次元に侵食された地域は、しばらくの間立ち入り禁止になる。だが、そこで獲れる漂着物や生物は、希少であるがゆえに高値で売買される。それを取りに行くことを〈潮干狩り〉という。いたって危険だし、当然非合法だ。

「昨夜から近郊で広域の特殊潮汐が起こっている。それは今朝早くに満潮を迎え、今から行けばちょうど干潮に間に合う」

「そこから打ち上げられたガラクタを持ってくればいいんだな」

「今回は生もの限定だ」

「グロブスターか」

グロブスターは海岸に打ち上げられた謎の肉塊のことを言う。本物の海であればその正体はたいていサメかシャチの死体なのだが。

「採ってきてほしいのは女の水死体だ」

「沈女《じんによ》！」

沈女は特殊潮汐に巻き込まれて死んだ女の遺体のことだ。様々な薬効があり高値で売買されている。

「詳しいな」

提督はじろりと俺を睨んだ。

「当然だろう。本職だからな。で、それを俺の借金程度の金で手に入れようというわけか」

ふん、と提督は鼻で笑った。

「君の仕事は私が精魂込めて育てたリンゴの木から、一つ実をもぎ取るだけだ。まともな人間ならだれでもできる簡単な仕事だ。それで借金を帳消しにしてもらえるんだ。感謝してもらいたいね」

「……つまりあんたは」

「提督だ」

「……」

「……提督はその沈女を──女の水死体を丹精込めて作ったたってことか」

提督は答えない。そして何も聞かなかった顔で「じゃあ、早速《さっそく》出掛けてもらえるか」と言うと、肉のたっぷりついた腕を上げた。弛《たる》んだ肉が振袖のようにゆらゆらと揺れた。すると不穏なドアボーイの一人が俺の横にやってきた。かなり年季の入った革のドクターバッグを床に置いた。間違いようもない。俺の愛用鞄だ。どうやって俺の家に入ったんだ。

「それから君一人では大変だろうから、助手をつけてあげよう」

「そんなものはいらない。俺には相棒がいるからな」

「相棒？　必要ならそいつも雇っていいぞ。連絡してここに呼べ」

「呼ぶ必要はない。俺はいつだって相棒と一緒だから」

提督は怪訝《けげん》な顔で俺を見た。

「どこにいるんだ」

俺は己の拳《こぶし》で胸を叩いた。

「ここに、俺の胸の内にだ」

提督の眉間《みけん》に深い深い縦皺が刻まれた。

「警告しておく。私はつまらない冗談が一番嫌いなんだ。笑えない冗談は黒板を爪で掻いた音に似てただただ不快なだけだ」

提督は再び銃口を俺に向けた。

「もう一度言ったらそれこそ冗談にならない結果を招く」

「……とにかく俺に助手は必要ない。向こうの世界で俺以上に役に立つ人間がいるとは思えないからな」

「私は見ての通り非常に礼儀正しく紳士的な男なので勘違いされやすいのだが、決して寛容でも優しい人間でもないんだよ。助手を連れて行けと私が言えば、君には何の選択もない。それに従うんだ」

提督が再び引き金に指をかけたので、俺は慌てて話を変えた。

「誰を連れて行けばいいんだ」

「あれは私の会社の先鋭たちだ」

提督は五人のドアボーイたちを指差した。

「連れていけ」

「五人！　俺は引率の先生じゃないんだ。一人で十分だ」

提督が引き金にかけた指に力を込めた。

耳を押さえるのが一瞬遅れた。

鼓膜を直接叩きつけるような銃声。と同時に弾丸が俺の足元を削った。

「ブルーシートはお前の体液で部屋を汚さないようにするためだってことはわかっているよ

な」

安い脅し文句に、俺はしぶしぶ頷いた。

＊

「そろそろ潮汐域を超えたようだ」

先頭に立った男が、潮汐表《タイドテーブル》アプリの画面を見ながら言った。

足元でぎゅっぎゅっと濡れた砂を踏みつける音がする。かすかに磯臭い。潮騒とノイズの間のような音がずっと聞こえている。〈広大な遠浅の砂浜〉のようなものに入り込んだのは間違いないようだ。だが今のところ視覚的には寂《さび》れた駅前の商店街があるだけだ。なぜか視覚だけが最後に潮汐域を感じ取る。

商店街は無人だ。人間はどこにもいない。警告が出てすでに避難しているからだ。

「この商店街を抜けたら左へ」

スマホ片手の男が言った。

「沈女はそこにあるのか」

「ああ、ここから百メートルも離れていない」

男たちは五人が五人とも黒い背広姿でやたら体格がいい。しかも刈り上げた短い黒髪に全員そろっての仏頂面。俺には彼らの区別がつかない。かろうじて先頭の男がスマホを持っているので区別がつく。スマホの男以外の四人は、子供用の棺桶《かんおけ》を担いで俺の後ろをぞろぞろとついてきている。サイズは小さいが天然木を使った豪奢《ごうしゃ》な棺桶だ。表面には繊細なレリーフ。そしてエノク語の呪句がびっしりと施されている。要するにこれは沈女を入れて持ち帰るためのケースなのだろう。沈女は水から出すと急速に腐敗する。つまり釣り上げた魚をクーラーボックスに入れるのと同じだ。確かにこれを持って一人で沈女を持ち帰るのは無理だ。

商店街を出ると広い県道だった。普段の交通量はそれなりにあっただろう。だが今は一台の車も通らない。手前で封鎖されているからだ。道路を渡るとその向こうに県道と並走する川がある。川幅も狭く、水量もそれほど多くなさそうだ。

川に沿って県道を川下へと進んだ。下るにつれて川は川でなくなっていく。向こう岸が濃霧に隠れて見えない。水面は波打ち、河岸は汀になる。

単調な波の音が聞こえる。

ここはもうすでに潮汐域の深部だ。

「すぐそこだ」

スマホの男が言った。

「スマホで何がわかるんだ」

「沈女にはＧＰＳの発信装置を付けてある」

「誰がそんなものを付けた」

先頭の男がスマホから顔を上げ、俺を振り返った。

「お前が知る必要はない」

人を殺すのに何の躊躇《ちゅうちょ》もしません、という目で男は俺を睨んだ。とりあえず余計な質問はやめようと思った。が、忠告なら許されるかもしれない。俺は再び口を開いた。

「なあ、ここがもうすでに干潮の海岸べりにきているのはわかっているよな」

男は振り向きもしない。

「それはもうすでに潮干狩りが始まっているということなんだ」

返事はない。それでも俺は話を続けた。

「で、さっきからおまえの足元を這いまわっている奴。作り損ねた粘土細工の赤ん坊にミミズをプラスしたみたいなそれ。そいつがおまえの足から何かをちゅうちゅう吸ってるぞ」

男がわっと叫んで飛びのいた。

「この辺りはすでに潮溜まりだ。もっと注意しないと――」

舗装道路だったところがいつの間にか濡れた岩礁《がんしょう》に変わっていた。

そこら中で土色の赤ん坊ミミズがもぞもぞと這いまわっている。男たちもようやくそのことに気づいたようだ。

「何とかしろ。それがお前の仕事だろう」

男は怒鳴りながら、必死になって足からそれを払い落とそうとした。しかし子犬ほどもあるそれは、太短い不揃いの指を足に食い込ませ、ミミズ状の下半身を足にぐるぐると巻き付けている。そう簡単には離れそうにない。

「何とかしろ!」

男は叫んだ。

「落ち着け。たいていは実害がない」

嘘だ。奴らは細かな棘《とげ》の生えた舌を突き刺し、血を吸う。そんなことをされて身体にいいわけがない。しかも吸うときに注入された何かが数時間後筋肉を麻痺《まひ》させる。麻痺は数ヶ月から数年続き、運が悪いと死ぬ。

俺は鞄を開き、軟膏の入った小瓶を取り出した。蓋には大天使ガブリエルを意味する印形《シジル》が描かれてある。

蓋を開けピンクの軟膏を指で掬《すく》った。

それで赤ん坊ミミズの桃色の背を撫でる。

そいつはキュウキュウと悲しげに鳴き、身体を丸めてぽろりと地面に落ちた。たちまち皮膚が青黒く変色する。茹《ゆ》で上げ、貝殻から引き出したサザエのようだ。軟膏を塗ったところから青白い煙が上がる。髪を焦がしたような厭な臭いがした。

「足を見せろ」

赤ん坊ミミズが血を吸うのに大きく生地を裂いている。血を吸った痕からだらだら血が流れていた。そこにも同じ軟膏を塗った。これで麻痺が起こるのを阻止できる。何パーセントかの割合で麻痺が起こることもあるが、それは運次第だ。

「こっちも頼む」

悲鳴混じりの声が俺を呼んでいる。振り返ると残りの四人は棺桶を地面に置き、赤ん坊ミミズと格闘していた。

「落ち着いて。動かないで」

言いながら順に軟膏を塗っていく。赤ん坊ミミズは背を丸め、ぽたぽたと地面に落ちた。嫌な臭いが辺りに立ち込める中、傷口に軟膏を塗っていく。ズボンを下ろして待っているやつもいた。

「さて」

俺は鞄にガブリエルの軟膏を仕舞い込みながら言った。

「おまえ、こっちこっち」

手招きした。一番背の高い男だ。

「傷口をもう一度見せろ」

不審な顔で大男はズボンの裾を上げた。ふくらはぎに褐色の穴がぽっかりと開いている。そして血が流れていない。

「これはやられたな」

「なに、何をやられた」

男は不安そうに訊ねた。

「それは体液を吸われた痕じゃない。そうじゃなく逆だ」

「逆って」

「中に流し込まれた」

「何を」

「卵を植え付けられたんだ」

ひっ、と声を上げ、男は穴の周辺を掻きむしった。

「やめろ。慌てるな。宿主《しゅくしゅ》の恐怖心を感じると卵はすぐに孵化《ふか》を始めるんだ」

言っているそばから、穴の周辺の皮膚がぷつぷつと泡立ちだした。肉色の泡粒はたちまち大豆ほどに膨《ふく》れていく。その先端が四方に裂け、濁った粘液とともにミニサイズの赤ん坊ミミズが現れた。キイキイと鳴きながら次から次へと這い出てくる。振り払おうとする男の腕を押さえた。

「暴れるな」

だが男は必死だ。

「おい、手を貸せ」

ただ茫然と俺たちを見ていた黒服の男たちに呼びかけたが、間に合わなかった。男は俺の手を振り払うと、弾かれたようにぴょんと立ち上がり、悲鳴を上げながら全力で逃げ出した。

「待て、そっちはもっと深いぞ！」

慌てて後を追った。

彼らには俺ほどはっきり潮汐域の様子が見えていないのかもしれない。男は汚泥《おでい》の飛沫《しぶき》を撥《は》ね上げ、より潮汐域の深みへと走っていく。

間に合わなかった。

どん、と地響きがした。

そして轟音《ごうおん》とともに、地面が恐ろしい勢いで隆起した。男はちょうどその真上にいた。粉塵《ふんじん》が舞い上がり拡散していく。

弾き飛ばされた男が砂塵《さじん》を貫き、砂煙の尾を引きながら宙に飛んだ。そしてそれを追うように黒い巨大な頭が、褐色の汚水を撒き散らし砂塵から飛び出した。頭全体の輪郭は大気に溶け込むように朧《おぼろ》だが、大口を開いたその口腔《こうくう》だけが生々しい肉の色だ。

その口の中へ男の姿が消え、大頭は口を閉じた。そして遅れてきた土煙が黒い頭を包み込む。

さらに一泊遅れて、吹き飛ばされた土砂が雨のように降ってきた。

やがて塵埃《じんあい》が風に吹かれ消えていくまで、俺は馬鹿みたいに口を開いて男の消えたあたりを見ていた。言っておくが、他の四人の男も同じような馬鹿面で消えた大頭を見ていた。懐中《ふところ》の拳銃を抜いてさえいない。

路面には地獄まで続いていそうな大穴が開いていた。それがあっちの世界に開いた穴なのかこっちの世界の穴なのか、俺にも区別が付かなかった。

「何があった」

スマホの男が言った。

「ここでは油断するなと言うことだ」

「カワタはどこに行った」

「カワタがさっき吹き飛ばされた男のことなら、まず生きちゃいないだろう」

男たちが黙り込んだので、俺は教訓を述べた。

「この世界では一瞬たりとも油断するなってことだ」

返事はない。あと教訓を九つ追加して十の戒《いまし》めにしてやろうかと思ったが、スマホの男はすぐに歩き始めた。切り替えの早い奴だ。

泥と岩の浅瀬と化した県道を横断し、赤く錆びて海藻の絡みついたガードレールの手前で立ち止まった。それを越えれば波打ち際まで緩《ゆる》い坂が続く。

スマホの男が、スマホと目の前の変わり果てた情景を何度か見比べて言った。

「あれだ」

視線の先、遠浅の海岸から突き出た白い杭があった。

「あれにロープで繋げている。そのまま引き上げて大丈夫か」

沈女は非常に扱いの難しい呪物だ。だから俺を雇ったのだろう。

「引き上げる前に教えてほしい」

俺はスマホの男をじっと見つめて言った。

「初めてここに来たような顔をしているが、あそこに女を沈めたのはお前たちか」

答えはない。男は黙って俺を睨んでいる。

「潮汐表で調べ、ここが潮汐域に沈む寸前に縊《くび》り殺し、川に流した。沈女を作るために。そうなんだろ」

「だったらなんだと言うんだ」

「そうだとしたら、沈女を引き上げるとき、おまえたちがいると邪魔だ」

四人が四人とも不審な顔で俺を見た。

「怨みと恐怖が沈女を作る。怨みが大きいほど、恐怖が大きいほど、強力な沈女が作れる」

俺は奴らの顔を順に見渡しながら言う。

「そのために、沈女を作ろうとするような人間は惨《むご》い殺し方をする。ここで説明するのも胸《むな》糞《くそ》悪いような殺し方をな。それによって怨みと恐怖を倍加させるために」

二人の男が目を逸《そ》らした。

「沈女は人型の呪符《じゅふ》だ。その呪符の核になっているのが、沈女自体の恨みだ。その対象となる人間が近づいたらどうなるか、わかるだろう。祟《たた》るんだよ。彼女を棺に入れるまではこの場から離れていろ。おまえたちの持ってきた棺に彫られている文字は飾りじゃない。呪力を封じるためのものだ。俺が棺桶の蓋を閉めるまでは離れていろ」

男たちがこそこそと離れていく。スマホを持った男だけがそこに残っていた。その横を通り、男に言った。

「変な意地を張らずおまえも逃げた方がいいぞ」

ぼろぼろのガードレールを越えると、砂を蹴るようにして波打ち際にまで駆け下りた。波に足を踏み入れる。合皮の革靴が台無しだ。

足首まで水に浸かり、杭へと近づく。杭には太いロープが掛けられてあった。そのロープを摑んで引く。かなり重い。忠告を聞かず波打ち際で立っているスマホの男を手招きした。二人でロープを引き、黒いビニールの袋を砂浜にまで運んできた。

「棺を持ってきてくれ」

男にそう言って、俺は袋のファスナーを引き下げた。重石《おもし》のために詰め込まれていた石がゴロゴロと転がり出てきた。その下から現れたのは、青ざめた少女の顔だった。静かに目を閉じている。息を吞んだ。とてつもなく美しいのだ。その美しさを称《たた》える語彙《ごい》など俺にはない。なにか恐ろしくなって目を逸《そ》らせた。美しさに目が灼《や》かれるような気がした。俺は目を逸らせたまま儀式用の短剣を鞘《さや》から抜いた。剣先で己の体に十字を描きながらヘブライ語の聖句を唱える。「汝が上に御国《みくに》と力と栄あれ、永遠に、アーメン」というような意味だ。聖なる語句で俺の周辺を清めたのだ。声のない呪詛《じゅそ》に呑み込まれないために。

ふと視線を感じた。

見るとファスナーの隙間から少女がこちらを白濁した目で覗いていた。針で刺した穴のような小さな瞳がまっすぐに俺を睨みつけている。顔そのものは変わっていないのに、美しさがそのまま禍々《まがまが》しさへと転じていた。

――みんなしぬ。

囁《ささや》き声が耳元でした。少女の声だ。最初何を言っているのかわからなかった。意味は後からやってきた。みんな死ぬ？

――おまえはにげられない。だれもにげられない。みんなしぬ。

俺はその声を無視して新しい軟膏を取り出した。指先が震える。怖いのだ。恐ろしいのだ。死ぬのが、ではない。穢《けが》れた闇を湛《たた》える憎悪の底知れなさに。鼻を衝く汚泥《おでい》じみた悪意の腐臭に。俺は怯《おび》えている。

震える指で大天使サマエルの印形《シジル》が描かれてある蓋を開いた。人差し指と中指で黄色い軟膏を掬う。そして肚《はら》を括《くく》って、少女の色のない唇に塗った。

――むだだ。だいてんしのちからでもおれのくちはふさげない。

「戦いの天使よ。我に力を」

指についた軟膏で、今度は自らの額を撫でる。サマエルの軟膏は敵には破壊を、己には勇気と戦う意思を与える。あまり治療には使わないからどこまで役に立つかはわからない。が天使の力を信じよう。とにかく相手に動揺を見せてはならないのだ。怯えを悟られるとさらに攻撃を仕掛けられる。

沈女は最終的な処置を施す前には何の力も持っていない、はずだった。だから俺一人で棺に納めることができると判断した。だが彼女はすでに沈女として目覚めていた。あまりにも怨みが深いのだ。方向を失った憎悪が、ひび割れた魂から噴き出しているのが俺には見えた。生きているときに何があったのかは知らない。この幼い少女は俺にも考えつかぬような惨い体験をしたのだ。

何もかも捨ててこの場を逃げ出したかった。それでも、俺は、目を閉じ、足を踏ん張り、深呼吸を始めた。ゆっくりと吐いて止め、ゆっくりと吸って止める。それを腹ではなく胸でする。魔術の基礎、四拍呼吸法だ。大丈夫。俺は自分に言い聞かす。握りしめた手の中がぐっしょりと濡れている。額から流れ落ちた汗が顎《あご》からぽたぽたと落ちる。

「本当はみんながしあわせになってほしいの」

幼い声がした。

思わず目を開け、横を見る。

少女が俺の隣に膝を抱えて座っていた。美しい少女だが、あくまで普通の人としての美しさだ。無邪気で愛らしい。春先なのだろうか。陽は明るく暖かい。俺たちはきれいに刈り揃えた芝生に二人並んで腰を下ろしていた。このまま横になって眠ればさぞや気持ちよいだろう。

「でもね」

少女はまっすぐな目で私を見ている。

「この世はいやなことばかりだよね」

少女は袖をめくり、腕を覆う斑紋《はんもん》のような赤黒い痣《あざ》を俺に見せた。

「わたしも痛いとかこわいとか、そんなのばっかり」

幼い溜息をつく。

「大丈夫」

俺は言った。根拠も何もないがそれでも言った。

「大丈夫。約束する。お兄さんが必ず助けてあげるから」

「ほんと？」

「ああ、ほんとだよ」

「わたし、もう死んでいるのに？」

えっ？　と少女の方を見る。

「お兄さんだって知ってるよね。わたしが死んでいること」

潮の臭いがした。それも打ち上げられた海藻や魚が、陽に当てられ腐り始めた潮の臭い。

ああ、そうだ。知っていたよ。君がもう死んでいることを、俺は知っていた。

「それでも一緒にいてくれる？　わたしと遊んでくれるの」

うん、と俺は頷いた。なんとしてでも彼女の力になりたかった。たとえ彼女が死んでいても。

少女はにっこりと笑った。この笑顔のためならなんだってできる。

「じゃあ、行きましょ」

少女は俺の手を取って立ち上がった。俺も立ち上がる。少女が手を引き、走り出す。俺も後を追う。

その時耳元で炸裂音がした。

俺には馴染《なじ》みの音だ。できれば一日に何度も聞きたくない音。

銃声だ。

俺は芝生を走っていなかった。濁った海の中に足首まで浸かって立っていた。

そして砂浜に仰向けに寝ころんでいる黒服の男を見た。男はでかい拳銃を握りしめ、己でまき散らした脳漿《のうしょう》の上に横たわっている。

沈女に誑《たぶら》かされたのだ。俺も銃声がなかったら溺れ死んでいただろう。

俺は死んだ男へと近づく。見開いた男の瞼《まぶた》を下ろし、両手を合わせた。

血の臭いを嗅ぎつけたのか、赤ん坊ミミズが集まってきた。まだ温かい男の遺体にしがみついていく。

その横に黒いビニール袋があった。そこには赤ん坊ミミズも寄ってこない。俺は前に回って、見た。

少女が顔を覗かせている。そして俺を見てにやりと笑った。

兄貴！

口々に叫んで黒服たちが駆け寄ってきた。

「来るな、死ぬぞ」

俺は奴らに負けない声で叫んだ。

彼らの脚が止まった。

みんなしぬ。

少女の声が頭の中で響く。

俺は棺の蓋を開けた。そして袋から少女を抱え出した。

おまえもしぬ。みんなしぬ。だれもたすからない。みんなしぬ。おまえもしぬ。

少女の声がエンドレスで聞こえる。それを無視して俺は少女の遺体を棺《ひつぎ》に納め蓋を閉じた。

その途端、少女は歌を歌い始めた。高く澄んだ声だ。どこの言葉かもわからない。だから何を歌っているのかもわからない。なのにそれは俺をやたら虚《むな》しい気持ちにさせた。俺は魔術医だ。人の命を左右する現場に何度も立ち会ってきた。その記憶が気味悪いほど鮮明に思い浮かぶ。今まで助けようとして助けられなかった人たち。俺の力が及ばず、為す術《すべ》もなく目の前で死んでいった人たちの顔と声。泣き、叫び、絶望の中で死んでいったもの。生きるために足掻《あが》き苦しんだあげく断ち切られるように生涯を終えたもの。何もかも諦め、死ぬ前にすでに死んだ目になっていたもの。その時のことが細部まで頭の中に浮かぶのだ。不可抗力だ、仕方がない。そう思おうとするのだが、俺は無力だという想いが背後からのしかかってくる。もともと俺は誰も助けることができない無力な男なのだ。生きている意味などない。どうせなら死んでしまえ。そうだ。みんなしぬ。だれもたすからない。そして俺はまたここでも何もできない。

違う、と弱々しい声が聞こえる。少なくとも死ぬ前にすることがあるだろう、と。

最期にできるたった一つのことを思いついた。

俺は棺の蓋を閉めロックする。知らぬ間に涙が出ていた。涙が出ていたことに気が付くと、こらえ切れぬ何かが爆発し、俺は子供のように泣きじゃくっていた。息苦しいほどだった。が、それでも俺は作業を続けた。たった一つ俺にできること。棺を引いて海へと入る。さらに深みへと向かって棺を引っ張っていく。棺の中を水で満たすためだ。そうすれば沈女の力を封じ込めることができる。

その間も悲しい歌は聞こえていた。無力感がずっしりと俺に覆い被さり、動きを止めようとする。それでも俺は、歩いた。目玉が流れ出そうなほど号泣し続けながら。

棺全体が海に浸かり、こぽこぽと泡が噴き出した。泡が止まるまでじっと待つ。このまま俺もこの異世界の海に沈もう。それで何もかも終わる。

と、その時ぴたりと歌が止まった。中を満たした海水が効果を現したのだ。羽織《はお》っていた泥の布団を脱ぎ捨てたように、無力感が失せた。

俺は腫《は》れ上がった目をこすり、川の水で顔を洗った。助かったのだ。俺は沈女の呪いに打ち勝ったのだ。

遠くでこっちを見ている男たちを手招きした。

「もう大丈夫だ。こっちにきて棺を引き上げるのを手伝ってくれ」

おそるおそるやってきた男たちと棺を運ぶ。中が水で満たされ、さらに重くなっていた。

それでもなんとか四人で河原にまで引きずってきた。その間、俺は考えていた。これで俺の役目は終了だ。あとは棺を男たちに渡せばいい。が、それではあの少女の魂は怨みを抱えてこの世に永遠にとどまったままだ。そして薬として身体を切り刻まれて売られていく。もちろん俺はこの少女とは縁もゆかりもない。生前の姿は、あの夢の世界の中で見ただけだ。だがしかし……。いっそ川に流してしまおうか。いや、それでは少女の呪詛が悪疫《あくえき》のように広がっていく。誰も救われない。

あまり暢気《のんき》に考えている時間はなさそうだった。

男たちは三人が三人とも俺に銃口を向けていた。

そりゃそうだ。俺を生きて返すほどこいつらは甘くない。

「よく考えろ」

俺は三人を交互に見ながら言った。

「沈女の恐ろしさはよくわかっただろう。それから特殊潮汐の恐さも。おまえたちだけでこの棺を無事に事務所まで持ち帰れると思うか」

三人が顔を見合わせた。あのスマホを持った男がリーダーだったのだろう。三人は自分たちが決定するのを躊躇している。今のうちだ。

「汝、相棒を至高にして神聖なる神の御名《みな》の力によりて呼び出すなり」

口の中で早口でそう呟き、シャツを脱ぎ捨て上半身裸になった。提督の真似をしているわけではない。俺は剝き出しの胸に、ガブリエルの軟膏を一塗りした。男たちは何が始まっているのかわからずじっと見ているだけだ。よしよし、今のうちに。

俺の胸が内側から拳で押されているように隆起していく。突き出されたその先端が黒ずんできた。しかも濡れている。鼻だ。ふうふうと荒い息が聞こえた。鼻先に続いて突き出てきた口吻《こうふん》が、大きく上下に裂けた。唇がまくれ上がり、するどい牙が剝き出しになった。黒々とした目が、続いてピンと立った耳が現れる。みちみちと音を立てて黄土色の毛がみっしりと生えてきた。犬だ。犬の頭だ。俺の胸に犬の頭がくっついている。その頭の両脇から左右の前足が胸を掻き分けるようにして出てくると、犬の上半身がずるりと飛び出してきた。前足をばたつかせて暴れるので、慌ててその身体を俺は支えた。

「見ろ。これこそは地獄より召喚《しょうかん》した魔犬だ。おまえたちが銃の引き金にかけた指に力を入れたらたちまちその指をこの魔犬が……こら、舐めるな。顔を舐めるんじゃない。わかった、わかったから、とにかく顔を舐めるのはやめろ」

ハフハフと熱々の飯をかき込むような音をたて、それは俺の顔を舐めていた。そんなに旨いか、俺の顔。紹介しよう。これが俺の相棒だ。縁あって俺はこの相棒と一緒にあっちの世界にいたのだ。彼は相棒であり親友で、

「だから舐めるなってば」

その顔を押しやった。相棒はずるずると俺の身体から抜け出て、路面に落ちた。地に足を着けた相棒は、俺を嬉しそうな顔で見上げながら、尾をぐるぐると振り回している。

「よしわかったわかった。これが終わったら食事にしような」

俺は相棒の頭をぐしゃぐしゃと撫でながら小声でそう言うと、行け！　と男たちを指差した。

一声吠えて相棒は男たちの方へと駆ける。

ちょっとだけでも注意を逸らせてくれればいいのだ。

奴が俺から出てくる間。男たちがあっけにとられているそのわずかな時間に、新しい軟膏を取り出し、その蓋を開けていた。

人差し指で緑色の泥のようなそれを掬い、俺も走った。

俺と相棒の茶番を見物していた男たちが慌てて銃を構える。

遅い遅い。

俺も相棒も足の速さには自信があるのだ。

銃口が向く前に、俺は右端の男にとびかかっていた。

銃を摑み、腕をとって背後にねじる。

回り込むと同時に、軟膏を掬った二本の指で、後頭部を撫でる。

高速で禁断の神の名を唱えた。

と、後頭部が予《あらかじ》めそう作られていたかのようにパカリと開いた。中には大きな赤いボタンがある。それを拳で叩き押した。

タイヤに穴が開いたかのようにみるみる男の身体から力が抜ける。

膝からぐしゃりと崩れ落ちる男から銃をもぎ取った。

で、撃つ。とにかく撃つ。

自慢じゃないが銃をまともに使ったことがないのだ。当たりはしなかったが、残り二人の牽制《けんせい》にはなった。

俺はでたらめに銃を撃ちながら、ポケットを探った。小さなチューブを摑んだ。指先で蓋を開け、中身を押し出す。これはラファエルの軟膏だ。本来ならオムニポテンスに始まる長い長い呪句を唱え結界を張らねばならないのだが、そんな暇はない。

指に取ったそれを舐めた。

発音してはならない名前を高速で唱える。

それで効果があるかどうかはわからない。とっくに弾切れになっていた銃を捨てる。

同時に銃声がした。

脇腹を叩かれたような衝撃があった。

あつっ。

焼けた鉄の棒を押し付けられたみたいだ。

撃たれたのだ。

やはり効果はなかったか。そう思いつつも、俺は叫んだ。

「ちょっと待った」

ラファエルの軟膏は術式通りに使えば相手を自在に操ることができる。しかし今はそれを舐めただけだ。せめて相手との和解を手助けしてくれればと思ったが駄目だったようだ。

それでも最後の期待を込めて俺は立ち止まった。

両手を上げる。

「とにかく話を聞いてくれ」

男の銃口はまっすぐ俺の胸を狙っている。しかも、もう外しようのない距離だ。

「あの棺を持ち帰るのに、俺の力が必要なことはさっき言ったよな」

こうやって話している間、もう一人の男は相棒に腕を嚙まれ引っ張りまわされていた。

えらいぞ相棒。

もう少し頑張れ。

「無駄な戦いは止めよう。俺はお前たちに協力するから。まだまだおまえたちは俺が必要なはずだ。ほら、どうやって潮汐域から出るんだ。距離はわずかだが、さっきみたいな黒い頭が、いや、あれよりも恐ろしいものが襲ってくるぞ。おまえたちで対処できるか？」

しゃべりながらゆっくりと近づいていた。相手は真剣に聞いている。ラファエルの軟膏が効いているのか、それとももともとこの男たちが素直な性格なのかはわからない。

脇腹の痛みは何とか我慢ができる。が、血がかなり流れ出ている。早く止血しなければならない。今男が話を聞いているのが軟膏の力なら、それがいつまで保つかがわからない。俺はすぐそばまで近寄ると言った。

「さあ、銃を下ろしてくれるか。俺もあの地獄の番犬を止めさせるから。相棒、男から離れろ」

相棒は男の腕を放し、俺の横に駆け寄ってきた。今日はどういうわけか聞き分けがいい。

「相棒、俺の鞄を持ってきてくれるか」

小声で囁いた。

多くを望みすぎたようだ。相棒は俺の横で座り込み、撫でられるのをじっと待っていた。

仕方なく耳の後ろを掻きながら言った。

「さあ、俺は相棒を引き上げた。銃を下ろしてくれ。あっ、そっちの人も頼む」

相棒に引きずり回されていた男が立ち上がった。その銃口はまっすぐに俺の額を向いている。

銃を持った二人の男の前に、俺たちは全く無防備だ。

「殺そう」

相棒に襲われていた男が言った。

「生かしておいてもしょうがない」

「じゃあ、俺たちだけであれを運べるか？」

男は棺を指差した。

「兄貴はあっさり殺された。川田は化物に食われた。それに棺を持ち帰って開いたとき、何かあったらどうする。こいつが生きていたらすべてこいつの責任にできる」

いいぞ。その調子で説得してくれ。俺もだんだんふらふらしてきた。脇腹の傷は致命的なものじゃないとは思うが、とにかく血が止まらない。ぐずぐずしている暇はない。

「わかった。事務所まで一緒に来い」

男が言った。思わずほっと息が漏れる。

「良かった。ちょっと、鞄を持ってきてもいいか。止血するから」

男が頷いたのを見て、俺は鞄を取りに行く。

「こっちに持ってきて、俺たちの目の前で中身をぶちまけろ。ゆっくりとな」

鞄を持ち帰り、鞄を開くとさかさまにした。軟膏の入った瓶がゴロゴロと転がり出てきた。俺はガブリエルの軟膏を取り出し、十字を描きながら傷口に塗った。これで血は止まるだろう。それから一枚の紙を摘《つ》まみだした。紙には墨で、不動明王《ふどうみようおう》を意味する梵字《ぼんじ》『カンマーン』が書かれてある。驚くなかれ俺は東洋の呪術も扱っているのだ。広く浅くが俺のモットーだ。俺はその紙を掌《てのひら》の上で燃やし、その灰を舐めた。これで俺は不動明王と同じ力を身に着けた気になれる。あくまで気になれるだけで、身に着けるわけではない。そして膏薬《こうやく》を二枚取り出し立ち上がった。裏紙を剝がして粘着面を剝き出しにした。それを左右の手で一枚ずつ持つ。漢方臭いにおいがするこれは、不動明王の膏薬だ。

「きちんと見ていてくれ」

俺はそういうと九つの真言「臨兵闘者皆陣裂在前《りんぴようとうしやかいじんれつざいぜん》」を唱えながら、横、縦、横と軟膏を持った手で空を切る。所謂九字《いわゆるくじ》を切ったわけだ。そして、最後「ぜん！」と声を張り、正面の男の胸に膏薬を貼る。間髪《かんはつ》入れずもう一人の胸にも貼る。

大成功だ。二人はその場に凍り付いた。これが不動金縛りの術だ。まあ、ほとんど膏薬の力なのだが。

固まった二人をその場に寝かせた。ここからが一仕事だ。相棒が楽しそうに俺の周りをぐるぐると回る。

＊

敷き詰めたブルーシートが本来の役目を果たしていた。床には血だまりができている。

そこに顔を押し付けるようにして三人の男が土下座をしている。両手がだらしなく前に伸びている。出来損ないの五体投地《ごたいとうち》のようにも見えるが宗教とは何の関係もない。さんざん殴られて気を失っているだけだ。

俺も膝をついて正座だ。

目の前でブリーフ一枚の男が血塗《ちまみ》れの金属バットを持って地団太《じだんだ》を踏んでいる。本当に地団太を踏んでいる人間を初めて見た。身体を揺するたびに胸や腹の肉が上下し、皺でできた顔が笑ったり怒ったりした。

「あっ」

俺は思わず声を出してしまった。

ブリーフ姿の男——提督が動きを止めて俺を睨む。

「何か言い残すことでも思いついたか」

「思い出したんだ。ぬっぺっぽうだ。あんたの身体そっくりの妖怪がいるんだよ」

提督はフルスイングでバットを俺に叩きつけた。吹き飛ばされて床に転がる。部屋の隅で怯えている相棒の姿がちらりと見えた。

そうビビるな、相棒。

俺は呟く。

「正座だ」

言われて俺は這って元の位置に戻り正座した。

「私はこいつらに君を殺せと命じた。なんでそんな簡単なことができなかった」

「だから何度も言ってるだろう。俺は魔術で人を操ることができるんだ」

三人にたっぷり使ったらからもう中身は空《から》だが、ラファエルの軟膏も見せた。だが提督は鼻で笑った。

「魔法でそんなことができるのなら、この世は君のものだ」

よくいるんだ。魔術師に仕事を頼みながら魔術を馬鹿にしている奴が。まあ確かに俺は大したことは出来ないがな。

「さて、君がいないと棺を開けることができない。そういうことなんだろ。それならさっさと開けて見せろ」

提督は足先で小さな棺を俺の方に押し出した。

「丁寧に扱え」

思わず怒鳴ると、またもや金属バッドが振り下ろされた。頭は避けたが、肩で受け止めることになった。激痛に顔をしかめる。

「偽医者のくせに私に命令するな」

「おまえのためを思って警告したんだ」

「意見するなと言っただろ」

バットを振り上げかけ、身構えた俺を見てバットを下ろした。

「君の腕が使えなくなる前に蓋を開けろ」

「わかったよ。その前に一つだけ教えてくれ。この少女はお前の命令で殺されたのか」

後でどうせ俺を始末するつもりだったからか、提督はあっさりと答えた。

「当たり前だ。ここにいる男たちに命じてやらせた」

「わかった。早速始めるよ」

俺は棺の横に跪《ひざまず》き、エノク魔術の術式を唱え始めた。

「我は神聖にして形なき火を見る」ビブラートがかかった我ながら良い声だ。「それは宇宙の隠された深みの中を突進するものなり。我は火の声を聞く。オー・イー・ペー・テー・アー・アー・ペー・ドー・ヘー我は汝を召喚する、南の《物見の塔》の天使たちよ」

一音一音歌うようにゆっくりと発音していく。これは召喚の儀礼であり、かなり上級者の使う魔術だ。魔法円だのなんだのと用意するものもたくさんあり、正しくやったとしても俺には天使の召喚はできない。それでも俺は続ける。この先延々と儀礼は続く。もうお分かりだと思うが、これは時間稼ぎだ。提督が明らかにイライラしている。聖句の半ばで提督は銃を取り出した。そして俺から一番離れたところで倒れている男の頭に銃口を向け、何の躊躇もなく撃った。

「何をするんだ」

思わず俺は声を上げた。

「早くしろ。順番に撃つ。最後がお前だ。それまでにそのくだらない儀式を終わりにしろ」

人の命を犠牲にしてまで時間稼ぎをやってはいられない。もう限界だろう。俺は適当に聖句を終わらせた。

「じゃあ、開くぞ」

俺はもったいをつけながら、蓋をゆっくりと開いていった。ドアの向こうが騒がしい。提督の視線がドアへと向かった。

「おい、どうした」

ドアの向こうに配置してある男たちに向けて怒鳴った。今しかない。

俺は蓋をはねのけ、中の赤ん坊ミミズを取り出して提督に投げつけた。べしゃりと音を立て提督の顔に張り付いた。ミミズ部分が首に巻きつく。赤ん坊ミミズは全部で三体。残りの二体を次々と投げた。どの赤ん坊ミミズも見事に提督の身体に張り付いた。

提督は何事か叫びながらでたらめにバットを振り回した。

ここぞとばかり相棒が提督にとびかかる。いざというときは頼りになる相棒なのだ。

ドアが乱暴に開かれた。

刑事と制服警官が勢いよく入ってきた。

赤ん坊ミミズと裸の提督に驚きもせず、先頭に立った刑事が言った。

「警察だ」

「あれは片づけます」

宣言してガブリエルの軟膏を取り出し、三匹の赤ん坊ミミズを始末していった。そして暴れまわる提督はあっさりと警官に抑えつけられ手錠を掛けられたのだった。

＊

俺の胸から抜け出した相棒が、早速窓際の指定席でくつろいでいる。アパートに出入りするたびに相棒は俺の胸の中に隠れる。このアパートはペット不可なのだ。時々身体から出すのを忘れて眠ってしまうこともある。昨夜がそうだった。おかげで今日も相棒に危機を救ってもらえた。

俺は相棒の隣に座り、頭や耳の後ろや喉をわしゃわしゃと撫でまわした。今日は大活躍だった。

三人の男たちを動けなくしてから、俺は沈女を聖別し、魂を浄化した。それで棺の中に横たわっているのはただの遺体になった。異界の海に流しても良かったのだが、できればこの世界で葬ってやりたかった。だからラファエルの軟膏を使って男たちを操り、赤ん坊ミミズを封じ込めた棺と一緒に潮汐域を抜けた。そこに停めてあった車にみんな乗っかり、向かったのは警察署だ。事情を説明し、今からこいつらのボス、提督の事務所に行くから一緒に来て逮捕してくれと頼み込んだ。令状を取るのを待ってくれと言われたが、提督からは早く戻って来いとしつこく催促されていた。そりゃあそうだ。もう日が暮れていたからな。だから俺は男たちを連れ、一足先に提督の元に向かった。小さな盗聴器をつけてもらってね。いざとなったら助けに入るから心配するな。刑事連中に言われたが、それほど安心できる状況ではなかった。

戻るなり男たちは金属バットでぼこぼこにされたが助けは来ない。殺人に関与している証言を取ったら来るかと思ったらそれでも来ない。いくらなんでも男が撃ち殺される音を聞けば飛んでくるかと思ったらまだ来ない。あとで提督の部下たちに入るのを阻止されていたと聞いたが、それでも待たせ過ぎだ。

「なあ、相棒。頼りになるのはお前だけだよ」

あっちの世界に飛ばされたときからの付き合いだ。そして一度この世を潰しかけ、異世界と通じる通路をひらいてしまったのが俺だということを知っている唯一の仲間だ。まあ、こんなこと誰にも言えないがな。

「内緒だぞ」

俺は人差し指を立てて唇に当てた。

相棒はこれ以上ないほど弛緩《しかん》した態度で腹を見せて横になっている。

「なあ、相棒」

緩み切った顔で目を閉じている相棒に、俺は訊ねた。

「俺が沈女に攻撃されて、無力感に潰されそうになった時、声を掛けて助けてくれたの。あれ、おまえか」

剝き出しの腹を撫でさすりながらする質問ではなかった。相棒はすっかり眠りこけているようだった。

「ありがとうよ。また今度コッペパンでもおごるわ」

返事のつもりなのか、股を開けるだけ開いたその足がピクリと痙攣《けいれん》をした。

平山夢明

ゲルニカ2050

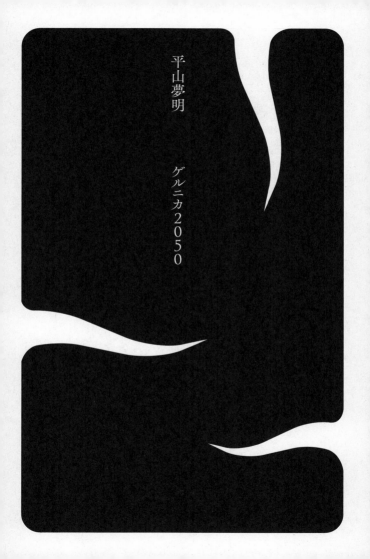

●『ゲルニカ2050』平山夢明《ひらやまゆめあき》

平山夢明は、本の特集を行った雑誌「BRUTUS《ブルータス》」2021年1月15日号において、真藤順丈《しんどうじゅんじょう》と対談を行い「現代の〝炭鉱のカナリア〟はホラー作品」との発言をしているが、まさしく本作は、時代がまさにこれから向かうかも知れない恐怖の狩り場を予言しているかのようにも思われる。さまざまな情勢から考えると、タイトルに書かれた年代は、むしろずっと早まる可能性もありえないこととは言い切れない。

本作の核となる着想は、実は一九七〇年代までは確実に遡《さかのぼ》れるクラシックともいえるものでもあるのだが、あたかもラヴクラフトに影響を受けていた時代のロバート・ブロックすら思わせる地獄変として描いてみせたのは、平山夢明が最初ではないだろうか。

なお、作者は2021年9月に『平山夢明短篇集 八月のくず』（光文社）を上梓したばかり。休刊前からの《異形コレクション》参加作——最も古いものでは十四年前の吸血鬼テーマ「♯0．04％」（第37巻『伯爵の血族 紅ノ章』初出）——を中心に、詳細不明の幻の作品まで含めた傑作集だが、これも〝炭鉱のカナリア〟を念頭に入れて、読みかえしてみる価値はある。たっぷりと愉《たの》しめる筈だ。本作の予言が実現しないうちであるならば。

1

およそ人類の五％に当たる三億三〇〇〇万人の死者を出しながらも我が軍は勝利した。オレは栄誉を讃《たた》える讃美の言葉を背に王宮を後にした。耳朶《じだ》には王妃の言葉がまだこびり付いていた『伝説のハンター、ムネゾー。そなたの働きなくば我が国の勝利は朝露と消えたでしょう。是非、当地に引き続き留まり、その力を我が民のために……』泪《なみだ》ながらに俺を引き留めに掛かる王妃に対し、俺は静かに『いいえ』を選択する。するとその後には『私は謂《い》わば日陰の身、隠密《おんみつ》の者なれば、栄誉の全ては先王の後を継がれる王子にこそお与え下さいますよう』と言葉が流れる。

そこへ王妃を押し退《の》けるようにして王女《プリンセス》が現れる。彼女は俺を後ろから抱きしめると強引に唇を重ねる。勿論《もちろん》、彼女の瞳からは大粒の涙が溢れ続けている。玉座の間に居る全ての人々が息を呑む。が、誰も抗議の声を上げる者はない。

『この莫迦《ばか》！　世界の何処《どこ》へ逃げても必ずおまえを探し出してみせる！』王女はそう断言する。オレは『できますかな、この伝説の狩人ムネゾーを』

——そしてエンドタイトル。今回も参加者ランキングは一位。クリア時間は五時間だから荒っぽいゲーム展開をしてしまったが、満足だった。

と、突然、ゴーグルが引ったくられ、オレは伝説の都『アソコドコ』から四畳半の部屋に引き戻された。足を引っ張られ、バランスを崩したオレは椅子から畳に転げ落ちた。

「痛えなあ。なにすんだよ」悲鳴混じりにそう叫ぶ声が途中で止まった。てっきりおふくろだと思っていたらゲンジだった。ゲンジはオレの五つ上の兄貴だ。軍人をやっている。

「飯だと云ってるのが聞こえないのか！」ゲンジはそう云いながら、もう一度、オレの頭を叩いた。

テーブルに行くと既に料理は並べられている。並んでいるのは刺身などの魚系、ゲンジが好きなものばかりだ。おふくろは機嫌が良い。制服のままのゲンジは椅子《いす》に着くとオレが座るのを待って云った。

「いい歳をしてまだゲームなんかにうつつを抜かしているのか。好い加減に働け！」

「働いてるよ。あれがオレの仕事だもん。試作モニターだもん」

「もっとちゃんとした男の仕事をしろというんだ。男が朝から晩までゲームをしていて恥ずかしいとは思わんのか？　あんなくだらない」

オレは云い返そうとしたが、おふくろが目で〈よしな〉と云ってきたので、代わりに南瓜《かぼちゃ》の煮物を口に入れた。

兄貴はまた少し痩《や》せたように見える。ウチはオレが十歳の時に親父が病気で死んじまった。それからは兄貴がおふくろと一緒に家計を支えていて、親父代わりもしていた。高校から大学の工学部を目指していた兄貴は、途中で進学をやめて学資が免除になるということで軍隊に入った。それからはずっと陸軍畑を歩んでいた。今の階級は上級なんたらの五とかだったと思う。

昔はオレも兄貴のことが自慢だったけれど、中学でイジメに遭って高校を中退した頃から仲が良くなくなった。それと同時にオレはラーメン三郎にドハマリし、体型的にも同じ兄弟とは思えないほど変わっていった。今年、三十四になる兄貴は身長一八五でオレよりも一〇センチは高かったけれど、体重では三〇キロ、オレに負けていた。オレはワンハンドレッドだ。

兄貴は、どんどんだらしなくなっていくオレを何とかしようと必死にあれこれと拘《かか》わってきたが、オレは逆にやられればやられるほど厭《いや》になった、逃げ出したくなっていた。

今から考えるとオレはその頃、本当に疲れていたんだと思う。何もかも新規巻き直しとかやり直しとか、そんなことを考える余裕もないほど学校をドロップアウトしたことや、イジメられたままになっている自分のこととかが、嫌で嫌で一杯一杯だったんだ。

だから、オレはそんなのおかまいなしに振り回そうとしてくる兄貴が鬱陶《うっとう》しかったし、正直、迷惑だった。

「ムネ、俺はナンサに行く」突然、兄貴が云った。「帰るまでおふくろのことを頼む」

おふくろがぽかんと口を開けていた。

「正確な駐屯場所はまだわからない。落ち着いたら連絡する」

「あんた……ナンサって」

「大丈夫だよ、かあさん。俺たちは直接、戦闘に関わるわけじゃない。非武装の民間人、主に女子供を安全な場所まで移送するだけだ。しかも、作戦はテイ湾・コメ国混成軍がメインだし、我が軍はサポートだけに徹底する事になっている」

「なんでニポンが行かなくちゃなんないんだよ」

オレの問いに兄貴は苦笑した。

「何を云ってるんだ、この国は彼《か》の国と安保条約を結んでいるんだ。軍事同盟国なんだから助け合ったり、作戦を共有するのは当然だ」

十五年ほど前、ニポンはコメ国の半ばゴリ押しの形でテイ湾と〈安全保障条約〉を結ばされた。その結果、チュン国とテイ湾との歴史的独立分離問題に否応《いやおう》なく巻き込まれることとなり、国会で審議されることもないままジ衛隊が急遽《きゆうきよ》、国軍として改変、成立されていた。

兄貴が入隊したのはその後だ。

実は四十五年前からナンサ周辺の島々に暮らしていたテイ湾国民と新たに移住してきたチュン国民との間のトラブルが続出していたのだが、近年では死傷者まで出る暴動に発展することが多くなっていた。昨年、チュン国政府は自国民の平和を守るという名目で突然、チュン海軍を近海に派遣。それに伴いテイ湾・コメ混成軍もナンサ海域へ核兵器を搭載した空母を寄せたために周辺海域の緊張が一気に高まった。

四ヶ月前、各諸島都市部でのテロが頻出。テイ湾・チュン両国民に多数の死傷者が出た。すると救援活動との名目でチュン国軍が複数の島に上陸を開始、瞬《また》く間に主要部を占拠。時を同じくして混成軍が軍事顧問の形で参加。自然発生的に生まれた『テイ湾市民独立自衛隊』を支援、チュン国からの奪還に乗り出したために事態は混迷を深めていた。

テレビやネットでは連日、山岳部の多い街中で戦う映像が流されていた。

おふくろは俯《うつむ》きながら兄貴の話を聴き、時折、上げた顔には泪が浮かんでいた。

「まあ、とにかく決まってしまったものは仕方が無い。今日は楽しく過ごそうじゃないか」

兄貴の言葉にオレ達は頷《うなず》いて、食事を始めた。

「ムネ。風呂に行こう」

食事を終え、横になっていたゲンジがそう声を掛けてきた。腹が膨らんで起き上がるのも億劫《おっくう》だったのでどうしようかと迷っていると、おふくろが『ムネ、行っといで』と云ったので、よっこいしょーいちと軀《からだ》を起こした。

外に出ると既に半袖から出た腕に夜風が冷たかった。

「おまえ……これなんだ！」兄貴が笑いながらオレの脇腹を摑《つか》んだ。そこにはマフィン十個分はありそうな贅肉《ぜいにく》がタイヤと化してくっついている。

「痛っ！　何すんだよ。これはハンドルだよ」

「ハンドル？　何の？」

「彼女と風呂に入るだろ。そん時、グラグラしないように摑んでおくハンドルだよ。ラブハンドル」

「そんな相手いるのか」

「できた時の準備だよ、準備。備えよ常にだよ」

兄貴はカラッとした声で〈あっははは〉と声を上げて笑った。手にした桶の中で石鹼《せっけん》箱がコトコト鳴った。

銭湯〈ロマンス〉にはオレ達の他に客はいなかった。

のびのびと湯船に浸かっているオレに兄貴が〈背中を流してくれ〉と云ってきた。タオルに石鹼を付けて向かい合うと大きな傷が縦横に走っているのが目に飛び込んできた。何か引っかかれでもしたかのような巨大なミミズ腫れが四本、指先が埋まってしまいそうな凹《へこ》みが上下左右に六カ所あった。

「すげぇな、コレ」

「ふふふ。縫い目と銃創だ。見たのは初めてか」

「ああ」

「時計で云うと一七時二〇分の辺りにある凹みが一番ヤバかったやつだ。肝臓を貫通する際、動脈を抜かれた。あの時、偶然、隣に衛生兵《メディック》がいなけりゃ、いま俺はここにはいなかったろう……」

「だって兄貴、ニポンは戦闘には参加しないんだろ」

俺の言葉に兄貴は咳《せ》き込むような笑いをひとつ漏らした。

「莫迦だなあ、おまえは。現実のことを何にも知りゃしない。そんなのデタラメに決まってるじゃないか。この国が今迄、本当の事を国民に知らせた例《ためし》があるか？　マスコミぐるみで国民に嘘を吐《つ》くのは一〇〇年以上に及ぶ、この国の伝統芸だ」

「そんなあ」

「だが……おふくろには絶対に云うなよ。もう、あの人は充分に苦労した。これ以上はもう良い……わかるな」

「ああ」

兄貴はパッと振り返ると俺のタオルを一瞬で奪い、それで顔を拭いた。

「ぶはっ！」

「今度は俺が洗ってやる！　なんだこのぶよぶよした軀わぁ。まるで肉巻きのマシュマロじゃないか！　戦場なら秒殺だぞ！　あっははは」

「うるさいうるさい！　痛い痛い！」

天井から露がぽたりと頭に降ってきた。オレとゲンジは湯船を独占し、海月《くらげ》のように伸び漂っていた。そこへゲンジのこんな声が響いた。

『おんなじセントウでも、こんなに違うんだなあ〜』

何も云えずに黙っていると続いてゲンジはこう云った。

『ムネ、俺は必ず帰ってくる。今度の派兵は志願したんだ。帰国すれば、俺は上級准尉《じゅんい》五から少尉になれる。そうすれば、おふくろをもっと楽にさせてやれる』

「じゃあ、約束」

オレは小指を上げ、兄貴と指切りげんまんをした。


帰宅した途端、オレはおふくろが部屋に入ったのを感じた。厭な予感がし、パソコンを立ち上げ、ゲームを起動させる。不発……やっぱり……コードのどれかを掃除機に引っ掛けたか、床に配置してある筐体《きょうたい》にショックを与えたんだ。

オレはテーブルでゲンジと話し込んでいる、おふくろを睨《にら》み付けた。

「部屋入ったろ」

おふくろは返事をしなかった。

「何で入るんだよ！　またパソコンおかしくなっちゃったじゃんかよ」

「おいおい。何云ってるんだ」ゲンジが苦笑した。「どうした」

「だって……あんまり汚いから」

「汚いとか関係ねえよ！　どうすんだよ！　またデータ壊れちゃって、莫迦みたいに最初っから始めなくちゃなんねえじゃん」

「よせ！　かあさんに何て口を利くんだ！」

「何度云ったって、わかんねえんだよ！　掃除するならするで丁寧《ていねい》にやれよ！　精密器機が詰まってんだからよ！」

「莫迦野郎！」

顔が鳴ると同時に口が切れた。厭な痛みが頭全体に広がると錆《さび》の味が舌に載った。オレは床に崩れ落ち、見下ろしているゲンジの固めた拳《こぶし》を見た。

ゲンジは今にも泣きそうな顔をしていた。既におふくろは顔を覆っている。

「俺は……俺は……」兄貴はオレに指を突きつけた。

「なんだよ！　暴力かよ！　兵隊がそんなにエラいかよ！　たまに帰ってきてエライ顔すんなよ！　この家には、この家のルールってのが、できてるんだよ！」

「黙れ！　俺は……俺たちは……おまえのような人間を守る為に命を賭けてるわけじゃないんだ！」

「なんだよ！　それ！　なに云ってんだよ！」

「……今のおまえには……生きる価値はない……という事だ」

「莫迦！」おふくろが立ち上がり、ゲンジの頬を張るとワッと泣き出した。

「すまん……云いすぎた」兄貴が頭を下げた。

「どうでもいいよ！　もう！」

オレはそう叫ぶとサンダルを突っかけ、外に駆け出した。サンダルの変なところから指が出たけれど構わずに駆け出したら縁が切れてバタバタ歩くしかなくなってしまったけれど、そんなの関係ない！


スウェットに銭湯のおつりの四六〇円しかなかったので、オレはサイズリヤのシコリンクバーで時間を潰すほかなかった。こういう時に、転がり込める相手の居る奴は良いが、生憎《あいにく》、オレにはそういった類《たぐ》いの付き合いができる人間はいない。

おふくろは泣いていた。オレは兄貴に、兄貴はおふくろにビンタをされた。

でも、オレは悪くない。おふくろは昔から変な仕返しをする。本人はそう思ってないのだろうが、わざと乱暴にオレのパソコンやらゲーム機を扱う癖があった。そういうのを〈ワザと〉とか〈錯誤〉とかいうのだ。無意識の本音が行動にふとした弾みで出る。

以前も『トゥブルク包囲線』というゲームで折角《せっかく》、しこしこ二ヶ月かかって准将まで行ったデータが吹っ飛んだし、最もショックだったのは『スターリングラード史上空前の戦い』での消去だった。バンドルされていた『バルバロッサ作戦』の獲得データ転送中にオレがちょっとコンビニ行っている隙に勝手にスイッチを切りやがったのだ。おかげでデータは破損し、ランキング一位に貰えるはずのスーパースコープと特典グッズは手に入らなかった。

今回の『アソコドコ』では獲得ポイントでお気に入りの姫がゲットできた。しかも総合順位が五位までプレイヤーにはお気に入りの姫がプレゼントされ、おまけにそれは超超レアのNFT（唯一無二）なのだ！　オレは相当に人生を賭けていた。それを何だか知らないけれど、掃除機のノズルかなんかでガタガタぶつけたりするものだから駄目になってしまったのだ。仕事のためとは云いながら、いつも家に居ない兄貴にそんな状況なんか理解できるはずもなく。たまに帰ってきて主人面するのは本当にもう勘弁して欲しい。

オレはそのまま閉店間際までサイズリヤに居た。それから家に戻ると既に兄貴は寝てしまっているのか部屋の中は真っ暗だった。オレはソッと自分の部屋に忍び込むとパソコンのスイッチを入れた。暫《しばら》くすると内部でカチカチと動く音がし、いつもの壁紙が現れた。よく見るとスイッチボタンがちょっと斜めっていた。もしかするとさっきは押し方が悪かっただけなのかもしれない。が、そんなことはどうでもいい。兎《と》に角《かく》、オレは悪くない。叩かれるようなことはしていないし、おふくろも無断でオレの部屋に入ったのは確実だ。

オレは喜びを胸にお気に入りの姫〈ミタラシ〉を選択すると順位を証明するスクショを運

営会社にアップロードし、その後は周囲が明るくなるまで再び、伝説の狩人ムネゾーとして狂王カリアゲの悪政に苦しむアソコドコの民草どもに六八二回目の解放《リベレーション》を与えることにした。

2

あれから一ヶ月、オレは人生の新章に入っていた。翌日、目を覚ますと既に昼を過ぎていて兄貴は出発していた。おふくろはパートなのでオレはひとりでテーブルにあったメロンパンを咥《くわ》え、自分で入れたココアを手にパソコンの前に座った。

ゲームを立ち上げると昨夜の輝かしい戦果と見事な奇襲攻撃、そして流れるような効率的敵軍撃破の場面を思い出し、〈むふむふ〉と一人笑いが停まらなかった。と、そこへ新たなメッセージが送られていた。見れば運営会社のスタッフらしい。【ムグルマ・ムネゾー様、此の度は輝かしい軍功おめでとうございます】と、ド定番の挨拶から、実は興味があれば弊社の試作品を試して貰えないかとあった。消費者《コンシューマー》の観点から色々と改良点を教えて欲しいともあった。おまけにプレイ時間の買い上げもしてくれるというのだ。オレは『いよいよ来たな』と思った。巷《ネット》でもこうした一本釣りの話を読んだことがある。世界的に有名な億eプレイヤーのフタマタ君も確かネットゲームで注目され、それからプロゲーマーになり、今は開発者となっている。

オレは『拙者《せっしゃ》で宜しければ』と即答。一時間後には試作品『索敵《サーチ》&殲滅《デストロイ》』〈だっさい名前だけど、試作品なので敢えてそうしているそう〉をオレは試運転していた。武器の種類がダサいのとスコープ揺れと風の干渉が強すぎて激ムズ。敵の察知能力も高いのでオレなら楽勝でも完全素人には厳しい難易度だと告げた。すると即座に入金があった。奴らはオレの能力の高さとコメントの的確さを讃え、三六万円も振り込んでくれた。プレイ時間が一二〇Hだから時給換算すると三〇〇〇円だ。オレは飛び上がった。こんなまとまった金を受け取ったのは自転車でトラックに撥《は》ねられた時の口止め料、以来だった。

会社はまた別の新作を送りたいという――断る理由が見当たらない。それからも運営は『孤軍の栄光』『巨城崩落』『イエー家康』などを送ってき〈何度も云うが、物凄くダッサイ名前だ〉、その度にオレは一二〇時間を軸にクリアし、感想《アドヴァイス》を送った。

――ひと月後、オレの口座には燦然《さんぜん》と一五〇〇万の数字が記載されていた。ATMの前でガッツポーズで声を上げるオレに駆け寄ろうとした警備員を尻目に銀行を出ると、パート先のおふくろを数年ぶりの外食に誘った。

「あんた、お金借りたの？　とうとう借金を平気でスる人間になっちまったんだね」

サイズリヤのテーブルに座ったまま、溜息を吐いてボヤくおふくろにオレはスマホで口座を開いて見せた。

「ふはっ!!」おふくろは画面に釘付けになり「あ、あんた!こ、これいったい……」と云った。オレが説明すると途端に泪をぽろぽろ零《こぼ》し始めた。まだそう多くないが、周囲の客がジロジロ見ている。

「なんだよ。止せよ。人が見てるぜ」

「嬉しいんだよ。あたしはてってきりあんたは人殺しか幼児姦で死刑になると思ってたから……嬉しいのさ。ありがとうね、ありがとう。これで父さんの喪が明けた気になれたよ」

『実は弊社の親会社はMOOGLEなのです』

オレはいつもの運営スタッフのメールを見て飛び上がった。MOOGLEと云えば世界第一位のIT企業だ。メールにはそこが二十年前から本格的な次世代型ゲームをまるごと世界観から変革しようと研究・企画していたのだが、遂にその一発目となる代表作が完成したのだという。次はこれを試運転して欲しいという。但し、今回は条件があった。開始日時と終了時刻が決められていたのだ。どうやら世界規模でのデータの集計の都合上、そうなってしまうのだという。オレのゲーム参加時刻は朝の五時。なんかチョー早い。普段なら寝る時刻だ。

『報酬は通常のゲーム時間の買い上げの他に敵方のボスを倒す、ミッションを主導した、全軍のオペレーションを優位に誘導することが出来たなどです。先月の実績では一〇万ドルの獲得者が出ました』

一〇万ドル……いっ、一〇〇〇万じゃねえか！——断る理由がない。

早速《さっそく》、守秘義務の契約書をいつものように適当に読み流して署名する。送られてきたのは『カモン！　家紋《かもん》っ娘《こ》』とあった。説明書には各地に散らばっている武将の家紋を擬人化した娘を自在に伸びる網でゲットするというだけのものらしい。当然、ザコキャラもわんさかいるが重要なのは〈家紋っ娘〉だ。

『有名な家紋っ娘なら有名なほど、得点は爆増します。先程、ご紹介したプレイヤーは大将キャラである山本勘助《やまもとかんすけ》の左三つ巴《ひだりみつともえ》。同じく毛利元就《もうりもとなり》の一文字三星《いちもんじみつぼし》、尼子《あまご》の平四つ目結《ひらよつめゆい》びなどの娘をゲットしたのが誘因です。ムネゾー様なら億超えも可能とこちらのＡＩは予測しています。是非、ご奮闘下さい』

お、お、おっく！　おくっん……億。オレはそれを目にして白いキャディラックのボンネットに乗った日焼けしたブロンド女がよってたかってオレに抱きついてくる姿が思い浮かんだ。モロチン、純白のシルクのスーツにボルサリーノで決めたオレの口にはバッチリ太い葉巻が挟まっている。

「よっしゃー！　一億円戴きマンモス〜！」

オレはゲームに飛び込んだ。

ちなみにゲームのタイトルは『狩って狩られて狩り狩られ』。ダッセー!!

てなことで今では朝から晩までゲームに没頭し、ガンガン家紋っ娘をゲットしまくってい
た。と云いたいところだが案外、大物は少ない。なんだか同じ様なザコキャラ的な小物ばか
りが取れる。それ故にオレは何度も作戦の変更をしなくてはならなかった。さすがは億円の
掛かったゲームだ。今迄のようにおいそれと楽はさせてくれそうもない。

3

オレが考えたやり方はこうだ。まずマップで家紋っ娘の潜んでいそうな部分を分析。これ
は当然の事ながら明らかに目立つ城や砦と云った場合もあるが、そこは他人でもわかる。オ
レが狙うのは一見、普通の民家や人がいなさそうな洞窟、山の谷間、廃屋然としている場所
だ。有り難いことにスコープには暗視カメラから熱源センサーまである。小さな野ねずみや
狐が動いているのもこれでばっちりだ。装着したブーツは加速装置も付いている。

オレは更に足跡を辿る。これはオレが独自に発見したんだが運営はわざわざ足跡を〈残し
ている〉のに告知はしない。分かる者だけが得られる得点なのだろう。持ち物には武器の他
に〈罠〉があった。これが非常に便利だった。家紋っ娘の通りそうな道に仕掛けておくと反
応がある。回収に行くと大抵は静かになっているのだが、なかには情報を持っているザコ家
紋っ娘がいる。オレはそいつに色々と質問を浴びせて大物のいる場所を探り出した。オレは

それによって〈四割菱《よつわりびし》〉、つまり武田信玄《たけだしんげん》と〈大一大万大吉《だいいちだいまんだいきち》〉、石田三成《いしだみつなり》をゲットしていた。画面の表示によるとオレは現在一二五〇万ポイントをゲットしていた。

そして今、新たな獲物の情報に拠《よ》り、オレは廃村の前にいた。ある大物がいるらしい。と、そこで運営からメッセージが入った、珍しい。

『ムネゾー様、おめでとうございます。此所《ここ》はボーナスステージです。このなかには〈五《ご》七桐《しちのきり》〉〈織田木瓜《おだもっこう》〉とがいます』

「それはなんだい？」

『豊臣秀吉と……織田信長』

億の音がオレのなかでガランゴロンと鳴った。オレは村の出入り口になりそうな道の各所全てに罠と爆薬をありったけ仕掛ける。それから射程圏内にある村を見下ろせる高台に戻ると一気にぶっ放した。

村の中央にある廃屋が爆発し、バラバラと零した豆のように隠れていたザコキャラが獣耳にミニスカート姿で溢れ出てきた。高台に陣取っていたオレはそれらに向かって銃撃を開始する。家紋っ娘は殺してもアイテムを残すし、モロチン、ボスキャラは念入りに質問することで情報やその他の貴重なアイテムをゲットできるから、こういうやり方はしない。

村の外周では次々に設置した爆薬と罠が起動し、爆破が連鎖する。悲鳴と轟音《ごうおん》、そして罠から逃れた者達を連射掃討《そうとう》していくオレ。机のゴミを箒《ほうき》で掃《は》いていくようにオレは右から左、左から右へと銃で家紋っ娘たちを薙《な》ぎ払っていく。

暗い夜空が炎で明々と光る。戦地では常に勝利は〈静寂〉が支配する。交戦中はとてつもない叫びと轟音《ごうおん》に包まれるが敵が全滅するといきなりと云っても良いほど唐突に全てが沈黙し、穏やかになる。

廃村もまたオレの巧緻《こうち》な計略と猛攻によって〈神の静寂〉のなかにいた。と、そこへオレの目の端にキラリと光るものがあった。それは廃村から離れた山の裾野だった。オレは脊髄《せきずい》反射的に移動を開始していた。運営から『秀吉と信長の回収が済んでませんよ』と警告があったが、オレは無視した。今迄の経験上、あれはスコープの反射に違いなかった。そしてそこにはこの廃村を犠牲にしてまで守らなくてはならない何者かが潜んでいるし、いま逃げ出している最中なのだ!


ゲームを終えたオレはいま、静かな興奮のなかにいた。オレの勘はまんまと当たった。山裾から脱出を試みていた一団の中にいた家紋っ娘は〈三葉葵《みつばあおい》〉、つまり『徳川家康』だった。さすがに将軍らしくオレに抵抗を試みたが秒殺。無事にゲットした。

運営から『お疲れ様でした』の声がかかり、オレは今、獲得ポイントの結果を待っていた。するとと軽やかな祝福の音と共に『おめでとうございます! 信長と秀吉、家康は獲得ポイント倍増の特殊キャラでした。単独プレイヤーによる三役ゲットは初めてですので御褒美《ごほうび》ポイントも加算されます。あなたは現在一億五〇〇〇万ポイントゲットしました』と、メッセージが出た。オレは〈ふっは！〉と叫んで、そのまま寝不足もあって失神した。

失神した夢のなかでオレは、キャディラックで小麦色の肌の女達と葉巻を小市民どもにバラ撒くパレードをしていた。世界中から祝福され、目の前を埋め尽くす群衆が紙吹雪と共にオレを見て感激のあまり泣き叫び、怒り狂っていた。頬にぴたぴたと紙ふぶき……。


おふくろがオレを抱き起こそうとしていた。目に泪を溜めて必死の形相《ぎようそう》だ。あまりにそのやり方が乱暴だったのでオレはおふくろを押し退《の》けた。

「なんだよ！　大丈夫だよ。ちょっと疲れて寝てただけだから！　あ！　それより、おふくろ！　オレ、遂に一億五〇〇〇万円稼いだぞ！　もうこんなとこ引っ越せるし、パートなんか行かなくて良いからな！　なっ？　なっ？　喜べよ！　バンザーイバンザーイ！」

が、いつもなら何か云うはずのおふくろが口を震わせ、へたり込んだままだ。

「なんだよ、どうしたんだよ」

「変な人がいるんだよ。さっきから玄関のベル鳴らして。怖いよ、あんたぁ」

「ええ？　なんだよそれ？」

オレがドアを開けるとサングラス姿の男がふたり立っていた。

「なんですか？」

男達は身分証明書を提示しながら兄貴の件だと云った。

彼らは軍の関係者だと説明しながら、オレたちに座るように半ば命じた。

「今、お茶を……」

「結構です。おかあさん」ムマと名乗る年上の男が座って云った。「お座り下さい。大事なお話があります」

オヅという若い方はおふくろの背後に立ったままだ。

オレとおふくろが座るとムマがぽつりと云った。

「御子息であるムグルマ・ゲンジ中尉が任務遂行中に戦死されました。ニポン国軍ならびに同盟国軍を代表し、心よりお悔やみ申し上げます。遺体はまだ現地にあり、移送の途上にあります」

おふくろがシュッと息を呑んだのが聞こえた。

「そ、それは確かなんですね。本当に本当に確かなことなんですね」

「残念ながら……我々もその様子を衛星から目視しております。中尉は人権活動家のリーダと共に山岳地帯の隘路《あいろ》を巧みに利用されつつおよそ四〇人の一般市民とともに国境を目指しておりました。一緒に犠牲になられた中には世界的に有名な物理学者がふたり、含まれておりました。彼らを失ったことは我が方にとっても痛恨の極みと云うほかありません」

ふっと空気の解《ほど》けるような音がしたと思ったら、おふくろは無防備に軀を投げ出していた。

それを背後に控えていたオヅがキャッチした。

「あっ！」と立ち上がったオレにムマが〈大丈夫。失神されただけだ〉と云い、オヅに救急車を呼ぶように告げた。

十分後、白衣の男たちが担架でおふくろを運んで行った。同行しようとすると〈病院へは後で連れて行きます。それより、あなたには今後のことで話しておきたいことがある〉と、ムマに引き留められた。

おふくろの乗った救急車のサイレンが聞こえなくなった頃、ムマがフーッと太い溜息を吐き、ネクタイを緩《ゆる》めた。オヅの態度も若干、先程とは変わって見える。

オヅがドアの鍵が掛かっていることを確認し、戻ってくる。

「始めますか？　中佐」

「そうだな。やってくれ」

するとオヅは手にした鞄を開けた。なかにはラップトップが収納されている。奴はそのままオレの部屋に入って行った。

「あれ？　なにをするのかな？」

オヅはオレの声を無視して襖《ふすま》を開けるとカーテンを開いた。一気に部屋が明るくなる。

「ねえ！　なんですか？　ナニしてるの？　これ？　ねえ？」

ムマはオレを興味深そうに見上げている。

「ねえ？　なんなの？　兄貴が死んだんだよ！　オレは遺族だよ！　被害者でしょ！　なんなのこの扱い！　酷《ひど》すぎない？　ねえ、ちょっと止めてよ！」

「座れ」ムマが云った。がらりと表情が変わっていた。「すぐにわかる」

オレの部屋からパソコンが立ち上がると音がした。パスワードが必要なはずなのに起動している。

暫《しばら》くしてオヅが顔を出し「ビンゴです」と告げた。

それを聞いてムマは立ち上がり、グラスに水を注いで自分で飲んだ。

「兄貴が命懸けで戦っているのに、おまえはこんな処で糞《くそ》のような暮らしをのほほんと続けていたんだな。本当におまえのような人間を守る意味があるのか、俺は死んだら神に聞くつもりだ。おまえだけじゃない、おまえらのような人間一切合切、纏《まと》めてナパームで焼き殺した方がよっぽど世の中は良くなる」

「え？　なんなの？　もう帰ってよ。ああいうの、止めさせて。人の部屋に勝手に入るなんて犯罪じゃん」

「犯罪者はあんただよ」オヅが出てきて行った。「来い」

俺が部屋に行くとパソコンの画面に数字が滝のように流れ、太いケーブルやらなんやらでオヅの鞄のラップトップと繋がっていた。

俺の背後でムマが云った。

『家紋っ娘ゲーム。開発主はMOOGLE。おまえは一億円以上ポイントを稼いだらしいな。さぞ気分が良かったろう』

「なによ。ゲームしてなにが悪いのよ」

オヅが人型ロボットの写真を見せた。「知ってるか？」

「知らない。見たことがない」

「Guernica《ゲルニカ》 ２０５０だ。超高性能小型ＡＩ搭載の自走歩行型アンドロイドだ。既にロボットでもない。有効射程距離２０５０メートルを超えるスナイパーライフル、三〇〇〇発の連射に耐えられるショットガン、軽重機関銃、火炎放射器、グレネードランチャー。それだけじゃない。赤外線、暗視カメラ、音声センサー、顔の識別、指紋、足跡探査、衛星を使った地上誤差20ミリまでのＧＰＳ機能、軀《ボディ》は空爆にも耐えうる超合金《スーパー・メタル》、バズーカでも止めることは出来ない。まさに人間狩りのために造られたフランケンシュタインの怪物だ」

「だから……なんですか……」オレは喉がカラカラになっていた。

すると画面に『狩って狩られて狩られて狩って』が起動しだした。

オズは画面に出たオレのプロフィールを見て振り向いた。

「冷たいこと云うな。もう一〇〇時間以上も乗ってるじゃないか。この狭い四畳半から」

「え」

ムマがポンッとオレの肩に手を置き、囁《ささや》いた。

「あんたなんだよ。ゲルニカを操作し、民間人を皆殺しにしていたのは」

オレは振り返った。唇が震え言葉が出なかった。生温かな水が股間を伝わった。

その時、突然、とんでもない悲鳴が響き渡った。画面に逃げ惑う女子供の姿が映し出された。オヅがラップトップのボタンに触れた。と、画面はオレのプレイ画面に変わった。「奴らはこうやってあんたを欺《だま》していたんだ。本来のあんたが見るべき画《え》はこっちだ」

またオヅが触れた。画面が逃げ惑う子供や女の軀がバラバラに飛散するものに代わった。

「ゲルニカには一点、短所があった。いや、違うな。ゲルニカは完全な殺戮《さつりく》のための兵器だったが、敵にはその能力を充分に発揮させるだけの操縦者がいなかったのだ。また奴らには自国民を自国民に殺させるというアイロニーも与《くみ》したのかもしれん。いずれにせよ、奴らは巧妙に自分たちの素性を隠し、ネットで標的を見つけると接近した。勿論、奴らのお眼鏡に適《かな》うだけの力量のあることを証明しないといけないがな」

「あんたは見事、試験合格したのさ」オヅが映像を画像だけにした。

「でも、オレは報酬を受け取ったんだ。一五〇万……」

「そんなもの。お前が使った特殊弾一発分にもならんよ」

吐き捨てるように云ったムマが写真の束をオレの前に突き出した。

画質は粗いが中身は充分に伝わる代物《しろもの》だった。罪も無い人々がぐちゃぐちゃになって濡れたままほっておかれた洗濯物のように重なっている。

「これがおまえのやったことだ」

次の写真は母親が子供と共に倒れていたが、抱えるようにしている子供の周りに溢れているのは母親の内臓だった。

「これもおまえ」

ポンチョを着たように見える親子、しかし、それは灼《や》けて垂れ下がった皮膚だ。

「これもおまえ」

幼い妹を守ろうと必死に抱きかかえている兄の脳が西瓜《すいか》のように割れ、そのなかに妹が顔を突っ込んでいる。

「これもおまえ」

虚《うつ》ろに目を開けたまま死んでいる兵士、下半身がない――ゲンジだった。

「う……う……嘘だ……そんな……そんなこと……」

オレは雷に打たれたように全身が麻痺《まひ》し、床に倒れると泣き叫んだ。

ふたりはただ見下ろすだけだった。

4

「ゲルニカってのは、ナチのコンドル軍団に新型兵器の実験場として使われた村の名前さ」

既に辺りは暗くなっていた。オレは気絶し、呆然とし、オヅに気付け薬を打って貰って落ち着いた。いまは三人でテーブルに座り、コーヒーを飲んでいる。

「ボクは死刑ですよね」

「どうかな。それは上が決めることだからな」

ムマの言葉にオヅが一枚のディスクを取り出した〈Vice versa〉とタイトルがある。

「なんですか」

「我が軍の自信作だ。あのゲームソフトの一部を改造してある。奴らの画像フィルターは除去してある。それに他のゲルニカと敵軍の兵士や車両の位置が目やマップなどで確認できる。つまり、ゲルニカを使って敵を攻撃できる」

「一旦、起動すれば敵の干渉は受けない。そこがこいつのミソだね」オヅが微笑む。

「もう一度、やれってことですか。同じ事を……」

ムマは首を振った。

「違う。今度は正しいことをするんだ」

「もし……厭だと云ったらどうなるんです」

「俺たちは此所を出て行く。ただそれだけだ。後はこのおまえさんの世界で可哀想なおふくろさんとふたり。余生をたっぷりと楽しむが良い。他人や世の中のためにできることはなにひとつせず、ただ自分の満足と快楽を追求するだけの人糞《じんぷん》製造機としての人生を全うしろ。

人権はそれを許している」

「でもボクがいないと困るんでしょう」

　ムマは乾いた笑い声をあげた。

「あまり、我が軍を見くびらんで欲しいな。君なんかいなくても我々は勝利する。さて、そろそろ我々は引き上げるとするか」

　ムマが立ち上がった。オヅも続く。

「待って下さい……オレ……オレは悔しいんです。莫迦にされたってことですよね。オレ、兄貴に……このままじゃ……」

「駄目だ。我が軍に復讐者は不要だ」

　出て行こうとするふたりの背にオレは叫んだ。

「御願いします！　オレ、軀はこんなだけど鍛え直します！　復讐じゃありません！　兄貴の意思を継ぎたい！　兄貴の生きていた証《あかし》を残したいです！」

　一瞬、間を置いてムマが振り返った。

「これを渡すのを忘れていた」

　彼は自分の名刺と白い封筒をテーブルに置いた。

「君の兄さんに何かあった時には渡してくれと頼まれていたものだ。悪いが中は確認させて貰った。彼は君の今度の行為を許すだろう。明日、名刺の場所に来なさい」

ふたりは出て行った。

オレは部屋に戻ると封を切り、手紙を読み始めた。ゲンジの癖のある字が並んでいた。今はもう既に懐かしい……。

『前略、よお、ムネゾー元気か？　おまえがこれを読んでいるという事は……』

伴名練

インヴェイジョン・ゲーム1978

●『インヴェイジョン・ゲーム1978』伴名《はんな》練《れん》

伴名練のSFアンソロジストとしての活躍がめざましい。昨年刊行した傑作選『日本SFの臨界点［恋愛篇］死んだ恋人からの手紙』（ハヤカワ文庫JA）から、その表題作の著者である中井紀夫《なかいのりお》をフュチャーした個人傑作選『日本SFの臨界点 中井紀夫 山の上の交響楽』（同）を今年六月に刊行。本書は作家・中井紀夫の創作人生を短篇集で呈示した評伝ともいうべき素晴らしいものだったが、解説の最後の行は、同時刊行となった《異形コレクション》第51巻『秘密』の中井紀夫登場に祝福を贈る内容だった。その中井紀夫が1978年に上梓《じょうし》した伝奇小説長篇からの引用が、伴名練最新作である本作の冒頭を飾っている。

本作は1978年を舞台に当時の風俗をたっぷり盛り込んだ贅沢《ぜいたく》な作品。この年代は公開されたハリウッド映画に端を発するSFブームが日本を席巻《せっけん》していた時代でもあり、世代的に私としても心躍る懐かしさを感じる。本作に登場する異星人と特殊能力の多種多様なアイディア群を眺めるだけでも愉《たの》しいが、本作にはもうひとつ、日本SFの歴史を担《にな》ってきた今ひとりの作家へのオマージュも捧げられている。劇中にも言及されているその作家の作品（SFというより奇妙な味の趣《おもむき》のある作品）はラストの参考文献に明記されているが、そのSF性を増幅して自らに引き継ぎ、日本SFを愛する作家・伴名練にしか書き得ない、ダークな異形の世界を呈示してくれた。

「ざけんじゃねーよ。ハンパなこと言いやがって。あたしは、あたしのやり方で、自分がだれだか見つけにいくよ。大けがしたっていいんだ。それで自分がだれだか、わかるかもしれないんだから」

中井紀夫『海霊伝』

《木枯《こが》らしお竜《りゅう》──本名、葛城竜子《かつらぎりゅうこ》。飢田《うえだ》第三、第四学園を配下におく女番長《スケバン》。使用武器は、治りにくい傷を与える、自転車のチェーン。口笛で『木枯らし紋次郎』の主題歌を吹きながら、切れたチェーンを振り回す。

吸収した異星人《インベーダー》は、地球上には存在しない音階そのものが生命活動を行っている音素型生命体。異星人はお竜の口笛と、チェーンの風切《かざき》り音《おん》に宿って、敵対者の鼓膜から侵入して攻撃し、震動によって全身に打撃を与え、意識を奪う。

妹が『スター誕生！』に出演した際、審査員が妹への汚らわしい陰口を叩いているのを聞き咎《とが》めたお竜は激昂《げっこう》、場内にいた審査員と観客全てを昏倒《こんとう》させた》

お竜は、三キロ先の風切り音を聞いた。

練馬鑑別所《ネリカン》送りになった先代スケバンとの面会の帰り、河川敷を歩いている途中で、連れは無かった。

音そのものである異星人《インベーダー》を体内に取り入れてから、聴覚が異常に鋭くなっている。耳に飛び込んできた音は遥かな距離にあったが、お竜は警戒態勢を取った。音から推測される相手の動きが、普通の人間に出しうる速度を超えている。相手も異星人持ちであるならば、狙いは自分であろう。三キロ圏内に、他のスケバンがいないことは足音で分かっていた。

お竜はヒュッ、と口笛を吹く。音として異星人《インベーダー》が彼女の体外に出現し、彼女を囲むように防壁を作る。

だが、相手に音より速く動かれては、捉えようがない。そのことにも気づいていたお竜は、迫ってくる敵の方を向きざま、袈裟《けさ》がけにしていたチェーンを右手に構えた。

生き残るにしろ死ぬにしろ、決着は一瞬だろうと、お竜は悟っていた。

その予測は当たっていた。物体が音速を超えるソニックブームの音とほぼ同時、敵と交錯した瞬間に、お竜は十メートル近く吹っ飛ばされて、受け身も取れず地面に激突した。衝撃でチェーンの鎖はバラバラになって、星屑のごとく夜空に舞った。

誰も巻き込まない場所で良かった、と、消えゆく意識の中でお竜は微《かす》かに思った。

◆

自宅アパートのドアを開けたら灰皿が飛んできて額を縫う怪我をするかもしれないし、バスの扉を出たら逆恨みの愚連隊《グレモン》に囲まれるかもしれないし、教室の戸を引いたら無数の怯えた視線が突き刺さるかもしれない。鬼嶋《きじま》アスカにとって扉というのはたいてい、世界の敵意との対面を余儀なくさせられるゲートで、だから彼女が世界で一番、心安らかに開くことができるのは『喫茶エレジー』の小じゃれたガラス戸だった。外から中が見渡せて仲間しかいないことが分かるし、開いた時に鳴るドアベルの野暮《やぼ》ったさも、照明の暗さも、鼻をつくヤニの匂いも、ごみごみした喧騒《けんそう》も嫌いじゃない。気に食わないのは今かかっている音楽くらいだった。

一番手前のテーブル席ではいつも通り、隣り合って座ったアヤとユリが、昨日放送された『スター誕生!』の審査をめぐって言い争っていて、そしてサナエは、眼鏡の奥の瞳を爛々《らんらん》と光らせてテーブルに齧《かじ》りついている。眼鏡には、インベーダーゲームの黒い画面が反射していた。

「あんだァ? サナエ、またウチュージン殺してンのかよ」

そう言って、サナエの隣に座りながらアスカがテーブル横に放り出したのは、教科書どころか筆記具の一つも入っていない、伸《の》し餅《もち》みたくペラペラに潰れた学生鞄。コーヒーが零《こぼ》れたらしい染みの浮いたカーペットに脱ぎ捨てたのは、つま先を尖らせた、歩きにくいことこの上ない学生靴。ソファの上に胡坐《あぐら》をかいても一切のガードが崩れないスカートは、踝《くるぶし》までの丈があり、普段歩く時には裾が地面についてしまう。自分の身なりを意識するたびに、その無意味なファッション性、見かけのことしか考えず実用性が一切ないことが、アスカを安心させる。特に社会の役に立つことはない自分を、肯定するための武装。

いつまでもゲームに夢中のサナエを見咎《みとが》めた二人が、さっきまでの激論など無かったように矛先《ほこさき》を揃える。

「アスカ姐《ねえ》さんが来たんだからもうやめな」とアヤが苦言を呈し、

「シンナー《アンパン》の次はゲーム禁止にすっぞ」ユリがドスをきかせる。

「あっ、あっ、すみません」

慌てた様子のサナエを落ちつかせるように、アスカはテーブルに頬杖をついて答える。

「別にいいさ。インベーダー台が来た時に、この喫茶店《サテンホンヤサ》から溜まり場移さなかったアタシが悪りぃ」

ほんの数か月前までは完璧な店だったのに、テーブルを全てインベーダー台に変えたあたりから雲行きが変わった。UFO《ピンク・レディー》なんて流行りの曲を流す店じゃなかったはずだ。

確かにアスカも、インベーダー台が来たばかりの頃は、コインを何枚も使ったが、サナエほど上達はしなかったし熱をあげることもなかった。だが、今なおインベーダーに嵌まっている客はサナエだけではないし、この店にもたまにトラックで売上金を回収しにくるほど、コインを吸い込んでいるらしい。

画面上では、サナエの機が大量のインベーダーを、目にも留まらない速さで殺戮《さつりく》している。インベーダーの撃ってくる弾を避け続け、ひたすら回避に徹しておいて、インベーダーがこちらに最接近した途端、片っ端から撃ち倒して殲滅《せんめつ》する——世間で「名古屋撃ち」とか言われてる高得点獲得テクニックらしいけど、記憶力・瞬発力がものを言う技で、習得しようと思って習得できるものじゃない。

ハイスコアを叩きだして、サナエはようやく画面から顔を上げる。

「にしても、ガリ勉のサナエがゲームにお熱って、面白《おもしれ》えこともあるもんだな」

「えっと、それは……」

サナエが何かもごもご言いかけたのを見守っていると、やがて、通学鞄——アスカを真似て潰したが、不器用なせいでスケバンファッションなのか単に凹んだだけなのか分かりにくい中途半端な厚みの鞄——の中から何かを取り出した。

金沢碧《かなざわみどり》が表紙の《週刊小説》だ。去年の号らしい。

「万引《カイモノ》きしてきたのか？」とアスカが笑いながら尋ねると、サナエはぶんぶん首を横に振る。

「高崎《サキ》線の網棚で拾ったんですッ」

必死な感じの否定が戻ってくる。もちろんアスカはサナエが万引きに手を染めるような人間じゃないと知っているが、その真剣な反応が見たくて尋ねただけだった。

《週刊小説》の目玉は丸山圭子《まるやまけいこ》のモノクログラビアだった。アスカがぱらぱらページをめくっても、どこにもインベーダーの記事はない。サナエが手を伸ばしてきて、小説が掲載されたページを指し示した。何やら怪談じみたキャッチコピーが書かれている。

《青年よ、ゲーム・センターに来《きた》れ。そして戦争ごっこにうつつをぬかせ――日常に忍び寄る恐怖！》

アスカは困った表情で雑誌から顔を上げる。

「サナエ知ってるだろ、アタシ、ショーセツとか読めるオツムじゃねえぞ」

「ゲーム・センターが、客を射撃ゲームに熱中させて技を磨かせて――優秀な兵士を養成するために政府が運営してる場所なんだ、っていうお話なんですッ」

「えっと、それで？」

「だから、最初にこのインベーダー台が来た時、これもそうなんじゃないかって……もしかしたら、世界の裏で宇宙人を相手に戦ってる秘密の軍隊があって、このゲームやってたら、いつかスカウトされるんじゃないかって思ったんですッ。もちろん、今はそんなことないって分かってますけど、ゲームするのがクセになっちゃって」

真剣なサナエにアヤが茶々を入れる。

「テレビマンガみたいなこと言うんじゃないよ」

「『テレビマンガ』はもう爺《サージイ》の言葉だろう、『アニメーション』って言え」

ユリが混ぜっ返して、また二人は口論を始める。

アスカは『喫茶エレジー』のロゴが刷られたマッチを擦《テッカリ》って、煙草《タンベ》をふかした。

「なるほどねえ。ネコもシャクシもみぃんな、宇宙にイカレちまってやがンなあ」

去年の末に発売された「UFO」は今年延々と街じゅうのあらゆる店でレコードをかけられ続けていて、今年の二月と六月に『未知との遭遇』と『スターウォーズ』が日本に入ってきて、その人気が映画館から消え去らないうちに八月には『さらば宇宙戦艦ヤマト』も来て、そしてゲームセンターや喫茶店はスペースインベーダーが目下侵略中で、しかし何よりもイカれているのは、流星雨の降り注いだ日に本物の異星人《インベーダー》が来たことだ。

本物はロクなもんじゃなかった。

異星人ときたらどいつもこいつもまともに体を持ってなくて、人間の身体に取り憑《つ》き勝手する居候連中ばかりだ。これならジャージャー・ビンクスとかイスカンダル星人の方がよっぽどマシ、地球の男に飽きても、お相手したくなる奴らじゃない。

連中がひとつの異星人の色んなバージョンなのか、それぞれ別々の星から来たのかさえよく分からない。ただ宇宙人の餓鬼《ジャリ》どもが地球まで家出《ヤサグレ》してるんだって言ってるやつもいれば、地球人を勝手に宇宙戦争の鉄砲玉に仕立て上げて、最後に生き残った種族が晴れて地球を乗っ取るつもりなんじゃないのか、って言ってるやつもいる。日本国内でなぜかスケバンばかりに異星人が憑いているのは、好戦的な人間だけ選んでるからだという噂も、まことしやかに囁《ささや》かれている。

それとも、と、アスカはオカルト倫子《りんこ》が言っていたことを思い出す――異星人連中は映画やゲームと、現実との区別をつけないらしい。見分けがつくことはつくが、宗教上の理由で同じものと考えるのさ。要するに、映画やらゲームやらで宇宙人を殺しまくってるから、この星の人間はいずれ本当に宇宙人を無差別に殺すだろう、だから先手を打って攻めてきたっていう理屈なんだ。

倫子の話がどのくらい信用が置けることなのかは、イマイチ分からない。そもそも倫子に憑いている液状異星人が頭蓋骨の中で話しかけてくるっていうのがマユツバで、ボンド《マルサン》のやり過ぎで幻聴が聞こえてるんじゃないかとも思える。

関東スケバン連合の中でも、倫子と同じ型の異星人が憑いてる人間がいないから確かめようがない。たいてい、異星人は宿主《しゆくしゆ》に語りかけてきたりしない。あの流星雨の日、前触れなく一部地球人の身体に異変が起きて、手足のように動かせるパーツが増え、それが異星人の仕業《しわざ》だと直感したのだ。鉄火場で殴り合いの最中に、突然、体内に異星人がいることに気付いたアスカもそうだった。

まあしかし、異星人側の事情は取り敢えず、心底どうでもいい、そう彼女は思っている。

今の自分たちにはある。

酔った挙句《あげく》に商売道具の鉋《かんな》で殴ってくる親父とか、補導した万引き娘を脅して身体を差しださせようとした不良警官とか、か弱い後輩をレイプしやがった男とか、そういう連中をブチのめして閻魔《えんま》様みたいに裁く力がある。大事なのはそういう、手の中にある真実だった。

紫煙を吐きながらアスカが物思いにふけっていた時、ドアベルが鳴って、スーツ姿の男が店に踏み込んだのが視界に入ってきた。

アスカの向かいに座っているアヤとユリは口論に夢中で気づいていない。唯一、アスカの様子に気付いたサナエが、隣から「姐さん、どうかしましたか？」と訊ねてくる。

「お前ら三人とも、そっから動くなよ」

アヤとユリがきょとんとした顔を向けてくるが、タンベを咥《くわ》えたまま、アスカは無視して立ち上がる。

スーツの男は、入り口近くで店員の女性と押し問答をしていた。アスカが出禁にした相手だから、店側も対応に苦慮しているのだろう。アスカの方を見て、馴染《なじ》みの店員は安堵したようにその場から身を引く。

「アンタ、どの面《つら》下げてまた来やがった」

こちらに気付いた優男《やさおとこ》が、愛想笑いを浮かべた。

「わざわざ歓迎して頂けて有り難いな。お久しぶり、アスカさん」

「歓迎なんてしねえよ」

《週刊実話現実》の沖田《おきた》だった。一カ月ほど前の事、今日のようにアスカの到着が遅くなっていた日、沖田は『喫茶エレジー』を訪れ、そこに屯《たむろ》していた少女たちに、鬼嶋アスカを探していると告げた。初めはみんな警戒していたが「関東最強のスケバンを決める記事のために彼女の話を聞かせてほしい」と沖田が申し入れたところ、アヤやユリを始め、その場にいた少女たちは大いに盛り上がり、アスカの武勇伝を語りまくった。

サナエ一人がおろおろしながら彼女たちを窘《たしな》めていたが効き目はなく、アスカが『喫茶エレジー』に辿り着いた時には、盛りに盛られた伝説が沖田の取材ノートにびっしり書かれていた。アスカがノートを没収し、出禁を勧告して沖田を追い返したが、懲《こ》りていなかったようだ。

——六年前に不良少女たちに取材を重ねてルポタージュを発表、世に「スケバン」の言葉を広め、スケバンものを書きまくった「スケバン作家」こと前原大輔《まえはらだいすけ》は、最終的に女子高生に乱暴した疑いで逮捕された。また別の話では、スケバンを女優にしてやると誘ってピンク映画に出させたプロデューサーなんてのもいたという。そういう昔話を卒業生《OL》たちから聞かされていたので、アスカは、スケバンに近づく男には十分に警戒していた。非行少女だと咎めてくる教師よりも、理解があるような顔をして接近してくる男の方が、よっぽどタチが悪い。

「記事についてはお詫びしたい。俺がせっかく気合いを入れて書いたのに、デスクの命令でかなり削られた上に表現を変えさせられてしまって」

「アタシはどうでもいいけどよォ、これじゃあ怪獣図鑑の説明書きじゃねえかってアヤやユリがブチ切れてたぜ。アタシが止めなきゃ編集部に殴り込みかけてたぞアイツら」

《鬼絞めアスカ——本名、鬼嶋アスカ。都立剞崎《くりさき》高校に通い、文京区一帯を支配するスケバン。異星人《インベーダー》は糸状生命体で、彼女の全身の血管に沿う形で身体を伸ばしている。アスカは指先から露出させた異星人を糸として用い、喧嘩相手を絞め落としたり、相手の武器を切断したりする。剞崎の女生徒がチンピラに強姦された時、そのチンピラを半殺しにしたのみならず、ケツモチをしていたヤクザ《ヤーサン》に単身で襲撃をかけて壊滅させた》

「怪獣図鑑」というたとえには、アスカは心の中で少しだけ笑ってしまったが、沖田を庇《かば》うつもりはない。

アスカの言葉に対して、頭をかきながら沖田は答える。

「ご意向に添えず申し訳なかった。ぜひ今回の取材で挽回させて欲しい」

「お生憎様だね、もうウチの子には、アンタに一切情報を吐かねえように言っといたから」

「まあそう言わずに。こちらからも有益な情報をお持ちしたんで」

「三流雑誌《カストリ》のクズライターが有益な情報ねえ」

アスカはほとんど嘲笑《あざわら》うように言ったが、沖田は真剣な瞳で返事を寄越した。

「木枯らしお竜がやられた。恐らくスケバンに負けたようで」

アスカは思わず、タンベを挟んだ指から取り落しそうになった。

「何だと？」

「一昨日の晩、河川敷で瀕死の重傷を負って倒れてるところを見つかって、鴉羽《からすば》病院に担ぎ込まれたとか。自分たちのスケバンが負けたってことだから、飢田の生徒間では箝口令《かんこうれい》が敷かれているらしいけど、少しずつ情報が漏れ出して、うちの社にも回ってきた次第で」

アスカには信じられなかった。関東スケバン連合を通じて、お竜とは面識があり、その寡黙さや家族愛には辟易《へきえき》させられたものの、強さは認めていた。

だが、沖田が冗談を言っている風には見えなかった。

「誰にやられたんだよ、あんな、殴られる前に敵味方纏《まと》めて失神させるようなやつが」

「その見解をスケバンの皆さんにお尋ねしたくて回っているところなんだ。誰がやったのか目星がつくなら教えてくれないか」

「アタシが知るかよ」

そう返事をしたのに、沖田は鞄をごそごそやって、何かを取り出した。

「現場で警察がこれを見つけたという話なんだ。誰のものかお心当たりはないかい？」

小さな紙切れを見せられたが、アスカはほんの一瞥《いちべつ》だけして、首を横に振った。

「いいや、知らん」

「そうか……残念だ」

「もういいだろ、とっとと帰れ」

「いや、最後にどうか一言。今回のことは、休戦協定の結ばれていた関東一円のスケバンの中でいよいよ激突が始まる号砲になるだろう。最後まで勝ち残る自信があるかどうか、ぜひお聞きしたく」

「失せろ」

ドスをきかせて告げると、沖田は残念そうに荷物を纏めて立ち去っていく。その鞄の中から、するりと、例の紙切れがすり抜けたことには気付いていないようだ。こっそり貼りつけた極細の糸を手繰《たぐ》り寄せると、獲物はアスカの手の内におさまった。

座席に戻ったら、真っ先にサナエが声をかけてきた。

「ね、姐さん、何かあったんですか。今から人殺しに行くみたいな顔してますよ」

「出入りがあるかもな。ちょっと血に飢えた馬鹿が、」

タンベの火をもみ消しながら言いかけた途端、生臭い血の臭いが鼻をついて――

「お前ら、全員伏せろ！」

砲弾か岩石めいた大きさの、緋色《ひいろ》の塊が無数に撃ちこまれ、ガラス壁が叩き割られた。

番格であるアヤとユリは即座に対応し、アスカに頭をおさえつけられたサナエが「ひぇっ」と声を上げる。

アスカが顔を起こすと、赤色の破片があちこちの壁や床に突き刺さっていた。壁にかかったカレンダーの、西城秀樹の写真が胴で千切れている。店内には、客の悲鳴とざわめきが満ちていた。

吹き飛んだガラスの欠片《かけら》を踏みにじりながら、ガラス壁のあった場所を通り抜けて、優雅に店内に踏み込んできたのは、鈍倉《にびくら》高校の制服を着て、学生鞄を提げた少女だった。

「あはッ、お猿さんの住処《すみか》にしちゃあ、ズイブンと洒落《しゃれ》た店じゃない」

心当たりがそこにいた。金色に染めた長髪とミニスカートを翻《ひるがえ》す、気取り屋のスケバンが。

《十一代目ジャックのミニ――本名、鳳凰寺《ほうおうじ》響花《きようか》。ミニスカートと、制服の胸ポケットに忍ばせたジャックナイフを代々トレードマークとしてきた、サキ線沿線一帯を配下におくスケバン「ジャックのミニ」、その十一代目。鈍倉高校の生徒会長を務めている。

吸収した異星人は、心臓に取り憑いて無限造血能力を発揮する細胞型生命体。ジャックナイフは敵への攻撃以上に、自傷により自分の血液を固形化して体外へ放出し、散弾のように攻撃に用いるために使用される。

最近になって、吸血鬼の末裔《まつえい》を自称しはじめた》

沖田のスケバン特集記事に書かれていた文言《もんごん》を全部は覚えていないが、確かそういう感じだったはずだ。各地区の代表者が集《つど》う関東スケバン連合の会合で、アスカも何度か顔を合わせたことがある相手であり、気障《きざ》ったらしい口調と立ち居振る舞いはともかく、いきなりホンヤサに奇襲をかけてくるほどイカれた女じゃなかったはずだ。しかし眼前の光景はその印象を裏切っていた。

「このズベ公、一般人を巻き込みやがって」

異星人の力を暴力として行使するのは、同じ異星人持ちのスケバンから万が一襲われた時の正当防衛や、悪意ある人間を相手にする場合など、一定の条件下に限る。お竜のテレビ局事件以来、スケバンの間でそういう約定が結ばれていた。放っておくといずれスケバン同士の大戦争に発展しかねないからだ。異星人の力を世直しみたいに使っているスケバンもいるが、度が過ぎるとシメられる仕組みになっている。アスカの傘下とはいえ異星人を持っている訳ではない少女たちを、大義のない奇襲攻撃に巻き込みかけたのは許されることではないだろう。

ジャックのミニが学生鞄を床に放り投げ、両手を空ける。戦闘意欲むき出しのミニスカートのスケバンを前にして、アヤが鞄からカンシャク玉を取り出し、ユリが手頃な椅子を振り上げ、サナエが取り落とした眼鏡を拾ってワタワタしていたが、

「手ぇ出すな、アヤ、ユリ。こいつは一対一《タイマン》でしばく。客が巻き込まれないように避難させろ。サナエも逃げとけ」

アスカが指示を飛ばすとアヤとユリが「了解」と答え、サナエが「は、はいっ！」と叫ぶ。

二人きりになった店内で、インベーダー台を挟んで、アスカはジャックのミニと対峙する。

今もってピンク・レディーが軽快に流れ続けているのが、場に不釣り合いだった。

「血迷ったかマンガ女、番格も連れずに一人でウチのホンヤサに乗り込んで喧嘩《ゴロまく》を売るなんてな。それとも、お前の吸血鬼ごっこにみんな呆れて逃げちまったか？」

「そうねえ、ちょっとアタマに血が上ってるかも知れないわァ。少し抜いておこうかしら」

そう言ったジャックのミニが掲げた右手、その人差し指から小指まで横一文字に切り傷が走っていて、そこからは血が滴《したた》り落ちており、彼女が腕を振り下ろすと、夥《おびただ》しい数の深紅の礫《つぶて》が、アスカの顔めがけて無数に飛んできた——弾丸のような速度で。

刹那、アスカの右手の指先から伸びた糸束が鞭《むち》のようにしなって、その全てを弾き落とす。

眼を守ろうとかざした左手が顔の前に届くのはその一瞬後で、異星人の反応速度がなければ失明していた。

むしろ、手で庇ったのは失策だった。時間差でジャックのミニが身体ごと突っ込んで来たのだ。そのまま左手で相手のジャックナイフをはたき落としたまでは良かったが、指には微かな切り傷を負ってしまった。恐らくは、相手の計算通りに。

僅かに血を滲ませる、その左手を、右手で掴まれる。手と手が重なり、傷を負った互いの指が絡まって、血が交わる——そして、異星人に強化されたジャックのミニの心臓の拍動が、アスカの体内の血を一気に吸い上げる。

あっと言う間に、貧血でアスカの意識が落ちそうになる。アスカは朦朧《もうろう》とする意識の中で力を振り絞り、ジャックのミニに、渾身《こんしん》の頭突《チョウパン》きをかました。向こうが怯《ひる》んだ隙に指を引きはがして後方に飛び退《の》くや否《いな》や、素早く左手の傷口に包帯代わりの糸を巻いて止血する。相手が相手だけに、こちらに傷があるのは致命的だ。

その治療の隙を見逃さず、ジャックのミニが右手を振り下ろそうとする——だが、今度はアスカの方が先に一歩踏み込んで、その右手めがけて糸を飛ばし、白手袋のように覆って相手の手を止血し、攻撃を止めた。膝をついて肩で息をしながら、アスカは威嚇《いかく》する。

「お前、何企んでやがる。不戦協定を破って、スケバン連合全部敵に回すつもりかよ」

「あら、それはむしろ、こちらの台詞《せりふ》よ」

「なんだァ？　とうとうマンガと現実の区別がつかなくなったか？」

「昨日の晩、ゲーセンでウチの番格二人襲って、ズタボロにして看板に吊るしたの貴女《あなた》でしょう？　極真《きょくしん》と薙刀《なぎなた》やってる子たちだからその辺のグレモンくらい返り討ちだけど、人間の身体能力じゃなくて太刀打ちできなかったって。顔は紙袋で隠してたけど剣崎高の制服着てたって言うのよ、あんたの他いないでしょうに」

「はァ？　見間違えだろ。お竜の飢田高じゃねえのか？　テメエがお竜を闇討ちしたから報復に来たんだろ」

ジャックのミニは、意外そうに片眉を吊り上げた。

「何それ、お竜がやられたって、初耳なんだけど」

「じゃあこれはお前のモンじゃねえってのか。お竜がやられた現場に落ちてたんだとよ」と、制服のポケットに入れていた、沖田から奪った証拠品——本の栞《しおり》を手裏剣《しゆりけん》のように投げて、続ける。そこには、繊細なタッチで美しい少年のイラストが描かれていた。

「『トーマの心臓』の栞持ち歩く少女マンガ狂いのスケバンとか、お前の他に心当たりいねえよ」

受け止めた栞を一瞥して、ジャックのミニはアスカに蔑《さげす》む目線を向けた。

「蛮族が知ったかぶりしなさんな。これは『ポーの一族』のアランよ」

「マンガなら全部同じだろ。細けえことは知らねえ」

「あんた、お姉様方に磔刑《はりつけ》にされるわよ。それに私、マンガ本や栞を鉄火場に持っていくほど萩尾望都《はぎおもと》の絵を粗末に扱ったりなんてしないもの、血塗《ちまみ》れになっちゃうじゃない、お馬鹿さん」

それはそうと、これ貰っておくわよ、と、ジャックのミニは栞をいそいそと鞄にしまう。

「おい、お前」

その呼び掛けを無視して、ジャックのミニは座席に腰を下ろすと、眼前のテーブルに置かれていた、誰のものだか分からないコーヒーに口を付けてから、言った。

「つまりまあ、いらっしゃるって訳ね、陰謀の下手人が」

「スケバンや番格を襲って、マンガの栞を残したり、他校の制服姿を見せつけたりして、スケバン同士で潰し合わせようって言う薄汚ねえハラの奴が」

そう言ってアスカが頷くと、ジャックのミニは手を叩いて笑った。

「あはッ、スケバン狩りってことね、身の程知らずで面白ぉい」

「それにまんまと引っかかって暴れたのアンタだろうが、店弁償しろよ」

「仁義として、借りは返すわ。それで、そっちはこの後どうするつもり？」

「言うまでもねえさ。狩られる前に狩ってやるよ」

「タロ－カードの魅姫《みき》――本名、橋元《はしもと》魅姫。私立裏添《うらぞえ》高校に通い、東上線一帯を根城とするスケバン。取り込んだ異星人は四次元生命体。異星人は左目と右目の間が時空方向に離れており、三〇秒先から三〇年先までを見通す能力を持っている。タロ－カードの魅姫はその力を借りられるが、ピント調節に集中を要するため、万能の予知能力ではない。使用武器は蝙《こう》蝠傘《もりがさ》。学校に通う傍ら、放課後は新宿で占い師をやっており、著名人も足を運ぶほど「当たる」と評判が高い。米国のカーター大統領がお忍びで客として訪れたことがある。
百万ボルトの紗雪《さゆき》――本名、勧田《かんだ》紗雪。方波見《かたばみ》工業高校に通い、足立区を統括するスケバン。機械弄《いじ》りが趣味で、電飾《ほどこ》を施した制服を身に纏っている。異星人は生物のもつ微小な生体電流によって駆動する機械生命。使用武器はアイスピック。アイスピックを突き刺して相手の視覚野に干渉する電気信号を送り込み、可能性世界を観測させることで幻覚を見せ攪《かく》乱《らん》する。少女たちの単車の修理を請け負い、稼いだ金を遠宇宙と交信するための機械の製作につぎ込んでいる。

悪食《あくじき》ハルカ——本名、乃頼遥《のらいはるか》、燎原《りょうげん》高校に通い、大田区一帯を統括するスケバン。異星人は超高速微小生命文明。分子サイズの極小生物群は、攻撃を受けてからそれが着弾するまでのゼロコンマゼロゼロ二秒の間に、対処用の二千年分の文明を発展させて防御・反撃を行うため、あらゆる種類の攻撃を身体のみで無効化できる。使用武器は無し。体内の文明維持のために、金属類も食べるほか、一日に常人の二十倍のカロリーを摂取する必要性があり、常に金欠で仲間の少女たちから食べ物の施しを受ける。

微笑の麗央《れお》——本名、姫神《ひめがみ》麗央、聖ポッペア女学院に君臨するスケバン。異星人はミーム型生命体。情報として眼球に宿り、麗央を見る者全てを虜《とりこ》にして傅《かしず》かせる邪眼として機能している。使用武器はロープ。美しい少年少女に目が無く、興味を惹かれたあらゆる青少年に手を出すという悪癖が社会秩序を乱すとして、関東スケバン連合有志によって制圧され、聖ポッペア女学院校舎地下に幽閉されており、将来的にスケバン大戦が起きた場合に麗央を解き放つという約定が抑止力として機能しているため、生存が許されている。

ネットワークの聡美《さとみ》——本名、久遠寺《くおんじ》聡美。荒川区一帯を支配するスケバン。学籍は狭間《はざま》高校に置かれているが、久遠寺聡美なる少女は実在せず、傘下の少女たちの集合無意識上にのみ存在する。異星人は群体知性で、少女たちに己の肉片を与えている。傘下の少女が危機に陥った時にのみ、祈りに応えて久遠寺聡美の人格が少女に憑依《ひょうい》し、ネットワークから得たエネルギーをサイコキネシスとして用い、敵を撃退する。聡美の人格は戦闘後一時間しか維持されないため、人気の映画を通して観られないのが聡美の目下の悩みである」

「もういいぜ、サナエ。どいつもこいつも怪しくって見当のつけようもねえ」

《週刊実話現実》の特集記事を諳《そら》んじていたサナエをアスカが制止すると、ジャックのミニが前を向いたまま尋ねた。

「暗記させられたのかしら？　後輩使いの荒い女だこと」

「い、いえ。いつかアスカ姐さんのために役立つかもと思って、自分で覚えましたッ」

頰を紅潮させてサナエは応じる。

彼女たち三人は、お竜の運び込まれた病院にタクシーで向かっていた。お竜から話を聞ければ、暗躍しているスケバンの正体に近づけるかも知れないからだ。アヤやユリ、他の剣崎高の少女たちは、幾つかのグループに分かれ、信頼のおけるスケバンたちへの伝令として走っている。その中のどれかは犯人に伝言してしまう可能性もあるが、攻撃してくれれば自分が犯人だと言っているようなものだから、やらないだろう。むしろ牽制《けんせい》になってくれればいい。

「……ところでよ、なんでこんなクルマ乗ってるんだ」

アスカの質問に、ジャックのミニがアクセルを踏みながら応じる。

「前の持ち主は、ウチのシマで連続婦女暴行やらかしてた奴。制裁してムショに放り込む時に譲ってもらったのよォ、まあ、役得ってところかしら」

「そうじゃねえ、お前、免許とかどうなってんだ」

「あらッ、ご存知ないの？　花形満《はながたみつる》は小三から運転してたじゃない」

「やっぱりマンガと現実の区別がついてねえぞ、偽吸血鬼」

「お黙りなさい。他人《ひと》の血を吸えるんだから吸血鬼で問題ないでしょう」

「あ、あの、前……」

言い合いをしていたせいで、サナエがおずおずと声を上げるまで、二人とも前方の異変に気付かなかった。

道路端の歩道に、通り雨にでも降られたみたいに濡れそぼった少女がいた。マリオネットじみたフラフラした動き、おぼつかない足取りだ。

それが、いきなりタクシーの進行方向に飛び出して来た。

きゃーっとサナエが叫び、ジャックのミニがブレーキを踏んだが、間に合わなかった。

轢《ひ》かれた少女の身体がボンネットの上を超える。そのままルーフに転がった音がした。

車内の人間たちが固まっているうちに、後部座席右側の窓にノックの音がし、ひょこりと顔が現れた。

「アクセル！　こいつは振り落としても死なない奴だ！」

アスカが叫んだのと同時に、後部座席のドアにへばりついた相手が右の 掌《てのひら》 をガラスに押し付けると、ガラスが飴細工のように溶け落ち始めた。

「やあ、親友。ずっと会いたかった君に会えるなんて、今日は素敵な日だね」

どろどろに溶けていく窓の外から、全身ずぶ濡れでありながら宝塚の人気女優を思わせる爽やかな笑顔で、そのスケバンは車内のアスカに手を振った。

「このまま加速して病院に直進しろ！」というアスカの指示に従いつつも、ジャックのミニが、珍しくやや狼狽《ろうばい》気味に尋ねる。

「えっとォ、貴女《あなた》……オカルト倫子だったかしら？　何しに来たのか教えて下さるゥ？」

だが、オカルト倫子はその発言を一切無視して、アスカの方を凝視したまま続けた。

「君がエレジーで一戦交えたって異星人に聞いたんだ。非道《ひど》いじゃないか。休戦協定を破るなら真っ先に僕と戦ってくれるって約束しただろう」

「破ってない。そこのマンガ女が、アタシを木枯らしお竜襲撃事件の犯人と勘違いして、勝手に襲いかかって来ただけだ」

「僕といる時に他のスケバンの話しないで欲しいな」

車の加速によって吹きつける風を受けて、その笑顔の一部がずるりと滑り落ちたかと思うと、ゼリー状のぶよぶよとした塊になって、溶けかけのガラスに滴り落ちた。サナエの絶叫が狭い車内に木霊《こだま》する。

「今の騒ぎに収拾がついたら、もう戦えなくなっちゃうじゃないか。だから来たんだよ。君はどうだか知らないけれど、結局僕らは、手に入れた力を武器に戦いたくてうずうずしてるんだ。僕は君が良い。君ぐらいまっすぐな相手であって欲しい。以前、討伐されかけて君に助けられた時、そう思ったんだ。いいじゃないか、一戦くらい」

少女は夢見る少年のように、残った片方の眼球をきらきらと輝かせている。

「……一個教えてくれるなら、考えてやる」

「本当かい！　さすが親友だね」

「お前の異星人は、木枯らしお竜がどのスケバンにやられたか、言ってなかったか？」

「だから他のスケバンの話はしないでってば。嫌いになっちゃうぞ」

「お竜を闇討ちした奴が、異星人持ちじゃない人間にまで手ェ出して、スケバン同士潰し合わせようとしてる。止めなきゃ無駄に血が流れる」

少し返事に間があった。倫子はやれやれという感じで嘆息したが、顔が液状に崩れかけているせいで、溜め息は半分、泡になっていた。

「忠告しておくよ。君には僕らみたいに心の弱い人間の気持ちが分からないんだ。まっすぐ過ぎるからね。君に憑いてる異星人も心配してるらしいよ」

「どういう意味だ」

「言葉通りさ。それじゃあ、戦おうか」

溶け切った窓を通り抜けて、倫子の身体が、腕から順に侵入してこようとする。糸で咄嗟《とっさ》に防壁を編んでも、液状化した相手が隙間から滲んで来るのを止められない。最初に実体化した右手が、アスカの肩を摑んだ。

「ちょっと、そのサナエさんって子、オカルト倫子の記事も暗唱してくれないかしらァ。実は生まれつき人間じゃないとか、そういう話が載ってるんじゃなくって？　……あら、返事が無いと思ったら、気絶してるのね」

「病院まであとどのくらいだ⁉」

「あの橋渡ったらすぐよ」

「なら、先に行っといてくれ、サナエも医者に診せろ」

返事をしながら、アスカは車のドアを開け放った。

「大袈裟ねェ、この程度で」

「箱入り娘でな。危っかしいから身近に置いといたのが裏目に出た。頼まれてくれ」

アスカの腕を摑んで車の外へ引き摺り出そうとする倫子に対して、アスカは、開いたドアを糸で車体から切り離した。ドアごと倫子が吹っ飛ばされる。倫子に絡み付かれていたアスカも車外へ放り出されるが、路面に叩きつけられることはなかった。瞬時に糸を伸ばして橋の欄干《らんかん》に括り付け命綱にし、空中で一回転してから着地を試みたのだ。その曲芸はほとんど成功しかけていたが、着地の足をべちゃりと受け止められたのは誤算だった。

「君は本当に命知らずだな。惚《ほ》れ惚《ぼ》れするよ」

アスカは制服のポケットから、エレジーのテッカリを取り出して擦った。殴ろうが刺そうが絞めようがダメージを受けない相手に対して、一時的にでも無力化できるのは炎くらいだ。路駐してある単車のガソリンタンクの中に糸を突っ込んで——などと燃やす算段をしながら火種を落としかけた時、アスカは気づいた。

「お前、下半身はどうした」

うずくまっているだけだと思っていたら、倫子の腰から下が無かった。

「橋の手すりを越えて川に落ちちゃった。今はいいよ、後で拾ってくっつけるから」

「良かねえだろ。流されたら一大事じゃねえか。拾いにいくぞ」

火を吹き消してテッカリを投げ捨て、アスカの背中に縛り付けるようにして倫子を背負う。

「おいおい、勝負の最中じゃないか」

「もう決着ついたみてえなもんだろ。また戦いたいなら次の機会に来い」

「やれやれ、僕なりに恰好付けて出てきたけど、締まらなかったねえ」

結局、下半身の捜索に四十分かかり、五体満足になった倫子がドブのような色の川を泳いで去っていくのを見送った後、歩いて病院にたどり着いた頃には、タクシーと別れてから一時間が経過していた。

病院のロビーには、何事か話し合っている制服姿の少女たちの一群があった。こちらの姿を認めたようで、中から一人が抜け出してきた。お竜ではないようだ。

「鬼絞めアスカさんとお見受けします！　本日はどういった御用向きでしょうか！」

「アンタは？」

「はい！　不肖ながらお竜姐さんの番格を務めさせて頂いております、飢田第三高等学校二年C組、守屋清子《もりやきよこ》であります！」

「わかった。お竜を襲った奴を捕まえたいから、本人に話を聞かせてくれ。お竜はどこだ」

すらすらと答えていたお竜の番格が、そこで声を詰まらせた。

「そ、それが、お竜姐さんは……もう、いないんです」

沈痛な面持ちで肩を震わせている。彼女の表情の深刻さに、アスカは思わず声を潜めた。

「まさか、死んだのか？」

「いえ、不意の闇討ちをしてくるような相手に負ける自分ではこれ以上、番を張る資格はないと書置きを残して……修行の旅に出てしまわれました！　呼び戻そうにも日本のどこに向かうおつもりか分からず、我々は、私はっ、今後どうしてよいか……」

今にもわあっと泣き出しそうだったので、アスカは知恵を絞って答えをひねり出した。

「……あいつの妹を誘拐してそのニュースがテレビで流れるようにしろ。たぶん電話の向こ

う の音を拾って犯人捕まえにくる」

ぱぁっと少女の顔が明るくなる。

「何という卓見！　この策を授けてくだすった御恩は忘れません！」

「お竜に殺されないようにやりかた気をつけろよ」

「お竜姐さんに殺されるのなら本望です！」

「とにかく、今会えないならアンタに聞きたい。お竜をやったのがどんな奴か、お竜の証言とか、手掛かりは何もなかったのか？」

「常人の身体能力ではなかったとしか聞かされておりません。また、姐さんを見つけたのはウチの生徒で、救急車が来るまでに女子総出で河川敷を浚《さら》いましたが、手がかりらしき物は何も見つかりませんでした……お役に立てず申し訳ございません！」

「いや、十分だ」

「それから、先ほど同じくお話を聞きたいと、《週刊実話現実》の沖田さんという方がいらっしゃって。お竜姐さんがいないことはお伝えしましたが、まだ病室をお調べになっているようです」

「分かった。どこの病室か教えてくれ」

案内に従って三階にあったお竜の病室にたどり着く。そこは大部屋だったが入院患者は誰もいないようで、室内にいたのは沖田だけだった。

ベッドの下を探っていたらしき沖田は、こちらを認めると、バツの悪い顔をした。

「おや、また会ったね。こっちは本人に取材に来たんだが、手遅れだったよ。病室の中をだいぶ漁ったけれど、書置きとやらの他には何もなさそうだ」

アスカは沖田の方へ、つかつかと歩み寄る。

「さっきお竜の番格に聞いたんだがよ、お竜を襲ったやつの手がかりは何も見つかんなかったってよ」

「ああ。だから、あの栞以外に何も手がかりがなかったからこそ、本人に会えれば、と思って取材に来たんだ」

「違う。『何も』なかったんだ。最初からあの現場に栞なんざ落ちてなかった。お竜が見つかってすぐ飢田の生徒が確かめた」

沖田はきょとんとして、少し考え込むような素振りを見せてから、顔を上げた。

「つまりお竜の仲間が現場を調査した後、警察が来るまでに、犯人が偽装工作のために栞を置いた、ということなのか？」

「そもそも、そんな偽装工作したいんなら、お竜を倒した時に、その場に栞を置いときゃ良かっただけだろ、飢田の生徒が勝手に犯人の物と思い込んでジャックのミニのとこに殴り込んでくれる。でも、犯人はできればスケバン同士をぶつけたかった。だからわざわざ別のスケバンのところに偽の証拠品を持ち込んできた。アタシの頭が悪ィからまんまと乗せられるところだった」

「何が言いたいのか分からないな」

「アタシはもっと早く気づくべきだったんだよ。ポリ公がただのカストリ記者に証拠品丸々渡す訳ねえってよ」

沖田が反応しかけたが、アスカはその身体を瞬時に簀巻《すま》きにして、床に転がした。

「アンタ何者だ」

アスカが腹の底から声を出して凄んでも、沖田は芋虫のような状態のまま全く平静を乱さず、昆虫じみた目でアスカを見上げながら答えた。

「ちょっと遠くから来た者、と言えばいいのかな。ご心配なく、地球を滅ぼしに来た異星人とかではないので」

「アタシらに何させようとした、お前」

「例の《週刊小説》に載った短篇のお話は聞いたんだっけ。ゲームを通して、戦士として優れた人材を選抜する。異星人騒動の真相はそれとだいたい同じで、俺のような人間がゲームの進行役、異星人に憑かれた皆さんがプレイヤーであったというわけでね。ご理解頂けないなら、『スター誕生！』の審査員が俺で、スケバンの皆さんが出演者とお考え頂ければ」

アスカは横たわる沖田の脇腹に、無造作に片足を乗せる。

「そんなゲームにも番組にも出させてくれと言った覚えはねえ」

「そう！　スケバンの皆さん、意外に抗争への積極性が薄いことが問題だった。異星人を武器としてお渡しして、雑誌を通じて参加者をご紹介すれば、勝手に皆さんが相争ってくれるという目算でこのゲームは始まった。ところが皆さん、意外に平和主義者ばかりで、あてが外れてしまってね。闘争心に火を付けるための攪乱《かくらん》として、スケバンや番格何人かにご退場願ったところ、無事に皆さん、疑心暗鬼に陥って戦いが始まったという次第なのさ」

「手前らの戦争のために、アタシらに殺し合いさせるってのか。クソが、自分の身の周りのことは自分でケツ拭きやがれ」

「いや、別に、軍人や兵士候補を選抜するための戦いではなくて。本物の戦争のために過去の英雄を連れてきたところで、戦略でAI……あー、機械に太刀打ちできる訳でもあるまいし。様々な時代のヒーローを集めて巨大なゲームをさせる、それが最終目的。その参加者を集める予選として、各時代で小規模なゲームをさせている。で、貴女がたの時代からは、小粒ではあるけど、スケバンを一人選び出したかったから、君たちを戦わせた」

「……アタシ、ガッコのお勉強はからきしだけどサァ、アンタらが地獄の肥え溜めに落ちた方が世のためってことは、足りないオツムでも分かるぞ。くだらねえゲームのためにお竜やら、ジャックのミニの番格やらを、殺しかけたオトシマエ、どう付けるんだよ」

こめかみをピクピクさせながらアスカは詰問する。返答次第では沖田の腹を踏み破ってやるつもりだった。

「誤解なさっている。栞の話をでっち上げたのは俺だが、ゲームを盛り上げるために、審査側が参加者に直接手を下してはフェアネスも何もあったものではない。女性同士の戦いに男が割って入るのも無粋極まる話だ。我々はただ、飛び入り参加者を追加しただけに過ぎないのさ。自分も異星人の力が欲しいと望んでいる方に、それをご提供した。スケバンの皆さんのような身体能力とか組織力を持っていない方なので、ハンデとして、ゲームのルールを教えてね」

「あ?」

「つまり、貴女たちの戦闘に火を付けるべくスケバン狩りを行っていたのは俺ではなく、現地採用の女性だったという訳だよ」

沖田がそこまで言い切った瞬間に、轟音《ごうおん》と共に天井をぶち破って、机の上にサナエが降ってきた。

◆

「アンパンのサナエ——本名、櫛灘沙奈恵《くしなださなえ》。使用武器は無し。異星人は気体状生命体。宿主の全身を巡って身体能力を強化させ、人間には持ちえない加速力と、破壊力を発揮する。激しい戦闘をすると呼気から異星人が少しずつ体外に漏れだしていき徐々に弱体化するため紙袋で再度集め直して吸入する必要があり、その姿はシンナーの吸入に似ている。かつて暴漢に襲われていたところを鬼絞めアスカに助けられ、スケバンに憧れるようになった。……と、サナエさんの肩書きは、こんな感じでいかがかな」

「おい、サナエ！　大丈夫か⁉」

呼び掛ける声が聞こえていないかのように、白煙の中でゆらり、と身を起こしてアスカの方を見たサナエの目は虚ろだった。沖田の言葉通り、異星人《アンパン》をキメているからなのだろうか。中身が空になったらしい紙袋がその足下に落ちている。

「補足事項だが、スケバンの皆さんにご提供したのは、我々のいる地球と交流がある異星人の、犯罪者に当たる。唯一、サナエさんにお貸ししたのが彼らを追ってきた惑星間犯罪取締官で、だから他の異星人に対する敵意も強い。つまり、宇宙人刑事《デカ》というわけだね」

サナエは、沖田の言葉もまるで耳に入っていないように、アスカめがけて突進してくる。回避不能。アスカは咄嗟に、その足元めがけて、糸を用いて沖田の身体を転がした。サナエを躓《つまず》かせようとしたのだ。だが、サナエは沖田の身体を踏み台にして跳躍《ちょうやく》し、そのまま攻撃を繰り出した――空中で、拳《こぶし》を開いた。

五本の指を弾いただけで、五発の空気の槍が降り注ぐ。それは、身をかがめたアスカの頭上をかすめ、壁面を抉った。

「ご覧の通りの強さだけれど、ぜひアスカさんには頑張って頂きたい。できれば相討ち。別に我々も、サナエさんに優勝して欲しいと思ってはいないのでね」

「何だと」

沖田を捕まえたように、サナエの身体を糸でグルグルに巻くが、次の瞬間には拘束を引きちぎられた。アスカは反対側の壁に向かって走り、サナエから距離を取る。

「そもそも俺たちは戦争に使える人材を探しているんじゃなくてゲームに出場する戦士を探しているんだから、本当に欲しいのは強い人間じゃなくて、人気を集めそうな人間なんだ。キャラクター、つまり個性。アスカさんは直情的な性格はいいけれど、外見がウイークポイント。その長いスカートや尖った靴の典型的なスケバンルックは元々、朝鮮学校から生まれたものだからね。日本人が使うのは文化盗用とみなされる可能性が……と言っても、分からないだろうけど。サナエさんは、来歴は良かったけどねえ。無力な自分が重い心の傷を負った時、貴女に救われて大きな恩と憧れを感じている。その子が力を得てどういう動きをするかって、お客さんは気になるだろうし。だからこの子を選んだ」

沖田にあらん限りの罵声《ばせい》をぶつけてやりたいが、アスカには口を開く余裕さえない。何度も繰り出される空気の槍を避け、糸で弾き落とし、ネットで軌道を逸らす。ベッドを起こし盾にし、それが突き破られればシーツを投げ付けて目くらましに使う。サナエを死なせず自分も生き残る術《すべ》を考えることに必死だった。病室の中を逃げ回りつつ、複数の不可視の糸を張り巡らせる。サナエは弾を当てるのが難しいと見るや、距離を詰め、格闘戦に持ち込もうとする。

「でも、見込み違いだった。貴女と他の女が親しくするのが許せなくて貴女と親しいスケバンから順に襲ったとか、逆に、貴女をこれ以上戦わせて傷つけたくないから真っ先に貴女を無力化しに行ったとか、そういう行動原理だったら見所があった。貴女とコンビで勝ち抜け扱いすることさえできたかも知れない。そういう百合……あー、他人への感情に重たい部分のある人って、こっちでは受けがいいからね。でもこの子、自分本位だもん、別に貴女のことを考えてとかじゃなくて、単に手に入れた力を振るってるうちに呑まれただけだから、そういうのはエモくない、ええっと……客の心に訴えない。なので貴女に殺して頂ければゲーム的には好都合――」

沖田はその先を言えなかった。とうとう堪忍袋の緒が切れたアスカが、サナエからの攻撃を回避することも防御することも放棄して、糸で沖田の首をねじ切ったからだ。ごとん、と沖田の首が落ちると同時に、サナエの右足がアスカの腹を捉えかける――が、狙いは逸れた。アスカが病室内を逃げ回りながら張っていた不可視の細い糸によって逸らされたのだ。糸はすぐに千切れて蹴撃《しゅうげき》を止められなかったものの、足の軌道は僅かにずれて空振りし、壁にめり込み、その破片を飛び散らせる。

咎めるように沖田が声を発する。

「よそ見しない方がいい。俺はただの端末だから、首がもげようとどうしようと死ぬことはない。それと、手加減してたら死ぬだけだよ」

次の瞬間、アスカの糸で輪切りにされて、沖田の生首はようやく沈黙した。

サナエの繰り出したパンチが、アスカの張ったネットを千切り、ほとんど勢いを減じないまま、アスカの顔面を襲う。アスカは顔を守ることを諦め、交錯の瞬間に拳を振り抜き、サナエの腹に当てた。アスカは顔面に、サナエは腹に一撃を喰らい、互いの身体が吹っ飛ぶ。

口から血を吐きながらアスカはよろよろと立ち上がる。すぐに防御姿勢を取るが、次の攻撃が来ない。

見れば、サナエは後じさりして、咳き込み、あえいでいた。

その声は苦しげで、かつてサナエが人間の男に苦しめられていた時の響きと同じだった。

反射的な動作だったとはいえ、やはり先ほどのカウンターはすべきでなかったと、アスカの心が疼《うず》く。

しかし、今が好機なのは間違いなかった。攻撃が止まっているのは、もしかしたら、巽星人切れしつつあるせいかも知れない。

口に指を突っ込んで吐かせたら、自我を取り戻すはずだ。そう思い、アスカが素早くサナエの背後に回り込んだが、首をもたげて振り向いたサナエのぎらついた瞳に見据えられてはっと気づく。

(至近距離までおびき寄せて――隙ができたところに――これは――)

サナエが後ろ手に開いた拳、その全ての毛孔から、無数の空気針が連続で飛び出しアスカを襲った。腹めがけてほぼゼロ距離で撃ちだされたその針の数、二十億本。

「名古屋撃ち……か……」

死んだ、とアスカは思った。刹那《せつな》のうちに、過去の記憶が頭の中に流れ出す。

甘やかしてくれた爺ちゃん、工場がつぶれた時に押し掛けてきた借金取り、酒びたりで暴力を振るう親父、金を作るためにヤクザに抱かれたお袋、売女《ばいた》の娘と机に書いたクラスの男子、乱闘の責任を押し付けて来た教師、盗難事件の濡れ衣《ぎぬ》を押し付けて来た別の教師、アスカを庇う正義感のあった級長、彼女をハブにして飛び降りに追い込みやがったクラスメートたち、学校で暴れた時に竹刀で殴りつけてきた体育教師、そいつに重傷を負わせた時に駆けつけたポリ公、学校に帰った時に出迎えてくれたはみ出し者の少女たち、彼女たちを絡め取ろうとするアニサングレモンヤーサン連中、陰で学校の女子をそんな悪党に繋げていた女衒《ぜげん》じみた優等生、淡い初恋に浮かれているうちにチンピラに売られていた下級生、その傷ついた泣き顔。

意識が遠のきかけて、しかし、もう一度覚醒する。

起きろという声を聞いた気がした。異星人の声が。

無数の針は制服の腹の部分をズタズタのぼろきれにしていたが、身体にまでは辿り着いていなかった——アスカの皮膚の上に乗っかったゼリー状のもの、オカルト倫子の体表の一部が、針の群れを一本残さず受け止めて腹に刺さるのを防ぎ、衝撃は死なない程度に軽減されていた。

サナエは硬直している。恐らくは、渾身の攻撃を撃ちだした反動によって。アスカはそれを見逃さず、飛びかかって羽交い絞めにするなり、叫んだ。

「来い！　借りを返せ！」

そして、小指に結んであった糸、極限まで伸ばしてあった一本を引いた。あたかもヨーヨーの糸を引っ張ったように、その先に繋いであった「もの」が高速で引っ張られて来る。糸に引かれた五十キロ分の重量が、途上にあった点滴用機材や台車を器用に躱《かわ》しながら、廊下を越え、部屋の中に飛び込んできた。

「あはッ、血の気の多い子は、瀉血《しゃけつ》するに限るものねぇ」

ミニスカートのスケバンが、ジャックナイフを一閃させた。

◆

夜の喫茶エレジー、照明は一つしか点いておらず、音楽は流れていない。今日の昼下がり、アスカたち四人がインベーダー台を囲んでいた時の喧騒も熱もなく、ガラス壁が壊されたせいで外気が素通しになり、ただひんやりと静かな空気が流れている。

その同じインベーダー台、こじゃれた天井ランプに唯一照らされたテーブルを挟んで、二人の少女が向かい合って座っていた。テーブルの上では口を縛られた紙袋がもぞもぞ動いている。サナエを吐かせてからかき集めた、気体状の異星人がそこに詰め込まれているのだ。

ガラス壁があった方にちらりと目を向け、アスカが訊ねる。

「店の弁償代、忘れんなよ。払えねえと追い出されちまうが、こっちはもう素寒貧《すかんぴん》だ」

雑誌に目を落としたまま、ジャックのミニが応じる。

「ウチの子の治療代と慰謝料、貴女に持ってもらったものね、考えておくわ」

「ああ、番格の件はすまなかった。今度そっちにも見舞いに行く」

そこでようやく『少女コミック』のページが閉じられた。

「で、今後はどうするおつもりかしら」

「関東スケバン連合に召集をかけて、沖田のやってたことを全部バラす。ほっとくとまた『端末』とやらが来て、スケバン大戦争を押し付けられる確率がデカい」

「ふゥん、つまらないこと言うのねぇ。守りに入るだけで、オトシマエは付けさせないのかしらァ？」

挑発するような微笑を浮かべたジャックのミニに、アスカは淡々と答える。

「オカルト倫子に憑いてる異星人に通訳させて、異星人全部をこっちの陣営に引き入れる。できる限り戦力を固めたい。サナエに憑いてた、この宇宙人デカとやらもだ。タローカードの魅姫とか百万ボルトの紗雪とか、その辺の知恵や技術も借りてあっちに乗り込む手段を考える」

「あっちって、どっちなのよ、要領を得ないわね」

「沖田は各時代でゲームをさせてるって言った。あいつのホンヤサは、未来の地球だ」

沈黙と硬直、呆気にとられたような反応がかえって来る。無理もない、とアスカは思った。過去の人間同士を殺し合わせるゲームを楽しむ、そんなクソ野郎だらけのロクでもない未来なんて、想像したこともなかっただろう。

五十年先か、百年先か、それよりずっと先か。遠い時代の人類たちのことを想像して、アスカはテーブルの上で拳を固めた。

「たぶん、他の時代でも、別の誰かが「予選」を戦わされてる。沖田のいる地球——未来の連中のゲームのためにだ。胸糞悪《むなくそわり》ぃ。できればどうにかして、他の時代のやつらも集めて、総出で未来に殴り込む。付き合ってくれるか」

「よくってよ。未来人狩りなんて、痛快じゃない」

「おし、決まりだ」

アスカが両の拳を叩き合わせた時、下から小さな呻き声が聞こえた。アスカの膝の上に頭を載せて眠っていた少女が、寝返りを打ったのだ。ゆっくりと上下する彼女の学生服の胸元は、一度は吐瀉物《としゃぶつ》に塗《まみ》れたものの、綺麗に拭《ぬぐ》われ、ジャックナイフに裂かれた箇所は、真っ白な糸で縫い合わされている。安らかな寝顔に向けて、アスカは小さく笑んだ。

〈参考文献〉

前原大輔『女高生番長　スケバン　女子高校生の性と非行の実態』（双葉社）
前原大輔『女高生番長　続スケバン　恐るべき学園内の性と非行の実態』（双葉社）
本橋信宏『ニッポン欲望列島』（創出版）
山田正紀「硬貨《コイン》をもう一枚」《週刊小説》一九七七年一一月二五日号初出、『夢の中へ』（出版芸術社）再録

王谷 晶

昼と真夜中の約束

●『昼と真夜中の約束』王谷《おうたに》 晶《あきら》

またひとり、瞠目《どうもく》すべき才能の持ち主が《異形コレクション》に初参戦。

王谷晶は、河出書房新社の「文藝2020秋季号」の特集〈覚醒するシスターフッド〉に寄せた210枚の中篇『ババヤガの夜』（同作は同年、単行本として刊行）で一挙に注目された。暗黒街と接点を持ってしまった女性が、女性を守るために戦う本作は、主人公の生き様の魅力、リアルなアクション描写に加えて、「新本格ミステリ」もかくやというトリックの鮮やかさで、翌年には第74回日本推理作家協会賞にノミネートされた。

だが、王谷晶の才能はそれ以前から輝いている。2012年に女性向け恋愛ゲームのノベライズでデビューし、ライト文芸を手がけながら、2018年に刊行した『完璧じゃない、あたしたち』（ポプラ社）に収められた23篇は、現代小説として、物語の巧さを魅せつけたショートショートとして、一篇、一篇が、すべて異なる形の傑作なのである。

この俊英が、今回はじめて《異形コレクション》に挑んだ作品は、嬉しいことにアーバン・ヴァンパイア小説なのだ。現代を「生き抜く」女性ヴァンパイア。本作はこれまで王谷晶が偏愛してきたというトニー・スコット監督の『ハンガー』やポピー・Z・ブライトの『ロスト・ソウルズ』などと同様の都会の闇に息づく吸血鬼の物語である。

『ババヤガの夜』以降、はじめて本格的に手がけるハードボイルドな世界だが、このタイトルの意味がわかる時、私たちはあらたなる主人公《シスター》に魅了されることだろう。

——幾万もの夜に絢爛《けんらん》なる帝国を築いたことを……忘れてはならぬ……決して、忘れては……凪《な》いだ海の上に月が浮かぶ夜……闇を知らぬ摩天楼《まてんろう》の夜……地を這う蟲《むし》のざわめきが鳴る森の夜……原種《オリジン》が生まれた荒野……全ての夜には我々の足跡、匂い、そして……——

嗄《しわが》れ声で詠まれる下手《へた》くそな詩のような演説が、混み合った大広間に弱々しく響く。誰もまともに聞いてはいない。ぼんやりと灯る大仰《おおぎよう》なシャンデリアの下、みな青白い顔を傲《ごう》慢《まん》と退屈で塗りたくり、心のこもっていない新年の挨拶を小声で囁《ささや》き、老人が語るかつての一族の栄光をシャンパン片手に聞き流している。

二千年前のヨーロッパなら、大勢の臣下が若く美しい王の言葉に聞き惚れ心から喝采《かつさい》した場面なのだろう。けれどここは二〇二〇年になったばかりのグラマシー・パーク。今日集まっているのは、幹部を除けば一番年かさの者でも四百歳程度の若手ばかり。出入り口に近い壁に並んで所在なげにしている連中の中には、十歳だの三歳だのという赤ん坊までいる。誰も彼もが示し合わせたように黒い服を着ている。制服みたいに。馬鹿馬鹿しい。

遠くで花火の音が聞こえる。一瞬で消える火薬の花の下、せいぜい百年程度で寿命が尽きてしまう人々が踊り、声をあげ、酔っぱらい、キスを交わしている。その中に駆け込んでいきたい。彼らと一緒に花火を見上げたい。今以上に歓迎されない客になってしまうだろうけど、どこでもいいから騒々《そうぞう》しい場所に行きたかった。ここは静か過ぎる。

昼間は分厚い遮光カーテンと鎧戸《よろいど》で閉め切られている窓の外に、うっすらと雪を被《かぶ》った人気《ひとけ》のない公園が見える。選ばれた者しか立ち入ることの出来ないこのダウンタウンの一角は、衰えない外見ゆえに棲処《すみか》を変え続けなければならない一族の運命を憂えた者が創り上げた小さな安息の地。十九世紀と同じ姿を保っているのは建物だけじゃない。壁に飾られた古めかしい肖像画と全く同じ顔をした女たちが、真新しいヴァレンティノやディオールのドレスを纏《まと》ってそこらじゅうをゆらゆらと歩き回っている。ここでなら何年経っても背が伸びない子供や、皺《しわ》ひとつ増えない男も追い出される心配なく住まうことができる。

残念なことに、私の今の住処はここではない。追放された身だから。一年で一度、今日だけは特別に入場を許可されるけれど、普段はハーレムやヘルズキッチンの安アパートとホテルを転々としている。まともな財産も無く、服だって何年も買っていない。今日は精一杯の晴れ着として、ジャケットの下にヴィレッジ・ピープルのTシャツを着てきた。七十年代のオリジナルメンバーのやつ。持ってる衣装の中でそれが一番新年のお祝いに相応《ふさわ》しい気がしたから。

つまらない演説はまだ続いていた。百歳程度の若手グループがあからさまに退屈そうに声高なおしゃべりを始める。幹部連中は旧い世代だ。栄華を味わったかもしれないが、私たち新世代より脆《もろ》く弱い。だから誰にも尊敬なんかされていない。

「セレーナ、新年おめでとう」

ディエン・カー・ナムが人の間を縫って微笑みながら近づいてきた。優雅そのものの身のこなし、完璧な唇、完璧な歯。瞼《まぶた》に乗せた金のアイシャドウがシャンデリアの淡い光を散らす。褐色の肌に同じくらい滑《なめ》らかそうなシルクシャツを重ね、孔雀《くじやく》の羽根模様のネクタイを締め、整えられた髭とポンパドール風に結った黒い髪にも金色のラメを散らして、歩く花火みたいに眩《まばゆ》い。

百三十年前、インドシナでこの美しい仏教徒《ブッディスト》の少年の細い首筋に牙を立てた時、私は自分の中に新たな時代の力が流れ込んでくるのをはっきり感じた。

広間にはさまざまな顔が在る。かつてジーザスを、アッラーを、ブッダを、ヒンドゥーの神々を、そして神などいないことを信じていた者たち。彼らの血によって、私たち新世代は大きな弱点を二つ克服した。十字架と聖水だ。

新しい吸血鬼《ヴァンパイア》は最早《もはや》ジーザス・クライストには縛られない。あらゆる人間に咬みつき、あらゆる神への畏《おそ》れと不信を呑み下し、その結果あらゆる神聖な力も道徳《モラル》も受け付けない真水や空気のような血と肉体を手に入れた。若い吸血鬼たちはコーランや念仏や聖歌を下卑《げび》た電子音楽とミックスして大音量で流すパーティを開き、水鉄砲に入れた聖水で互いを撃ち合っている。人間と同じように神を侮辱する権利を手に入れてはしゃいでいる私たちは、クリスマスだって盛大に祝う。

しかしそれでも、我々がひどく脆弱《ぜいじゃく》であることは変わりなかった。太陽を浴びれば煙草《たばこ》よりも早く灰になり、招かれなければ子供部屋にも入れない。心臓を貫かれ首を斬り落とされれば死に、人の血を啜《すす》る以外の食事は摂れず、執念深い吸血鬼狩り《ヴァンパイアハンター》に正体を暴かれ殺される不安に神経をすり減らしながら、人里に棲み続けなければいけない。

「新しい花婿を貰ったそうだね、ディエン・カー・ナム」

そう言うとナムは微笑んで片手を挙げた。壁の花の一人が緊張した面持ちでやってくる。背が高く、プラム色に染めた髪を緩《ゆる》く結った三十手前くらいの白人男で、首筋の痕がまだ生々しく膿《う》んでいた。血走った眼は主であるナムの丸い頭骨や小枝のような指をうっとりと追っている。蜜月の時期だ。

正統な吸血鬼は交尾をしない。繁殖と情交は全て相手の首筋に牙をねじ込み血を啜ることで行われる。血を飲み力を分け与えた花婿や花嫁たちは、同時に子となり、弟子となる。ナムを血族に迎え入れたとき、彼は十三、四の子供だった。今は十七歳程度の姿になっている。ごくゆっくりではあるが、吸血鬼の肉体も歳を取る。残された時間は無限ではない。その人生の中で自分の力や闇の血族としての知識を残したかったら、星の数ほど居る人間たちの中からそれに値すると思える者を選び出し、花婿や花嫁として娶《めと》るしか方法はない。

「セレーナは？」

豪奢《ごうしゃ》な金とエメラルドの指輪を嵌めた褐色の指先が、プラムの髪に絡み弄《もてあそ》ぶ。熱帯の絹のような朝もやの中、家族の仇をとるために錆びた牛刀を手に私の根城《ねじろ》にやってきた無垢な裸足の少年も、百年の時を経てすっかり淫蕩《いんとう》さとふてぶてしさを備えるようになった。最初にそれを教え込んだのは私だけど、最早私の貌にも身体にも、かつて彼を誑《たぶら》かした美や力は残っていないだろう。

「私は相変わらずだ」

ナムはまた完璧な顔で微笑むと、男の胸を突いて顎《あご》をしゃくった。花婿は棘《とげ》のある一瞥《いちべつ》を私に投げ付けて、主の命じるままにまた壁際へと戻っていく。

「セレーナ、血を飲まないと」

急に真面目くさった顔をして、ナムが耳元に唇を寄せてくる。

「飲んでいるよ」

「まともな血だ。死んでる血じゃない、生き血を飲まなきゃ。朽ちてしまうよ」

囁く息から微《かす》かに生臭い血が香っていた。それを嗅いだ瞬間、全ての細胞が発泡するようなあの感覚が蘇り、顔を背《そむ》けた。

この十九年の間、私は人の生き血を飲んでいない。当然、肉体は衰え、力も弱くなっている。爪は波打ち、髪は藁《わら》のようにぱさぱさし、こうして立っているだけでも怠《だる》く、骨が軋《きし》むように痛む時がある。人間たちと同じように、疲労を感じるのだ。

「見ちゃいられないよ、あなたのそんな姿。ちゃんと血さえ飲めばこの中の誰にも負けないくらい綺麗なのに」

ナムは私の前髪に触れて軽く撫で付け、服の襟を引っ張って直してくれた。昔のように。何年も従者のいない暮らしをしているので、化粧はもちろん髪や服を整えることも諦めて放置している。今の私は相当みすぼらしいのだろう。もはや自分の見た目などどうでもいいが、一族が集まる宴で可愛いナムに恥をかかせたかもしれないと思うと、少し辛い気持ちになった。

「ねえ、僕が掛け合ってみようか？　話し合いの場を設けて……そしたらまたここに戻れるかもしれないし、あんな仕事だって」

私はナムを見つめた。それだけで十分。彼は黙り、曖昧《あいまい》な笑みを浮かべた。いくら落ちぶれようが私は主であり師であり母であり妻だ。目線で黙れと伝えれば、それ以上の口出しはしてこない。させるわけにはいかない。

老人の話がやっと終わり、けだるい拍手がさざなみのように広がっていく。ジャケットの中で平べったい携帯電話が震えた。この機械は悪い報せがある時にしか鳴らない。まだ何か言いたげなナムに背を向け、私は新年を祝う一族の宴からそっと抜け出した。

外の空気よりも冷たい電話越しの声は、マディソン・ストリートの住所を伝えてぶつりと切れた。

　グラマシーから少し離れると、街は喧騒《けんそう》と渋滞に包まれていた。ハッピーニューイヤー！酔っ払った中年女が通りの向こうから手を振ってくる。笑って振り返してみる。

　またひとつ、ニューヨークと共に歳を重ねた。時間などもうとうに意味のないものになっていたはずなのに、この十九年は季節や月の移り変わりを意識しながら生きている。そして新しい年を迎えるたびに、今年あの女は何歳になったのか考える。

　鋭い風がどこからか金色に輝く紙吹雪《ふぶき》を運んできた。蝶のように、枯葉のように、燃え滓《かす》のように、灰のように。空を見上げる。

　人間たちは大都市を夜の無い街と呼ぶことがある。でもいくらネオンやビルの窓明かりで照らされていても、夜は夜だ。昼間じゃない。この街で昼間起こることは、全て私が眠っている間に過ぎ去っていく。

　昔は昼間起きていることなど夢と同じだと思っていた。昼間の世界は私には何の関係もない。太陽を浴びて歩く人間たちの世界。人間が豚やニンジンの世界に思いを馳せないのと同じように、私は昼間の世界に何の関心も持っていなかった。それが夜の世界と繋がっているという意識すら無かった。十九年前までは。

　一ブロックほど歩いてみたがやはり渋滞は途切れず、キャブを拾うことは諦めた。早く現場に向かわなければまた嫌味を言われてしまう。人目につかなそうな細い路地を探して身を隠し、サーモスの小さな水筒をボディバッグから取り出す。今日のディナーはO型。一気に飲み干す。

未《いま》だに、死んだ血の味には慣れない。ざらざらしてねばっこくて、生臭く甘みもなく、鉄分が刺々《とげとげ》しく舌に刺さり、生き血とは比べようもなく不愉快な味がする。輸血パックの血は私と同じような吸血鬼たちの唯一の食料だが、そのありがたみも消え失せるほど、毎回毎回、新鮮に不味《まず》い。肉体から遠く離れた冷たい血だからというだけではない。輸血の血は、人間が誰か他の人間を救おうと提供した善意の血だから。その崇高な意志が、せっかくの血を不味くしている。これを飲むくらいなら殺人現場に行って地面に溢れた麻薬密売人の血でも舐めていたほうが、本当はずっとまし。

それでも飲み下してから数分もしないうちに、力のかけらのようなものが胃の奥に生まれてきた。一、二度冷たい空気を深呼吸し、星に手を伸ばすように腕を上げ、目を閉じ、私は一匹の小さな蝙蝠《こうもり》に変化《へんげ》した。

現場はマンハッタン橋の高架近くにある、崩れそうなくらい古いレンガ造りのアパートだった。辺りは暗く、鼠《ねずみ》の影さえ見えなくて、ここだけ新年が来なかったみたいにひっそりと冷え切っている。

目当ての部屋の窓は開いていた。ありがたくそこから中に入り変化を解くと、顔に擦り付けられたくらいに濃い血の匂いに迎えられた。

空き部屋のようだった。明かりはなく、がらんとしていて埃《ほこり》っぽい。鼻を鳴らすと、黴《かび》と血の匂いの間にアルマーニ プール オムとゲランが香った。前者は部屋のちょうど真ん中に転がっている死体のものだろう。ゲランの主は、剝がれかけた壁紙に背中を預けて立っていた。

「用心棒《バウンサー》」

マダム・ダニエラは私の名前を呼ばない。タイトなスーツに包まれ豊かに張り出したその腰の曲線を見つめていると、黄色く光る瞳が剣呑《けんのん》にまばたきした。ぴんと皮膚の張った丸い顔はディズニー・アニメのプリンセスみたいにチャーミングだけど、シャリマーの官能的な香りよりも強く、サディスティックで獰猛《どうもう》なオーラが溢れ出ている。

「あんたの仕事は何？」

「一族の安全を守ることです、マム」

「じゃあこれを説明して」

マダムは明らかにいつもより怒っていた。

一族の問題は一族で解決する。教育も医療も全て一族の者が一族の者に与える。当然、警察や弁護士や探偵のような仕事も内輪でまかなう。人間の司法機関に関わるといろいろと面倒くさいのだ。追放者である私はそういう汚れ仕事を引き受けることを条件に、なんとか処刑を免れた。マダムは私の上司であり、お目付け役だ。今まで仕事を評価されたことは一度もない。まともに働いていないから当たり前だけど。

床に転がっている身体は壮年の男のもので、紫色に輝くベロアのウエスタンシャツを着ていた。黒いカウボーイハットは肘《ちゆう》関節から反対側に折られた右手の先に。それを被っていたであろう頭は、少し離れて私が入ってきた窓の下に転がっている。左の頬に大きな新しい切り傷が出来ていたが、粗野と精悍《せいかん》の間にある顎のしっかりした顔にはなんとなく見覚えがあった。

「ロカルド・エスパダス・バリオス。俺はアラモで戦ったんだっていつも自慢してた。いい人だったのに」

鼻で笑いたくなるのを堪《こら》え、もっともらしい顔をして横たわる身体を眺める。思い出した。グラマシーの屋敷に飾られているたくさんの肖像画の内の一人だ。派手なシャツと巨大なオニキスの付いたループタイで、きっとあの宴《うたげ》に出るつもりだったんだろう。死ぬ直前まで吸血鬼としての生活を十分に楽しんでいたらしく、肌はまだみずみずしく張り、本人のものとは違う血の匂いが剝き出しになった喉の管から微かに漂っていた。

「心臓が抉《えぐ》り取られていますね」

「見れば分かることをいちいち言わないで」

細いヒールが床をコツコツと苛立たしげに鳴らした。

「これで四人目よ。頭のおかしい狩人《ハンター》が街をうろついてる。殺すにしたって、こんなやり方普通じゃない」

普通じゃないという点は同意見だった。吸血鬼狩り《ヴァンパイアハンター》という連中はデスメタルバンド並に様式に拘《こだわ》る。心臓を穿《うが》つなら鉛筆のように切っ先を尖らせた白樺の杭を使うし、頭を斬り落とす時はよく研がれた両刃の剣を使う。そして死骸の手を組ませ、目を閉じさせる。そうすることで自分たちの行為の野蛮さを無かったことにしようとする。そういう連中だ。ロカルド・エスパダス・バリオスの生首の切断面は、皮膚も血管もまるで引きちぎられたみたいにずたずたになっていた。

「誰かに恨まれていたとか」

「それを調べるのもあんたの仕事よ。三日以内に満足する報告を。一週間以内に解決を。でなきゃあんたの首をもいで五人目の死体にしてやる」

「イエス、マム」

ヒールがもう一度鳴る。次の瞬間、マダムは銀色の鴉《からす》になり、私の髪を鋭い嘴《くちばし》で掠《かす》めて冷たい夜空に飛び立っていった。

ガンマンと二人きりになった。改めてその姿をじっくりと観察する。太い首と腕。拳ダコの出来た手。アラモの話が本当かどうかは知らないが、少なくとも暴力に慣れ親しんでいたのは間違いない。生き血を飲み、力も十分蓄えていたはず。そんな屈強な吸血鬼が古いぬいぐるみのように弄ばれバラバラにされている。床に積もった埃と血の跡から推測するに、どこか他所《よそ》で殺して死体だけこの部屋に放り込んだんだろう。生首の表情は虚《うつ》ろで苦悶はない。たぶん、不意打ちで心臓を一撃。それからここに運び込んで、首を引きちぎった。こんなやり方をする狩人は、少なくともこの街では見たことがない。新顔か――それとも別の何かか。

マルベリー・ストリートのシーフードレストランは、深夜だというのに料理の湯気と大勢の客で壁も床も見えないような状態だった。怒鳴るような勢いの話し声、食器をかちゃかちゃ言わせる音、厨房《ちゅうぼう》で鉄鍋をがたがた揺らしている音、テレビから流れる早口のニュース番組。おもちゃの楽器を集めて演奏したバッハのような響き。しばし聞き惚れる。人の営みの音。そして目を細めると、厨房の脇、小さなスツールに座ってインゲンの筋を剝いている小柄な姿を見つけた。

「曹玲《ツアオリン》！」

声を張り上げると、ぎょっと見開かれた黒い眼がこっちを見た。すぐさま『出ていけ』とインゲンを振り回しながらジェスチャーを送られ、私は歯を見せて笑い、指ですぐ向かいにあるグロサリーを指差した。

『WELCOME』と書かれているドアマットをありがたく踏んで店内に入り、見事な禿頭《とくとう》の店主に訝《いぶか》しげな眼でちらちらと睨《にら》まれながらゲータレードやペプシが並ぶ冷蔵庫の前でぼんやりすること十分。薄汚れたエプロンをしたままの曹玲《ツァオリン》がやってきた。

「何考えてんだよ。店に来んなよ」

脇腹を殴られそうになったので避ける。真っ赤なスウェットの袖をまくり額にうっすら汗をかいている若い中国人の女は、周囲にさっと視線を走らせると小さなため息をついた。

「バカ吸血鬼。爺ちゃんに見つかったら殺されるよ」

この人間はチャイナタウンを根城にする中国系の狩人の一人だ。祖父の曹師は高名な道士《グランドマスター》で、何十年も前からここいら一帯の吸血鬼や彼らが殭屍《キョンシー》と呼んでいる動く死体《ゾンビ》を葬ってきた。曹玲は曹師の孫娘で最後の弟子だが、あまり真面目な生徒ではなく、こんな風に私ともたまに会って楽しいガールズ・トークをしてくれる。

「何の用だよ」

「狩人を探してる。普通じゃない奴」

「どういうこと？」

無愛想な食堂の娘の顔から、一瞬で血なまぐさい運命を背負う夜の住人の顔になる。

「私たちを殺してまわってる奴がいる。首を引っこ抜いたり、あばらの上から心臓を踏み抜いたり、尻から脳天まで串刺ししたり。かなり荒っぽいやり口」

「うえー」

「何か知らないか」

「さあ。あたしはこの辺のことしか分かんないから」

「すぐ近所でも一人やられた。曹家の仕事でないのなら、よそ者に縄張りを荒らされている。バレたら爺さんに怒られるだろうな」

曹玲《ツアオリン》は眉間《みけん》に深い皺を寄せて心の底から嫌そうな顔をした。

「勘弁してよ。こっちは慢性的な人手不足なんだ。爺ちゃんも毎日ブリブリ怒ってる。最近の若い連中は吸血鬼を殺すより吸血鬼になりたがる奴のが多いって。バカなテレビ番組のせいだって」

「『トワイライト』は映画だろう」

「あれ、元は小説だよ。あたしは『トゥルーブラッド』のが好き。とにかくうちは関係ない」

「次は私が殺《や》られるかもしれない」

真顔でそう言ってみると、曹玲はちょっとぎょっとしたような顔をして、それから眉を吊り上げて下品な舌打ちをした。

「知るか。さっさと死ね、化け物」

吐き捨てるようにそう言いながら、上気していた頬にさらに血がのぼり、赤くなる。未熟で可愛い狩人。若く健康な血の流れ。舌の付け根が痺れた。久しぶりに変化なんかしたせいか、いつもより強く食欲が出ている。狩人の血を啜ったらどんな味がするだろう。普通の人間を食うようにはいかないだろう。きっと首筋に齧《かじ》りついた瞬間、心臓を曹家伝来の銀の針で刺される。相討ちだ。その場面を想像すると、一瞬ふわりと地面が足から浮くような恍惚《こうこつ》を感じた。

もう、そういう風に終わりにしてもいいのかもしれない。そもそも私は、なぜこんなにぼろぼろの姿になりながら生き続けることに執着しているのだろう？　曹玲を見つめる。こんな小娘を誘惑するくらいの力が、まだ私には残っているだろうか。

「何見てんだよ」

「どうせ死ぬなら、お前に殺されたい」

半分、本気だった。しかし曹玲は顔を歪《ゆが》ませ、今度は舌打ちすらせず踵《きびす》を返し店を出ていった。

若い狩人にふられ、ふたたび深夜のチャイナタウンに彷徨《さまよ》い出る。中国人の正月は二月にやって来るらしいが、それでもそれなりに、一月一日の日は祝われていた。爆竹が禁止されるようになってだいぶ経つはずだが、風に乗って独特の火薬の匂いが漂ってくる。同じ通りにあるリトル・イタリーの方からも人の賑わいが聞こえてくる。立ち止まり、その音に身を浸す。

川の流れに刺した杭のように、立ち竦《すく》む私を避けて人間たちが流れていく。ずっとそうだった。私は留まり、かれらは過ぎていく。時に戯《たわむ》れにその内のひとりを掬《すく》いあげ、命を啜って、また流れに戻す。ずっとそうしていた。何年も。何百年も。

笑い声が聞こえた。すぐ後ろから黒髪の背の高い女が歩いてきて、私の目はそこから離れなくなる。女はカルバンクラインの派手なダウンジャケットを着て、せわしなく身振り手振りしながら隣を歩く男と早口で喋り続けている。違う。あの女じゃない。別人だ。それでもその背中が小さい点になるまで、じっと見つめ続けた。

「なんだか、変な気分」

女の目は、私の視線を避けてゆらゆらと動いた。上唇に力が入った緊張した表情で、とっくに冷めたコーヒーを神経質そうに啜る。

「変って?」

問いかけてやると、口紅を塗っていない唇が微かに震えた。女の薄い肩には趣味の悪い花柄のショールが巻かれている。持ち物はその人間を語る。いい歳をしてポリエステルの安っぽい柄物を平気で羽織《はお》るのは、つまらない人生を過ごしてきた証拠だ。翻《ひるがえ》って、私はその夜も当たり前に美しかった。今邸宅に飼っている三人の処女《おとめ》は手先が器用で、私の髪や化粧を完璧に整えることができる。鏡で自分の美しさを見ることができないのが吸血鬼の唯一にして永遠の悩みだが、白雪姫の物語のように、私には鏡の精代わりの花婿がいる。ナムに私の姿を詠ませるのだ。今夜の私は『最高にゴージャスで、最高に退屈してて、話しかけるのと同じくらい気軽に人を殺す金髪の暗殺者《アサシン》』だと言う。退屈は嫌いだから、毎日髪型を変える。今夜はアイロンで真っ直ぐにした髪を揺らし、ローライズのデニムにヴィンテージのシャネルを羽織る。最後の口紅だけは、ナムに任せる。卑猥なピンクベージュのグロスで唇を光らせた私は、まるで温かい血の通った女のように〝ホット〟に見えるだろう。

「知らない人と……こんな風にコーヒーを飲むこと」

「居心地が悪い？　帰りたい？」

女は素早く頭を左右に振った。帰りたいはずがあるものか。この獲物はすでに私の手に堕ちている。

女の身体からは、買ったばかりの香水では誤魔化しきれない孤独のにおいが漂っていた。大都会に暮らしながら人との関わりを疎《おろそ》かにしている人間。ふいにどこかに消えてしまっても誰も気にしない人間。そういう個体は、私たちの格好の餌だ。

なぜ人間は我々を畏れ、斃《たお》そうとするのか。それは吸血鬼が暗がりから飛び出して喉笛に喰らいつくような野蛮な獣ではないからだ。私たちは刃物も銃も使わずに人間を狩る。誘惑し、心酔させ、魂を奪い、その上で、血以外のものは受け取らない。獲物になった人間は、花嫁や花婿に選ばれなければ、最後の一滴まで飲み干されて死ぬか、主を得られぬ飢えに一生苛《さいな》まれて生きるしかない。

人間の短い生に、私たちの獲物となり従属する以上の快楽は起こり得ない。人は自由を求めるというのは嘘だ。彼らは従属し、捧げたがっている。その欲望を吸血鬼は最高のかたちで叶えてやる。人には有りえぬ気高さと美しさを持つ吸血鬼に傅《かしず》く快感は、ちっぽけな誇りや祈りを吹き飛ばすほど強烈らしい。だから彼らは畏れて憎む。至上の快楽に怯えているのだ。そんなものがこの世にあると万民が知ったら、人間など七日ともたずに滅んでしまうから。

今日のこの獲物はソーホーにある小さな香水店で見つけた。飾り気の無い格好に不釣り合いな、濃いムスクやオリエンタルの香りばかりいくつも試していたのが目に留まった。真っ黒な髪には癖があって、皮膚が少し乾燥している。歳は三十を越えた程度か。見た目はまったく好みではない。最初から花嫁にも従者にもするつもりは無かった。体格がいいから半月くらいは血を搾り取れるかもしれない。ただの食事相手だ。それでもきちんと作法に則《のつと》って、女を誘惑してやった。雑な食事は好きではない。日々の平凡な営みにも手間をかけたい。私は若いが（まだ三百歳にもなっていない）やや保守的な性質だし、時間はいくらでもあるのだから。

「今年はいろんなことにチャレンジしようと思って。その……離婚をしたばかりなの。転職もしたし、そしたら、着るものとか、雰囲気を変えてみたくなって」

「香水も？」

女は頷いた。

「知らない相手とコーヒーを飲むのも？」

垢抜けない顔にはにかんだ笑いが浮かんだ。頬に赤みが差している。女の心臓が強く脈打ち、目の前に居る私を求めて肋骨《あばら》の中で踊っているのが分かる。この分なら、今夜にでもその長い首に牙を突き立てることができるだろう。他愛のない餌。視線ひとつで堕ちたほど、寂しく飢えた魂。しかししみったれた生活をしているぶん、薬や煙草で荒らされていない血は美味《うま》そうだ。最近の人間はなんでも〝オーガニック〟を有難がる。私も出来れば人工物で汚れていない血が欲しい。獲物にハードドラッグを与えてから血を啜るパーティを開く若い連中もいるが、気が知れない。食事は静かに落ち着いてするものだ。

「あなたは……この辺りに住んでるの？　それとも旅行とか」

旅行、という響きが気に入って、そんな感じかな、と答える。女はうっすらと笑ったまま、自分がどうしてこんなに出会ったばかりの他人に惹かれてしまうのか、一生懸命探り当てようとしている。獲物のその戸惑いの表情は、食事の極上のスパイスだ。

「私、外国に行ったことがないの。あなたは色んな国に行ってそうね」

私はとっておきの微笑みを見せてやり、獲物の恍惚とした視線を受け止めた。

「長い旅行をしてるんだ。アメリカは見る場所がたくさんある。きみ、ニューヨークを案内してくれない？」

この女の母親も生まれていない頃からこの街に棲んでいることは、おくびにも出さない。

「今日？　これから？」

「そう」

「もう夜よ……」

「それじゃあ、このままコーヒー一杯でお別れかな」

女は途端に目を見開いてそわそわし始めた。私は少し飽きてきた。まるでティーンの処女でも相手にしてるみたいだ。こっちはただ食事をしたいだけなのに。

「今夜は難しいの。今、母と一緒に住んでて……遅くなるととても心配するから。でも、あの、明日なら大丈夫！　仕事を早く終わらせられるから。だからええと、約束をしない？明日の六時に、絶対にこの店でまた会うって」

「絶対の約束なんて、この世にないんだよ」

意地の悪い気持ちになってそう言ってやると、女は意外にも唇をきっと引き結んで、素早く頭を左右に振った。

「夫は……元夫は、絶対にデートの約束を守ってくれなかった。私ががっかりした顔をするのを喜んでた。わざとすっぽかすのよ。だから私は、そんなひどいことはしないと決めたの。約束は守るわ。絶対に、この店であなたと会う」

その時の心痛でも思い出したのか、目を伏せてコーヒーカップを強く摑む。私は頭の中で素早い計算をした。たいして好みでもない獲物相手に一日焦らされるのか。まだ宵の口だ。ここで別れて次のターゲットを探したほうがいいだろう。

しかしその夜の私は、そうはしなかった。理由は忘れた。たぶん理由なんてなかった。気まぐれだ。そこまで空腹ではなかったし、人間のくだらないお遊びに付き合ってやってもいいと思ったのだ。

「いいよ。分かった」

完璧なネイルを施した指先で、最も優雅に見えるように自分の顎に触れた。私のそういう仕草は、人間どもにはイコンのように輝いて見えるはずだ。

「明日、またここで会おう。絶対に」

女は嬉しそうに何度も頷いた。それからコーヒーショップを出て、地下鉄の駅に向かうという女に合わせて少し歩いた。

女は店の中に居るときよりもよく喋った。今日見つけたけど買わなかった素敵なコートの話。なんとかアシスタントという仕事の話。新しい勤め先のオフィスは眺めがいいけど、実は高所恐怖症だから少し怖いという話。アシスタントは社内のハロウィンパーティに招待されるか不安だという話。街はすでに一ヶ月以上先の万聖節に向けて、あらゆるばかばかしいものを売りつけようと浮足立っていた。雑貨店の入り口にマントをなびかせ長い牙から血を滴らせている〝ドラキュラ〟のポスターが貼られている。

「ハロウィンは好き？　あなたの国でもお祝いする？」

私はまあねと適当に答えた。

「私は好き。ハロウィンも好きだし、秋が好きなの。今年は二十一世紀になって初めてのハロウィンよ。きっと街中大騒ぎになる」

「騒々しいのは好きじゃない。仮装して飴でも貰いに行くの」

「それはやらないけど……でも、雰囲気が好きなの。夏が終わって、どんどん空気が綺麗になっていくこの雰囲気が」

排気ガスとファストフードの古い油の臭いが充満している通りを歩きながら、まだ青々としている街路樹を見上げる。九月は真夏ではないが、秋とも言い難い。中途半端な熱気が籠もる中、女がふいに私の方を振り向いた。

「秋は、ニューヨークの一番いい季節よ」

女は初めて自然に微笑んだ。驚いたことに、その顔は悪くなかった。美しいと言ってやってもよかった。細く弧を描いた瞳が眩しそうに私を見つめる。子供のような瞳。無邪気にかぼちゃの大王を待つ罪なき童子の眼。無意識のうちに、私は微笑み返していた。

女と私は、ほんの少しの間見つめ合った。奇妙な時間だった。淀《よど》みなく流れていた音楽のリズムが突然狂ったような。

「じゃあ……もう駅だから。また明日」

笑ったまま、女がもじもじと小さく手を振った。私は何も考えずにその骨ばった手首を握り締めそうになった。牙が疼《うず》く。喉が脈打つ。行くな。今すぐ、今から、お前を、このまま――。

しかし、そうはしなかった。なぜかは分からない。私は上品で魅惑的なはずの笑みを浮かべたまま、無言で女を見送った。地下鉄の階段を降り視界から消える寸前、女は、

「約束よ！」

と笑ってまた手を振った。

私はしばらくその場に立ち竦んでいた。川の流れに刺した杭のように。夏の名残《なごり》のある九月の空気は、夜までも明るく照らしているように感じた。

強い渇きで飛び起きた。

痛みすら感じる渇き。全身が汗でじっとり湿っている。頭が痺れる。目が開けられない。よろけながらベッドを這い出し冷蔵庫に向かい、手探りで血液パックを食い破って飲み干す。

肩で息をして数分じっとしていると、次第に視界がはっきりしてきて、痺れと渇きも落ち着いてきた。壁の時計を見る。夜中の一時。だいぶ寝過ごしている。パックから滴る血を舐め取りながら、私はふらつく足でバスルームに向かった。

窓には全てベニヤ板と中古のマットレスを打ち付け塞いでいるこの部屋は、吸血鬼が眠れる程度には暗く静かだ。しかし本当の暗闇と静寂が欲しいときには、狭く黴臭いバスタブの中で丸まるしか無い。

恐ろしい夢の残滓《ざんし》が、今ここには無いはずのにおいを鼻腔の奥に呼び出している。あの女にまったく似合っていなかったイランイランの香り。化学物質の燃える臭い。焼けたアスファルトの臭い。血の匂い——血の匂い。

もう一度眠りたい。叶うなら違う夢を。どんな悪夢でもいい。さっきの続きでなければ、なんだって。

冷たく硬いバスタブの中で身体を折り曲げ頭を抱え耳を塞いでいると、やがてまた眠りの気配が近付いてきた。ほっとしてそれに身体を預けようとしたとき、バスルームの外でけたたましく携帯電話が鳴るのを聞いた。

マダム・ダニエラに呼び出されたのは、ブルックリンの端にある寂れたコンテナ置き場だった。早く来いと急かされたが、体調は悪いし金も無いのでキャブでも拾って向かうしかない。その前に口の中の血を洗い流したくて、仕事道具の支度をしてから、近所にある終夜営業のコーヒースタンドに立ち寄った。

　青白い蛍光灯に照らされた店内はひどく寒く、テレビが大音量で何かのスポーツ（三百年生きていてもまったく関心の持てないものの一つ）を流している。カウンターに座ると、眠そうな若い店員が白いマグカップに何時間も温められ続けた苦いだけの熱湯を注いで持ってくる。すぐに砂糖を溶けるだけ大量に入れ、スプーンで掻き回して啜る。その手元を店員がじっとりした目つきで見る。いつも砂糖を大量に使うので、嫌な客だと思われている。

「あなた、大丈夫」

　しゃがれた声に呼びかけられた。振り向くと、離れた席に小柄な老女が座っていた。

「とっても顔色が悪いわ。まるでおばけみたいよ」

　老女は眼鏡を手で抑えながら、私の顔をまじまじと見つめた。

「大丈夫です、ありがとう。ちょっと貧血ぎみで」

「コーヒーは貧血によくないのよ」

「憶えておきます」

　老女は古臭い花柄のショールを頭からすっぽり被っていた。ポリエステルの安物で、あちこち毛羽立ち色褪《あ》せている。安価なものでも大切に手入れし、長年使っているのだろう。もしくは何かの思い出の品か。

「クラムチャウダーがいいわよ。あれは貧血に効くの。姪もそれで治したわ」

「クラムチャウダーね」

「この店のは絶対におすすめしないけど」

老女は笑い声をあげた。私もつられて笑った。店員はぼんやりとテレビを見ている。何千回と過ごしてきた夜。この老女も、若い店員も、やがて死んでいき私だけが残る夜。

店を出て苦労してキャブを拾い、タミル語の歌が流れ続ける車内に揺られ現場に向かった。正直なところ、「同胞」が何人殺されようとどうでもよかった。しかし肌に捺《お》された契約の印が私を縛り、やる気の出ない仕事を続けさせる。印の入ったところの皮膚と肉を引きちぎって全てを放り出してしまってもよかったが、そんな苦労をする気力も湧かない。適当にやっていれば、少なくとも輸血パックは安定して手に入れることができる。この街でこのまま生きていくには、それがどうしても必要だ。

ドライバーに代金を払い現場に降り立つと、すでに「掃除人」たちが来ていて手持ち無沙汰に辺りをうろついていた。私が死体を検《あらた》めるまで片付けができないのだ。

「先に言っておくわ。あんたの責任よ」

いつも通り不機嫌そのもののマダム・ダニエラはそれだけ言って去っていった。遅れたせいで嫌味を言われたのかと思ったが、どうやら様子が違う。

トレーラーを駐車するためのだだっ広い敷地に、街灯が寒々しく光っている。人の気配はしないが、潮とガソリンの臭いと混じって、憶えのある血の匂いが強烈に鼻をついた。

「まさか」

点滅する街灯に照らされた一角に、それは転がっていた。

潮風に晒されぼろぼろになったアスファルトの上に、繊細なオブジェのようなものが置かれていた。小枝のように細い指に、金とエメラルドの指輪を嵌めている。肘関節の位置で切断されたそれはまだ腐敗も始まっておらず、滑らかな肌は瑞々《みずみず》しかった。

「ナム」

渇ききって舌の張り付いた口で小さく名を呼んだ。答えはない。辺りを見回し、他の部分を探す。すぐ側に、海を見つめるように座り込んでいる影を見つけた。

「――ナム」

駆け寄ると、項垂《うなだ》れているのかと思った頭は下顎しか無く、そこより上の部分は太腿の間に置かれていた。片方だけ開いた虚ろな目が私の目と合ったが、すでに光は失われていた。辺りは血だらけで、乱暴に引きずり出された腸が投網《とあみ》のように胴体を中心に広がっている。左足の膝から下は服を着たままもぎ取られ、街灯の根本にごろりと転がっていた。

その光の輪の外れに、きらきらしたものが見えた。近づくと、プラム色に染められた髪と、靴底の形に踏み割られ潰れた頭とサングラスの残骸が落ちていた。眼窩《がんか》から転がり出た眼球は、健気にも主人のほうをじっと見ていた。

私はナムの傍《かたわ》らに膝をつき、変わり果てた花婿の肩にそっと手を触れた。自慢のしなやかな肉体はぼろぼろに壊され、美しい黒髪も血で地面にへばりついていた。私の最後の子。最後の夫。力任せに引きちぎられ歪んでしまった顔を地面から剥がし、上唇だけにそっと口付ける。金属や火薬の匂いはしなかった。獣《けだもの》のような狩人は、素手でこの美しい男を引き裂いたのだ。

人間の仕業《しわざ》ではあり得ない。悪魔か。人狼《じんろう》か。闇に生きる真夜中の血族たちのどれかが、ナムを殺した。それを見つけて、斃さねばならない。

掃除屋たちが二人分の死骸を掻き集めて運んでいったあと、私は一人、駐車場に残った。ポケットにはナムの指から抜いた指輪が入っている。唇に、ほんの僅かに付いたナムの血の味が染みていた。なぜこんな寂しい所で死んだ。まだ二百年も生きていなかったのに。白く曇らない溜息が空気に溶ける。

人間ならば、涙を流し悲嘆に暮れる場面だろう。しかし長い生を生きるうちに、我々は少しずつ心の凹凸《おうとつ》を削っていく。今の私の胸の中にあるこれが、悲しみなのかは最早分からなかった。ただ血の味と、エメラルドの冷たさだけがリアルだ。それがやらねばならぬことを教えてくれる。

潮風が空気を掻き回し、匂いを辿るのを邪魔した。私も昔ほど嗅覚が冴えていない。ナムの花婿を踏み潰した靴跡はそう大きくはなかった。少なくとも靴を履いている姿なのは間違いない。意思を持って吸血鬼を選んでいるのならゾンビではないだろうが、屍人《しびと》使いに操られている可能性もある。

湾を挟んだ向こうには、きらびやかな夜の光が瞬《またた》いている。どんなに人工の光で明るく照らしても、人間たちは闇の生き物がこんなにもすぐ側に潜んでいることに気付かない。こんなに、すぐ近くにいるのに。あれからずっと、この街にいるのに。誰も何も気付かない。お前たちが明るく照らした夜に這いつくばり、お前たちを憎み蔑みながら離れることはできない魔物が溢れていることに気付かない。同じ時間《とき》を生きているのに気付きもしない。そうして私を置いて死んでいく。人は食料だ。くだらない生き物だ。だがそれは吸血鬼も同じだ。誰の腹も満たさないぶん、我々はさらにくだらない。奪うだけ奪って、何も与えず生き永らえる。誰もが目の前から流れ去っていくのをただ見るか殺すかすることしかできない。

奇妙な頭痛がした。頭蓋骨の奥の方に疼痛《とうつう》が走る。かすかに憶えがある感覚だった。私は今、泣きたいのかもしれない。

その時、風の向きが変わった。冷たく湿った冬の空気の中に、ほんの僅かに異質な匂いを感じた。

「動くな」

すぐ近くの積み上げられたコンテナの裏から、きんとした若い声が聞こえた。

「お前――吸血鬼だな」

コンバットブーツを履き、黒いボマージャケットを着た身体が現れた。五フィート三インチ程度の小柄な体格。真っ赤な口紅を塗った小さな顔。遠目でもぎらついているのが分かる切り裂いたような鋭い眼をした若い女が、私の目の前に立っていた。

「吸血鬼は殺す。一匹残らず」

女は両手に黒い手袋を嵌めていた。よく見ると、それはどす黒く乾いてこびりついた血だった。狩人だ。こんな小娘が。ナムの血で、あんなに手を濡らして。

私は無言で素早くジャケットをまくりあげ、背中のホルスターから二丁のS&W《スミス・アンド・ウエッソン》M37エアウェイトを抜いた。シリンダーには弾頭を純銀に変えた.38スペシャル弾が籠めてある。同じ夜の生物とトラブルが起きたときのための、魔物を殺すための道具。しかし狩人はそれを見て、怯える素振りも見せず鼻を鳴らした。

「銃？　化け物のくせに？」

「貴婦人《レディー》を見るのは初めてか？　私はか弱いものでね」

二発。左右の引き金を一回ずつ引いて、貴重な銀の弾を心臓めがけて撃ち込む。しかしそれはボマージャケットの胸には当たらなかった。狩人は弾丸よりも早く信じられないほど高く飛び上がり、豹のように中空で身を翻《ひるがえ》し着地すると、そのまま真っ直ぐに突っ込んできた。

三発。四発。続けて撃つが狩人は易々《やすやす》と避けて飛びかかってきた。舌打ちし、瞬時に蝙蝠に変化し、飛んでその場を離れようとする。しかし家で飲んだ血が少なかったせいで、力は不安定に崩れ駐車場から出る前に元の姿に戻ってしまった。

狩人は即座に私の襟首を背後から摑み、猫の子でも持ち上げるように引きずった。身体がぴったりとくっつくほどに近くなる。そのとき独特の体臭——闇の生き物にしか嗅ぎ分けられない匂いを嗅いで、思わず声をあげた。

「貴様、ダンピールか」

「その名で呼ぶな、化け物が！」

ジャケットの上から、鋭い爪が背中にめり込んできた。とんでもない力だ。指先がやすやすと服と皮膚を突き破ってくる。この女、背骨を直接摑もうとしている。凄まじい痛みに堪えきれず絶叫する。まずいことになった。

下等な吸血鬼や変化して間もない吸血鬼の中には、人間を犯す者もいる。受胎し生まれたら、その子供はダンピールとなる。夜と昼の間の子。太陽の下を歩き回り、肉や野菜からも栄養を摂り、吸血鬼の棲家を匂いで探り当て、人間には有りえぬ膂力《りょりょく》を振るうことのできる、恐るべき半端な化け物たち。

「お前ら全員、ぶち殺してやる。この街に巣食う化け物、みんな」

声は怒りに震えていた。己の呪われた出生を恨み、母親を犯した仇を探し出し殺そうとする、それはダンピールの本能のようなもの。だから人間とまぐわうことは我々の大きなタブーなのだ。わざわざやっかい極まりない敵を作ることになるから。

「――大した自信だ。一人で成し遂げるつもりか？　お前が一人我らを殺すたびに仲間を十倍増やしてやる」

呼吸がうまくできないままなんとかそう言うと、狩人はとうとうジャケットごと私の脊髄《せきずい》を握り締めた。悲鳴。真っ赤に痺れる視界。

「ならその百倍殺してやる。お前もだ。今すぐに！」

身体の聞いたことのない部分から、聞いたことのない音が響きはじめた。視界が激しく点滅する。しかしこいつはどれだけ傲慢な狩人なのか、私の手にはまだ拳銃が握られていた。この距離で今撃てば腹に間違いなく当たる。致命傷を負わせられる。

私の力はほとんど残っていなかった。引き金を引くのがやっとだ。でもそうはせず、手の中で拳銃を回転させ銃身を握ると、力を振り絞ってグリップで狩人の肘《ひじ》を下から思い切り叩き上げた。

「くそッ！」

尺骨《しゃっこつ》神経にうまく当たり、一瞬力が緩んだ。半分人間なぶん、弱点も同じだ。私はなんとか狩人を押しのけその拘束から逃れた。

しかし、すでに神経か髄をやられたらしく、急に下半身に力が入らなくなりその場でくずおれてしまった。一度地面に着くと、脚は両方ともまったく動かなくなった。水に溺れた虫が次第に大人しくなっていくように、急速に力が失われていくのが分かる。パックの二、三袋も飲めば治る怪我だろうが、今ここにそんなものはない。なんてことだ。こんな場所で死ぬのか。

苦労して仰向けに転がると、背中の傷から地面へどんどん失血しているのが感じられた。じゃり、と地面を踏んで、狩人が近付いてくる。

「お前……知らない顔だな。棲家でもクラブでも、見たことがない」

吸血鬼御用達のクラブまで探り当てていたのか。若いのに有能だ。その通りで、この十九年、そういった場所に行くのも避けていた。

「グラマシーにいないなら、野良の吸血鬼か。元は人間か？　今まで何人、いつどこで殺した」

腹の上にブーツの足が乗る。ゆっくりと圧力を掛けられると、背中の傷がさらに開き、剥き出しになった神経がアスファルトに擦れた。私は笑い声のような喘ぎ声のような悲鳴をあげて、残りの寿命がさらに短くなったのを伝える。

「なんでさっきは撃たなかった。銃無しで勝てる相手とでも思ったか」

第八肋骨のあたりがみしみしと不快な音を立てはじめた。踏み割られたら肺に突き刺さり、さらなる苦しみを味わうことになるだろう。

「そうじゃない」

全身がばらばらになりそうだった。死体袋に詰め込まれたナムの姿が脳裏で瞬《またた》く。

「人は殺せない」

「何だって？」

聞き間違えたと思ったのか、狩人が大声を出す。

「私は、人間を殺さない。殺せないんだ」

囁くように言うと、とうとう肋《あばら》を二本ほど踏み折られた。

「お前は吸血鬼だろ」

「いかにも」

「吸血鬼は人を殺す」

「そうだが、もうやめたんだ」

「〝共存派〟なのか？」

生涯不殺を誓って輸血やボランティアが提供した血だけで生きている集団もいる。吸血鬼のヒッピーだ。あんなのと一緒にされるのは甚《はなは》だ不本意なので、痛みを堪《こら》えながら思い切り鼻で笑う。

「違うね。誰の仲間でもない。ただ、やめただけ」

「なぜ……？」

いい質問をしてくれるじゃないか。私は笑ったまま、顰《しか》めっ面の狩人の可愛い顔を見上げた。

女と約束した日の夜。九月の夜。目を覚ますと、世界は何もかもが変わっていた。私が眠っている昼間のうちに。

グラマシーの〝城〟に棲む他の吸血鬼たちもただ沈黙し、鎧戸を開けて呆然と街を見つめていた。私は一人外に飛び出て、どこもかしこも混乱に陥っている通りを走って、あの店に向かおうとした。約束の時間がすぐそこに迫っていた。夜空は灰と煙で覆われていた。

私は女を探そうとした。少し時間が経つと死者と行方不明者の名前が公開された。しかし女の名前を聞いていなかったことに、その時初めて気付いた。毎晩同じ時間にコーヒーショップに行った。まずいコーヒーを飲み続けた。ただ女が現れるのを待った。他にどうすればいいか分からなかったし、したいことも無かった。それ以外の時間は街を彷徨《さまよ》い、女に似た人間を見かけるたびに駆け寄っては顔を確かめることを繰り返した。あちこちの病院にも潜り込んだ。メモを書いてそこらじゅうに貼り付けもした。探しています。名前も歳も何も知らない。でも、探しています。探しています。探しています。人間どもの最も愚かな習慣と思っていたテレビとラップトップ・コンピューターを買い、情報に溺れた。どこかに答えがないか探し回った。あの女が、九月のあの夜に、私に会いに来なかった理由の答えが欲しかった。どんな馬鹿馬鹿しい話でも目を通した。魔女や幽霊が原因だと書かれていれば実際に連中に会いに行き真偽を問い質《ただ》した。できれば顔も見たくない悪魔にも邪神にも探りを入れた。しかし全知全能とうそぶく連中も誰も私の欲しい答えはくれなかった。探しています。探しています。探しています――。

そんなことをしているうちに、いつしか、人の生き血を啜ることを忘れた。

コーヒーと砂糖だけで渇きを癒やし続け、半年、一年と経つうちに、私は力を失い、ナム以外の従者と花嫁たちはみな離れていった。それでも毎晩這いずるようにしてコーヒーショップに行き、店主にもう来るなと言われると、店先の路上に座り込んで女を待った。

誘惑と殺戮《さつりく》という共犯で繋がる血族たちは、その両方を放棄し裏切り者となった私の処刑を決めた。しかし殺される前にマダム・ダニエラが現れ、私の頭にずた袋を被せどこかの地下室に連れていき、漏斗《ろうと》を口にねじ込み輸血パックの血を無理矢理流し込んだ。拷問で死にかけては強制的に再生される日々が始まり、その最中《さなか》のどこかで、身体に印を捺され追放者の身分のまま一族のために働くことを誓わされた。

約束。

その言葉だけが、私の十九年を浸していた。

最後に見た女のあの笑顔が瞼の裏に張り付き、昼の眠りの中でも私を見つめ続けた。秋が来るたびに気分が不安定になり、仕事でもさんざんへまをやらかした。まるで人間みたいに。ドブネズミと同居する薄汚いアパートの中で酔えない酒を飲み目を閉じても、そこにはやはりあの女がいる。この街に何十万といる寂しくて退屈なただの女。餌としか思わなかった女。くだらないハロウィンを心待ちにしていたばかな女。笑顔だけ残して、私の前から消えた女。

正式に城から追放された夜、怒りと屈辱にまみれた顔でナムが詰め寄ってきた。なぜ裏切った。なぜ人を殺し血を飲まない、と。

約束があるからだ、と私は答えた。気持ちのいい九月の夜、ニューヨークが一番美しい秋に、あの女ともう一度会う約束をしたから。それだけだ。

海からの風が血を乾かしていく。空気の温度が上がるのを感じた。日の出だ。太陽が私を殺しにやってくる。近くに隠れられそうな建物は見当たらないし、あったとしても目の前の狩人がそれを許さないだろう。終わるのだ。とうとう。ほとんど忘れかけていた生まれ故郷の景色がふいに浮かんだ。燃えるパリ。ギロチンに群がる人間たち。美しく高貴な女たちの、他の人間と変わらない血の色。あの空も目に染みるほど美しかった。二度目の死を遠いアメリカで迎えるなんて、あの時は想像もしていなかった。

「お前、ゴミみたいだな。吸血鬼の抜け殻だ」

血を流し横たわる私を見下ろし、狩人が言った。人の脊髄をビデオゲームみたいに引っこ抜こうとしたばかりとは思えないくらい、その顔は幼い戸惑いに覆われていた。私は最後の力を振り絞って、牙を見せて笑う。

「静かに死なせてくれ」

望みはもう他に何も無かった。地獄に堕ちるのが決まっていることだけが心残りだ。あの女がもしもう地上にいないのだとしたら、燃え盛る地の底では再会できないだろうから。ナムだけが、呆れた顔で私を待っていてくれることだろう。

日が昇る。コンテナの影からはみ出した足先に清らかな光が当たり、煙をあげながら崩れていく。痛みは無かった。空の色が変わっていく。人間たちの時間が始まる。私のいない地上で。

冷たく乾いた風が頬を撫でた。

「起きな。交代だ」

機械油と犬の小便が臭うヒュンダイのトランクで丸まっていた私は、枕代わりの汚いスポーツバッグから身を起こして目を擦った。車のエンジンは止まっていて、辺りはとても静かだった。工具箱の横に転がっていた運転用の義足を右足に着け、肩や首の関節を鳴らしながら外に出る。空は雲ひとつなく澄んでいた。

私はまたしても死から引き剝がされ、吸血鬼狩りの手下になり下がった。一族との契約の印を抉り取られ、同胞を狩って回る畜生にも劣る卑劣な裏切り者になった。腰の銃には銀の弾丸。食事は消費期限の切れた輸血パック。昼の間は車のトランクやスーツケースに押し込められ、夜はダンピール風情の従者や用心棒の真似事をやらされる。最悪の暮らしだ。

その代わり、狩人は私と約束を交わした。命に換えても絶対にそれを守ると誓った。一日一度、一緒にコーヒーを飲むという約束を。

砂漠の真ん中を切り裂く道は地平線まで真っ直ぐに続き、ビルもヘリも無い紺色の夜には砕いた真珠のような星がぎっしりと光っていた。助手席の狩人がグローブボックスを開け、トム フォードのリップスティックを取り出す。FUCKING《マジで》 FABULOUS《最高》というふざけた名前の真っ赤な口紅が、狩人の、そして私の青ざめた唇に塗り付けられる。

「『ドムの店　二〇〇マイル先』だそうだ。コーヒーはそこで飲もう」

半分砂に埋もれた古い看板を見つけて告げると、狩人は頷いて座席を倒し、ダッシュボードの上に足を投げ出しすぐに眠り始めた。私は赤い唇に煙草を咥《くわ》え、自分の映らないバックミラーの角度を調整し、おんぼろ車を夜に向かってスタートさせた。

斜線堂有紀

ドッペルイェーガー

●『ドッペルイエーガー』斜線堂有紀《しやせんどうゆうき》

本作タイトルに登場する「イエーガー」なる語は、現代のカルチャーにおいては、すこしずつ「ハンター」に成り替わり、受け手の感性を鋭く射貫《いぬ》く機会が増えつつある。

もともとはドイツ語の猟師や猟兵を意味する語だが、冲方丁《うぶかたとう》・原作の『ピルグリム・イエーガー』では十六世紀イタリアの魔狩人として、ギレルモ・デル・トロの映画『パシフィック・リム』では怪獣《カイジユー》と戦う人型ロボットとして、敵対者を容赦なく狩る凄腕として描かれる。現代カルチャーの最前線で書き続ける斜線堂有紀が、今回描き出す「イエーガー」もまた、実にスマートで冷酷無比で情け容赦ない。本作『ドッペルイエーガー』は、まさに我々の心に鋭く斬り込んでくる衝撃の「問題作」である。（誤解の無いように注釈しておくが、井上のいう「問題作」というのは、百パーセント以上の褒《ほ》め言葉である）

SF的な特殊設定が光を当てるのは、残忍な狩人とその犠牲者。その行く末を見つめることで、我々は、「他者のパーソナルを理解し、尊重すること」とは、いったい、いかなることなのかを、想像もできなかった方法で突きつけられる。

この意欲的な恐怖物語で、斜線堂有紀はこれまで誰も語らなかったことを語っている。そのことで、必ず救われる者がいる筈だ。それは、断言しておこう。

焦りが指を縺《もつ》れさせる前に、まずドレスの裾を破る。

重たく足に絡みつく紺色の生地は、いざという時にケイジュの足を絡ませる。生地を暖炉の鉄柵に引っかければ、比較的簡単に破ることが出来た。それにしてもどうしてこんなに面倒なものを自分が着せられているのか――そもそも、自分はどうしてこんなところにいるのかも分からない。

分かっているのは、このままここにいるのはまずいということだけだ。

ここは書斎のような場所だろうか？　黴臭《かびくさ》い本棚には革で装丁された本が大量に詰まっているが、背表紙の文字が読めないので何の本かは判明しなかった。

大きな窓から外を見た。ここは二階にある部屋らしく、地面が遠い。おまけに雷雨のお陰で外がよく見えなかった。開いて様子を見ようにも、鍵が外せない。ガチャガチャと窓枠を鳴らす度に、焦りがどんどん募《つの》っていった。

ケイジュは前にもここに来たことがあり、これから起こることを知っている。これから起こることは、想像するだけで吐きそうになってしまうほど酷《ひど》いことだ。このまま気を失えたらどれだけいいかと思うが、どれだけ息が上がっても、優しい暗転は訪れない。ここはそういう場所だ。

「やだ、どうして開かないの……なんで、出して、出してよ」

震えながら、何度もそう唱える。叫ばないのは、叫べば位置がバレてしまうからだ。ここにいれば、すぐに見つかってしまう。

そう思った瞬間、ケイジュは訳も分からず駆け出していた。書斎の扉を開け、全速力で駆けていく。広い廊下は赤い絨毯《じゅうたん》が敷き詰められていて、足音があまり響かないのが幸いだった。この音を聞きつけて、どのくらいであれがやって来るだろうか。

暗い廊下を走っていくと、開けた場所に出た。まるで絵本に出てきそうな大階段があって、シャンデリアが下がった玄関ホールに繋がっている。だが、どの明かりも灯っておらず、辺りは沈黙の闇に閉ざされている。耳が痛くなりそうなほどに静かだ。はあ、はあ、という自分の情けない呼吸音だけが聞こえる。

観音開きの大きな扉は目の前だ。けれど、それが窓と同じように無情に閉ざされていることを知っている。私を狩りに来るものは、そういう趣向が好きなのだ。あれが扉を叩くケイジュの髪を摑《つか》んで、床に引き倒すところが容易に想像出来た。それじゃあ、駄目だ。殺される。

広すぎる屋敷の中で、隠れられる場所は殆《ほとん》ど無い。なら、どうすればいい？　もう時間が無い。捕まる。捕まってしまう。

ケイジュは必死に辺りを見回す。どこか、何か意表を突けるものはないか。数秒の逡巡《しゅんじゅん》の後、ケイジュは背後にあるものに飛び込んだ。扉を閉めて、息を殺す。口元に手を押し当ててもなお、自分の奥底から出てくる呻《うめ》き声は抑えられない。

やがて、遠くの方からコツコツという靴音が聞こえた。その音はゆっくりと階段を上がってきて、ケイジュの目の前で止まる。お願い。見つけないで。神様助けて、お母さん、お母さん助けて。

やがて、目の前にいる狩人が自分の方から去って行く気配がした。——成功したのだ。見つからなかった！　安堵《あんど》で涙が出そうになる。一旦やり過ごせれば、逃げ出すチャンスも生まれるかもしれない。そう思った瞬間、ケイジュが入り込んでいる振り子時計が鳴った。

ケイジュの身体ごと震わせる轟音《ごうおん》が響く。鼓膜《こまく》がきいんと痛くなり、そのまま振り子時計の中から転がり出そうになった。けれど、ここから出たら見つかってしまう。苦しい、怖い。

「まだそこにいるつもりなの？」

その声を聞いた瞬間、全身の血が凍るようだった。

「そこに逃げ込むだろうなって分かっちゃった。面白かったからそのままにしておいてあげたけど。びっくりしたでしょ、その時計は鳴るんだよ」

気づけば、狩人の冷たい目がケイジュのことを見つめていた。ひく、と喉が鳴るのと、振り子時計のガラス戸が開くのは殆ど同時だった。狩人の手がケイジュの髪を無造作に摑み、顎《あご》を床に叩きつける。ごぎゅ、という嫌な音がして口の中がすぐに血でいっぱいになった。

「い……いだい、いだいよぉ」

「痛いねえ」

狩人は嬉しそうに笑っている。ケイジュが呟き込むと、折れた歯が二、三本ぼろぼろと転げ落ちた。狩人はそれを見てから、ケイジュの顔を思い切り蹴り飛ばす。それから、ドレスに包まれた柔らかい腹を、手に持った火掻き棒で何度も殴打した。

ケイジュが痛みに絶叫していると、不意に攻撃が止んだ。まさか、赦《ゆる》してくれたのだろうか。一瞬だけ、そんな希望を見出す。痛みを孕《はら》んだ肉袋でしかなくなってしまった身体を引きずりながら、ケイジュはずるずると狩人から逃げようとする。

だが、狩人は優雅な足取りでケイジュのことを先回りすると、二回りほど大きく腫れ上がった赤い手を鉄の器具に載せた。熱を持った掌《てのひら》に、その冷たさは気持ちがいい。けれど、その器具の正体に気がついた瞬間、ケイジュは再び絶叫した。

「ひ……嫌だ嫌だやめてやめて！　助けて、助けてーっ！　やだーっ！　ああああああああ！！！」

掌の載せられた鉄の板の上には、もう一枚分厚い鉄の板がある。まるでホットサンドメーカーのようだ。狩人が恭《うやうや》しく摘《つ》まんでいるのはネジで、一捻《ひとねじ》りする度に鉄の板同士が近づいていく。万力《まんりき》が、ケイジュの掌を押し潰そうとしている。

「嫌だああ！！　助けて、いだいのやだっ、あああああ」

「うん、嫌だね。痛いのは嫌だね」

「でっ……手は、ではやだあっ」

「ピアノ、弾けなくなっちゃうからね」

狩人は優しくてたまらない声で言う。どうして知っているのだろう、とケイジュは思う。そうだ、ピアノ、ピアノが弾けなくなってしまう。それは嫌だ。守らなくちゃ、この手だけは。そんな彼女に、狩人は愛《いと》しさを滲ませた声で囁《ささや》く。

「もう全部閉じたよ」


「うん、すごく良くなってる。このまま練習すれば、きっと発表会までには戦メリが弾けるようになるよ」

私は、早乙女《さおとめ》理々沙《りりさ》に対して笑顔でそう言った。

「本当？　先生それ、本当に言ってる？」

「うん、すごく上手。理々沙ちゃんが頑張ってくれて私も嬉しい」

そう言ってなおも微笑みかけると、理々沙ちゃんは満面の笑みを浮かべたまま足をバタつかせた。この足癖の悪さはいつまで経っても直らないけれど、ピアノの腕前は驚くほど上手になった。小学四年生という年齢を考えれば相当弾ける方だ。

だからこそ、理々沙ちゃんが秋の発表会で『戦場のメリークリスマス』を弾きたいと相談してきた時も端《はな》から突っぱねずに真剣に考えたのだ。そうして悩んだ末に『戦場のメリークリスマス』をアレンジし、理々沙でも弾けるよう、それでも元の曲の良さが残るような新しい楽譜を作った。

どれだけ作り込んだとしても、理々沙ちゃんが弾けなければ意味が無い。実力ギリギリのそれを物に出来るかは、この子自身に懸かっていた。

「慶樹《けいじゅ》先生のおかげ！　ありがとう！　私、本番も頑張るね」

「うん。先生もすごく楽しみにしてる」

「えへへ、先生大好き」

理々沙ちゃんが無邪気に首を傾《かし》げる。細い首だ。それがどれだけ折れやすいものか、私は知っている。私は何度もケイジュの首を折ったことがあった。

あの感触を思い出す度に、心が沸き立つ。

けれど私は、目の前の少女とケイジュを無闇に重ね合わせることはない。理々沙はケイジュじゃない。そのことくらいは理解しているし、私は理々沙ちゃんに触れたことすら殆どない。

「じゃあ、最後のこの部分だけもう一度頑張ろうか。焦らなければ大丈夫だと思うけど、走りがちだから」

楽譜を指差すと、理々沙ちゃんが嬉しそうに鍵盤に指を載せた。細い指が跳《は》ねる度に、音の粒が弾けていく。

ケイジュは長い廊下を走っている。その先にあるのが大階段であることを、玄関ホールであることを知っている。だから、そちらの方へは行かない。ケイジュはそのまま、寝室の方に向かう。

天蓋《てんがい》付きのベッドの下は埃《ほこり》一つ落ちていなかった。まるで招き入れられているような気がしてぞっとする。けれど、この寝室に逃げ込むことを選んだ以上、もう隠れるより他に選択肢が無かった。

ベッドの下に潜り込むと、思いの外《ほか》狭かった。身動きがあまり取れず、ここから素早く逃げ出すことは出来ない。見つからないよう祈るしかないのは、前にも増して不安だった。

やがて、狩人は寝室の中にやって来た。床に這うケイジュの目に、狩人の足が躍るのが見える。

もし見つかったら、ケイジュは引きずり出されるだろう。けれど、こちらを引きずり出す手は無防備だ。何の警戒も無く伸ばされる手に噛みつくくらいは出来るかもしれない。あるいは、もっと他の攻撃を加えてやることも。

どうせいつかは見つかってしまう。——なら、見つかった時に少しだけでいいから思い知らせてやる。自分がいつでも狩る側である相手に、制裁を加えてやる。そう思うと、ケイジュの胸の内に嗜虐《しぎゃく》欲《よく》にも似た気持ちが湧き上がってきた。

手を伸ばしてこい。狩られる側に回るとは想像もしていない人間に思い知らせてやる。潰された手の痛みを教えてやる。

そんなことを考えているケイジュの鼻を、つんとした臭いが刺した。何の臭いだろう？と思うより早く、ケイジュの身体が炎に包まれた。灯油を流し込まれ火を点けられ、小さな身体がベッドの下で跳ねる。激痛に叫びながら虫のように這い出ると、狩人と目が合った。そのまま、ケイジュの目は火掻き棒に貫かれる。

結婚式を三ヶ月後に控えて、光葉《みつは》くんこと阪本《さかもと》光葉は浮き立っていた。

花嫁の私よりもお色直しに気合いを入れ、果てはオーダーメイドのドレスまで注文したくらいだ。紺色のドレスをどうしても着て欲しい、という彼の要望を断る理由も無かったが、クリスマスのように結婚式を楽しみにされると、少し気恥ずかしい気持ちになった。

半年ほど前から既に同棲を始めていることもあって、私にとっては結婚はそれほど大きなイベントではない。名前も阪本慶樹に改姓するのではなく沖野《おきの》慶樹のままにしようと思っているし、自宅の一階で開いているピアノ教室も変わらず続ける予定だ。

なので、結婚したらあれをしようこれをしようと楽しそうに語る光葉くんを見ることが出来るイベントでしかない。彼は今日も、味噌汁を啜《すす》りながら楽しそうに結婚式の話をしていた。

「ケイちゃんは誰か呼びたいとかある？　ピアノ教室の教え子とか？　ほら、戦メリの子とか。あの子の為に楽譜作ってあげたりしただろ」

「そうしたらみんな呼ばなくちゃいけない気がして、不平等かなって。あの年頃の子供達ってすぐお互いに話し合うから、誰々が行ったのに自分が行ってないだと、揉めちゃうよ」

「ケイちゃんは優しいな。俺だったら同じ教え子でも贔屓《ひいき》しちゃうだろうから」

「そんなんじゃないよ。あんまり子供達にピアノ以外のことで気を揉ませたくないの。楽しくピアノだけに専念させてあげたいから」

そう言いながら、箸で器用に秋刀魚《さんま》を解《ほぐ》す。骨を取り外して細かい身の山を作ると、光葉くんの前に差し出した。

「はい。こっち食べるといいよ」

「え、いいの？」

「光葉くんは解すの苦手でしょ。だから、いいよ」

その言葉を裏付けるように、光葉くんの前に置かれた秋刀魚は綺麗なまま残っていた。皿ごと引き取って、代わりに解し身の載った皿を渡す。受け取りながら嬉しそうな顔をしている辺り、秋刀魚自体が嫌いなわけじゃないらしい。

「ありがとう、よく気づいたね」

「手つかずだったら分かるよ。今度から解して出してあげようか」

「それは流石《さすが》に甘やかされ過ぎてる気もする。慶樹の手はピアノの為の手だから、こんなことの為に使っていいのかって思う」

「こんなことの為に使いたいよ、私は」

私はそう言いながら、自分の為の秋刀魚を解し始める。

光葉くんが褒《ほ》めてくれる、私の手が好きだ。指が長くて全体的に手が大きいので、ピアノを弾くのに向いている。

少し火傷《やけど》をしただけでも心配になるし、日焼けをあまりしないように気をつけている。切り傷や突き指にはなおのこと慎重だ。

この手が万力で潰されるところを想像するだけで、背筋が寒くなる。手が傷つけられることは、私にとって顔や他の部位を傷つけられることよりも恐ろしいことだった。

脳波から意識のモデルを作り出す技術において、身体が麻痺しているが意識は覚醒下にある閉じ込め症候群の患者とのコミュニケーションを取ることが善の使い方であるならば、醜悪な使い方はLike《ライ》 us《カス》へのインストールだ。

ライカスは何枚かの写真から正確な3DCGモデルを作成出来る技術だ。作成した3DC

Ｇモデルは自身が使用するアバターとしての運用も可能であったし、自作のＡＩを搭載することも出来た。

それを悪用したのが、次のような事例である。とある男が泥酔した同僚を家に運び込み、意識を複製してライカスにインストールし、彼そっくりのライカスモデルを生み出した。

生み出された同僚のライカスモデルは、延べ963日に亘って虐待され続けていた。だが、このこと自体が問題になったわけではない。男が同僚へ暴力を振るったからだ。歯が折れるほど殴りつけた結果、家宅捜索によってこのライカスモデルが発見されたのである。

極めて同僚に近い姿と、同僚に近い自我を持ったライカスモデルに加えられた暴力行為は罪になるのだろうか？

結局、他人の意識モデルを勝手に抽出したことと、同僚への暴力行為だけが罪に問われたが、ライカスに合意無く他人の意識モデルをインストールすることは禁じられた。複製された、限りなく本物に近いだけの意識でも、その苦悶は本物だと認識されるようになったのだ。

事件の一連の流れを見た私は、犯人を愚かだと思った。どんな理由があろうと他人を虐げていいはずがない。同僚に実際に暴力を振るったことも、彼の意識モデルを勝手にライカスに入れて拷問《ごうもん》したことも最悪だった。ライカスであろうと他人は他人だ。

だが、この事件の報道は私にとって福音でもあった。意識モデルもライカスもあまり関係の無いことだと思っていたのに、急に全てが身近になった。

私は翌日からすぐにライカスについて学び始めた。それと同時に、自分の意識モデルを抽出する処置についても、然るべきところに相談した。自分自身と連弾がしたいと言えば、私を疑う人間なんか一人もいなかった。


「今日、帰り遅くなるから。晩御飯とかも用意しなくていい。外で適当に食べてくる」

「日付を跨《また》ぐの？」

そう尋ねると、光葉くんは心の底から申し訳無さそうな顔をして頷いた。

「ごめん、結婚前なのに。こういう時期ってなるべく一緒にいた方がいいだろうにな」

「大丈夫だよ、一日くらい。お仕事頑張ってね」

光葉くんは物々しく頷くと、私の身体をとても優しい力で抱きしめる。私の中には光葉にしか見えない幻の骨が通っていて、それを壊さないよう細心の注意を払っているかのようだった。

そうして抱きしめられている時、私はいつも光葉くんの鼻面《はなづら》を蹴り上げる想像をする。光葉くんはきっと驚き、動揺するだろう。その怯《おび》えた顔に焼けた鉄を押し当て、皮を剝いでやりたい。叫ぶ光葉くんは、多分想像しているよりもずっと愛おしいだろう。

「今日って教室休みだっけ？」

私が想像していることをまるで知らずに、光葉が言う。

「うん。馬淵《まぶち》さんがお休みだから、今日はそのままお休み」

「じゃあのんびり出来るな」

「そうだね」

私は笑顔で返し、自分の部屋にあるライカスと、『館』にアクセスする為のゴーグル型ダイブデバイスのことを考える。


光葉くんの帰りが遅くなるので、私は心置きなく『館』に向かうことが出来た。この行為を、私はお出かけと呼んでいる。服装もちゃんと外に出られるような——実際に館を訪れる時のような格好をしている。ダイブデバイスを利用して入るＶＲ空間といってしまえばそれまでだけれど、神経接続まで行っているお陰で現実と殆ど遜色《そんしょく》の無い体験が可能なのだ。出来る限り相応《ふさわ》しい格好でいたい。

私は意識をＶＲ空間に移し、館へと向き合う。よく出来ているとはいえ、細部に瑕疵《かし》はある。大きな館の全ての部屋が作り込まれているわけではなく、入れない部屋も多い。けれど、それすら気にならなかった。

何故なら、この館にはケイジュがいるのだから。

館の中に入り、埃っぽい空気を吸い込む。全ての照明を落としている所為《せい》で内装はよく見えない。だが、この館は私の理想に合っていた。買い切りのオーソドックスな３Ｄモデルにしては、とてもいい雰囲気だ。

今日の私は、初心に返ってスピアガンを持ち込んでいる。反動が少なくて扱いやすいものだ。発射される銛《もり》には返しがついていて、刺されば何があっても抜けない。ケイジュは必死で外そうと藻掻《もが》き、じわじわと広がっていく血に恐怖の表情を浮かべるだろう。それを想像するだけで、心が沸き立った。

生まれてからずっと、私には嗜虐性があった。それは二十八年の人生の中に、深く結びつき、ずっと寄り添い続けていたものだ。

この嗜虐性は老若男女を問わず発揮されるもので、区別も見境もない。どんな相手であろうとも、自分の手で虐げられ、損壊されているところを想像すると心が震えた。生きとし生けるものは、私の獲物だった。

けれど私は、それが不適切な欲望であることも理解している。

他人に暴力を振るうことは赦《ゆる》されない。ましてやそれが自身の快楽の為であってはいけない。全ての人間が当たり前のように共有しているルールに、私も粛々と従った。それに、私だって自分が痛い目に遭わされるのは嫌だ。

誰かに思い切り暴力を振るいたい、という欲望はいつかどこかへ消えていくものだと思っていた。成長するにつれ、好きな物が沢山増えた。ピアノだってその内の一つだ。誰にも指を差されず、不適切ではない愛。

けれど、私の中の嗜虐性は消えなかった。外そうとしても外れない指輪のように、目に入る位置にずっと在り続けたのだ。ピアノを弾いている時でも、なお。

スピアガンを手にしながら、鼻歌を歌う。歌っているのは理々沙ちゃんが練習している『戦場のメリークリスマス』だ。

この歌を聴いたケイジュは怯え悶《もだ》えるだろう。その声が早く聞きたくはあるけれど、狩りが早く終わってしまうことを残念に思う気持ちもある。

ケイジュ。私が唯一虐げて構わない相手。

他人の意識の複製をライカスモデルにインストールするという忌まわしい事件が発生した直後、私はすぐに環境を整え、自分の意識を複製したライカスモデルを作製し、それにケイジュと名付けると、汎用フィールドとして解放されていた部屋に入れて凄惨な暴力を振るった。

他人の意識を複製したものに暴力を振るってはいけない。それは私の価値観にも適うことだ。だが、複製された自分に暴力を加えてはいけないとは思えなかったし、実際にそれは正式に禁止されてはいない。

狩られる側のケイジュは沖野慶樹と同じ『人間』ではあるが、記憶は取り除いてある。また、年齢もやや低く設定した。ケイジュが今の私とかけ離れた外見であればあるほど、他の人間を狩っているような気分になれる。

それに、年若い少女という現実では絶対に害することが出来ない相手を害することが出来るのもいい。折角《せっかく》なら、本当にここでしか狩れないものが狩りたい。

館を購入したのもそれが理由だ。狩りがしたい。だから、相応のフィールドが必要だった。ケイジュには正確に記憶を継承させているわけではないが、これだけ同じことを繰り返していると残るものがあるのだろう。自分が狩られる存在であることを意識し、それを回避するべく動くようになったのだ。

これもまた楽しいことだった。彼女は自分であるのに、自分ではない動きをする。そういえば、小さい頃の自分は気の強い少女だったような気がする。彼女は——自分は、こんな状況に閉じ込められたとしても、決して諦めたりはしない。だから、彼女もそうなる。

今日のケイジュは書斎にも寝室にもいなかった。だとすれば、前のように玄関ホールの振り子時計の中だろうか？　私は自分が考えそうなことを想像する。そして今日は、キッチンの方へ向かった。

果たして、足元にある戸棚の中にケイジュはいた。

紺色のドレスを裂き、足を露出させたケイジュは手に大きな出刃包丁を握っている。ケイジュは私の姿を認めるなり、躍り出るように包丁を振りかぶってきた。

私はそれを避けると、スピアガンをケイジュの肩に打ち込む。ケイジュの身体が大きく揺れ、床に転がる。銛の衝撃に肩の強度が敵《かな》わなかったのか、腕は殆ど千切《ちぎ》れそうになっていた。彼女の脆《もろ》さを考慮に入れなさすぎたようだ。

　ケイジュはそれでも包丁を手放していなかった。痛みに悶えながらも、私の方を睨《にら》んでいる。

　光葉くんは私に、紺色が似合うと言った。私はそのことをずっと前から知っていた。だから、ケイジュにもそれを着せたのだ。私は満ち足りた気持ちで彼女を見下げ、スピアガンで裂けた腕を千切ってやる。


　光葉くんと出会ったのは、大学二年生の頃だった。

　通っていた音大の学祭で、粉塗《こなまみ》れになっていた私を光葉くんが笑ったのが最初だった。

「その全身に被ってるピンクの粉……何？」

「これ？　これは消火器の粉だよ。中はこうなってるの」

　私の隣では、一人の女子学生が申し訳無さそうな顔をして黙々と床を拭いていた。宣伝看板を持って学祭を回っている最中、彼女はうっかり消火器を倒してしまい、運の悪いことにするりとピンの抜けてしまった消火器からはピンクの粉が吹き出てきたのだ。

　ここら一帯は適当に封鎖され、彼女と私は消火器の粉を掃除することになった。そこを通りかかったのが、光葉くんだ。

「消火器倒しちゃったから掃除してるんだ」

「君が？」

「ううん。私じゃないけど……」

私も光葉くんと同じように、ふらふらと学祭を巡っていたところを偶然通りかかっただけだ。そうして、消火器の粉に塗れて途方に暮れている彼女を発見した。

「一人で、この粉って結構掃除するの大変なんだ。箒《ほうき》で掃いても細かすぎて全然集められないし、雑巾だといまいち拭いきれないし」

「優しいんだな。折角の学祭なのに」

優しいんだろうか、と私は思った。これを一人で掃除するのは大変だろうなと思ったし、それなら自分が一緒に掃除をするべきだと思ったのも確かだ。けれど、それは優しいことなのか。

少なくとも、光葉くんはそれを優しいことだと思ったらしく、度々このことを褒めてくれた。私と結婚する決め手になったのも優しいところだった。

光葉くんに言われた通り、優しい人間ではあったのだと思う。雨に降られることなんて何でもなかったから、傘の無い子供に自分の傘を渡して濡れて帰ったこともある。雨に濡れて震えている子供を見るのは楽しかったけれど、それは正しくないことだからだ。

電話でそのことを伝えると、光葉くんは私のことを迎えに来てくれた。光葉くんは私の優しさの共犯になっている。

それら全てを拾い集めて美点の箱に入れた光葉くんは、私と七年付き合い、この度結婚を決めた。誰よりもお人好しで優しい人間であるらしい沖野慶樹は、いつものようなはにかんだ笑顔で嬉しいと言う。

殺してやる。今度こそ私が殺してやる、とケイジュは思う。

自分がどうしてこんな館にいるのかは分からない。けれど、自分が受けた屈辱と痛みははっきりと覚えている。ここには自分を狩りに来るものがやって来るし、ケイジュはそれに暴力を加えられる。

自分を狩りに来るものが何なのか、一体どうしてケイジュをそこまで攻撃するのかはまるで分からない。だが、狩人はケイジュのことを知り尽くしている。ケイジュが嫌がることを全て熟知し、ケイジュの隠れる場所を看破《かんぱ》してくる。

なら、逃れる術は一つしかない。狩人ではなく、ケイジュが狩る側になることだ。万力で手を潰されるのも、目を抉《えぐ》り出されるのも、ベッドの下に灯油を撒かれて生きたまま焼かれるのも、自分の輪郭がどんなものだったかを覚えていられなくなるくらい殴打されるのも、皮膚を鑢《やすり》で剝がされるのも、強酸の風呂に頭まで漬けられるのも、千切られた自分の耳を口に詰め込まれるのも、全てする側になればいい。

不思議なことに、それらの仕打ちに絶望し怯えていたはずのケイジュは、それらの行為を自分がやる側になることを想像すると、心が安らぎ高揚した。自分の行く先には凄惨な地獄しか待ち受けていないというのに、ケイジュの中には自らが受けた仕打ちを反射する鏡があり、その中に閉じ込める獲物を探しているのだった。

隠れるのではなく狩人を迎え撃つことを考えた時、ケイジュが選んだのはキッチンだった。多くの来客の食事を一手に賄《まかな》うことの出来る大型のキッチンには、隠れられる調理台も、武器になる調理器具も大量にあった。

この館には開けられるものと開けられないものがある。部屋の中にも入れるものと入れないものがあるし、物にも触れられるものとそうでないものがある。けれど、ケイジュの目当てである出刃包丁は、ちゃんと触れられるものだった。

ケイジュは出刃包丁を取り上げると、調理台に備え付けられている大きな戸棚の中に身を潜めた。狩人はいずれケイジュのことを見つけ、戸を開くだろう。だが、その時にケイジュは飛び出し、狩人にこの出刃包丁を突き立てるのだ。

狩人の血は何色なのだろうか、とケイジュは想像する。ケイジュ自身から溢れ出るのと同じ、真っ赤な血なのだろうか。それとも、あの身体の中には何一つ通っておらず、切りつけてもぱっくりと空洞が口を開けるだけなのだろうか。

狩人の身体の中に詰まっているだろうものを想像しているうちに、狩人の足音が聞こえてきた。狩人は鼻歌を歌っていた。何の曲なのかは分からず、不気味な響きだった。狩人は自分が狩る側だといつだって思っていて、だからこそそんな歌が歌えるのだろう。

開けろ、とケイジュは思う。振り子時計の中に隠れていた時とはまるで違う気持ちで、狩人を待つ。狩人はお前じゃない。私だ。私が、狩りに出るんだ。狩りに、その喉笛に食らいつき、狩りを。

光葉くんは結局朝まで帰ってこなかった。聞けば、光葉くんは同僚が起こしたトラブルの処理に追われていたのだという。光葉くんは明らかに疲労困憊《こんぱい》といった様子で、リビングのソファーに倒れ込んだ。私は冷えた炭酸水を――光葉くんの好きな飲み物を渡す。

「トラブルって、何があったの？」

「……ケイちゃんはあいつのこと覚えてる？　ほら、宮前《みやまえ》っていう……ここにも一度連れてきたことがあったんだけど」

そう言われると、名前に覚えがあった。物腰の柔らかい優しい人で、ここを訪れた時に美味しいゼリーを持って来てくれた人だ。

「その人がどうかしたの？」

「……そいつが、酒飲んで泥酔してさ。周りの人間の悪口をバアッて言いまくったんだよ。悪口っていうか、かなり過激でさ、殺してやりたいとまで」

聞きながら、私は泉 鏡花《いずみきょうか》の『外科室』を思い出していた。秘密の恋をしている女が、麻酔を掛けられた時の譫言《うわごと》で好きな男への想いを暴露してしまうことに怯え、麻酔無しでの手術を要望する話だ。

「宮前さんって、お酒飲む人だった？」

「いや、普段は全然飲まない。今回は取引先の人に日本酒貰って、一人だけ飲まない人間がいるっていうのもなって、今回だけ飲ませた。そしたらそんなんでヤバすぎ」

光葉くんはそれらの事情を、まるで意に介さない様子で言った。

きっと、宮前さんは自分がそうなってしまうことを知っていたのだろう。だから、ずっとお酒を人前で飲まなかったのだろう。自分が獣になってしまうトリガーを知っている人間は、むざむざとそれに触れたりしない。

つまりは、その宮前さんがみんなの迷惑を顧《かえり》みず泥酔してしまったことで、全員が揉めに揉めてしまったようだ。けれど、彼を獣にしてしまったのは強要されてしまった飲酒であって、本来の彼はそういった自分の悪い部分を出さないように努めていたのだ。

「まさか宮前があんな人間だと思わなかった。いい人間だと思ってたのに」

「いい人間だったんじゃないのかな」

ぽろりとそんな言葉が出てしまった。案の定、光葉くんがはあ？　と不服そうな声を出した。

「いい人間？　どこが？　今までずっといい人間ぶってたけど、それは全部嘘だったってことだろ。本性はあれだったんだから」

「たとえば、人を虐《しいた》げたいという欲望を抱えた人間が、その欲望を表に出さないで生活しているとしたら、それはとても優しいことなんじゃないかな。ただ優しいだけの人間が人に優しく生きていることよりも、残虐な人間が人に優しく生きていることの方がより優しいんじゃないのかな」

言いながら『私は自分を弁護している』と思った。けれど、そうせずにはいられなかった。この段差にどれだけ尊いものが詰め込まれているのか、どうして周囲の人間には分からないのか。

けれど、光葉くんは私が何を言っているかが分かっていない様子で首を傾げるばかりだった。付け足すかのように「今日のケイちゃんはいっぱい喋るね」と返してきたくらいだ。

私は何だか物凄く決まりの悪い気持ちになって、手の甲を見た。

「うん、どうしたの？　怪我でもした？」

「ううん。そうじゃないんだけど……」

こちらの私の手の甲には傷一つ無い。だが前回の狩りで、私はケイジュに出刃包丁で傷をつけられた。

スピアガンで肩を貫いた時、私は勝利を確信していた。千切れかかった腕を引きずるケイジュには何も出来ないと思っていたのだ。

けれど、実際のケイジュは私への反撃に打って出た。千切られていない方の手を使って、私に切りつけてきたのだ。

その時、私はケイジュが自分自身であることを強く意識した。あの攻撃性は――こちらを打ち斃《たお》そうという意志は、私のものだった。彼女もまた、狩人なのだ。

ケイジュがあの館で死んでも何の影響も無いのと同じように、私もまた、あの館でどんな目に遭おうと影響は無い。けれど、私はあの場所でケイジュに付けられた傷のことを覚えている。なら、あの痛みは本物なのだろうか？　あの痛みが本物であったとしても、私がやるべきことには変わりがない。むしろ、それが本物であると思えた方が、より深く狩りは進化していく。

ピアノを弾く時に付けられた傷を意識することは、ある意味で私の好きが融和した瞬間だった。

酔って本音を吐き出した同僚に厳しい目を向ける光葉くんは、私の狩りを認めないだろう。子供にピアノを教えている私よりも、ケイジュに虐待を加えている私の方を本物だと見做《みな》すだろう。どちらも嘘ではないのに、アルコールで引き出された宮前さんの言葉をより本物だと思ってしまったように。

だから、光葉くんには狩りのことを教えない。あの場所は、私とケイジュのものだ。

その日、ケイジュはドレスの裾を破らなかった。もしかすると、ドレスの裾を破って速く奔《はし》ろうとすることこそが間違いであり、自分はゆっくりと移動することを求められているのではないか、このドレスを美しいまま着ることを求められているのではないか、と思ったのだ。脚に纏《まと》わりつく紺色のドレスを好きなようにさせて、狩人の来訪を待った。

足が縺れて、狩人にはいつもよりずっと早くに捕まった。

狩人はケイジュの長い髪を摑むと、壁に彼女の顔を何度も叩きつけた。狩人とケイジュが移動する度に、壁紙の色が変わってゆく。纏まって摑まれた髪はなかなか抜けない。

果たして、結婚式がいよいよ間近に迫ってきた頃、光葉くんが全てを知った。

理々沙ちゃんの発表会の後、私は熱を出した。

理々沙ちゃんの演奏はとても上手くいった。理々沙ちゃんも本当に幸せそうで、ご家族の方もみんな嬉しそうだった。けれど、理々沙ちゃんはその場で私が結婚することと、式が開かれることを聞いてしまったのだ。

理々沙ちゃんは当然のなりゆきで私の式に出たいと言った。でも、理々沙ちゃんだけを特別扱いするわけにはいかない。私は何とか理々沙ちゃんに分かってもらおうとしたのだけれど、彼女は泣いて癇癪《かんしゃく》を起こした挙げ句、雨の降る外に出てしまった。

理々沙ちゃんのご家族と手分けをして、理々沙ちゃんのことを懸命に探した。濡れることも構わずにあちこちを見て回って、ようやく公園で蹲《うずくま》っている彼女を見つけたのだ。

そうして理々沙ちゃんの癇癪は収まったのだけれど、雨に濡れた私の方が熱を出してしまった。そういえば私は身体を冷やすとすぐに熱を出したんだった、と遅れて思い出す。

「ケイちゃんは優しすぎるよ」

「……だって、理々沙ちゃんのことを探すなら人手が必要だったから」

当たり前のことを言っただけなのに、光葉くんは緩く首を振って、呆れたように笑った。呆れてはいるのだけれど、私のこういうところを彼が愛してくれていることも分かっていた。

熱で痛む喉を意識しながら、私は言う。

「ごめんね、採寸」

光葉くんがオーダーメイドで注文しようとしている紺色のドレスの採寸日は明日だった。今は技術が発展しているようで、採寸してサイズさえ分かってしまえばすぐにドレスを仕立てることが出来るらしい。逆に言えば、採寸しなければ何も仕立てられないということだ。

「いいんだよ、そんなの」

「光葉くんが楽しみにしてくれてたのに」

「いいから」

光葉くんが少し怒ったような顔をして、私の言葉を制する。そして、二人で使っている寝室から出ないようにと厳命した。身の回りのことは全て光葉くんがやってくれるとのことだった。

熱で浮かされながら、私は理々沙ちゃんのことを考えた。飛び出してしまった彼女のことを、私はちゃんと見つけることが出来た。ずっと館でケイジュとかくれんぼをしていたからだろうか。あの年頃の少女がどこを彷徨《さまよ》い、どこに逃げ込むかを完璧に想像することが出来た。

そうして実際に理々沙ちゃんを見つけることが出来た時には、達成感があった。これがケイジュとのことだったら、ここから私は彼女のことを苛《さいな》んでいただろう。けれどここは館ではなく、目の前にいるのは理々沙ちゃんだった。私は万力で手を潰すのではなく、彼女のことを優しく抱きしめた。

私が館を訪れていない時は、ケイジュの時間も止まっている。だから、こうして熱に喘《あえ》ぎながら彼女に想いを馳せても何の意味も無い。ケイジュの小さな身体を焼いた時のことを思い出した。彼女は髪が長いから、火が点くとそのまま広がっていくのだ。

夢は見なかった。

そうして次に起きた時には、恐ろしい顔をした光葉くんが立っていた。

解熱剤ですっかり熱は下がっていたけれど、射抜くような光葉くんの目で体中が凍りつくようだった。私が何かを言うより先に、光葉くんが口を開く。

「……ケイちゃんの部屋のハードディスクから、小さい女の子に暴力を振るっている映像が出てきた。一つじゃない。何個も何十個もだ。あれは何？」

ざっと血の気が引いた。光葉くんの顔も引き攣《つ》っていて、私達がお互いに深手を負っていることが分かる。けれど、晒《さら》された私の方が致命傷だった。

私はケイジュとの狩りの記録を逐一ハードディスクに残していた。ケイジュをどこで見つけたか、ケイジュはどのように抵抗し、そのまま為《な》す術《すべ》無く狩られていったかを事細かに記録しておいたのだ。

私はしばしばその映像を楽しみ、あの狩りの記憶を呼び起こすのに使っていた。それを見られたのだ。私はどうにか冷静な顔を作って、彼に尋ねる。

「どうしてハードディスクを見たの？」

「ケイちゃんが自分のライカスモデルを持ってるっていうから。……ドレス、ケイちゃんに完璧に合うものを仕立ててもらおうと思ったんだけど、採寸、無理だったし。正確なサイズが必要で、だから」

それで、ライカスモデルが入っていると思《おぼ》しき私のパソコンを漁り、ハードディスクの中身を見てしまったのだろう。私は全ての機器を掌紋認証で管理している。私が眠っている間に掌紋のコピーを取られたら、簡単にセキュリティーなんて突破されてしまうのだ。そのことに思い至らなかった私の方が悪いのかもしれない。けれど、差し当たって私は言った。

「光葉くんがやったことはよくないことだと思う。私のパソコンの中身を勝手に見ていいわけじゃないよね」

「別に、変なことをしようとしたわけじゃない。ライカスモデルを参照したかっただけなんだ」

「でも、ハードディスクの中身は見ちゃったんだよね。私のプライベートなものなのに」

私が強い口調で反論したことが意外だったのか、光葉くんはぐっと言葉を詰まらせた。言外に「お前にそんなことを言う資格があるのか」と言っているような顔だった。光葉くんからすれば、ここは私が釈明をする場面だったのだろう。けれど、私はその期待には応えない。

私が予想外の動きをしたからか、光葉くんはキッとこちらを睨みつけ、さっきより強い声で言った。

「そんなことより、あの映像は……何なんだよ」

「……私が、ライカスモデルとやったことの記録だけど」

「あんなの……あんなのおかしいだろ。小さな女の子を……一方的に蹴って……あんな風に……」

言っている光葉くんの顔色がどんどん悪くなっていく。その様子だと、映像を事細かにチェック出来たわけではないらしい。その先を見る勇気が光葉くんにはありそうになかった。

彼の瞳には憤りの色も濃かったけれど、それと同時に恐怖もあった。

自分が毎日寝食を共にし、これから結婚しようとしている相手がまるで別人になってしまったような顔をしている。私は何も変わっていないし、これからも光葉くんに見せる部分は変わらないのに。

「あれは小さな女の子じゃなくて、私だよ。私のライカスモデル。ライカスモデルをあんな風に扱っているのも私だし、あれはただの遊びだよ」

「それじゃあ、本当にケイちゃんが……」

あんなに大量の映像がたまたま私のハードディスクに紛れ込むことはないというのに、光葉くんはそう言って口元を押さえた。そのまま、呻き声とも泣き声とも似つかない声で言う。

「どうして……どうして、あんなことを……」

「……楽しかったからだよ。私は、ああするのが好きだった。でも、」

「お前みたいな人間が、普通の人間の顔をして子供達と接してたのか！　お前みたいな……お前みたいな、異常者が」

光葉は心の底から軽蔑した様子で、まるで騙されていた被害者のような顔をして、私のことを見下ろしていた。

「あんなことをするのが好きだったのか。子供と接するのが好きだって言ってたじゃないか」

「……子供達にピアノを教えるのも、同じように好き」

「そんなわけないだろ！」

「そんなわけ、あるんだよ。光葉くんには好きな食べ物が沢山あるでしょ。それと同じだよ。カレーも林檎《りんご》も味は違うけど、好きなのは一緒でしょ」

きっと、光葉くんには分からない。子供にピアノを教えたいと思うように、幸せそうな花嫁の鼻面を蹴り上げたいと思ってしまう気持ちが。光葉くんの為に魚を解す手が、ベッドの下に隠れた少女を焼き殺すことの意味が。同じだ。私の中にはどちらもある。

それが不適切なことだと分かっていたから、私はケイジュだけにそれをぶつけていたのに。教え子の為に自分のプライベートの時間を割《さ》いて楽譜を作り、消火器の粉を掃除し、町内会の花壇に花を植えたのに。

――別に構わないじゃないか。私はずっと、優しい人間だった。優しい人間として生きてきたのだ。たかが夢の城くらい、自分の好きにさせてくれても。

それとも、こう生まれついてしまった時点で真っ当な人間として生きることも、光葉からの愛も諦めなければいけないんだろうか？

「それは所詮、作り物だよ。事件になったみたいに、他人の意識モデルを使ったわけじゃない。私の……私の為だけのものだ」

「……作り物だとしても、慶樹から生まれたものなんだろ。これが目の前にいる慶樹とは別の慶樹だとしても、こんな酷い扱いをされてたら、悲しい」

光葉くんは不意にとても優しそうな声で言った。そうして優しい声を出すことで、私の身体がぱきりと割れて自分の知っている沖野慶樹が出てくると言わんばかりだった。思わず笑いそうになってしまう。そんなことは起こらないのに。

「今、酷い扱いを私にしているのは光葉くんだよ」

「はあ?」

「私から狩りを奪わないで」

光葉くんはそこでいよいよ不快さを隠そうともしなくなり、部屋に現れた異物のような目で私のことを見た。

「……もういい」

結婚式はどうなるの、という言葉を今言うべきか迷った。もう光葉くんが愛してくれた沖野慶樹はいなくなってしまったことが分かっていたから、敢えてそれを尋ねることの意味が分からなくなってしまっていたのもある。

私がぼんやりと光葉くんのことを見つめていると、彼はそのまま私のダイブデバイスに手を伸ばした。

「何をするの?」

「この中にあの小さなケイジュがいるんだろ。俺が救ってくる。きっと傷ついてるはずだから」

「あれはただのデータだよ。作り物なの。私にとても似てる複製」

そう言うと、光葉くんは不快そうに表情を歪《ゆが》めるばかりだった。もう聞きたくない、ということなのかもしれない。そのまま光葉くんは、顔の半分を覆うデバイスを着けて、館に向かってしまった。

取り残された私は、光葉くんをぼんやりと見つめながら「あれは私の複製」と呟いた。

光葉くんはそのことをちゃんと理解しているとは言い難い。あれは、私のもので、私の複製だ。光葉くんが嫌悪している私自身だ。なのに彼は、私を切り離して彼女を救えると思っている。

なら、救ってあげればいい。ケイジュのことを。

この世から承認され、遍《あまね》く人々から認められる、適切で正しい愛情を持ったあなたが、真っ当なやり方で助けてあげればいい。

私は光葉くんを見送る。

自分が狩られる側だとは微塵《みじん》も思っていない、私の婚約者ではなくなってしまったかもしれない人を見る。

紺色のドレスの裾を切り、ケイジュは歩き出す。

もう走り出す必要は無い。狩人に見つからないよう急いで隠れることはしなくていい。この狩りは初めから開かれていたのだ。ケイジュだけが狩られる側ではない。彼女もまた、狩る側であるのだ。

ケイジュは玄関ホールに辿り着くと、狩人の姿を見た。

狩人はケイジュの姿を見つけるなり、戦《おのの》いたような表情をしてこちらに駆け寄ってきた。今までのような武器は持っていないように見える。その異変を訝《いぶか》しく思うより先に、ケイジュは体勢を低くする。

ケイジュが持って来たのは、書斎にあった鉄製の火掻き棒だ。かつてケイジュの目を刺し貫いたものでもある。ケイジュは狩人の懐《ふところ》に入ると、思い切り狩人の腹部を殴った。

狩人が身体を折り、苦しげな呻き声を上げる。ケイジュはそのまま、狩人の頭を殴り潰してやろうと思ったところで、ケイジュの身体が床に叩きつけられた。狩人がケイジュを蹴り飛ばし、火掻き棒を奪おうとしている。

ケイジュは火掻き棒を持った手をがむしゃらに振り回し、狩人の身体を打つ。狩人は憎しみの籠もった猛《たけ》り声《ごえ》を上げた。その声はいつもとは違った響きで、目の前の狩人はいつもの狩人とは別種なのか、と一瞬思う。

だが、狩人は爛々《らんらん》と目を輝かせ、ケイジュのことを殴り続けていたので、これはいつもの狩人であると思い直した。狩人はこちらを狩ることを楽しんでいる。攻撃し、屈服させることに快感を覚えている。なら、それは狩人だ。

無視することの出来ない暴力性を宿し、こちらを狩る狩人だ。

なおも抵抗を続けるケイジュに対し、狩人は大きな手を伸ばして首を絞めてきた。気道を圧迫するというよりは、そのまま骨を折ってしまおうという力の掛け方だった。ケイジュの視界がぐらぐらと揺れ、喉の奥に無視出来ない鉄の味が広がってくる。

ケイジュは火掻き棒を手放すと、ドレスに仕込んでおいたもう一つのものを取り出した。——ドレスを裂くのに使っている暖炉の鉄柵を折ったものだ。お守りのように持っておいたそれを、狩人の喉に思い切り突き立てる。

狩人は咆哮《ほうこう》し、獣のように身を縮めた。ケイジュの喉が解放され、酷い耳鳴りと共に視界が返ってくる。力が入らないながらも、ケイジュは何度も火掻き棒で狩人のことを打った。やがて、狩人の顔は赤黒い肉の塊になり、動かなくなる。

火掻き棒を手放すと、ケイジュの身体がふらついた。見下ろした狩人は、最早《もはや》恐ろしいものではなかった。その苦悶の叫びが耳に焼き付き、ケイジュの脳を繰り返し揺らした。恐ろしいほどの快感だった。

ケイジュの鼻と口から、ぼたぼたと赤い血が溢れてくる。そこでケイジュは、狩人にも自分と同じ赤い血が流れていることを意識した。

さて、これからどうしよう、とケイジュは思う。

ケイジュは狩人を殺し終えた後のことをまるで考えていなかった。全身は痛みに悲鳴を上げているし、視界はぼんやりと欠けたままで喉が食い千切られたかのように痛む。自分の寿命がそれほど長くないことは、もう既に察していた。

ケイジュは大階段をゆっくりと上がると、今まで入ったことのない部屋に向かった。館の部屋の中には、扉が開かないものも多い。けれど、今ケイジュが選んだ扉は、まるで彼女を待っていたかのようにすんなりと開いた。

暗い部屋の中には、ぼんやりと浮かび上がるグランドピアノがあった。ケイジュは一度も見たことがないものだったが、彼女はそれが何をする為のものか知っていた。

ケイジュはゆっくりとピアノに近づき、鍵盤に指を置いた。揉み合った際に折れてしまったのか、何本かの指は赤黒く腫れ上がり、あらぬ方向を向いている。無事だった親指に力を込めて、鍵盤を押し込んだ。

果たして、ピアノからは何の音も鳴らなかった。

ケイジュは一度だけ頷くと、グランドピアノの鍵盤蓋を閉じる。そして、そのまま床に座り込み、ピアノの脚に身体を預けた。

あとは目を閉じるだけだった。目を閉じて、自らの意思で暗闇に落ちていく。

久美沙織

夜の祈り

●『夜の祈り』久美沙織《くみさおり》

この斬新な、実に驚くべき作品世界の創造者・久美沙織は、《異形コレクション》創刊の第1巻『ラヴ・フリーク』から参加している名うての小説探求者《ハンター》。八〇年代のコバルト文庫デビューを皮切りに、ヒット作シリーズ〈丘の家のミッキー〉などの少女小説、「SFマガジン」に連載された『あけめやみ　とじめやみ』などのファンタジー、意欲的な長篇『電車』や短篇集『孕む』などのホラーと、常に「新しい」挑戦で読者を魅了する。

久美沙織作品の「新しさ」は、たとえば本作の〈語り〉の手法にも顕《あらわ》れている。主人公による瑞々《みずみず》しい一人称で描き出される美しい世界と、明かされる彼の〈現代では、未だ架空の〉職業。そして、その合間に会話文だけで挿入される実にリアルな現代の裂け目。この前衛的な語りは、やがて、酩酊感《めいていかん》とともに読者の想像を超える景色を魅せてくれる。

〈狩るもの〉から〈狩られるもの〉への逆転の物語は少なからずあるが、これは〈狩るもの〉から別の立場への逆転の物語でもある。青春小説とダークファンタジー、そして現代社会への提唱を併せ持つ本作は、久美沙織の重層的な創作世界を凝縮した逸品といえるだろう。

——走っていた。

わくわく、あせって。はやくはやく。いそがないと。

短パン、ランニング、バリカン頭。虫刺されとカサブタだらけの脚、日焼けで皮がめくれた肩。

自転車をおりて、溝に隠した。あちこち曲がったボロだけど、盗《と》られたらイヤだ。誰かにねらわれてないかな。つい、ふりかえる。

はやく、と、セイが言う。どっかいっちゃうぞ。

見たいんだろ。

だから、いそげチカ。いそげいそげ。

顔をあげると、セイはもういない。藪《やぶ》が、ざわざわ揺れている。夏草は深くて濃くて、手で掻き分けるとカミソリみたいに切りかかる。

え、どっち？　どこ行ったの？　待ってよセイ。置いてかないで。

名前呼んで。がむしゃらに走って。走り出して。

走っても走っても思うほど進まなくて、進めなくて、景色はどっちを見てもまるでおんなじだ。霧がまいて、草が揺れてる。

――セイ？

こわくておなかがぐるぐるいいだす。とつぜん、まるで思い出すようにはっきりと確信する。

行っちゃだめなんだと。

ここで行っちゃうから、取り返しがつかないことになるんだと。

だめ。もどってきてセイ。行かないで。

お願い。お願いだからやめて！　かえろう。

叫ぼうとした。のに、いきなり地面が消えて、からだがぽっかり宙に浮いて。

「チカちゃん。起きれる？」

――あ。

ゆめ、…か。

「でばん？」

「リハビリ室。タニハラさん」

カスミさんが言う。

カスミさんの口は、緊張でキュッとすぼめられて皺《しわ》が寄っている。そんな顔をすると年がばれるよ。ぱっと見、若い女の子なのに。グレイヘアはわざと染めたみたいだし、かっぽうぎも主張のあるファッションっぽいのに。

「いま行く」

強引に目を覚まそうとして頭を掻いたら手が濡れた。耳のまわりで髪が束になってる。ぎょっとした。一瞬。怪我をしたのかと錯覚した。ちがう。よだれだ。

「ジャック、こいつめ」

こそこそ逃げ出そうとする真っ黒の毛むくじゃらを抱き上げて、きゃうんきゃうんいわせる。

ジャックはぼくの耳をしゃぶるのが好きだ。しゃぶりはじめると、いつまでもしつこくしゃぶる。とろんとして、うっとりして、あたりじゅうびしょびしょになっても、やめない。しゃぶられるとこっちもなんか良い気持ちにとろんとして来て、――オキシトシン？　――知らぬ間にスコンと眠りに落ちたりする。いまみたいに。昼間だろうと、待機中だろうと。

ジャックの耳にもぼくの耳にも、ハサミで刻んだ痕がある。

ジャックはV。処置済みのサイン。

ぼくのはそのダブル。豚の足みたいなM。

まけないいよ、のエム。

もらろんまじめにがんばりますのエム。

タニハラさんは四十歳ぐらいの男性の収容者《インメイト》。百八十近い背があって、シャバじゃ陽キャで売ってたタイプ。

駆けつけたときには、生きかえってた。

マッサージ椅子にぼうっと座ってる。顔も手足もむくんで白く、だらりと脱力してる。呼吸のどこかにひっかかりがあって、はぐあ、はがあ、みたいな雑音が混じってる。

まあ、ただ寝起きが悪いひとに見えないこともない。

「えっと、どんな感じでした？」

たずねると、集まってたインメイトのみなさんが話してくれた。

筋トレマシンにかかってる途中のどこかで気絶した。機械がピーピーいって注意をひいた時には、首を後ろにがっくり仰《の》け反《ぞ》ったかたち。口は全開。目はつむってた。呼んでも、応えず、揺すってもされるがまま。つまり、逝《い》っちゃったふうだった。

「タニハラさぁん、タニハラさぁん、って」ミウラさんが真っ赤な鼻をこする。「なんど呼んでもダメだから、あたしはもうてっきり」

「このひと、よく、うたた寝すんだよね」キシダの爺さんが細すぎる腕で自分をさすりながらボソボソ言う。「しょっちゅう盗み寝して、イビキかくの。けど、そのイビキが、さっきは聞こえなくてね」
「睡眠時無呼吸症候群」
「舌根沈下《ぜっこんちんか》」
「軟口蓋閉鎖《なんこうがいへいさ》」
「鼻中隔湾曲《びちゅうかくわんきょく》」

このへんには本がたくさんあって、熱心に読みこまれてる。健康雑誌は人気が高くて、どの号もボロボロだ。

バイタルモニタや点滴セットをくっつけてるうちに、タニハラさん、意識を回復した。

「え、なにこれ。どういうこと？　なんかあった？」

うわ、このひと他人《ひと》ごとみたいに言ってるよお、って、誰かが素っ頓狂な声であきれて、みんな、ドッと笑った。

良かったよかった。もー、心配かけてー。声をかけ。肩をたたき。

涙をぬぐうひとを見て、タニハラさんは目を丸くした。顔がさーっと青ざめて、脈拍も血圧もピコンとはねあがった。急に怖くなったらしい。

タブレットにカルテを呼び出す。リモートドクターのコメントに、赤や紫は見当たらない。二年ほど経過をスクロールしてみる。血圧ほぼ低め安定、でも降下剤のおかげ。血糖ちょいダメ、中性脂肪高い、腎機能まずい、尿酸値まずい。

ありがちだけど、実年齢よりは三十歳ぐらい老けている。つまり、いつ、突然死がきてもおかしくない。

血液診断基準は「平時の」病院経営に有利にできている。「心配ないけど、ほうっておくと怖い病気になるかも」と自覚をうながし、生活改善をすすめ、マメに通院していただいて、薬もたくさん買ってもらう流れ。「平時」とはいえない昨今、未病の黄信号にビビッちゃいられない。ガチの医療を必要とするひとの数が、あまりに多すぎて。

「タニハラさん。不整脈や心房細動《しんぼうさいどう》があるんだね。いまのお薬でいいと思うけど、激しい運動はしばらく控えてもらったほうがいいかな。ねんのため」

「すいません、チカさん」タニハラさんは首を伸ばすように会釈した。「お騒がせして申し訳ない」

「どういたしまして。ぼくは、ほら、これですから」

耳をひっぱって、ぎざぎざをみせる。

エムは看取《みと》り士のエム。

ちょっと前まで「死」を宣告できるのはお医者さんだけだった。お医者さんが「このひとはたしかに死んでます」って判定して、署名捺印《なついん》つきの診断書を出してくれないと、たとえば火葬の許可がおりなかった。

手足が千切《ちぎ》れてようと、大量出血してようと、意識も呼吸も心臓もとまってようと、蘇生の可能性はゼロじゃない。とはいえ、看護師さんや救急救命士さんなら「ワンチャン奇跡ある」か「ぜったい無理」かは、二秒でわかる。経験的に。なのに。救急車で運ばれてきた患者さんの下顎《かがく》に硬直が来ていてもう手遅れだって正しく推測できちゃ「っても」、お医者さんが来るまでは、必死で救命していないといけなかった。人工呼吸、心臓マッサージ。やばい何かを持ってる相手かもしれなくて、手当する自分が危険にさらされるとしても、がんばんないといけなかった。

なんてプロ根性。崇高なうつくしいセカイ。

けど。患者さんはあまりに多く、後を絶たず、物資は届かず、交代要員は来ない。楽しみも安らぎもまともな睡眠も家族だんらんもなげうって戦ってるのに、見えない出口。こころが悲鳴をあげる。

そんな負担を軽くしようと災害時特例死亡診断資格『看取り士』ができた。

ぼくはオンラインで勉強し、リモート試験にぶじ合格した。

誰かが亡くなったら、死亡診断を出すことができる。

なきがらをストレッチャーに載せ、冷凍室に運ぶ。ご葬儀では代理喪主をつとめ、火葬、納骨、散骨など、ご本人の希望どおりにする。

ウチではインメイトさんたちに死後事務委任と成年後見の任意契約も結んでもらってあるから、そこから先もスムースだ。とどこおりない。役場に届けを出し、支払いをきれいにし、予約や取り置き、自動継続になってる購読や通販をキャンセルもしくは返品し、遺産や遺品は整理分配、ネットや銀行やクレジットカードを解約、パスポートや運転免許証がもしもあったら返納。亡くなったことを知らせてほしい相手がいたら、連絡する。

ぜんぶできる。

ぼくがひとりで。

なかなかに責任重大で、うっかりミス厳禁なしごとだ。

そして、いつ出動要請が来るか、ぜんぜんまったく予測ができない。つねに、「スワのとき」に備えてないといけない。緊張感もある。

そういった怒濤《どとう》のなんだかんだが、今回は、不要だった。いらなかった。お呼びじゃなかった。空《から》騒ぎだったたってこと。おかげさまで。

ぼくはかなり嬉しかったし、タニハラさんもたぶんそうだろう。居合わせたインメイトのみなさんも、いずれ訪れる自分のときのための心の準備ができたに違いない、まことにめでたいことでありました。

「よし、ジャック、かえるぞ！」

わん！

走る。

はしるはしるはしる。

どんどん走る。だんだんはやく。どんどんはやく。思い切り速度をあげて。

夏の丘にはいろんな雑草がしげりまくっていて、露だらけで、サンダルばきの靴下がたちまち濡れる。

ああ、草刈りしなきゃ。ノルマなわけじゃないけど。ほかの誰もやんないし。ちゃんときれいにしておきたい。ここは、ぼくのしごとばだから。

なだらかな斜面をのぼったりくだったり、足下にからみつくジャックと、追い抜いたり、追い抜かされたり、競争しながら、思い切り走った。ぐんぐん走る。

うんとはやく走ったら、風より早く走ったら、いらないもの欲しくないものイヤなものがぜんぶ振り落とせるかもしれない。

「もしもし。ほけんじょですか。たけはなさとみ、よんさいです。ママの名前はゆきなです。たけはなゆきなです」

「たいへんもうしわけありません。ただいま回線がたいへんこみあっており、自動音声でおこたえしています。オペレーターの対応をご希望のかたは、このままお待ちください。順番におつなぎしています。お待ちいただいている人数は、現在　……ナナ、ジウ、ハチ…　になんです」

「あのね、ママが、おめめをあけないです。ろくがつななにち、よーせーで、けいしょう、で、じたく、たいきです」

「お急ぎのかたは、公式サイトからのご入力、または、AIスタッフによる応答サービスのご利用をおすすめします。音声ガイダンスにそって操作してください。サービス向上のため、この通話は録音させていただいております。はじめに、電話機の米印を押してください」

「ママが、こまったら、ここに、このばんごおに、かけてって。たすけてって、いうんだよって、ちゃんとできるねって。おやくそくでした。もしもし？　きこえますか。ここで、いいですか？」

「……操作が確認できません。……たいへんもうしわけありません。ただいま、回線がたいへんこみあっており」

「もしもし。だれか。おねがい。たすけて。……もしもし、もしもし……」

せっせと走ったら息がきれたから、ちょっと立ち止まってみる。

丘の上、見下ろす草の海がざわざわ揺れて、風の通り道が見える。

遠くをぐるりと縁取る山並みの向こう、青空の中くらいのところを雲が流れていく。

足をとめたとたんに出てきた汗を、新鮮で美味《おい》しい空気がなでていく。

太陽さんさん。いい天気。

しずかだ。どこかの遠いなにかのさえずりが聞こえるだけ。

ただ一面のみどり。

右も左も、ぐるぐるまわって見回しても、どこもかしこも夏草の丘。

まるで、世界に、ぼくとジャックしかいないみたいに。

ご領主さまになったみたいに。


「もしもし、おかあさん?」

「あら、キョウコ、キョウちゃん!　ちょうど良かったわ。相談したいことがあったの」

「なに…」

「あのね、タカシちゃん、お肉とお魚どっちが好き？　デュークの鉄板焼きとコタキのお寿司どっちがいいかしら。予約しようと思って。あっ、もちろん、かあさん、ごちそうするわよ！」

「かあさん……あのね、そのことなんだけど…」

「遠慮はしないで。去年ぜんぜんあえなくて、お金つかってないもの。ほんとさびしかった。あなたたちが来てくれるのを、どんだけ待ち焦がれて」

「ごめん。だめになった。行けない」

「……え……どうして」

「ヨシヒコの仕事相手が陽性だったの。あたしもタカシもうつってるかもしれない」

「どうして。だって。ワクチンしたんでしょう。それに、あんなに」

「あんなに気をつけて、ずっとがんばってた。ヨシヒコは几帳面《きちょうめん》だから、ルーズなことはぜったいしてないよ。社食行くとひとと話しちゃうからって、ひとりでカロリーメイト食べてた。外食もしてないし、どこにも遊びにとかいってない。なのに！」

「……うん……」

「そのひと隠してたんだって。知ってたのに。PCRの結果待ちだったのに。そんなとき、なんで仕事するの？　なんでわざとひとんちのダンナ呼びつけるの？　もう一日待ってたら陽性がわかって隔離だったんだって。なのに。どうしてそんなひどいことができるのかほんとぜんっぜんわかんないよ」

「ほんとにねえ、ひどいねえ」

「だから、……ごめん。楽しみにしてくれたのに。申し訳ない。また延期する。お墓参りずっとできてない。ほんとごめん」

「そんなこといいけど」

「どうしよう。もし倒れたら、あたし妊婦だし、ふたりとも、もし死んじゃったら？　タカシはいったい」

「………」

「ともだちの知り合いがね、四十度の熱がばんばんでてるのに、待機なんだって。入院を希望者してるひと、三万人たまってるんだって。もう、ダメ」

「キョウコ。かえっておいで」

「え」

「うちにかえっておいで」

「……ちょ。なにいってん！　……」

「むかえに行くよ。だいじょうぶだから。おかあさんが行く。なんとかする」

「なにいってんの、ばかじゃないの。そんなわけいかない。ご近所になんていわれるか。だいいち、かあさん、心臓が悪いんだよ。運転だってもう、やめたほうがいい。免許返したほうがいいぐらいで」

「だからよ。かあさんは年よりだ。じきに死ぬ。楽しい、いい人生だったから。もうじゅうぶん。でも、まだ元気で役に立つよ。あんたたちを助ける。誰になんていわれようと」

「……かあ……」

「こっちの病院にはまだきっとあきがある。だから、もう、なにも心配しなくていい。おなかの子も、タカちゃんもヨシヒコさんも、めんどうみてあげるから。うんと美味しいもの食べさせるよ！」

ここは、前はゴルフ場だった。

ワールドクラスのトーナメントも毎年やってて、人気選手が来ると、わんさかギャラリーが集まって、高速出口からバイパスまで渋滞してた。リッチでセレブな場所だった。

前世の名残みたいなのが、そこここに見つかる。生け垣にクリスマスの電飾が巻きついてたり、めっちゃ手の込んだデザインの巣箱がかけてあったり。地面にもフェアウェイとかラフとかバンカーって区分があって、伸びる草の種類が微妙に違ってたりする。

高いとこから見ると、木と草と水となんだかんだが、いいかげんなパッチワークみたいだ。クラブハウスは本部棟に使ってるし、カミナリのときの待避所とか、レストランの建物とか、倉庫とかも、流用できるものはみんなそうしているけれど、まあ余ってる。誰もさわらない。ほっぽらかしだ。ユンボとか芝刈り機とかカートとか、ちゃんと手入れしたら使えそうなのがごっそり雨ざらしで錆《さ》びたりしているのはちょっともったいない。

ぜいたくな敷地に、男子寮、女子寮、こども園、家族向けコテージが点在している。野菜畑にハーブ園、鯉の池。バーベキュー広場、野外ステージ。ふれあいヤギ園には、ヤギだけじゃなく、ウサギとモルモット、ロバ、カピバラもいる。

あと、ホクト。ホクトもいる。

ホクトは白い馬だ。白馬とか葦毛《あしげ》じゃなくて、さめ、というらしい。死神の騎馬で有名な青灰色《あおはいいろ》じゃなく、乳色、クリーム色だ。

立派な厩舎《きゅうしゃ》もあるのに、そこにはあんまりいない。敷地内外の野山を自由きままに闊歩《かっぽ》している。霧のかかる白樺林にぬっと立っていたりすると、それはそれはおごそかだ。ホクトをひとめ見ると寿命が三年延びるとか。

「あーあ。なんかおもしろいことないかな」

「先輩、セントクーリッシュ団って知ってます?」

「せんたく？　っしゅ？　なにそれ」

「聖クーリッシュ。聖人の意味のセイントと、送るのSENTをだじゃれにして。アイスに、クーリッシュってあるじゃないですか、バニラだったり、チョコだったりの」

「おーー！　あるある。食ったことあるぞ。手がえれーつめたくなるんだ」

「あれを、おくります、とどけてあげます、みたいなことをね」

「どゆこと」

「ちょっとまえに、ポカリとどけてあげるひとが話題になってたでしょ。自分が経験者で、自宅療養ほんとたいへんだったから、って。ポカリしか飲めないし、食べられるの、せいぜいウイダーインゼリーぐらいだった、なのに、保健所とかから援助物資とどくのめっちゃ遅いし、やきそばとか缶詰とか、食べれなくて困っちゃった、って。だから、そういうひとは、ここに連絡ください、そしたら、行きます、って」

「おー。世の中にはりっぱなやつがいるもんだなー」

「そうなんですけど」

「ちがうのかよ」

「便乗の偽物が出現してきちゃったらしくって」

「にせもの？　あー、病人じゃないのに助けて欲しいっていって、ガメちゃうとか？　置き配、横からちょろまかすとか？　セコいなあ。けど、アイスただで食えるなら、オレもやるか」

「やめてくださいよー。みっともない。じゃなくてー。届けてほしがるひとは、そうとう弱ってるわけじゃないですか。ここにおいときますよー、アイスだからはやく受け取ってくださいねー、とか言われたら、出ないわけにいかないでしょ。したら、隙をついて何人も、強引に乗りこんじゃうんですって。抵抗なんかできないですよね。お金とか、貴重品、すすんで渡しちゃいますよ、こわいし。あと、……ほら。高い熱がでてると、目はうるむし、このへんぽーっと赤くなったり、汗ばんでたりして、エモいよね、みたいな?」

「おいおい伝染《うつ》るだろそんなことしたら」

「だからー、あくまでうわさですけど。一度かかって治ってて免疫あるから平気、みたいな? なっても軽症、風邪なんかこわくねー的なひとたちがいて、暗躍してて、たがいの成果を闇ネットで自慢しあってるとか」

「マジか。油断も隙もねーな」

「都市伝説かもしれないです。そうだったらいいんですけど。だから、つらくても公的機関の支援を待ってくださいねー、めったなひとに個人情報を明かさないで、はやまらないでねー、って」

せせらぎにしゃがんで、水をすくって飲んでると、視線を感じた。小尾根の楡《にれ》のあたりにホクトがいた。

ジャックがわんと一声吠えてあいさつした。ホクトは一回だけ尾っぽをゆする。

なんとまた三年、長生きしてしまうことになった。

さんきゅーのつもりで手をふると、ホクトは、たてがみをゆすって、ふい、っと、いなくなった。

立ち上がった拍子に気づいた。空気の中に煙のにおいがする。さくらのチップ。

セイが燻製《くんせい》を作っているらしい。

においにひっぱられた。


セイのすみかは小川のほとり。はじめは小さな簡素な家だったのに、ポーチをつけ、壁や軒を延ばし、部屋をひろげ、二階をつけ、さらに屋根裏もつくり……、どんどんぐるぐる継ぎ足して、すっかり謎の迷宮ハウスになっている。ぶきっちょなかたつむりの殻みたいだ。

その外殻の一角の作業スペースにセイがいた。まわりには、工具と材料と参考書、ずだ袋やバッグ、空《から》の段ボールやまだあけてない段ボールや丸まったタオルや脱ぎ捨てた服やなんだかんだかが積み重なっていて、足の踏み場もない。この調子じゃ、また部屋をふやすって言い出すかもしれない。ものの置き場に困って。

セイは古い傷だらけの食卓にとりつけた万力《バイス》に屈みこんで、真剣な顔つきでなにかをやっていた。スタンド灯、拡大鏡。自重《じじゅう》でぶらさがる金色の糸巻き。銀盆にふわふわした色とりどりのマテリアルが並べてあり、こまかな四角がつながったアクリルボックスにきらきらなビーズが分類されてあり、すてきな色合いの絹のロッドが何本も絵の具箱の中の絵の具みたいに並べてあり、使い込んで汚れた製図板があり、半分ぐらい水のはいったコップがある。作業中にいるものはみんなすわったまま手のとどくところに雑然と集めたみたいな、セイの聖域。

ドアはストッパーで開けた状態でおさえてあったし、ぼくはできるだけ気配を殺してそっとのぞきこんだつもりだったのだけれど、

「あー！」

気配がもれて、集中をさまたげてしまったらしい。

「やー、チカ。いま何時だ」

巻いていた汗止めタオルをひっこぬき、髪をかきむしった。もとからグシャグシャなのがますます爆発して典型的なマッドサイエンティストみたいになる。ジャックが尾を後足の間にたくしこみながら、きゅーと恐縮そうに平伏《へいふく》する。

「二時過ぎ。ごめん、じゃまだったね」

「いいんだ」

セイは首を鳴らし、椅子をまわしてこちらを向いた。

「もうそろそろ、マスのようすを見にいかないといけない頃合いだった」

「なに作ってんの」

「ニンフ」

にんふ？　って精霊？　ホームズの作者がだまされたという合成写真や、ティンカーベルみたいなやつ？

「ちがう。水棲《すいせい》昆虫の幼生《ようせい》をニンフっていうんだ。たとえば、カゲロウのような」

「よーせー」

やっぱ妖精？　それとも陽性？

「川のどこにいるサカナを狙うのか、その深さが問題なんだよ。空中を飛んでるやつならドライ、水面ぎりぎりがニンフ、水中がウェット、川底はストリーマー」

手をひらひらと上から下へ動かす。

「へー」よくわかんないけど。「好きだねえ」

「毛鉤《フライ》の醍醐味なんだよ。どんな季節でどんな天気だと、何時ごろ、どこをなにが飛んでいて、どうふるまうのか。それをどこまでそっくりに再現できるか。そのいま、大物トラウトはなにを狙ってるのか、なになら喰おうとするのか。なんなら騙されてくれるのか」

狙ってるはずなのに、実は狙われてる。

餌のつもりで食いついたら偽物で、まんまと釣り上げられて、おなかさばかれて燻製になる。喰ったはずなのに喰われちゃう。おかげさまで美味いけど。

「トラウトさんも気の毒にね」

「その点サーモンはさ、海から戻ったら、ほんとは餌いらないから。ハデに目立つもんがバシャバシャしてると、たまに、気まぐれにひっかかる」

親指をしゃくってしめす先、壁の一角に、ばかでっかい絵みたいな虫みたいな謎の手工芸品的なものが額に入れて飾ってある。

「なに、あれ」

「フルドレスのサーモンフライ」

まあ、なんてゴージャス。南の島の鳥さんか、スターさんの衣装みたい。ギッラギラ。ふんわふわ。いろとりどり。女の子向け雑貨やさんのアクセサリー売り場の、とっておきのお高い品々みたい。

すごいじゃん、作ったのと聞いたら、まさか、プロのだ、とはにかんだみたいにもごもごする。海外からネット通販したらしい。いいけど。セイはお金持ちなんだから。

「えー、あんなおしゃれグッズみたいなので釣るの？　汚れちゃうでしょう、っていうか、なくさない？　もったいない」

「ああいうのは釣りにはつかわない。もっぱら飾って楽しむためにできている。その美しさや奇抜さ、センス、製作技術を競う」

「釣らないんだ！？」

「そんな顔をするなよ。あの手の毛鉤を作って自慢したいばっかりに、博物館から貴重な鳥の羽根を盗んだやつまでいるらしいぞ。その話が一冊の本になってる。実話だぞ。どっかそこらに埋もれてるはずだ。ノンフィクションなのに、そりゃあ面白い。スリリングでミステリアスで」

ぼくらはドアを出た。ぐるぐるかたつむりハウスからちょっと離れたとこに、これまた手製のつぶれかけのでかい缶詰みたいなトタン小屋があり、にょっきり突き出した煙突から煙が出ている。燻製小屋だ。わざわざ別棟にしてあるのは、もちろん延焼防止。

ドラム缶を加工した燻製機の中にずらりとぶらさがっているマスの身をひとかけら味見させてもらった。もう気持ち燻《いぶ》し足りないな、温度あげるか、と、セイは言い、炭の箱をがさがさいわせる。

ギネスをとってくれ、と言う。きょうはもうフライ巻きはやめるらしい。

骨董モノの冷蔵庫はあけるとびっしり霜だらけだ。半分凍り付いてる黒いビールの缶をひきはがし（めっちゃんこ冷たい）プルタブをはがして、

「はい、どうぞ」

手渡された缶をかたむけて、セイはのどをならす。

「おお。うまい。生きててよかった」

「いきてて？」

ぼくはちょっと笑う。


あの日、あの遠い夏、セイはぼくを森の奥の大きな樹のとこにつれていった。なんか折った半紙がいくつもくっついたぶっとい縄——幣束《へいそく》とか注連縄《しめなわ》とかというコトバをぼくはそのとき知らなかった——で巻かれたみごとな大樹には、洞窟みたいなうろがあった。ぼくらがふたり入れるぐらいの空洞。苔《こけ》の匂いがする濃い暗がりの奥にそれはうずくまっていた。さなぎのような、繭《まゆ》のような、闇のかたまりのような。道に落ちている可哀そうな動物の轢死体《れきしたい》のようななにか。おおむね綿埃《わたぼこり》のような灰色で、ごくかすかに動いていた。ふくらんだりひっこんだり、ちょっとぶるぶるしたり。肢《あし》の先をぴぴっとひきつらせたり。

なにこれ、とぼくは言い、首筋の毛がちりちりとそそけだつのを感じた。

知らない、とセイは言った。

「カブトムシさがしてたら、いたんだ」

「……もしかして、おまえんちの？」

「そうかも」

どちらもささやき声だった。

セイが、とんでもなくごたいそうな家の御曹司《おんぞうし》だってことは知っていた。本人が来る前から噂だった。プリンスが来るんだって。輝夜宮聖人《かがやのみやきよひと》さま。実は側室のお子で、フランス人の血が流れてるんだって。

戦争がボロ負けで終わって、旧宮家は皇籍離脱させられ、たちまち暮らしに困った。セイの父親であるひとも、先祖伝来の土地を売り、売った相手にむかえいれられて、引っ越して来たのだった。

もとの領地にはホテルが建ち、夏はゴルフ、冬はスキーが楽しめる国内屈指の本格娯楽施設がやがてできることになっていた。ＶＩＰなお客様を、ほんものの貴族が歓迎する最高級リゾートだ。町も大歓迎だった。野菜や牛乳を大量に買ってもらえるし、若者には就職先ができる。

覚えている。新学期。輝夜聖人、と、チョークで書かれた黒板の前に立ったセイは、貴公子というより女の子みたいだった。肌は透き通るほど白く、巻き毛髪もでっかい瞳もほのかに色が淡い。表情は暗かった。長いまつげをほとんどあげもしない。あいさつも、聞こえるか聞こえないかのつぶやき声だった。

なんだよ。あいつ。気取ってる。バカにしてる。田舎がそんなにイヤなのかよ。仲良くしてやろうかと思っていた地ガキ連は、きっぱり壁をたてられて鼻白んだ。しばらく様子見をしていたが、すぐに本性をあらわした。こわくもない、いばりもしない相手なんか、ひねってやればいいのだ。劣等感が裏がえって、軽蔑になった。憧れがくだけて嗜虐《しぎやく》になった。教師も、自由民権とか平等とかという新しい思想に四苦八苦の最中で、こまかく目配りするひまもなく、かばう余裕もなかった。

セイは、どこにいってもじろじろ見られ、つっついてからかわれ、おもちゃにされた。弁当は毎日強奪された。カツレツもハンバーグもオムライスも、特別美味しいパンもバターも、セイの弁当ではじめて味を知った子が多かっただろう。舶来の文具や美しいハンカチは、つまらない何かと無理に交換されるか盗られた。ただ歩いてるだけでも、こそこそ指さされ、ともするとつき飛ばされ、わざと転ばされた。

月の夜、農機具倉庫をあけると、あけた幅だけさしこんだ光にビクッとして、影の濃いほうに這いずって動くものが見えた。動物かと思って踏むこむと、セイだった。服は半分破け、泥と血で汚れていた。

「おまえもかよ」

ぼくが言うと、セイは、顔をあげ、きょとんとした。ぼくはニヤッと笑おうとしたけれど、ちょっと難しかった。口の端が切れてて痛かったのだ。

「だれ？」

だれにやられた、の意味だ。

「父。けど、ほんとのじゃないんだ。オレ、戦災孤児でさ。ここにはこないだ転校してきたばっかなんだ」

「そうなんだ」

「おじさん、うんと遠い親戚でさ。片腕がないし金もない。ほんとは、オレなんか欲しくなかったのに、引き受けさせられて。怒ってる」

「ああ、それはつらいね」

「むりないよ。お荷物だもん。ずっと、あちこちたらいまわしで。もう他がないからさ。やりすごすしかないんだ。おとなになるまでは」

「ひとりぼっちなんだね」

「しかたない」

「……ぼくも。ひとりだ。それに、いないほうが良かった子。おんなじだね」

「なんで。あんた、おんぞうしなんでしょ」

「いなかったことにしておくはずだった、めかけの子ね。本家の男児がどんどん死んじゃったからしかたなく表舞台に引っ張り出されて、格上げされて。とうとう跡継ぎにまでなっちやって。うち、早死にの家系らしいの。男子はたいがい二十歳までも生きないって。おばさんたちに呪い殺されるのと、どっちがはやいか」

「早死に。やめてよ。しないで」

「なんで」

「だって」


やっとできた友だちだから。

こうして、すなおに話せる相手だから。

仲間だから。

ぼくたちはどちらからともなく、手を握りあい、それから、がっしり肩をつかみあった。ハグっていうより、すもうの稽古みたいだったけど。うう、うう、とかうなりながら、血と泥と涙と汗となんだかんだぐしゃぐしゃくっつけあって。それからゲラゲラ笑った。

セイはいい匂いがした。外国の石鹸の、ふしぎにやさしい、なんともステキな匂いが。

学校ではおたがい知らん顔をしてごまかしてた。みんなにはぜったいバレないように、別行動して、こっそり待ち合わせて。遊んだり、話したりした。

そして。

あの日、みつけちゃったんだ。あれを。大木のうろの中で。

短命だというセイの一族がいつからかずっと所有していた土地に、代々ずっと封印されていたらしい、あの、なにかを。


ぼくたちはぽかんとして、興奮して、感激して、でも、かなり困ってしまった。だって、どうすればいいか、ぜんぜんわからなかったから。

おとなに言ったりしたら、叱られるか、取りあげられるか、とにかく、おもしろくないことになるに違いなかった。そもそも、ぼくらのどっちも、信用できるおとなをひとりも知らなかった。

なにもしないまま、ただしゃがんでぼうっとながめていた。どこか遠くで雷が鳴り、冷たい風が抜け、横殴りで吹き込んできた雨の粒が首にあたった。あたりがいきなりほんとうに暗くなって、気がついたら赤い目がふたつ灯っていた。

みゅー。

と、不意に、それが鳴いた。

鳴いて、甘えて、おなかがすいた、と訴えた。

あたまがひゅっといって、息がつまった。一瞬で引き寄せられて、なんの抵抗もできなかった。ぼくがそいつを抱いたのか、そいつがぼくを抱いたのか、気がつくとギシギシいうほどきつく絡みつかれていた。そいつはふんふんあたりじゅうを嗅ぎまわり、シャツをまくり、背中をなめ、あばらを締めつけ、手や足をもてあそんで、めちゃくちゃに折り曲げた。べきばき音をたてて関節が逆になり、骨が軋《きし》んだ。ぼくは叫びたかったけれど、肺には、もう声になるだけの空気が残ってなかった。そいつのべろはゾッとするほどひんやりしているのに、吐き出す息は、がんがん燃えてる薪ストーブの扉を開けたときみたいに熱かった。ぼくは、ところかまわずがぶがぶ噛《か》まれて味見されていて、何度もくりかえし牙をうちこまれて痺《しび》れていて、釣り針にひっかけられて引っこ抜かれて、はらわたまでえぐられて、ぬめぬめした暗黒の真空につり上げられ、見えない大蛇のがばっとあけた顎《あご》からみるみるまる呑みにされてるみたいにぎゅうぎゅうにしめつけられ、たましいを吸い出されていくところだった。星空みたいにキーンと寒くて、燃えだしそうに熱い、たゆたゆとしたなにかの差しまねく向こうへ。

痛みとあきらめと薄気味悪さと、そういうぜんぶを超える凍えるような飢えがドッと襲ってきた。からだがまるごと裏返されて、あらいざらいスッカラカンにされた感触がした。なんでもかんでも胃袋につっこみたい、そうじゃないとおさまらない、ぐらいの激しい渇望だった。どんなものでもよかった。欲しくてたまらなかった。満たされたくて、じっとしていられなかった。いまにも内側に向けて爆縮してしまいそうな空っぽさ。この空虚をなんとかしないと。

だからぼくは、セイにおどりかかったのだった。そこまできっと一秒もなかっただろう。そんなことしちゃダメだってわかっていたけれど、セイを傷つけたりなんかぜったいしたくなかったけれど、どうすることもできなくて、なにしろおなかがぺこぺこで、目がまわってて、あたりじゅうぐにゃぐにゃにゆがんでて、喰えそうなもんっていったら、彼しかいなかったから。細い手首をつかんで引っ張るとかんたんに倒せて、肩を押さえつけて、組み敷いた。吠えた。なんでそんなに弱っちーんだよ、もっと逃げろよ、暴れろよと思ってた。つまんねえじゃん。抵抗してくれないと。もっとたのしませてくれよ。とことんやろうぜ。おたがいに。思い切りぶつかって、ぶっこわして、バラバラのぐちゃぐちゃにしようじゃないか。ぺしゃんこにして、おっぺしょって、喰いちぎってやろう。とにかくそういうのを全部みんなあくまで徹底的にだ。そうでもしないとおさまらない。この長い辛抱の代償には。

ぼくは竜巻になって、あたりじゅうのなにもかも巻き込んで、とことん凶暴に荒れ狂わずにいられなかった。スイカ喰うみたいに頭ぶちわって、両手でつかんでかぶりつきたくて。喰ってやる、中の中まで、手づかみで、鼻面つっこんで、手当たりしだい喰って喰って喰いまくって喰いやぶって、すすりきってやりたい。じゃないと足りない、ぜんぜん足りない、満足できない、そんな飢餓。

そのままだったら、さぞかし陰惨な現場ができあがったことだろう。ふたりの男子が殺し合うとか、喰いあうとか、酸鼻《さんび》陰惨残虐のかぎりをつくしあって、こいつらどんだけ憎みあってたんだろって言われるような。どうせ行方不明になっても、誰も惜しんでくれっこない、はみ出し者の嫌われ者たちだから、何十年もたってから白骨で発見、とか、そういうことになりかねなかったと思うんだけど。

いいよ。

セイが言ったのだった。

いまにも泣き出す寸前のようにきらきら膨らんで輝く淡い宝石のような瞳を、やさしく微笑ませて。

「喰え、チカ」

喰われたら、おれ、おまえになる。そしたら、おれたち、ずっといっしょだ。

ほら！

そう言って、ウエルカムと両手を広げて、笑いやがった。

ぼくはなにしろ九割がた暗黒面に堕ちていて、魔物にとりこまれかけていて、どこもかしこも痛すぎて、ひーひー言うほど苦しくて、よだれがだらだら流れてたのに、セイのなにかが――せりふか、ポーズか、表情か、もしかすると当人にも迷惑だったはずの血か、それとも、あいつのあの目の中のなにかかもしれない。

それが。

す。

とさわってくれた。

ぼくに、光の点をつけた。

すると針で風船を突いたみたいに、そこから事態がぱあんと割れて、くるっとずるっとまるごと逆転したのだった。

灰色毛玉がぼくを吞むんじゃなく、ぼくのほうが、やつを吞んでしまったのだった。

「……うぃっ」

からだじゅうにぞぞぞぞぞとおぞけがふるえが走った。

げー。おえっ。なんだこれ。なんちゅう不気味。苦くて臭くてゲロ不味かった。おまけにありえない、でかすぎだろ。ぱんぱんだ。胃がぎちぎち。うえっ。

ああ、消化するのはかんたんなことじゃなかった。そりゃあそうだろうなとは思ってたけど。

けど、そいつはぼくに喰われ、ぼくにとりこまれ、ぼくに吸収され、ぼくのものになり、ぼくはそいつの宿主《やどぬし》になってしまったのだ。おかげでぼくはちょっとふつうじゃなくなってしまった。

そうすることが果たして良かったのかどうか。いまでもよくわからない。

後悔はしていないつもりだけど、ぼくはいつだって走りたくなる。なにかから必死に逃げたがってる。夢で、何度も、やりなおそうとする。

あそこから。遠いあの日から。

けれどたぶん長い目でみれば、まあ、良かったような気もするし。たらればは言ってもしかたがない。

まさかこんな時代こんな世の中になるとは思っていなかったけれど。

あれから、いろんなことがあった。ほんとの父親ではなかったおじさんが死んで――酔ってお風呂で脳出血を起こした。たぶん本人にとっても幸福だったたと思う。そう思いたい――そのころには高校生だったぼくは、あっさりとどこかに消えた。なにしろぼくのからだはほとんど年をとらなくなっていて、子どもにしては、あきらかにへんだったから。ふつうに生活をしていたら、他人にごまかしがきかなくなりそうだった。

セイはそうじゃない。ちゃんとそれなりには年をとった。二十歳を越えても死ぬ気配もなく、いたってじょうぶで元気で健康的で、肝っ玉もふとくなって（ぼくという親友を得たおかげもあるよね。後ろ盾というか兵器というか、なにしろほんとにイヤなやつならば確実にやっつける黙らせる最後の手段があるわけで）実業家になり資産家になった。

そんな彼に、ぼくは、安全に匿《かくま》ってもらってきたのだ。

——あれから何年たったんだろうね？

パンデミックの兆しが見えはじめると、セイは別荘にひきこもっちまおうよ、と提案した。しばらく釣りでもしながら、のんびり暮らそうじゃないかと。

けれど自宅療養中の親が急死して小さい子が放置された事件とか、都会から里帰り出産したひとが放火された事件とか、ダークウェブ系のなんとか団に失恋相手への復讐を依頼した若者の陰惨な事件とかが、起こったからね。そういうことがあんまりたくさんありすぎて。ぼくらは悲しくなり、うんざりもした。

都心に持っていたビルとか会社とか株券とかそういったものをぜんぶ手放して、ご近所の地面を買えるだけ買った。セカイのほかの部分と自分たちとの間に、お金のちからでバッファを築いてたてこもった。強引なディスタンス。そのぶあつい壁のなかに、みどりのゴルフ場がすっぽりふくまれたわけだ。

ゴルフ場の横っちょにあった古いペンションには、カスミさんがいた。土地の権利を買うと、おまけみたいについてきた。彼女はそこで『キッズなレストラン』をやっていたんだ。ああ、ダサいよ。ひどい名前だ、わかってる。ぼくならそうはつけない。でも、カスミさんはそういうとこで照れたり物怖《ものお》じしたりしないひとで、わかりやすさと親しみを優先した結果らしい。

困ってるこどもは大勢いる。親がとつぜん入院したとか、具合が悪すぎて働けないとか。不安でおびえて途方にくれてる小さな子どもはほっとけないでしょうとカスミさんが言う。ぼくもセイもそれはよくわかる。ここにおいで、いつでも好きなとき来ていいよって、言ってあげたいし、ごはんぐらいはちゃんと食べさせてあげたいじゃない。

オーケー、ぼくたちにできることならなんでもしよう。

で、気がついたら、ウチはいつのまにか私立の療養所になってて、インメイトさんたちが集まってきてて、ぼくはみんなの看取り士になったというわけ。

ひとが死んでいくのはさびしい。

ごっそり減ると、心配にもなる。

ディストピアなんてまっぴらだ。

なるべくおおぜいの善良なみなさんに、しあわせで、元気でいて欲しい。

飢えを満たすためにいろいろ喰ったり、いろんな血をもらったりしたおかげで――平和的にだよ、たとえばほら、血液検査って、しょっちゅうやるしね――ぼくは生きた抗体カクテル生成器になった。そのちからをもうちょっとうまく使えないものかなぁって考えないでもない。

ぼくらが地味に人助け活動しているなんてことは、誰にも知られなくていい。生け簀《す》？　養殖？　牧場？　獲物が枯渇しちゃうのを惜しんで、悲劇を先のばししているだけ？　そういうことが、なくもないかもしれないし。

こういうの、厨二病《ちゅうにびょう》の正しいつかいかたのひとつかもしれない。

「おお。うまい。生きててよかった」

黒ビールを飲んだセイが言って、ぷはー、と、高らかにげっぷをする。

「いきてて？」

ぼくはちょっと笑う。

厳密にいうと、ぼくは生きてないかもしれない。

ちゃんと生きてきたセイの見た目はまあすっかりおじいさんだ。ふさふさの髪が銀白でも、年を取った瞳の色がすっかり淡くなってても、もう誰にもなにも言われない。

変わらないぼくのずるっ子ぶりっこと、ひっぱりあいをしているかのように。

永遠に、そうしていられたらいい。


目の前をちょろちょろと水が流れていく。小川が流れていく。

山に降った霧や雨が森で落ち葉や地面にしみて、そっと流れて、とまることなく流れて、やがて海にいたる。雲になってまた空にもどる。そのあいだに、水は、たくさんの生き物や生きていないものの中を通っていく。

ぼくたちはみんなひとつの円環の中にいる。

ほんとうは、大自然の中で本能のままに狩るほうが楽しいとしても、絶滅危惧種は守ってあげなくちゃ。ちょっと特別扱いして。

それでだめなら……そう、看取るだけ。

Mはモンスターの M。
マゾヒストの M。
変異《ミュータント》の M。
さかさにすれば、ダブル。
セカイの W。ワンダーの W。ワンダフル・ワールド。

ふたりでいるから、きみがいるから、ここはこんなにステキなんだ。

生きててよかった。

きみが言うのを、セイがそう言うのを、ぼくはもっと聞きたい。

何回でも、何回でも、一回でも多く、どうかこのギザ耳がそれを聞けますように。

キングズベリー・ラン

真藤順丈

●『キングズベリー・ラン』真藤順丈《しんどうじゅんじょう》

直木三十五《なおきさんじゅうご》賞、山田風太郎《やまだふうたろう》賞をW受賞した『宝島』など、数々の濃厚な長篇で知られる真藤順丈が、実は個性的な短篇の名手でもあることは《異形コレクション》の読者なら周知の事実。本年（２０２１年）４月には、《異形》参加作を多く含めた初めての短篇集『われらの世紀』を上梓《じょうし》した。刊行を記念した「小説宝石」（２０２１年６月号）誌上インタビューでは、聞き手である黒木《くろき》あるじに、短篇作りについて「最初に青写真を描くときは、できるかぎり人類の知らない感情にたどりつきたいというか、未知の領域に達したいという思いで構想を固めていきますね」と、極めて重要な創作の心構えを語っている。なるほど、まさに、真藤順丈の最新短篇である本作には〈人類の知らない感情〉に満ちた〈未知の領域〉の恐怖が描かれているのである。

本作「キングズベリー・ラン」は極めて重厚な物語だ。稀代《きだい》の人生を歩む宿命を背負った人物に肉薄した「伝記」であり、トルーマン・カポーティの『冷血』にも匹敵する程の、重厚な「ドキュメンタリー」として読むことも可能だろう。だが、それ以上に衝撃的なのは、これがホラー・フィクションであるということである。かつて、これほど怖ろしい真藤順丈は読んだことがない。

心して、読んで欲しい。これもまた、狩りの物語。

〈i〉

アーサー・〝コメディアン〟・リッチモンドの名は、記憶に新しい読者も多いだろう。二〇一五年九月三日、マサチューセッツ州チコピーで事件は起きた。エイムズ・タワー近くのカフェに現われたリッチモンドは、テラス席で昼食を済ませると、鞄からアサルトライフルを出して店員や客に発砲、十三人を死に至らしめた。逮捕後も、上出来だった舞台《ステージ》を振り返るスタンダップ・コメディアンのような供述に終始し、さらに「あいつらが欲しがったから」「観衆《オーディエンス》はどこにでもいる」と自らを行動に駆りたてる存在にも言及している。

あいつら＝観衆《オーディエンス》が望んだからこそ大量殺人《マス・マーダー》の舞台に立ったのだと語るリッチモンドは、著者の取材にこう答えた。「演者のおれも笑えて笑えて仕方なかった。なぁあんた、この面白さこそが人類の最たる発明だと思わないか？」

〈ii〉

一九六三年から六五年にかけて、恋人関係にあったイアン・ブレイディとマイラ・ヒンドレーは十代の少年少女を殺してヨークシャーの沼沢地《しょうたくち》に埋め、〈沼地の殺人者《ムアーズ・マーダラー》〉として英国社会に大きな震撼《しんかん》をもたらした。

精神科のケアが必要とされ、高度保安病院に入れられたイアン・ブレイディは、世にも珍しい幻覚症状につきまとわれていると診断された。幼年期からブレイディは宙に浮かぶ〈顔〉の幻覚を視ていた。初めて遭遇したのは新聞配達の最中で、緑色の蛍光を放つ〈男の顔〉が夜明けのグラスゴーの街角に浮かんでいた。ブレイディによればそれは「〈死〉そのものの顔」であり、「自分はその飢えを満たしてやらねばならなかった」のだという。ブレイディは子供たちの遺体を沼地に隠したが、そこは彼にとって聖域であり、宗教的な人身供犠《くぎ》によって自らに取り憑《つ》いた緑色の古代の霊をなだめていたのだと推察されている。

〈iii〉

オハイオ州クリーブランドでは一九三〇年代の半ばに、十二人が殺された。被害者の大半はジョン・ドゥ、あるいはジェーン・ドゥと仮名でファイルに録《しる》されることになった。

身元が判ったのは、第二、第三、第八の遺体のみ。被害者たちは全員が斬首され、胴や四肢を寸断された遺体、四肢をバラバラにされた遺体もあり、死後経過も著しく個人の特定はいずれも困難を極めた。

この頃、クリーブランド地方政府の公共治安本部長にエリオット・ネスが就任していた。アル・カポネを挙げた男と名高いネスは、世界恐慌のただなかで当地にも拡がった貧民街《スラム》〈ザ・

フラッツ〉を拠点とするギャングの摘発に当たっていた。警察と消防を統括する責任者として〈首なし死体殺人《トルソー・マーダーズ》〉にも取り組み、三百人を超える容疑者を尋問している。

エリオット・ネスが最も有力視していたという容疑者に、フランシス・E・スウィーニーが挙げられる。第一次世界大戦では医療衛生班に所属し、頭部切断に欠かせない外科手術の知識もそなえていた。ネスによる二回のポリグラフ試験でもスウィーニーは「シロとならなかった」。しかし容疑を決定づけることはかなわず、しかも尋問後にスウィーニーは精神病院に自主入院してしまった。それから数年にわたり、ネスとその家族には誹謗《ひぼう》や脅迫の手紙が届いた。スウィーニーが書き送っていたものかどうかは不明だが、スウィーニーが病院で亡くなると、匿名の手紙もピタリと止んだという。手紙のひとつには「次はもっと太陽が照りつける温かいところに飛ぶつもりだよ」と書かれていた。

――『殺人者たちの幻視』（C・H・キャンベル著／城《き》戸《ど》尊之《たけゆき》訳）より抜粋

◇

七歳になったばかりの頃、祖父に連れられて狩猟に出かけたビリー・ライダーは、そこで初めて不思議な体験をした。

戦争で父を亡くし、母とともにクリーブランドの祖父の家に移り住んだ。祖父のヘンリー・R・ライダーは地元で塗装業を営んでいたが、体調や天候、その他の巡りあわせが良ければいつでも週末の狩猟者《ウイークエンド・ハンター》となった。

ボルト式の散弾銃をかまえた祖父が、エリー湖畔の森を駆けていく。蹄《ひづめ》の引っ掻き痕をたどり、薬室に弾を装塡《そうてん》して、鹿を追う。

雪が残った下草をバサッバサッと鳴らして牡鹿《おじか》が跳ねていく。

銃の安全装置《セーフティ》を外した祖父は、膝射《しっしゃ》の体勢になり、銃声を森に響かせる。撃った先には血痕が散っていた。猟区の沢を渡って対岸の斜面を登っていく鹿は、うまく前肢《まえあし》が動いていない。祖父は立ち木に銃身を固定して、二発目を撃つ。鹿はビクンと震え、後ろ肢で空を搔きながら斜面を転げ落ちた。

ビリーは沸騰《ふっとう》するような興奮を味わっていた。準備を整え、集中して獲物を探し、だしぬけに訪れる遭遇とともにすべての感情が堰《せき》を切って溢れだす。祖父の肉体は銃とひとつらなりの装置となり、殺生の瞬間に向かって限界まで絞りこまれていく。何かとてつもなく大きなものに直面していると、幼心にもビリーは思った。自分にはどうにもできないぐらいに大きなものに。

仕留めた牡鹿に近づいて、祖父が頸《けい》動脈を切る直前に、その現象は起こった。

濃度の異なる空気同士が混ざり合っていた。コークの壜《びん》に口をつけて吹いたような、ボーッという音が耳元で聞こえた。ビリーは次の瞬間、ビリーの首を切ろうとする祖父を見ていた。

瞳孔《どうこう》の開いていく鹿の目で、みずからの命を奪おうとしている老人と孫を見ていた。

なんだこれは。俺の中身が、鹿に入っちゃったのか？

世界が、素肌になったような気がした。


おなじことは、肺炎で死んだ母の葬儀でも起こった。

睡《ねむ》っているだけのような母を見ていると、その死が信じられなくなって、祖父の目を盗み、棺に横たわる母の瞼《まぶた》を指で押し開けた。

母の目はすっと開いた。瞼はそのまま閉じ下ろされず、白濁した眼球が剝きだしになった。その瞬間、室内にもかかわらずボーッと音がこだまして、ビリーは母の遺体に悪戯《いたずら》をしかける自分の姿を、母の目線から見ていた。前回と違ってそのときは、自分のすぐ後ろに、暗灰《あんかい》色《しょく》の煙のような二つの人影が揺れているのも見えた。

誰かいる、たしかにそこに誰か――

直後のことは記憶にない。祖父によればビリーは棺の横に倒れていて、高熱を出して三日寝こんだということだった。

あれから歳月が過ぎて――ビリーは夜明けから起きだし、身支度をすませてから祖父の寝室を覗いてぎょっとした。暗い部屋に脂ぎった白髪とうずくまる背中が見える。起きていたのか、それとも睡らなかったのか、何をするでもなくベッドの上に座っている。ビリーに気がついて振り向いた表情は、締まりがなく浮腫《むく》んでいた。

「狩りに行くのか、ビリー」

うなだれながらビリーは頭をふった。数年前から祖父は軽度の脳梗塞《のうこうそく》を繰り返していた。病み崩れてゆく祖父と向き合っていると、彼の嵌《は》まりこんだ暗鬱《あんうつ》な沼地にもろとも引きずりこまれるような後ろめたい錯覚をおぼえた。

「狩りじゃないよ、仕事だ、仕事を探しに行ってくる」

「そうかい。だったら銃を持っていけ」

「じいちゃんの銃も、売っちまっただろ」

断ち切れない鎖に搦《から》めとられて、孫の顔もやがては判別できなくなるのかもしれない。そんなことになって面倒を見きれる自信はなかった。ここ最近では、積もりに積もった祖父の怒りや憎しみが肌身に感じられる。病んだ祖父が昔のように鹿撃ちに出かけることは二度となく、虚《うつ》ろな目つきに時折よぎる鋭く射るような眼光は、同居するただ一人の身内に向けられる。このままでは共倒れだと考えると、たまらなくなった。

出かけしなに鏡面に目をやった。祖父や父より長身の男が立っている。痩《や》せぎすで不機嫌そうで、まだ二十五歳なのに――四十か五十の退役軍人じみて見えた。

祖父と二人きりになったビリーの成長と合わせて、世界は大恐慌に雪崩《なだ》れこんだ。イーグル通りの斡旋所《あつせんじょ》は、人が殺到しているのに驚くほどひっそりしていた。微かな息遣いや咳がこもるだけで、誰もが声や体力を温存している。デスクの向こうでは事務員が鉛筆をもてあそびながら連絡を待っている。電話が鳴る。短いやりとりがあって、カードを渡された競売人が壇上に立ち、メガホンで声を響かせる。**タイプライター修理、男、一時間十五セント、デスク二番……**人だかりが崩れ、求職者たちが押しあいながら前に出る。おれは熟練の機械工でさぁと声がする。女房とガキが待ってるんだと声がする。チャンスをくれ。お飯《まんま》にありつくチャンスをくれ。

すばやく事務員が二人を選びだす。幸運な二人は氏名・年齢・昨晩どこで寝たかをカードに記入して部屋を飛びだす。仕事にありつけるのは一人だけだ。二人選んで、雇用主が一人に決める。事務員がふたたび電話の前に戻り、群衆と一体化する。電話が鳴り、競《せ》りがあって、選ばれなかった数千の市民が無言の訴えのなかで凍りつく。

炊き出し《スープ・キッチン》に並んで、別のところで配給の列《ブレッド・ライン》の最後尾についた。日雇い仕事にあぶれたビリーは広場から出たところで、往来にノラ・クレイドルを見かけた。

イエス・サー、ザッツ・マイ・ベイビー・ナウ……

交際していた頃によく歌っていた歌が口をついたが、気軽に声はかけられない。

赤毛の髪を結《ゆ》わき、化粧もしていない。お使いに出されてふて腐れている印象だった。あてどなく追いかけたが、やはり声はかけられず、雑踏の中にその姿を見失った。

高校時代の恋人で、別れて八年が過ぎた。フラッツで見かけるたびに今日は声をかけよう、お茶や食事に誘おうと思うのだが、誘えたことは一度もない。お互いに相手に気がついても立ち話はおろか、ろくに視線も合わせてもらえなかった。

その日も一人きりで二十番通りの酒場に入り、なけなしの金で半パイントのビールを注文した。**ノラにふられたときから、急な勾配《こうばい》を滑り落ちるように何もかも悪くなる。俺の人生も、このくそったれの町もだ。**

安い革の上着をまとい、髭も剃ってない男たちが、テーブルに集まって煙草の煙を吹きかけ合っている。地元紙を読んでいる者もいて、座の話題はご当地の殺人事件で持ちきりだ。犯人はヴードゥー教の呪術師だとか、頭のおかしなロシア人だとか、誰もが好きずきに憶測を交わしている。エリオット・ネスは何をしてるんだ……ギャングを一掃するのと殺人鬼を捕まえるのじゃ事情《わけ》が違うさ……

祖父が待っている家に直行したくなくて、遠回りをして帰った。夜の帳《とばり》が下りた街をよろよろと抜けて、ピッツバーグ方面へ向かう線路《トラック》の上を歩く。橋や土手、鉄道敷設地帯を含めたこの一帯は〈キングズベリー・ラン〉と呼ばれていた。

ゆるやかに蛇行し、クリーブランド駅の手前でいくつかに枝分かれして、隣りあいながら延びていく軌条《レール》——二年半前、遊んでいた子供が最初に首のない死体《トルソー》を見つけたのも、このキングズベリー・ランだった。

一人目のジョン・ドゥⅠは、黒い靴下だけを穿き、首だけでなく性器も切断されていた。二人目は、雑木林に転がっていた。遺体のそばの地面からは髪の毛が生えていた。切り離された頭部を埋められていたのが、エドワード・アンドラーシだった。

地面にも遺体にも血は付着しておらず、別のどこかで殺害し、頭と性器を切断して血抜きしてからキングズベリー・ランに遺棄したと地元紙は書いていた。検視解剖によると被害者は生きたまま首を切られたらしい。つまり死因は、首の切断そのものだった。

夜更けにこんな物騒な一帯を歩いていたら、殺人者の次の獲物になるぞと人は言うだろう。だけどそこは心配無用だ。「だってアンドラーシを狩ったのは、俺だから」ビリーは独りごちる。実際に口にして、どんなふうに自分の耳に聞こえるのかを試したかった。ビリーは殺人者《トルソー・キラー》ではない。それでも死の直前のアンドラーシを知っているのは事実だった。

こいつでいい。二年半前に選んだのはビリーだった。アンドラーシはハンガリー系のポン引きで、両刀使いで、愛人が何人もいた。明日消えても誰も悲しまない野郎を連れてこい、と言われていた。この男なら恨んでいる者は数えきれない、ビリーが知る売春婦もさんざん金を踏み倒されていた。だからしばらくアンドラーシの周辺を嗅ぎまわり、後を尾けて、二十番街の酒場で「あんたに耳寄りの話があるんだ」と声をかけた。

「……身分の高い旦那で、こんな場末のバーには足を運ばないが、あんたを金持ちにできる。通りであんたを見初《みそ》めたんだってさ」

飯、宿、仕事、フラッツの人間を誘いだすにはそのどれかだ。ごろつきの目に強欲な光が宿りだしたころ、酒場から連れだして、カヤホガ川を渡った先の倉庫街に向かった。誰の所有物件とも知れない倉庫に入り、ここで待っていれば客が来るから、どこでどんなふうに楽しむかは本人と話してくれと伝えた。ビリーの役割はそこで終わりだった。だから三日後に見つかった遺体が、指紋照合でアンドラーシと判明したのちも、自分のしたことが相手の死に結びついたとは考えなかった。いや、考えまいとした。

「あんなホモ野郎がいなくなったからなんだってんだ？　ビリーよぉ、お前も金をもらったんだからおとなしく口を閉じてろ」

おそるおそるスエード兄弟に聞いても、何ひとつ教えてもらえなかった。そもそもどこから舞いこんだ話なのか、初めから首なし死体《トルソー》にするつもりで物色させたのか。寝つきが悪すぎませんかと良心に訴えかけても無駄だった。兄のトミーも弟のブルーノも、どんな尺度で測っても良心の持ちあわせなんてない。治安本部に締め上げられているギャングの用心棒で、フラッツの嫌われ者。ビリーに話が持ちかけられたのも、スエード兄弟が直《じか》に誘ったところで警戒して誰もついてきやしないからだ。

俺は関係ない。俺はアンドラーシを殺してない……自分で自分に言い聞かせてやりすごしたが、数ヶ月後、次は女だ、とふたたび役目をふられて、提示された報酬にあらがえず、おなじように倉庫に連れこんだ娼婦が三人目の被害者として見つかってからはごまかしようがなくなった。俺はトルソー・キラーの片棒を担いでいる。

三人目は、キングズベリー・ラン近くの東二十番街で見つかった。鎖に繋《つな》がれた犬がうるさく吠えるので、飼い主の婦人が外の様子を見にいった。雪の上に放置されたバスケットに向かって犬は吠えていた。中身はハムだと思ったが、実際には人の腕だった。近くで発見されたバッグには女の下半身が入っていた。指紋からフローレンス・ポリーロというフラッツの娼婦とわかった。新聞は哀れなポリーロが〈カノニカル　5《ファイブ》〉の末裔《まつえい》だと書きたてた。トルソー・キラーは、ホワイト・チャペルの切り裂き魔のように下層の風俗従事者を血祭に上げているのだと――

それから数ヶ月おきに、ジョン・ドゥやジェーン・ドゥが次々と発見され、クリーブランドは恐怖に呑みこまれた。身元不明の被害者の中にはビリーが誘った者も、そうでない者もいた。おそらくおなじような調達係をスエード兄弟が束ねているのだろう。

それでもビリーは、足抜けできなくなっていた。俺は仕事もないこの町でじいちゃんと食っていかなきゃならないんだ。遠い昔、祖父に聞いた狩猟の話を思い出した。集団で狩りをする時、決まった場所で待ち構える〈狩り手〉と、獲物をそこへ追いこむ〈囲い手〉に役割を割り振ることがある。ビリーは図らずもトルソー・キラーの〈囲い手〉になっていた。発覚すれば重罪は免れない。罪を償うときは来るだろうが、それは今じゃない。永遠に今じゃない。

十二人目の被害者が見つかった二日後の夜、フラッツの自宅に警察が踏みこんできた。ついに捜査の手が回ったかと思ったが、警官たちはすぐにここから出ていけと宣告した。わけもわからず屋外に出ると、驚くことにフラッツのほぼすべての住民が退去させられていた。家賃滞納を口実にされた者がいて、前科者はのきなみ留置所に放りこまれていた。治安本部長が命じたらしいぞと誰かが言った。エリオット・ネスが？　どうして俺たちを宿無しにするんだ――

捜査の成果が上がらず、殺人者の影も踏めずにいたネスは、政府から圧力をかけられ、地元民からは評判倒れとなじられて、いよいよ忍耐の限界を超えていた。犯人が獲物をスラムで物色しているのは確実視されていたので、もう二度と物色できないように、スラムそのものを消滅させることにした。消防車とパトカー数十台でフラッツを囲み、数百人を強引に追いだしたうえで全戸を捜索、何も出ないとわかると大きな槌《つち》で建物を破壊し、灯油をばらまいて一帯を焼き払いにかかった。

「ネスも、とっくに正気じゃないのか……」

「燃える、燃える……」

祖父が慟哭《どうこく》していた。塵と火の粉が渦を巻いていた。

細い竜巻のように黒煙が昇っていく。炎上するフラッツを、ビリーは茫然と眺めた。

夜の底を染める焔《ほのお》は血の色に変わり、雲を千切れた臓物《ぞうもつ》のように見せていた。

これが、俺のしたことへの報いなのか。

おかげでビリーと祖父は、浮浪者のための緊急避難シェルターで寝泊まりしなくてはならなくなった。新入りは燻蒸《くんじょう》のために衣類をすべて差しだして、預かり札をもらってから医者の検診を受けて、前後に開くごわごわの寝間着を着せられる。配給食は色の赤っぽい野菜スープのみで、市長などが視察に来るときだけ固いパンとブリキ缶に入れたコーヒーがついてきた。赤の他人と雑魚寝《ざこね》する目にだけは遭いたくないと常に言っていた祖父は、これを境にみるみる衰弱していった。祖父の狂気は深い悲しみにとってかわられ、祖父の寝間着はたえずむさ苦しい悪臭を放つようになった。ことあるごとにパンツを濡らし、そのたびに恥辱ですすり泣いた。

仕事はない。生き腐れながら世界を呪うだけの肉の塊《かたまり》に変わっていく。避難所の天井を睨みながらビリーは考えた。俺の線路《トラック》の転轍機《てんてつき》はどこで切り替わった？　アンドラーシを誘った夜か。それとももっと前から、奈落へと降《くだ》っていく線路《トラック》に乗っていたのか。

真冬になると、昨夜まで話していた避難者が朝に冷たくなっていることも珍しくなくなった。あいつは死んでいるな、と気がついた相手には近づかない。牡鹿のときのように、母を葬ったあの日のように——死者の目から見える現在の自分が、死人と変わらない形《なり》をしているのを目の当たりにするのが怖すぎた。

フラッツの焼き討ちで批難にさらされたネスは、翌年には冤罪《えんざい》事件まで起こした。三人目のフローレンス・ポリーロの内縁の夫を逮捕したが、このフランクという夫は、のちに暴力で自供を無理強いされたとして証言を撤回し、あげくに郡刑務所で首を吊ってしまった。この一件で、住民のネスへの信頼は地に堕ちたかに思われた。

犯人の輪郭をなぞれていないという点では、ビリーもネスとおなじだ。避難所で知り合った事情通の元記者に「ネスの旦那、今度は従軍経験がある名家出身の医師に狙いをつけているらしい」と聞いた時には、まずい、今度こそ当たりなんじゃないかと思った。トルソー・キラーが医者という見立ては腑《ふ》に落ちる。〈囲い手〉を使う必要があるのは身分が高い者であるはずだし、遺体の切断面のあざやかさ、ところどころに化学処置が施されていたという点からしても、医療従事者でなければありえないとも思えた。

実際、ネスがその医者に目をつけてからはビリーにお呼びがかかることもなくなった。三年以上にわたる臨時収入が絶たれるのは心許なくもあった。殺人者はいよいよ店仕舞いをして、下請けの自分もこのまま干上がってしまうのか。避難所から脱け出すこともできず、祖父は日に日に弱り、自身もいつ冷たくなるかわからない。鬱々《うつうつ》としていたそんな時期に、スエード兄弟からの連絡があった。

「今夜だ、やるぞ」

避難所の電話越しにスエード兄弟の声も高ぶっているのがわかった。綿密に段取りをしておくから、キングズベリー・ランに来い。


夜、軌条《レール》の上を往きつ戻りつしながら待った。

約束の時間になっても、スエード兄弟はなかなか現われなかった。

ふと、疑問が湧いた。トルソー・キラーはどうしてこの辺りに遺体を棄てるのか。遺棄だけなら魚が突《つ》い食《ば》んでくれるエリー湖やカヤホガ川がふさわしい。キングズベリー・ランに棄てることに意味があるのか、何か思い入れでも？

この一帯は、ビリーにとっても特別な場所だった。恋人がいた頃の記憶が風景に染みこんでいる。軌道に沿ってノラとどこまでも歩き、枕木を跳びわたった。クラッカージャック――ノラが好きだった菓子――を食べながら並んで寝そべり、客車や貨物車が近づくたびに笑いながら退避した。二人が十五歳の頃に初めてキスをしたのも、ノラから妊娠を告げられたのもキングズベリー・ランだった。

……なにかの間違いじゃないの？

当時はまだ、自分の人生を諦めていなかった。進学しないで働くことになるとは思ってもいなかった。間違いなんかじゃない、とノラは言った。ねえビリー、どうするの？ ぐずぐずしているうちにノラの生理が来た。流産したとわかって正直、ホッとした。だって俺たち学生だし、お互いにまだ早いと思っていたわけだし、そうだろ？ そもそもこんな寸法にもなってなかったんだし……と、クラッカージャックの中の糖蜜ピーナッツを一粒つまみだして言った。人ひとりの命が流れたことにはならないよね。

このときの俺、掛け値なしの屑《くず》野郎だったとビリーは思う。ジョークにして笑い飛ばせると一瞬でも考えたのだから。

抱き締めようとした腕をすり抜けて、ノラは去っていった。あの日から彼女には目も合わせてもらえない。あのときか、とビリーは思った。俺の線路《トラック》の転轍機が切り替わったのはノラが去ったときか。もしもあそこで違う言葉を吐けていたら……もしかしたら、何もかもが違っていたのかもしれない。

「ビリー、来たな」

前方から声が聞こえた。弟のブルーノが右手から線路《トラック》に上がってきた。

「これで最後にするんだと」近づいてくる声がいびつに響いて聞こえた。「警察もやっきになってるからな、ぼちぼち潮時だから終《しま》いにするってのが雇い主の意向だ」

「俺はこれまでどおり、倉庫に連れていくだけですよね」

「しかし、フラッツは消えちまったからな」

何かおかしい、とビリーは思った。ブルーノのあらたまった物言いも、直前に打ち合わせをしたがるのも、考えてみれば不自然だ。

「お前んとこはジジイと二人だったな。そのじいさんも耄碌《もうろく》してんだろ?」

線路の反対側から、ビリーを挟み撃ちにするような格好で、兄のトミーが歩いてくる。そこに至ってようやくビリーも気がついた。これは罠だ。

「だったらお前がいなくなっても、悲しむやつはいねえよな」

最後の首なし死体《トルソー》の獲物は、俺か。首を刎《は》ねて口封じするつもりか。前後を挟まれたビリーは左の草藪に駆けこもうとしたが、伸びてきたブルーノの手に捕まって引き倒され、おろし金に野菜を当てるように顔半分をずりずりと砕石《バラス》に擦《なす》られた。

抵抗しようとしたが、ブルーノの拳《こぶし》が飛んできた。衝撃が走って、視界が白と黒になり、風景がぶれながら回転して、前後左右がわからなくなる。命乞いが通じる相手ではなかった。噂によるとスエード兄弟は義理の兄弟で、なおかつ義理の親子でもあるという。その関係性はひどく込み入っていて、本人たちすら理解できているかあやしいらしい。こんなむちゃくちゃな連中に関わったのが間違いだった。ああ、おれの人生は間違いだらけだ。

「なんなら俺らでやってもいいんだぜ」兄のトミーが言って、弟のブルーノがうんうんと頷《うなず》いた。「あの人は、仕上げはいつも一人でやってたからな」

「だよなあ、一度も立ち会わせなかった」

「俺らも、男として生まれたからにはなあ」

「うん、一度ぐらい、生きたまま首ちょんぱ《ヘッド・オフ》する感触を知りてえ」

「あんたたちは……」ビリーは切れぎれの声を吐いた。「雇い主の正体を知ってるのか。警察が追ってる元軍人の医者がそうなのか」

「そうだ、ビリーよぉ」スエード兄弟は話を聞いてなかった。「お前さ、首を切られたらすぐに目で合図しろ。意識がまだ残ってるうちによぉ、俺らとてめえの胴体にそんじゃまたなってウィンクしてみせろよ」

スエード兄弟がそろって笑った。人生の最後に聞くには不出来すぎるジョークだが、それでも俺がいつかここでノラに言ったのよりはずっとましか。やっぱりあのときだったんだな――と、そこで急に視界が翳《かげ》った。月夜が流れて墜ちてくるような感覚があって、ブルーノの下卑《げび》た笑い顔が、笑い顔のままでごろんと首から落下した。

背中が焼けつくような戦慄と、トミーの叫び声が同時だった。トミーは上体を捻《ひね》るように反らした。ヒュンと風音がして、背後から降ってきた刃物をトミーが素手で止めた。左右の指が何本も落ちた。だしぬけに現われた何者かとトミーが争っている、だけど膂力《りょりょく》の差は歴然としていた。トミーは小肥りな体を蹴り転がされて、髪を掴まれ、右からの薙《な》ぐような一閃で首を切断《ヘッド・オフ》された。

物の数十秒もかからず、地面に二つの首なし死体《トルソー》が転がっていた。

緋色の肉が覗き、血のなかに骨が見えていた。脂肪が見えていた。

二つの亡骸《なきがら》を見下ろすように、六・五フィートはありそうな巨大な男が立っていた。鉈《なた》のような肉切り庖丁のような特大サイズの刃物を握っている。

この男が、トルソー・キラーか。

視界が血で滲んで、顔がよく見えない。

これといって変哲のない上下の服装、軍の長靴らしきもので足元を固めている。

助けてくれたわけじゃないと直感でわかった。おそらくこの男こそがクリーブランドを震撼させている殺人者で、実際に一連の事態を仕舞うつもりなのだ。口封じの対象にはスエード兄弟も含まれていて、だからといってビリーだけを見逃すつもりもないことは男の全身から漂う気配に触れるだけでわかった。

獲物。

ビリーをただ、そう見ていた。

自分の呼吸音がきわだって聞こえた。肺からの音はくぐもり、湿っていた。直視していられず、撥《は》ねつけられるように顔を逸《そ》らすと、放りだされたブルーノの首が視界に入った。ブルーノは虚空を見ていた。この世のどこにも焦点を合わせていない。その瞬間、あれが突然訪れた。世界からどんと突き飛ばされるような熱を感じて——

顔も口元も血にまみれた自分を、ブルーノの目から見ていた。おびえ、慄《おのの》き、人生の何も経験していないような若者が震えていた。あの頃とおなじだ。祖父とともに鹿と遭遇してから仕留めるまでの時間と、そこから現在に至るまでの時間が、あたかもおなじ長さであるかのように感じた。月影に照らされた視界には、黒い影がところどころで凝集している。そのいくつかは手足がある人の形にまとまったり、つながっては崩れたりしていた。

「お前も、俺とおなじなのか……」

声がした。男が口を開いたのか。耳で聞いたというよりもそれは、ビリーの意識に浸透するように伝わってきた。

「飛びやすいんだな……だったら、とっくに見込まれているんだろ……」

俺の人生はまともな線《ライン》から外れ、あげくに殺人者と遭遇して、ここで幕を下ろす。大体それはわかった。避けようもない最期が訪れているのはわかった。

だけど、これはなんだ？　向き合っているものが、虫けらを潰すような力を人間に行使できる存在のように感じた。自分の意識の主体がどこにあるのかわからない。線路《トラック》の上を誰かが動く気配があって、海の蛸《たこ》や烏賊《いか》が吐きだす墨のように濃い影が人の形に凝集する。そこにはアンドラーシがいた。ポリーロがいた。首がある者もない者も、片目だけを開けた母親もいた。**お前はこっちか？**　声がした次の瞬間、視野が高くなった。ブルーノの首が持ち上げられて、ぐるりと向きを変えられるのがわかった。真正面から向き合ったトルソー・キラーの顔は、周囲の濃密な影と完全に一体化していた。だからなのか。だから正常な目ではこの男の顔を視認できなかったのか、だけど今はよく見える。

ビリーにとってそれは〈死〉そのものの顔だった。巨大な迷宮の顔だった。鼠《ねずみ》の巣だった。漆黒《しっこく》の夜の結び目だった。

焼けるような衝撃が走った。熱したペンチで鼻を挟まれているような、痛みが釘のようにビリーを貫き、明滅する光と影が見えた。世界を漂う細かな粒子が見えた。

キングズベリー・ランに底知れない暗闇が凝《こご》り、星々がしんと見返していた。皮膚のそばだつような波打ちを感じたかと思うと、引き寄せられ、重たい粘り気をそなえた暗幕が降ってくる。視界が断たれ、意識が断ち切られ、そして世界は静かになった。

◇

アンディ・コブは一九七五年、アリゾナ州ツーソンのトホノ・オータム・ネーション・リザベーションで生まれ、三十五歳のときに殺人者となった。

恋人の浮気相手を、刺し殺したのだ。

その日、正午に仕事を抜けだしたアンディは、恋人のバッグに隠したＧＰＳの発信機にしたがって車を走らせていた。

九・一一にツインタワーが崩落して以来、終焉《しゅうえん》の見えないイラク戦争の泥沼化をカーラジオの声が嘆いている。嵌まりこんだ泥濘《ぬかるみ》からはたやすく足抜けできないものさ、とアンディは思う。自分だってそうだ。アンディはアルコール中毒だった。

「くそ、何をやってんだ……」運転しながらリアナに電話をかけるが、出ない。アンディはノキアの携帯を放りだすと、車のアクセルを底まで踏みこんだ。

アル中のネイティヴ・アメリカン。ステロタイプな大人になってしまったものだが、とはいえアンディの知るトホノ・オータムの誰もが回復途上のアル中だ。アンディの父親も透析をつづけていたが腎臓の障害で死んだ。アンディも看護士という定職につきながら、アルコールとは一進一退の距離を保ってきた。

リアナとは、アルコホーリクス《A》・アノニマス《A》で知り合った。モデルやストリッパーをかけもちする黒白混血《ムラータ》で、三つ年上なのに二十代のスタイルの持ち主だった。出逢ってすぐに付き合いはじめたが、半年もするとリアナは妻子持ちの男に乗り換えた。そこからが地獄だった。捨てられたことで酒を止められなくなり、リザベーションで治療薬として使われるペヨーテにも手を出した。アルカロイドとメスカリンを含んだサボテン科の植物で、アルコールとちゃんぽんで摂取すると視覚と聴覚の洪水のような幻覚を得られる。十日でも二週間でも覚めているあいだは飲みつづけ、乾燥《ボタン》ペヨーテを嚙み、ピットブルぐらいの大きさの昆虫の群れが部屋を這いまわっているのを見た。人類の誰も逃れられない大津波のように襲ってくる幻聴に苦しめられた。

部屋でわめきながらみっともなく何度もリアナに電話した。逆にリアナから呼びだしがかかれば、最悪の女《ビッチ》め、と悪態を吐きながら出かけていってしまう。五歳の娘の母親であることもその頃に発覚し、母子《おやこ》でアパートに転がりこんでくるのも拒まなかった。復縁してもリアナは隠れて飲んでいて、感情が高ぶるとありったけの怒りや憎しみをアンディにぶつけた。あたりかまわずライターの油をぶちまけ、ソファに火を点けたこともあった。

この馬鹿、アンディのクソ野郎！

あたしがどんな人間か見せてやるよ、クソ馬鹿！

ほら見ろ、お前のソファなんてこうしてやるんだから！

あの頃が一番ひどかった。アンディは『あなたを傷つけるあなたを愛する人』という本を熟読して、リアナの混乱に思いが至るようになった。――愛なんて言葉は信じられない。ろくでもない自分を愛してくれる人間がいるわけない。だから「愛してる」なんて言葉で言い寄ってくる嘘つき男にはどんなにひどい女かを見せつけて、振りかざす綺麗事を引き裂いてやる。そんなリアナの無意識に想像がおよぶようになった。リアナは自分の体を物のように扱う男たちを憎み、憎むべき相手にいいようにされる自分を憎んでいる。自分の愛しかたがわからず、娘を愛せないことに戸惑っている。

このところは嵐の季節を抜けて、リアナの欠点や混乱をそのまま受け止められるようになった。二人とも毎日仕事に出ているし、少しずつだが、リアナの娘とも父子《おやこ》のように振舞えるようになってきた。それなのに——

「へえ、良い家に住んでるんだな……」

たどりついたのはツーソン郊外の住宅街だった。妻子の留守中にあの男、愛人を連れこんでいるらしい。路肩《ろかた》に停めた車からしばらく邸宅を眺めていたアンディは、途中のＫマートで買って空にしたウィスキーの壜を地面で叩き割った。

一週間前、リアナのメールの履歴をたどってしまった。寝取り男。妻子持ちのトレーダー。アンディと暮らし始めた直後から、リアナはあの男と会っていた。

「あの男、ピーターって言うのか……」

運転しながら酒を飲み、ペヨーテを服《や》っていたが、酩酊《めいてい》するどころか怖ろしいほどに頭が冴えていた。脳の表面がざわざわと毛羽立ち、リアナと寝取り男の密会の場に踏みこむべきだ、そうすべきだ、という強い確信が焼きついている。三角関係や痴情のもつれとも離れて、やるべきことをやらねばと使命感のようなものまでおぼえ、昂《たかぶ》る意識が絞りこまれるように宿命的な瞬間に向かって集約していく。

表札に〈Peter&Amanda〉と出ている玄関ドアの把手《とって》を回した。鍵はかかっていない。扉の隙間から身を滑りこませ、足音を立てないように屋内を進んだ。キッチンを通過するときに、出勤時にタイムカードを押すかのように、ごく当たり前に庖丁立てからセラミックの一本を抜き取った。

寝室の扉をそっと押すと、音もなく隙間が開いた。ベッドの上で男が女にのしかかり、白い尻を突き上げて、体全体で左右の脚を割っている。寝取り男。リアナの首筋に顔を埋めている。腰のリズムに合わせてリアナの指が男の髪を撫ぜている。

アンディは寝室に入ると、静かにベッドに近づいた。気づかれるのを待つようにしばらく二人の営みを見下ろしていたが、現世で最後のセックスであるかのように二人は体勢も変えずに没頭している。アンディは逆手に握った庖丁をかざすと、ためらうことなく男のうなじに突き立てた。

黒々と煮つめてきた衝動が迸《ほとばし》り、目も眩《くら》むような高揚感に駆りたてられる。三度、四度と付け根まで差しこむと、男は振り返ることもできずにリアナの上に崩れた。

こうするべきだった。だってこいつは俺の獲物だから——アンディは昂っていた。ほとんど絶頂感すらおぼえた。男が覆いかぶさったせいでリアナの顔は見えなかった。ヒュッと息を呑む音が聞こえた。悲鳴を上げるかと思ったが、上がらない。殺人の現場となった寝室に、真空に落ちたような不思議な静寂が生まれていた。


狩れたのね。おめでとう、これであなたも立派な〈狩り手〉……

そのときだった。リアナがおかしなことを口走った。血だらけの男を押しのけてみれば、そこにいるのはリアナではなかった。**あなたはこの人生の目的を遂げた。三十五年もかかったけどね、ビリー・ライダー……**

確かにリアナなのにリアナではない。真っ黒な煙が耳や口から吹きこぼれて、本来の顔の造作《ぞうさく》が崩れてどろりとした靄《もや》の渦に溺れている。ビリー・ライダー、この愛人のことか。こいつはピーターじゃないのか。ビリー・ライダー、それは俺の名前だと咄嗟《とっさ》に思った。自分でもわけがわからない、俺はアンディ・コブなのに。

「お前は、リアナじゃないのか……」

視線の焦点がぼやけ、眩暈《めまい》をおぼえた。体が水平を保っていられず、吐き気がしてベッドに手を突いた。急激な体の異変——アンディは生まれてからずっと腹の下で温めていた卵が孵《かえ》ったように突然、了解していた。たしかに俺はビリー・ライダーだ。

あたしは誰でもないけど、あなたはビリー・ライダー。あなたは一九三八年のキングズベリー・ランにいた……思い出した？

「キングズ……キングズベリー・ラン？」

あなたはそこから、狩るものと狩られるものの循環《サイクル》に入りこんだ。本来のあなたの……ビリー・ライダーの表現を借りるなら〈狩り手〉と〈囲み手〉の猟場に……

一九三八年のクリーブランド？　現在《いま》は二〇一〇年だ。するとビリーというのは俺の前世か。**いいえ、前世とは違う。**脳裏にかかる霧が晴れるような覚醒感もあった。俺がビリー・ライダーだったらアンディ・コブというのは誰だ？　苦学して看護士になり、リアナやその娘と出逢って泣いたり笑ったりした。アンディの三十五年の人生は？　すべては存在しない夢のようなものなのか、でっちあげられた偽物だったのか。

それも違う。あなたは一九三八年のあなたから、アンディ・コブの線路《トラック》に入りこんだの。アンディとして三十五年を生きてきたのも獲物を狩るため……あなたはこれからずっと、線路《トラック》から線路《トラック》へ跳びわたって、獲物を狩りつづけるのよ。それぞれの人生で一人狩れたら良し。たくさん狩れたらもっと良し……

リアナであってリアナでないものが語ったのは、およそ人一人の頭に収納できる話ではなかった。一九三八年のビリー・ライダーは死んだわけではなくて、その中身が、魂といってよいものが〈狩り手〉として召し上げられた。こうして獲物を射止めて、今、アンディの人生が剝ぎとられていく。リアナや娘との日々も、リザベーションでの生い立ちも、すべてをたしかに憶えているのに、もはや自分の記憶として感じられない。あたかも川向こうの他家族のキャンプのように、遠いところから触れようもなく傍観しているだけだ。胸の奥が締めつけられる――自分という主体が、めざましい勢いでアンディ・コブからビリー・ライダーに戻っていく。

アンディの人生は実在している。俺は――ビリー・ライダーはそこへ違う線路《トラック》から移ってきた。時代も、空間もまたぎ越して――

「俺はあの夜、キングズベリー・ランで人殺しに遭遇して……死んだわけじゃない？」

死んではいない。あの男もおなじ狩り手だったから、あえてその手を止めた……

「俺はまた次に飛ぶのか、もうビリーには戻れないのか」

それはあたしたちにもわからない。この〈猟場〉自体が決めることだから……あたしたちは〈囲い手〉としてその手伝いをするだけ。あなたが次に飛べば、アンディは抜け殻になるか、この罪を背負って投獄されるか……アンディはたしかに実在していて、だけどあなたは物心ついたときからそこに同居してきた。ある種の、狩りの意思のようなものとして……

今なら思い出せる。この俺は、ビリー・ライダーは幼い頃から、死にゆく生き物に魂が入りこむような体験をしていた。あの殺人者は**お前も俺とおなじか**と言った。つまり……つまり世の殺人者の多くは別の時代や次元から飛んできたものに人生ごと侵襲《しんしゅう》されて、〈囲い手〉に導かれるままにその身を凶行に駆りたてているのか。

さあ、飛びなさい。あなたは次へ飛ぶのよ。

世界があらゆるヴェールを脱ぎ去っていた。真の人生ではなかった三十五年の記憶が、何事かを踏み躙《にじ》るように遠ざかっていく。ビリーはそして、瞼の裏に広がった黒い奈落《ブラック・ホール》のような大渦に呑みこまれていった。

◇

「……たしかにキングズベリー・ランの連続殺人は、実際に起こった未解決事件だ。大恐慌下のクリーブランドに本来の君は生きていて、実際にトルソー・キラーとも遭遇したというんだね」

「信じてほしい。殺されたかどうかは記憶にないんだけど……」

「その後、君は異様な〈転生〉を重ねるようになった。もう一度、君の口から名前を確認してもいいかな」

「最初は、アンディ・コブ。そのあとはオリヴァー・スコット……モナ・サンドラッツカヤという女性になったこともある。このJ・J・フジタで十九人目だ」

「君からもらったリストのうち十五人余は実在を確認できた。生きた年代も異なる全員が、殺人、事故、過失致死などで一人以上の命を奪っている。それでも君が言う〈転生〉の証明にはならないわけだけど……」

「だけど戯言《たわごと》と一蹴しなかったのは、あなた一人だけです」

「フジタ……いや、ビリー・ライダー。実際のところ君は、正しい相談相手のところにたどりついたと思うよ」

なんと呼んでもかまわない、と〈囲い手〉たちは言っていた。ビリーが〈疑似人生《フォルス・ライフ》〉〈他人の線路《アナザー・トラック》〉と呼ぶそれぞれの人生において〈目覚め〉が訪れる瞬間はまちまちだった。アンディ・コブのように狩りを終えた瞬間に目覚めることもあれば、人生の早い段階で雷に打たれるように悟ることもあった。俺はビリー・ライダーだと。道を歩いていて突然、押し寄せる〈目覚め〉に揺さぶられ、路上に倒れて号泣しつづけたこともあった。早々に気がついてしまえば、いつか来る〈狩り〉の瞬間までおびえながら、もしくは覚悟と高揚感を一段ずつ重ねるように年月を生きていくことになる。〈狩り〉の回避はできなかった。自宅に籠《こも》ったり、生活圏の外へ逃亡を図ろうとしても、身の周りの人間や不特定多数にあらかじめ配された〈囲い手〉によって、かならずその日その瞬間にまで導かれていくことになる。これまで銃の引き金を引いたり、ホームから突き飛ばしたり、ショットガンを片手に人の集まる場所に突っこんだり……一人か複数人かにかかわらず、その人生で〈狩り〉を終えるとそこで疑似人生《フォルス・ライフ》も終わり、次の人生へと飛ぶ。その繰り返しでここまで来ていた。

もしも〈目覚め〉が早ければ、この現象を少しでも解明しようと試みた。ひとつの人生で得た記憶は、次の人生へも持っていけるから——聖書を読み、図書館の文献を漁り、国や州ごとの神秘主義者やニューエイジ系の学者も訪ねていった。J・J・フジタ——日系アメリカ人のこの線路《トラック》に移ってきてから出逢ったのが、『Hallucinations of murderers』、『The hunting circle turns』の著者であるC・H・キャンベルだった。

五十がらみの在野《ざいや》の研究者で、アカデミズムからは無視されているが、殺人者が抱えこんだ幻覚について二冊も三冊も本を書けるだけの該博《がいはく》な知識をそなえている。文章を貫いている知性にビリーは惹かれた。ブックフェアや講演会があれば州をまたいで出かけ、焦らずに時間をかけてキャンベルの気を引いていった。すぐには核心にふれず、狂人の妄想とあしらわれないように細心の注意を払った。キャンベルはやがて、迷える日系の中年男を自らのフラットに連泊させるまでになった。

「これまでの研究でも……君と同種の証言をした殺人者は少なくない。〈囲い手〉というのはその都度、〈観衆《オーディエンス》〉や〈緑色の幽霊〉といった言葉に置き換わるけどね」

殺人という極限行為に自らを駆りたてる個人や集団、ある種の煽動者《デマゴーグ》に憑かれているというのは関係妄想の典型だし、大抵はホラー映画に毒された独創性に欠ける強迫観念《オブセッション》だとキャンベルは言った。ただし稀に、君のように黙過できない信憑性をともなう者もいる。

「私は実際、人間の中に芽生える殺意や悪徳を、個々人の外に求める姿勢には懐疑的だ。本質を見誤らせるからね。研究の積み重ねに僥倖《ぎょうこう》は存在しないんだよ。君のような被調査者《インフォーマント》に出会えたときほど、道を踏み誤らせる躓《つまず》きの石と考えなくちゃならない」

ビリーはJ・J・フジタとして、昼も夜もキャンベルの自宅で話しこんだ。重要になるのは〈狩り〉という概念だろうなとキャンベルは言った。狩猟行為がもたらす波及効果とその機序《きじょ》。あるいはそれはアメリカという国がずっと追究してきたことかもしれない――君の話はを聞いていると、人間精神の中心にある根源の快楽、最も人間らしい衝動、そうしたものを永久機関のように駆動させつづけるために、何がしかの高位の存在が――君たちをあちこちに飛ばしつづけているように感じるよ。

「たしかに快楽はなくならない」とビリーは言った。「準備をして、息をひそめて接近して、襲いかかるときのあの高揚感、ただひとつの結果に向かっていく世界との連動感……こればかりは十九人分の半生を生きてきても消えない。こうして〈狩り〉に歓びや高揚をおぼえているうちは、このサイクルからは出られない気がするんです」

「かなり疲弊してるみたいだな……君は、終わりにしたいのか」

「そうなんです、だから知恵を貸してください。早く、早くしないと……」

キャンベルは〈転生〉と表現したが、別の人生への生まれ変わりを重ねるのではなく、他者の生を重ね着して延々と着ぶくれしていく感覚だった。ここ数回は〈目覚め〉を得てからの時間も長くなり、それまでの数十人分の人生の記憶も、それぞれの〈狩り〉のめくるめく高揚感も、その結果の生々しい悔悟や困惑も、色褪せることなく脳裏によみがえる。忘れてしまいたいほど凄惨な場面も、深まりすぎた轍《わだち》をさらになぞるように爪を立ててくる。着ぶくれした記憶の最下層で、ビリー・ライダーが傷ついていく――

「俺は、俺はビリーが殺人者の元へ追いやった人数を超えて、他人の線路《アナザー・トラック》を生きてきた！　あとどれだけこんなことを繰り返せばいいんです！」

「落ち着きなさい。君の抱えこんだ快苦の非対称性を考えれば……君には自分の意思でこの線路《トラック》から下りる権利もあると思うんだが」

「それなら何度も試した。無駄なんです……自分のあごの下を撃ち抜いたこともあったけど決まって病院のベッドで目覚めて、看護士になりすました〈囲い手〉にたしなめられる。あいつらはどこにでもいるんだ、たとえばあなたの本を教えてくれたフジタの友人も、あなたの講演会で取り次いでくれた編集者も、あれはみんな〈囲い手〉です。フジタの人生で〈囲い手〉はあなたを獲物に選んだ」

「……ビリー、何を言いだすんだ。脅かすのはやめろよ」

「本の書影を見たときからわかっていた。ここまではどうにか耐えてきたけど……」

「躓きの石どころか、君は……」

フジタは――ビリーは拳銃を取りだすと、引き金を引いた。

漂うようにビリーは飛びつづける。次の線路《トラック》へ、次の線路《トラック》へ――

五十人目を超えると、どういう順でどんな時代を渡りついできたかも曖昧になった。今は何人目で、西暦何年にいるのか――

最大規模の〈狩り〉を成し遂げたのは、モナ・サンドラッカヤだった。彼女はウクライナの農婦で、一九三〇年代の大飢饉《だいききん》の時代にその生は佳境を迎えた。すでにビリー・ライダーとしての〈目覚め〉を得ていたモナは、あのクリーブランドの大恐慌時代がまだ恵まれていたと思えるほどの災いの渦中で、一体何者を狩ったらいいのかと途方に暮れた。都市から派遣された党員によるオルグが畑や農場を監視し、稲を収穫しただけで人民の財産を収奪したとして投獄された。オルグは食卓の鍋からお粥《カーシャ》まで奪った。農民たちはドングリやイラクサを食べ、病死した馬を食べ、ついには墓を掘り起こして埋葬された遺体を食べた。路傍のそこかしこに餓死者が山積みにされて、通りからは死臭が去らなくなった。母親たちは誘拐を恐れてわが子を家から出さなくなり、父なし子を抱えていたモナも、痩せていく赤子とともに蟄居《ちっきょ》をつづけた。

この子だけは、この子だけは守らなくては、それだけを念じていたのに——

あるときモナは、封鎖された国境を越えて食料を調達しに行った有志の村民たちの名をオルグに通報した。党の敵となる者の動向を報せれば、食料や衣類やミルクを与えられたから。この告発がモナの人生における〈狩り〉となった。食料が届かずに餓死した者も数えれば、五百人規模の狩りを果たしたことになる。そのなかには結局、栄養失調で息絶えたわが子も含まれていた。打ちひしがれ、こんな記憶は消してくれ、早く次の線路《トラック》に飛ばしてくれと願ったが移行の時は訪れず、腹ばかりが減り、気がつくと冷たくなったわが子に火を通してがつがつと貪《むさぼ》り食っていた。完食したところでようやく村民や党員に扮した〈囲い手〉が現われて、拍手喝采でモナを讃え、今回は特に素晴らしかったと賞揚し、次も張りきってほしいと激励して、次なる線路《トラック》へ送りだしたのだった。

◇

暗闇のなかに放りだされて、眠ったおぼえもないのに目を覚ます。

自分がどこにいるのかわからない。

屋外ではないが、とても寒いところだ。薄暗いシェルターのような場所。壁や天井にくまなく闇が張りついている。垢《あか》じみた臭い、何事かの余燼《よじん》を冷ますような静けさ。四方には咳や寝息が波打っている。……これで何人目になるのか、すでに〈目覚め〉は得ていた。俺はビリー・ライダー。しかしここはどこだったか、この場所には憶えがある――

おもむろに立ち上がると、並んだ簡易寝台に横たわる人々の間を抜けていく。野戦病院か避難所らしきところだ――そうか、ここは〈フラッツ〉の避難所だ。長い悪夢から覚めたのでなければ、俺は、俺は戻ってきた。

汚物のこびりついた洗面台に、前屈みになって吐き戻した。胃液が玉の糸を引くのを睨みつづけ、顔を上げた。そこにいるのはビリー・ライダーではない。縮れてふくらんだ毛髪が天井に触れんばかりの長身の男がいる。落ち窪んだ眼窩《がんか》、浮いた頬骨《ほおぼね》、殺人者の顔――すでに何人も狩ったが、この線路《トラック》からはまだ飛べない。

寝床に戻ろうとして、暗がりのなかに見いだした一人の避難者の姿に、息が止まりそうになった。頭の芯をぐらりと揺さぶられるような驚きがあった。強い既視感。いや、錯覚の類いではない。**そこにいるのはビリー・ライダーだった。**ここは一九三八年のクリーブランドだ。しかし何かが変だ。ビリー・ライダーとしていくつもの線路《トラック》を渡りつぎ、ようやく元の線路《トラック》に戻ってきたと思ったら、**他にもう一人、ビリー・ライダーがいる。外見は向こうこそが本来のビリー・ライダーで、すると今この男の内側で、自分がビリー・ライダーだと認識している俺はどこの誰だ?**

〈狩り〉のサイクルが、〈猟場〉が破綻を来して、うまく配置をしそびれたのではないかと思った。こちらの精神には〈狩り〉の記憶が蓄えられている。俺は、この手で十数人の首を切断した――起きている現象をそのまま要約するとこうなる。**俺は、ビリー・ライダーの生きる時代と土地に、トルソー・キラーとして戻ってきた。**

線路《トラック》が、単線から複線になった。**異なる世界が観測されて、増殖した。そして俺はもう一人のビリー・ライダーを、獲物として狩りたいと願っている。**ひそかに近寄って、ビリー・ライダーを観察している。

向こうも悪夢に魘《うな》されて目を覚ましたらしい。ビリー・ライダーは添寝していた女に背中を撫でられている。暗がりの中でも誰だかわかった。心臓が目の裏に昇ってきて、こめかみを叩くように脈打った。

ノラだ。ノラ・クレイドル。隣には祖父のヘンリーもいる。ノラの両親もいる。家族で避難して並んで寝ているのなら、両家の関係がこじれているとは思えない。こちらの世界では、ビリーのもとからノラは去らなかった。胸をふさがれるような切なさをおぼえる。ああ、良かったな。もしかしたらこの不況の中でも結婚したのかもしれない。しかし元の線路《トラック》から三十人以上の人生を経て本来の線路《トラック》に戻ったビリーは、殺人者の内側にいる。身を切るような嫉妬と祝福と、獲物を狩りたい衝動に灼かれて身悶えている。

俺をどこまでいたぶれば気が済むんだ。この〈猟場〉は——

お願いだ、こんな狂った状況はもう終わりにしてくれ。

あんなやつは狩ってしまえばいい、こうして獲物を射程に収めているんだからとも思った。あのビリー・ライダーを狩れば、すべては正常な世界に戻るんじゃないかと——あれこれと考えるのはやめだ。さんざん狩ってきた。こんなときがいつかは来るとわかっていた。すべてを終わらせようじゃないか、ビリー・ライダー？

俺はトルソー・キラーだ。俺はここで育った。精神病院にはいない。娼婦の内縁の夫でもない。他のフラッツの住民と同様に、エリオット・ネスに宿無しにされ、避難所に身を落としながらも〈狩り〉を重ねてきた。だからまどろっこしい工作は要らない。獲物は目と鼻の先にいるのだ。

自分の寝床に戻って、得物《えもの》を取りだした。周囲が寝静まるのを待ってから、歩み寄ってビリーの上で振り上げた。俺はお前だが、お前は俺ではない。**俺には人間の首を切断する力がある。**〈猟場〉のサイクルを経た今では、**この世で最高の狩り手だ。**振り下ろすと同時に、ビリーが目を見開いた。

「あんたは……」

何かを言いかけたが、振り下ろす手は止めない。砥がれた刃物が寝台に突き立った。

間一髪でビリーは身を逸らした。刃物の端が皮膚を数インチ刻んだだけだ。ビリーは起き上がろうとして、隣に寝ていた祖父の胸に手を突いた。立とうとしてよろめいて崩れる。ノラも起きてきて叫んだ。抑えようもない悲憤が込みあげる。あらためて刃物を振りかざしたが、祖父のヘンリーが老いた体ごとぶつかってきた。「お前たち、逃げろ!」祖父が嗄《しわが》れた声で叫ぶ。刃をふたたび振り下ろす。血飛沫《ちしぶき》が飛ぶ。ビリーのものではない。刃先はノラの腕をかすめていた。周囲で寝る者たちが声を上げ、蜘蛛《くも》の子を散らすように逃げだした。迷わずビリーを追う。負傷しながらもビリーはノラの手を引き、避難所の外へ飛びだした。追う。点々と散らばる血痕は、キングズベリー・ランの方角に向かっていた。

地平には曙光《しょこう》が差していたが、夜はまだ明けきらず、路上は氷点下まで冷えこんでいる。ビリーはトルソー・キラーと一体化してビリーを追った。鉄道の一帯に差しかかったところで、旦那!と声がした。獲物の物色に使っていたスエード兄弟だ。お前らは首を落とされて死んだはずだと思い、こちらの世界では違うのかと思い直した。誰かを追ってるなら手伝いますぜ、と兄弟は言った。

「しらじらしい」ビリーは言った。「お前たちは〈囲い手〉なんだろう」

そう言った途端、風の音が高鳴った。スエード兄弟が見る見る暗闇を凝集させた影に変わる。一歩を踏むごとに揺らめき、影の表面に浮かび上がる姿形が変貌した。ビリーが渡ってきた線路《トラック》で、それぞれの人生で接してきた家族や子供、恋人、ゆきずりの群衆……数秒ごとに老若男女へ変化しながら〈囲い手〉が実体なき正体を現わしていた。

「戻すなら、どうしてちゃんと戻さなかった？」ビリーは非難の声を上げた。「俺を、あのビリー・ライダーとして……」

混同しやすいところだが、私たちと〈猟場〉は別物だ。私たちはその内部で役目を果たすだけ。〈猟場〉が何を考えているかはこっちが教えてほしい。お前がどこに飛んで誰になるかは〈猟場〉のみが決めることだから。

「もういい。聞いても無駄だ」

不当だと感じたか？　お前は戻されたわけじゃない。この世界は常に並行しながら増殖する。交わらないはずの複線に飛ばされたということだ。それでもやることはおなじ、獲物を狩れ。最高の狩り手なんだろ？

時ならぬ音が響きわたった。薄闇を裂いて、貨物車がけたたましい速度で目の前の線路を走り抜ける。あっちだ——〈囲い手〉に導かれて、線路に沿って逃げるビリー・ライダーとその女の背中をとらえる。世界に突き放されるような熱が脊髄《せきずい》を走った。向こうは手負いだ、あとは仕留めるだけだ。

疾風のように追いついて、ビリー・ライダーの背に刃物を振り下ろした。ビリー・ライダーとノラは、大きくよろけて砕石《バラス》の上に崩れる。手を取り合いながらよろめき、後ずさった。薄闇の中でビリーは、ビリー・ライダーと視線を合わせる。殺人者とその獲物としていつか向き合ったときと比べれば、何もかもが違っている。ビリー・ライダーも何かを察しているようだ。秘密を分かち合うような目配せが交わされる。見逃してくれ、俺はここにいたいんだ、とでも言いたいのか。そんな目をしても無駄だ。**とどめを刺せ**、と声がする。**首を切り落とせ**。もはや〈囲い手〉の声なのか、殺人者の内なる叫びなのかもわからない。重たく濡れた影が視界に被さってくる。刃物を振りあげたところで、獲物のビリーは自分の首ではなく、ノラのふくらみかけたお腹をかばった。

その瞬間、狩り手のビリーは、獲物のビリーの目配せの意味を理解した。

お前とは関係ない、と声が言った。**こちらのビリーが、こちらのノラを身籠《みごも》らせていたところで、それがなんだ?**

たしかに関係ない。生まれなかった一人目のあとで、新たな命を宿していたとしても——殺人者のなかでビリーは強烈な覚醒感をおぼえる。〈猟場〉を駆動する核のようなものに触れた気がした。この世界は生きる意思と殺す意思に支配されている。盲目的で不合理な力。常に現われる本能的欲望。狩りとは、獲物を殺すことで自らをその瞬間に殺すことだ。俺たち人間は生物学上のパラドックスだ。過剰に発達した意識や知覚はもっと生きたいと望むように人間を進化させたが、本来は命を生むべきじゃない。親や時代や出生地を選べず、同意なしに子供が生み落とされるのは、祝福でも希望でもなんでもない。狩りはその力をもって段階的に、誰も生まれてくるべきではない世界の実相をあらわにしていく儀式だ。

だからこそ、〈猟場〉は駆動しつづける。

そこに意味はない。個の人生が、悲劇以外のものであった例《ためし》はない。

だから関係ない。狩るだけだ。

段階的に滅びに向かうために。それこそが、狩りだけが人間の正しい営為なのだから。

だがその瞬間、聞こえた気がした。子供たちの足音、家族の笑い声。自身の血をふりまいたように妻や子のいる風景がいくつも視界に閃《ひらめ》いた。するとそこで、これまでに人生を重ねてきたアンディ・コブの、モナ・サンドラツカヤの、すべての狩り手たちの味わった感情が胸裏に溢れた。すべてのビリーが言った。

——強がるなよ、俺たちはずっと家族が欲しかった。

俺はそんなことを願っていたのか？　気が遠くなるほどの長い歳月、数えきれない幾筋もの線路で狩りをつづけた。だから絆《ほだ》されるのか、もう一人の自分が相手だから——そんな都合のいい話があってたまるか。女の腹に宿った命が、救いや奇蹟になんてなるはずがない。狩れ。

どうせその子も、狩るものか狩られるもののどちらかに回るだけなのだから。

ここで終わらせろ、ビリーは覚悟を固める。〈猟場〉のサイクルの終着点で、自分が何をするべきかを理解する。遠方からほのかな光が近づいてくる。地平を明らめる曙光とともに、列車が灯を点して走ってくる。線路上に二人を縛りつけたビリーは、右側の砕石《バラス》の上に突き飛ばし、自らは左側へ退がった。有蓋《ゆうがい》の貨物車が来る。止まらずに走ってくる。もう一人のビリーと視線を交えていたビリーは、ほとんど脊髄の反射で、断頭台にその身を差しだすように、軌道に首を突きだした。

結局、そうすることを選んだ。俺は俺を狩ろう。俺の救いや希望にはならずとも、お前にとっては違うかもしれないからな。

突然すぎて〈囲い手〉も止められない。ぴんと指を弾くような音が鳴り、ビリーの――殺人鬼の首から上は切断どころか微細な粉となって、風の中へ砕け散った。

ビリーは上昇し、漂い流れた。屋上の樋《とい》にひっかかり、ガーゴイルの石像のようにしばらくそこにとどまった。

ビリーはそこにいながら、同時にすべての光と影のはざまにいた。ビリーにはあらゆるものが見えた。祖父が見えた。避難所で独りごちながら孫の帰りをいつまでも待っている。エリー湖畔の森で、ビリーの気配に気づいた鹿が一頭、黒い眸《め》を上空にもたげる。数羽の鳥が飛んできて、ビリーの周囲で歌を歌った。美しい歌だった。イエス・サー、ザッツ・マイ・ベイビー・ナウ……

沈みゆく太陽の残照が、鱗《うろこ》のような雲を朱色に染めて、鳥の嘴《くちばし》や羽根を彩る。世界は何かを冒瀆《ぼうとく》するかのように美しかった。どこからか声が浸みてきた。それは〈囲い手〉たちの声ではなかった。**初めのお前に、お前の線路《トラック》に戻りたいか**――

選ばせてくれるのか？　とビリーは答えた。だけどもういい。もうどこにも飛びたくない。生まれてくるべきではない世界で、それでも誰も狩らないことを選んで――理由が良かろうと悪かろうと〈囲い手〉にすらならないことを選んで、すべての人生が悲劇だとしても、悲劇だからこそ神聖だと信じられるような気がした。

熱と光をはらみ、世界を夜が通過して、朝になり、鳥や獣たちが鳴く。命の奔逸《ほんいつ》のなかをビリーはいつまでも漂い、快《こころよ》い歌の響くキングズベリー・ランに何度でも帰っていく。

空木春宵

夜の、光の、その目見《まみ》の、

●『夜の、光の、その目見《まみ》の、』空木春宵《うつぎしゅんしょう》

まさに、トレジャー・ハンターの至福である。宵闇色《よいやみいろ》の世界にしなやかに燦《きら》めく新しい才能を《異形コレクション》の読者にご紹介できる悦《よろこ》び。

空木春宵は、本年（２０２１年）、はじめての著書である作品集『感応グラン＝ギニョル』（東京創元社）を刊行し、幻想と怪奇と人外《じんがい》の美を求める読者に衝撃と感動を与えた。デビューは十年前の２０１１年、第二回創元短編賞佳作を「繭《まゆ》の見る夢」で受賞。しばらくの空白を経て、「ミステリーズ！」誌（２０１９年８月号）の「怪奇・幻想小説の新しい地平　幻想短編の共演」特集に短篇「感応グラン＝ギニョル」を掲載し、本格的に再始動。

昭和初期とおぼしき浅草の妖しい残酷劇に出演する少女たちの傷と痛みが読者をも苛《さいな》む畏《おそ》るべき作品を短篇集の表題作に、共感能力をＡＩデバイス化したかのような未来ＳＦ「地獄を縫い取る」や、〈花屍《かばね》〉なる歩く屍体《したい》が跋扈《ばっこ》する戦前の女学生同士を描く「徒《あだ》花《ばな》物語」など、めくるめくような五つの物語は、それぞれが独立した短篇でありながら、いずれも〈美と醜〉〈痛みと共感〉〈物語と変容〉などの共通テーマで螺旋《らせん》状に貫かれた意欲的な一冊となっている。幻想怪奇《ホラー》とも思弁的ＳＦとも変格ミステリとも読み取れる、まさに異形の作品群を、空木春宵は、本格的に書き始めたばかりなのだ。

その最新作が、《異形コレクション》初登場の本作である。闇を愛する者に相応《ふさわ》しい夜の狩りの物語。じっくりと、ご堪能戴《たんのういただ》きたい。これは私たちの物語。

1'. 2021/11/20 PM08:58 35.716068 139.778408

〝イナンナは天を投げ捨て、大地を投げ捨てた。彼女は冥界に下っていく〟

塗りの剝げた赤錆まみれの欄干《らんかん》から身を乗り出して眼下を見渡せば、無数の蟒蛇《うわばみ》が身をくねらせ、膚《はだ》を擦り合わせ、互いに喰らい合ってでもいるかの如く、幾条《いくすじ》もの軌道《レール》が蒼い月光にぬらりと濡れて延びている。と、視界の彼方から、夜行性の獣じみた双眸《そうぼう》で闇を切り裂き、軌条《きじよう》を踏む足音で夜の空気を掻き混ぜながら、一台の列車が駆けてくる。横腹を煌《きら》めかせつつ、車輌は見る間に此方《こちら》に押し迫り、足のすぐ真下を駆け抜けてゆく。車輪に轢《ひ》き殺された蛇どもの断末魔とともに地から這い上がった振動が、鋼鉄製の陸橋の背骨を震わせる。吹き上げられた風が、ぞわりと頰を撫でてゆく。一息遅れて、樹々の葉擦れが遠音《とおね》に響く。

わたしは欄干から身を離し、腕時計を見遣った。東西の袂《たもと》にぽつりぽつりと据えられたほか、橋上に外灯《あかり》は無かったが、猫の眼にも似た更待月《ふけまちづき》が降らす光のおかげで文字盤が読めぬ程に暗くはない。午後八時五十八分。約束の時刻まであと二分。

随分と奇妙な時と場を指定されたものだ。いや、時だけで云《い》えば、夜更けにこそ過ぎるもののの、その事自体には慣れている。インタビュイーの都合に合わせねばならぬのは職業柄仕方のない事だし、わたしが主たる取材対象としている芸術家という手合いの多くは、常人とはまるで異なるサイクルで生きている。それに何より、揃いも揃って気難しい。まるで、気難しくある事も己《おの》が仕事の内と思い込んででもいるかのように。一度など、制作の現場を見せてやるから今すぐアトリエまで来いと深夜三時過ぎに電話で呼びつけられた事さえある。

だが、橋上での待ち合わせ《ランデヴー》などというのは流石《さすが》に初めてだったし、そもそも、指定の仕方からしておかしかった。相手が夜九時という刻限とともに寄越《よこ》したのは、駅名でもなければ店名でもなく、地図上の座標だったのだ。わざわざ検索をかけて来てみれば、何ともうら寂しい、暗い陸橋の上だった。徹底した秘密主義者として有名な人物らしいと云えば、らしい。

不意に、車道から差した光が視界の端を掠《かす》めた。首を回して見遣ると、ずんぐりした巨軀《きょく》の車が一台、外灯の下をくぐり、黒塗りの身を輝かせながら此方に向かってくる。ブリキの玩具《おもちゃ》じみた外装。左ハンドルの運転席。車に疎《うと》いわたしでも、年代物《ヴィンテージ》の外車だと一目で判る。そして、こんな代物《しろもの》に好んで乗るのは半端な小金持ちか、或《あ》いは、余程の変わり者だ、とも。いや、己を変わり者と見せたがる連中と云うべきか。そう、例えば、画家のような。

果たして車は徐々に速度を落とし、やがて、車軸を軋ませて停まった。定刻きっかりに運転席のドアが開かれ、レザーパンツに包まれた、やたらと細長い脚が地に降ろされる。そうして姿を現したのは、ひとりの女だった。モデルのような長身痩軀《そうく》に車体と同じく黒光りするライダースジャケットを纏《まと》い、艶々《つやつや》とした黒髪を腰まで辷《すべ》らせている。

女は目を眇《すが》めて此方を見据え、「天穹社《てんきゅう》の記者さん？」

わたしは肯《うなず》き、己の名を告げた。正確にはフリーのライターであり、天穹社というのも今回の依頼元《クライアント》に過ぎないが、此方の正確な所属になど興味はないだろう。女は、ふぅん、と鼻を鳴らし、頬にかかった髪を払った。はらりと翻《ひるがえ》った髪の内に白く煌めくものが紛れている。思いのほか年嵩《としかさ》なのかとも思ったが、よくよく見れば、チェーン状になった銀のピアスだ。耳から垂れ下がり、弧を描いて唇の端《は》へと繋がっている。

お抱え運転手か、付き人か。いずれにせよ、職掌《しょくしょう》に似つかわしからぬ出で立ちだが、珍しいと云う程の事でもない。周囲に置く人間を見た目の華美《はで》さで選ぶ手合いとは散々仕事をしてきた。そう思いつつ、後部座席の窓を透かして車内を覗き見ようとした、その時。

「よろしく。わたしが斯波《しば》」と云って、底の厚いブーツでゴツゴツと地を蹴りながら女が歩み寄ってきたので、わたしは面食らった。斯波。今回のインタビュイー。てっきり、男だとばかり思い込んでいたのだ。慌てて名刺を取り出しかけたが、相手はそれを手で制し、「そういうのは要らない。今夜限りで、もう会う事もないだろうし」

見くびられているのだと思い、反発心から、「でも、記事の内容確認の際にも困りますし」

そうだ。わたしは相手の連絡先すら知らない。今回の取材の打診にしても、彼女が個展でよく使う画廊のオーナーを介して遣り取りをしたに過ぎなかった。此方から企画書を預けて暫《しばら》くするとオーナーから呼び出しがあり、例の刻限と座標とを記した黒い札《カード》を渡されたのだ。斯《か》くも世話になったとは云え、記事のドラフトまで第三者の手に渡すのは憚《はばか》られる。

「それも必要ないよ。どうせ、目を通す事はないから」

まるで他人事《ひとごと》のような云い種《ぐさ》だ。一介のライター風情《ふぜい》が書いた記事など人からどう見られようと構わないという事か。流石、鬼才と持て囃《はや》される芸術家様は度量が違う。

「それより、さあ、乗って」斯波はそう云って助手席側に廻ってドアを開き、貴婦人でもエスコートするように気取った身振りでわたしを差し招いた。

気後れしている事を悟られまいと努めて平静を装いつつ促されるがまま車に乗り込むや、首を回して後部座席の広い空間を見遣った。そうして、反対側のドアから長い四肢を捻じ込むようにして運転席に収まった斯波に、「これ、リムジンってやつですか?」

「キャデラック・フリートウッド・シリーズ75リムジン」紫のリップが引かれた唇で、呪文でも唱えるように彼女は答えた。「五十八年製の、いわば、前世紀の遺物だよ」

斯波がアクセルを踏むと、遺物と呼ばれた車はいななきに似た音《ね》を上げ、重たげに腰を持ち上げた。そのまま、のろりとした歩みで陸橋を渡りきり、カーブを描いて下道へと繋がる勾配に差し掛かる。緩慢に旋回する車体は酷く鈍重で小回りも利かず、大振りなハンドルでそれを駆る斯波の姿とも相まって、何処《どこ》か六頭立ての馬車とその馭者《ぎょしゃ》とを思わせる。

窓外から差し込む街頭の灯りを頼りに、筋張った手がシフトレバーを繰る様を見遣った。ジャケットの袖から伸びた手首は楔形《くさびがた》文字を思わせる彫物《タトゥー》に覆われている。異様なまでに細長い指には無数の指輪が嵌《は》まり、さながら、戴冠《たいかん》せるナナフシとでも形容したくなる風情。同じ指先が絵筆を握る様を想像し、次にはルームミラー越しにその主の顔を盗み見た。観察もまた仕事の内だ。白蠟《はくろう》めいた面差《おもざ》しは、端整と云えば端整だが、落ち窪んだ眼窩《がんか》や痩《こ》けた頰には冥《くら》い翳《かげ》が溜まっている。年齢の見当がつけ難い顔だ。チェーンが揺れているのと逆の耳朶《じだ》では、思い切り拡張された穴《ホール》に、獣の牙めいた極太のピアスが突き刺さっている。

斯波は前方に顔を向けたまま、不意に、「レコーダー、回さなくて良いの？」

思いがけない言葉に、わたしは虚を突かれた。この車で何処かの店かホテルにでも向かい、インタビューは其処《そこ》で始める事になるものとばかり思っていたのだ。だが、鏡中の斯波は首を振り、「こうして車を転がしてる時点で、わたしの作業は始まっているんだよ」

意味の呑《の》み込めぬ部分はありつつも、「それってつまり――」

「そう。話すだけより、実際に現場に同行してもらってあれこれ話した方がお互いにとって良いと思わない？」斯波は薄い笑みを浮かべ、「わたしはインタビューだけに時間を割《さ》かなくて済むし、君も君で〝秘密主義〟で〝謎多き〟作家の作業風景を目の当《ま》たりにできる」

「それは――」想定外の申し出だった。現場とは何の事か。作業とは何をするのか。まさか、こんな夜更けに屋外で描くわけでもあるまいに。そう訝《いぶか》りつつも、然し、眼前にぶら下げられた餌に喰いつかずにはいられない。「是非もないです」

早速、鞄からＩＣレコーダーを取り出し、録音ボタンを押して相手に向ける。此方の質問に先んじて吹き込まれたのは、斯波の愉しげな声だった。「さあ、狩りに出かけよう」

話し手と聞き手とを乗せて、鋼鉄の馬車は暗い下道へと降りていく。

〝彼女は冥界に下っていく〟――先に目にしたタトゥーのせいか、そんなフレーズが脳裡にふと浮かぶ。シュメール神話に見られる『イナンナの冥界下り』の一節だ。

2．2021/11/20　PM10:00　35.734778　139.796558

〝ステップの王冠シュガルラを誰かが彼女の頭から取り去った〟

斯波という名の他には個人情報の一切が秘された新進の覆面画家を一躍有名にしたのは、銀座の小さな画廊で開催された個展だった。個展と云っても出展作はたったの一品。縦横約八十センチの画布《カンバス》を黒一色で塗り潰した作だ。仔細《しさい》に見れば、塗りには濃淡やムラがあったが、それとて、意味のある形象を取っているとは思われない、およそランダムとしか云いようのないものだった。一見する限りは絶対主義《シュプレマティズム》――特にマレーヴィチの『黒の正方形』――の安易かつ時代遅れな模倣としか思えないその作は、然し、特異な性質を具《そな》えていた。

現にそれを目にした誰もが、画布《カンバス》から漂い出す濃密な「夜」の気配を感じ取ったのだ。

それのみならば、画布を埋め尽くした黒色が夜闇を想起させただけだと思われるかもしれないが、そうではない。鑑賞者は皆一様に、それぞれが思う「寂しい夜」の情景を胸に思い描いたのだ。観る者によって具体的な情景こそ異なるものの、誰もが自身の記憶の中に在る「寂しい夜」の様を、そして、それに加えて「死」の不穏さを想起した事に変わりはなかった。如何《いか》なる技法によるものとも判然としないイメージの喚起力は、美術商や評論家達の間で口伝えに評判を呼び、斯波の名を忽《たちま》ち世に知らしめた。

それを皮切りに次々と新作を発表し続けつつも、斯波は一作ごとにその画風を変えた。次に展示に掛けられたのは、画布の上で無軌道に筆を走らせただけとしか思えぬもの。その次には、モンドリアンの「コンポジション」シリーズのように直線と方形《ほうけい》のみを配したもの。更には、バケツか何かで絵の具をぶちまけた上から手形を幾つも捺《お》したと思しきもの。まるで一貫性のない作風だが、いずれも黒色の濃淡で描かれていた事、そして何より、観る者の胸に「夜」の情景と「死」の匂いを喚起させるという点は共通していた。

実に不可思議な現象だ。例えば、先に名を挙げたモンドリアンの手になるものをはじめとする還元主義《リダクシヨニズム》絵画は、垂直と水平からなる画面構成が人間の世界認識のありよう、つまりは脳内で視覚情報を司る領野の情報処理プロセスに最適化された特徴を持つが故にこそ普遍的な美的体験を齎《もたら》すのだという研究報告が、神経美学領域でなされている。だが、斯波の作品はそれとは真逆だ。表面的な部分で云えば、画面に規則性と呼べるものはなく、効果の面で云えば、視覚情報に基《もと》づく審美判断とはまるで異なる作用を鑑賞者の内に引き起こす。

更にひとつ奇妙な点を付言するならば、いずれの作も原画を目の当たりにせぬ限り何ら効力を発揮しないという点も挙げられる。無論、絵画の多くは原画こそが本来の力を有するものであり、図録や写真で鑑賞したのでは魅力を減じるのが常だが、斯波の作程にそれが著《いちじる》しいのも珍しい。原画以外の形で触れた場合、観る者の内に何の想念も喚起させないのだ。

謎多き覆面作家が発表し続けている一連の作品は、いつしか自然に「夜と死」のシリーズと呼ばれるようになった。自然にと云うのは、当の描き手が自作に題を付していない為だ。

そんな美術界の鬼才たる斯波へのインタビューは、極めて淡々と進んだ。何処とも知れぬ行き先を目指してキャデラックを駆る彼女の傍《かたわ》らから、わたしは事前に用意していた質問を順に投げかけた。来歴や年齢、性別までも秘匿《ひとく》している人物であるから、画家を志したきっかけだの下積み時代の話だのというお定まりの話題を振ったとて何も引き出せはしないであろう。そう思い、わたしは「夜と死」の制作に関わる事柄のみに問いを絞っていた。

——ご自身の作品にタイトルをお付けにならないのは、どうしてでしょう?

「付ける必要を感じないからね。何を描いているかなんて、観れば判るだろうし、逆に、描かれたのが抽象的な概念なら、鑑賞の幅を狭めるバイアスにしかならないでしょ」

斯波の作品が展示される場合、その傍らにはタイトルの代わりに、ひとつ乃至《ないし》幾つかの日付と時刻が記されたプレートが掲示される。然し、それが何の日付を示しているのかは不明だ。通常、展示品にはタイトル、制作時期、使用した画材等の情報が添えられるものだが、制作時期にしても、時刻まで、それも複数の日時を書き添えるというのは、意図が判らない。

加えて不可解なのは、そうした日時と並んで羅列された複数の数字だ。「35.648719 139.781467」だとか、「35.693794 139.704561」とかいった具体である。地図上の座標だという事はすぐに判る。だが、それらの地点が何を意味しているのかは判然としない。現にその場に足を運んだという者も多いが、取り立てて特別な土地ではなかったと、皆一様に云う。

――一連の作品は「夜と死」のシリーズと呼ばれていますが、先のお話からすると、意図された作品のテーマやモチーフと合致しているものと捉えてよろしいのでしょうか？

「テーマやモチーフと云うより、効果とって事なら、そうだと云って良いんじゃないかな」

――効果、ですか。次の質問にも繋がりますが、一作ごとに作風を変えていますね。にもかかわらず、いずれの作品も濃密な夜の気配を鑑賞者の心に喚起させるのはどうしてでしょう。何故、表現方法に左右される事なく斯様《かよう》な効果が得られるのでしょう？

「核心を突いた質問だ。正直に白状すると、わたしのはね――（一呼吸）――ズルなんだよ。技術もへったくれもあったものじゃない。絵画については素人も同然だよ、わたしは」

――え？

思わず素《す》で訊き返してしまった。斯波は前方に顔を向けたまま、視線だけをチラと寄越し、自身の仕掛けた悪戯《いたずら》が上手くいったのを見届けた子供のように満足げに目を細めた。

「ズル、とは？」先を促すと云うには、我ながら怪訝《かいが》の音《ね》が勝ち過ぎた質問。

「そのままの意味さ。わたしは絵画制作について何の技術も持ち合わせていない。いや、それ以前の問題だね。わたしが手掛けているものは、そもそも絵画と呼べるかすら疑わしい」

ますますもって意味が判らない。「では、あなたの作品が持つ力の根源は？」

「君にそれを教えたいんだ」斯波は其処まで云って此方を顧《かえり》みると、意味ありげな調子を含んだ声音《こわね》で、「いや、見てほしいと云った方が良いかな」

鋼鉄の身体とガソリン機関の心臓によって駆動する漆黒《しっこく》の馬車は尚《なお》も夜の底をひた走る。

3’．2021/11/20　PM10:15　35.728394　139.793203

〝心をなごませる／ニンダンの輝く葦を誰かが彼女の手から取り払った〟


「さて、まずはこの辺りで良いかな」と云って、斯波は車を停めた。

ドアを開け、長い四肢を窮屈そうに廻して路面に足を降ろしながら、此方を顧みて顎をしゃくる。降りろという事だろう。促されるまま外に出ると、雨に濡れた土の匂いが鼻をくすぐった。斯波の背後には小さな公園の入り口が見える。土の香はその敷地を取り囲む生け垣から立ち昇っているらしい。だが、不思議だ。この数日、都内で雨が降った覚えはない。

斯波は骨張った手を揺らし、おいでおいでとわたしを手招いた。何処か死神めいた動きだ。こんな場所に何の用かと訝りつつ、わたしは彼女の後に続いて公園に足を踏み入れた。

入り口近くの老朽化したベンチで泥酔した会社員風の男が寝こけていたが、構う事なくその傍らを行き過ぎ、斯波は厚底のブーツとは不似合いな程に軽やかな足取りで公園の奥へと進んでいく。風もないのに鎖を軋ませているブランコ。奇妙に平衡を保ったシーソー。崩れかけた砂の城。中央にぽつんと据えられた外灯がそれらすべてを緑青色《ろくしょう》に染め上げている。

「うん、此処《ここ》にしよう」灯りも朧《おぼろ》な藤棚の下の暗がりまで来ると斯波はそう云って足を止め、片手を耳に遣って、例の獣の牙のようなピアスを外した。親指の爪程もある大きな穴が耳朶の上でぽっかりと口を開き、背後の闇を覗かせる。それから束の間ジャケットの胸元に隠れたと思うやすぐにまた姿を現した彼女の掌中には、ピアスに代わって、切り子細工の施された香水壜《びん》の如きものが収まっていた。細い指先が滑《なめ》らかに動いて、外灯から届く幽《かす》かな光に煌めく硝子《ガラス》製の蓋をぽんっと外し、小壜を宙に閃《ひらめ》かせる。

すると、壜は蛍光色の妖しい灯《ひ》を孕《はら》んだ。奇妙な事に、その淡い光は周囲の闇を照らすどころか、却《かえ》って濃くするものと見える。斯波が空気を掻き混ぜるように壜を泳がすにつれ、黒い靄《もや》が見る見る空気中に凝《こご》っていく。靄は暫《しば》しふわふわと宙を漂っていたが、やがて、斯波の耳朶に空いた穴へと収斂《しゅうれん》し、其処を通り抜けるや一匹の蛇《くちなわ》へと姿を変じた。黒蛇は斯波の肩を辷《すべ》り、腕を伝って壜の口まで這い寄ると、鎌首を擡《もた》げ、その内へと頭を潜《くぐ》らせる。

その瞬間、斯波は小壜に蓋をした。首を圧《お》し断たれた蛇は頻《しき》りに身を捩《よじ》ったが、耳のホールがピアスで塞ぎ直されるや、二度、三度と身をくねらせた末、俄《にわか》に形を失い、霧散した。

小壜が放っていた光は、もう消えていた。代わりに、黒々とした液体がその胎《はら》の内を満たしている。斯波はそれを宙にかざし、目を眇《すが》めて、ほうっと息をついた。

「何をしたんですか、今のは」返答も待たずに、わたしは相手の手中に在るものを指差し、急《せ》き込むように問いを重ねる。「何なんですか、それは？」

斯波は壜を此方に差し出した。とろりと粘度の高い黒色のインクに似た液体が、壜がゆるりと左右に振られるにつれ、滑らかに水面を波立たせる。彼女は短く、「夜気《やき》さ」

「夜気？」答えになっていないと思った。さっきの黒い靄は何だ。あの蛇は何だ。然し、斯波は落ち着き払った声音で、「そう、夜気。この場、この時の、夜の気。わたしはね、それを掬《すく》い上げる事ができるんだ。そうして、これを画材にしている」

画材に。「では、あなたがこれまでに手掛けてこられた作品は」

「そう。こうして掬い上げた夜気で描いたんだよ」と、当人は事も無げに云う。

俄には信じ難い話だ。信じ難くはあるが、現にわたしは「掬い上げる」様を目にした。そして何より、これまで観てきた彼女の作品には、それを真実と思い込ませるに足る力が在った。斯様な絵の具を用いたならば、濃密な「夜」の気配を感じさせられるのも納得だ、と。

「夜を使って、夜を描く」半ば呆然としつつ、わたしは我知らず呟いていた。

斯波は、詩人だねと笑い、「でも、おおむねその通りさ。記事の見出しにでも使うといい」

無邪気に云う相手とはさかしまに、わたしは不安を覚えた。記事にはできないかもしれない、と。『気鋭の覆面画家は夜闇を用いて作品を創っている』などと書いたところで、与太話か、或いは、画家と手を組んでの宣伝《プロモーション》としか世人は思わないだろう。だが、そんな未来の事よりも、いま現在の好奇心がわたしを駆り立てた。インタビューは、続行だ。

斯波とともにキャデラックの車内に戻るなり、早速訊ねた。「夜気とは夜の気だと仰っていましたね。とすると、より暗いところでは、より多く採取できるものなのですか？」

斯波は車を発進させながら、「皆がする典型的な勘違いだね。夜の闇が濃ければ、夜気もたっぷり掬い上げられるだろう、って。でも、違う。闇と夜気とは、同じものじゃあない」

「違うんですか？」

「闇は、単に光が当たっていないという状態さ。夜気の性質を決める重要な要素のひとつではあるけれど、すべてじゃあない。明暗だけでなく、温度、湿度、風、音、匂い、それから、その場に居合わせた者の心。それらが混じり合った末に醸成されるものこそが夜気だ」

「高度経済成長以来、都市からは夜が失われて久しいなんて云われたりもしますが」

「それも昔からある誤謬《ごびゅう》のひとつだね。近代化によって闇が失われた？　都会の夜は明る過ぎる？　使い古された文明批判の常套句だよ。確かにそれ自体は間違っていない。けれども、闇が照らし出される事と、夜が失くなる事とは、まるで別の話。いくら低圧ナトリウムランプのオレンジ色の光があらゆる物の輪郭をくっきりと顕《あら》わにしていたって、夜は夜だ」

夜は夜。そういうものだろうか。判らないが、街路灯に照らされた窓外の景色が後方へと流れていく様を眺めているうちに、ふと思った。忙《せわ》しなく仕事に追われる日々の中、夜の街を、いや、夜それそのものを意識する瞬間など、久しく無かったな、と。

そんな事を考えているうちに交差点へと差し掛かり、車は止まった。信号機の落とす赤い輝きが、フロントガラスに映り込む。まるで、半透明の飴玉みたいだ。

と、斯波は思いついたように、「そうだね、早速、次の場所で実例を見せよう」

飴玉が青いものに挿《す》げ替えられると同時に、彼女はハンドルを切った。

4'. 2021/11/20　PM10:40　35.722458　139.778598

〝彼女の首にかかっていた小さなラピスラズリを誰かが彼女から取り払った〟

シュメール神話に語られる『イナンナの冥界下り』は、天界の女神イナンナが冥界を治める自身の姉たるエレシュキガルと対面する為、冥界へと下る話だ。エレシュキガルは冥界に在る七つの門をひとつ通過するたびイナンナの身から権能と衣服とを剝ぎ取る事を条件に面会を許可した。斯《か》くて、イナンナは冥界の門番たるネティとともに七つの門を辿る事となる。

「次の場所」とやらを目指す道中、わたしは斯波にエレシュキガルのイメージを重ねていた。

――いつから、その、夜気を掬い上げる能力を？

「能力なんてご大層なものじゃないよ。掬えるようになったのは耳に穴を開けてからだけど、夜気を凝《こご》める事自体は、物心ついた頃にはもうできていた。ごく自然な事としてね」

大層なものじゃない。物心ついた頃。自然。天才と呼ばれる連中が決まって嘯《うそぶ》く言葉だ。

――先程、『皆がする典型的な勘違い』と仰っていましたが、という事は、あなたの持つ力と夜気の事を知っている人は他にも居るのですか？

「数は少ないけれど、居るよ。これまでに描き上げた作と同じだけの人が知ってる」

――新作のたびにこうして取材に応じている、という事ですか？

意外だった。仕事柄、各媒体の記事は一通りチェックしているつもりだが、これまで、斯波の取材記事、それもインタビューを伴ったものなどというのは目にした事がない。

「いや、インタビューっていうのは今回が初めて。ただ、新作に取り掛かる時には、必ず車《こいつ》を転がして、夜気を掬う現場に誰かを連れ回しながら話をしてる」

わたしは仄《ほの》かな優越感を覚えた。少なくとも、同業者達には先んじて秘密を知れたわけだ。

――現場に連れ回しながら……あ、作品に添えられている日時や座標って。

「そういう事だね。その作で使用した夜気を掬い上げた場所だ」

——どんな人を乗せるんですか？

「初対面の女性。年齢も職業もバラバラ。歌手だったりダンサーだったり、クラブでDJやってる子とか、セックスワーカーの子とか。ちなみに君のひとり前は小説家志望の大学生」

——初対面。どうやって知り合うんです？

「それも時々だね。街で急に声を掛ける事もあれば、SNSでDMを送る事もある」

——女性ばかりというのは、どうして？

「いや、それは何て云うか、判らないかな——（暫しの間）——怖いからだよ。密室で、それも此方から誘って男と一緒に何時間も過ごすって云うのは、ちょっとね」

これもまた意外だった。先に見せられた魔法のような能力と、百八十センチはあろうかという長身に黒ずくめの衣装という出で立ちから、この世の者ではないかのような印象を勝手に抱いていたが、そんな尋常ならざる存在でも人間の男なぞを恐れるのか、と。

「何か事があった時、いつだって、責められるのは女の方だ。男の車に乗ったなら、不用意に乗ったお前が悪いと云われる。逆に男を車に乗せたなら、乗せたお前が悪いと詰《なじ》られる」

それはその通りだと深く頷いた。事の大小に差こそあれ、自身、散々な目に遭っている。

——相手を選ぶ基準は何ですか？

これまでも無数にあったであろう取材依頼を軒並み断っておきながら、わたしを選び、インタビューを受けると決めた理由は何ですか——と、ほんとうはそう訊きたかった。

「うーん、この道行きが終わる頃には判ると思うよ」

何だか、此方の真意を見透かした上ではぐらかそうとしているとも感じられる答えだ。

「さ、それより次の目的地に到着だ」

　今度は促されるまでもなく車から降りた。

途端、毒々しい色味のネオンサインやＬＥＤの看板が放つ光が猥雑な桃色の波となり、饐《す》えた臭いや香水の匂いと打ち交じって押し寄せてくる。場末のホテル街の一角だ。

斯波が車を停めた狭い路地では、相手の肩や臀《しり》に手を廻して歩く男女が数組、煙草の火を明滅させながら、塒《ねぐら》を探し求める蛍のように其方此方《そちらこちら》のホテルの間を彷徨《さまよ》っている。こんな土地に女ふたりという取り合わせの物珍しさからか、或いは、わたしの容姿のせいか、舐め回すような視線を寄越す不躾《ぶしつけ》な輩《やから》も居る。ひそひそとした囁きの他には何の音もない、静かな、それでいて、喧《やかま》しい色に彩られた街だ。

　寄せられる視線など一顧だにせず、斯波は両腕を広げて軽やかにステップを踏み、舞うようにして路地の四つ辻に躍り出た。角々のホテルから降り注ぐ色彩が混ざり合い、淫猥《いんわい》な色のスポットライトとなって地に落ちる中、くるりと踵《きびす》を返して此方に向き直り、胸元に手を差し入れる。そうして、またも一本の小壜を取り出した。

こんな人目につくところでと驚く此方に構わず、彼女は蓋を外し、壜を宙に泳がせた。またも壜は妖しい灯を孕み、今度は四方から伸びた黒色の靄が耳朶の穴を通って撚《よ》り合わされ、蛇体を成して壜の口へと吸い寄せられていく。

わたしは周囲に視界を走らせながら足早に歩み寄り、「人に見られて大丈夫なんですか?」

「君だって見てるじゃないか」斯波は事も無げに云い、悠然とした手つきで壜に蓋をした。

「いや、そうではなくて」

冗談だよと彼女は薄く笑い、「誰も碌《ろく》に視《み》てやいないさ。見る事と視る事は違うからね」

相手の言葉を聞くや、何やら薄絹の如きものが一枚、はらりと身から辷《すべ》り落ちていくような感覚を抱いた。見る事と視る事。先から周囲の視線ばかり気にしていたわたしに向けての言葉とも受け取れる。すぐさま、いや、流石に考え過ぎかと首を振って打ち消し、「こんなに明るい空間でも、やっぱり黒いんですね。関係ないんですか、周囲の光の色とか」

小壜を満たしている夜気は公園で目にしたものよりやや薄くはあったが、やはり黒色だ。

「まったく関係ないって事はないいさ。ただ、そのままの色が掬い上げられるわけじゃないね」斯波は壜を胸元にしまいつつ、「顔料や染料と同じ事。樹々の葉の緑からその色が取り出せるわけでもなければ、紅葉した葉から赤や朱の色材が得られるとも限らないでしょ。自然物としての色と、其処から抽出できる色材の色は違う。夜気もそれと同じさ」

自然界の原料から抽出できる色は、各種成分の含有量や抽出法によって変化する——ならば、「その場の空気に含有された種々の要素が複雑に絡み合って色を構成している?」

「その通り。殊《こと》、色味に関して云えば何より影響するのは人の心だね。現にその場の環境を五感で認識している人々から溶け出した、心の色。より仔細に云えば、感情、記憶、思考」

心の色。わたしは周囲を行き交う連中の様を見遣った。どれもこれも、軽薄の二字を張り付けた面《つら》つきに思え、「だったら、此処で掬ったものはもっと明るい色になりそうですけど」

「君さ」斯波は不意に真顔になって、「この極彩色の帳《とばり》の裏に居る人達の中で、ほんとうに相手を愛している人間なんてどれくらい居ると思う?　金。クスリ。止むに止まれぬ事情や、その場限りの肉欲。抱き、抱かれる理由なんて、恋愛以外に幾らでもある。と云うより、そっちの方が大半だとは思わない?　そんな人達の心がうきうきしてると思う?」

「それは――」思慮の浅さを指摘されたように感じて反発心からつい喉を衝きかけた言葉は、然し、ふと蘇った記憶によって押し留められた。いつぞや深夜三時過ぎにわたしを呼びつけた男の顔が脳裡を過《よぎ》る。記憶の中の男と現実の気まずさから逃れるように、わたしは問いに答える事なく、話題を転じた。「周囲に人がひとりも居なかったら、どうなるんです?」

「そんな事は在り得ないよ」と、斯波は即座に断言した。何故そう云い切れるのかと尚も問うと、自らの胸元を指差し、「其処には少なくともひとりの人間が必ず存在する」

「夜気にはあなた自身の心もまた溶け込んでいる?」

当然だとばかりに斯波は頷いた。「次はそれも見せようか」

5'・2021/11/20 PM11:30 35.724439 139.770386 〝彼女の胸の卵形ビーズを誰かが彼女から取り払った〟

「マミーブラウンって知ってる？」運転席から腕を伸ばして助手席のグローブボックスを開けながら、斯波は問うてきた。長い黒髪がさらさらと此方の手に落ち掛かってこそばゆい。ボックス内には既に夜気に満たされた壜が二本、それから、まだ空のものが幾つか転がっている。彼女はつい今し方夜気を掬い上げたばかりの一本を其処に加えた。墓所が犇《ひし》めく寺町の、外灯の光も届かぬ闇の底で採集したものだ。無論、こんな夜更けの寺町に人影など無く、土塀の上に首を並べた卒塔婆《そとば》達ばかりが夜気を掬う斯波の姿を見つめていた。

「はい。勿論《もちろん》」新たに一本の空き壜を摘《つ》まみ上げる指先を眺めながら、わたしは答えた。

マミーブラウン。かつて、人や猫の木乃伊《ミイラ》を擂《す》り潰して作られていた茶褐色の顔料の名だ。透明感が高く、色調や陰翳《いんえい》の調整に便利な為、十六世紀から二十世紀初頭まで重宝された。

「どう思う？」斯波は壜を胸元に収め、車を発進させながら更に問うてくる。どう、とは何の事だろうか。そう困惑していると、「身構えなくていいよ。思ったままの事を聞きたい」

「それなら――」尚暫《なおしばら》く逡巡した後、わたしは答えた。「世間で云われる程に異様なものではないと思います。原材料を知らずに使用していた画家の中には、その出自を知るや庭に埋めて埋葬した人も居たなんて伝えられてますけど、生き物の死骸を主原料とした動物性の色材は他にもありますし、それが偶々《たまたま》、人間のものだったというだけで」

「じゃあ、仮に、そうして使われたのが自分の亡骸《なきがら》だったらどう思う？」

「正直、構わないですね。だって、もう死んでしまっているわけですし」

「むしろ、誇らしく思ったりするかもしれない？」

「そうかもしれませんね」ただし、本物の美術家の手になるものなら、という条件付きだ。

「やっぱり、話し相手に君を選んで良かったよ」斯波は満足げに微笑んだ。言葉の意味を図りかねている此方に向けて、「死んじゃったら関係ないって云ってたけど、それでも、後に遺《のこ》された身体の一部が使われる事は嬉しく感じるの？」

これには答えなかった。

「作品の一部になって、多くの人に観られ続けたいなんて、そんな事、思ったりする？」

これにも答えなかった。

「云い方を変えようか。死後も他人の視線なんてものに晒《さら》され続けたいなんて思う？」

まるで此方がインタビューされてるみたいですね——と口から出かけた言葉を、慌てて呑み込む。職業者として最低限の矜持《きょうじ》を保つ為には、決して口にすべきでない言葉だ。代わりに、「何だかカウンセリングでも受けてるみたいです」

「いいや、違うよ」然し、相手は此方の言葉を真っ向から否定し、「これは正真正銘のインタビューさ。ただし、インタビュアーはわたし。インタビュイーは君だ」

わたしは乾いた笑いをひとつ。「それじゃあわたし、編集長に叱られちゃいますね」

「昔、君自身も創り手を目指してた頃があるでしょ」此方の冗談を意に介さず、斯波は続けた。問いと云うには強過ぎる、決めつけに近い響きを含んだ声音だ。

アート専門のライターというわたしの肩書きからそうと踏んだのだろう。「実作者以外でその分野に関わっている人間は皆プロのなり損ないだ」と、そう信じて疑わない手合いというのは存外多い。特に、当人が現に創り手である場合にはそうした傾向が顕著だ。

「どうしてそう思うんですか」口から出た声は、我ながら驚く程にささくれだっていた。インタビュアーとして、あるまじき事だ。

「だって、さっきから言葉の端々に棘があるからね」と云ってから、ううん、と彼女は軽く首を振り、「棘だけじゃあないね。其処此処《そここ》に翳りが滲んでる。それに何より、眼差《まなざ》し。こいつの事を見定めて、化けの皮を剝いでやろうって気持ちが目の色に顕《あらわ》れてる。それも、記者としてではなく、一個人としてね」

大した観察眼だと、そう返すだけの余裕もなかった。相手の一挙一動を見逃すまいと注視していながら、真実、見透かされていたのは此方の方だったというわけだ。

「で、実際、どうなの？　目指してた？」

「それは……」図星を指されて狼狽《ろうばい》したせいか、口にしなくとも良いはずの言葉が喉から漏れていく。「そういう頃もありました。もう随分昔の話ですけど」

「絵画？　それとも立体？」

「絵画です。主に人物画を描いてました」

「どうしてやめたの？」

これには流石に答える気になれなかった。其処まで踏み込まれる筋合いはない。「まあ、いろいろありまして。運がなかったんでしょうね」

「運、ねぇ」此方の返事を、斯波はつまらなそうに舌の上で転がし、「まぁ、いいや。じゃあ、別の話題。君、内心では驚いてるんじゃないかな」

同じ話題ではないかと苦笑しつつ、「そうですね。絵を描いてたって判るなんて――」

「いや、そうじゃなくて。〝美人だ〟とか〝綺麗だね〟とかって、わたしが云わない事に」

わたしは咄嗟《とっさ》に相手の顔をまじまじと見つめた。斯波もまたハンドルを繰りながら首を回し、双眸から放つ光で此方を射竦《いすく》めるようにして見つめ返してくる。

「――ええ、正直、少しだけ驚いています」わたしは素直に首肯した。

取材依頼が聞き入れられる直前、「写真を送っておいたよ」と、下卑《げび》た口調でそう云ったのは編集長だった。わたしが画廊を介して斯波にアプローチしていると知り、斯波に渡してもらえるよう、自身からオーナーに預けておいたのだ、と。何の写真か。ほかでもない、わたしの写真だ。「君はメールを送る時に顔写真を添付した方が良いよ。その方が絶対、食い付きが良いから」と常から彼は云い、わたしはそれを無視し続けていた。

だから、斯波が取材に応じるという応えを寄越したのも、大方は此方の容姿故の事だと思っていた。何しろ、こうして直に会うまで、彼女を男だとばかり思い込んでいたのだ。

「でも、どうして、そう思ったんです？」

斯波は事も無げに、「美人だって、そう云われる事を期待しているように見えたから」

「褒められる事を期待する犬みたいに？」だとしたら、とんだ見当違いだ。

「そうじゃなくて」彼女は皮膚の薄い頸《くび》にくっきりとした筋を浮かべてこうべを振り、「わたしに落胆する為に、かな。相手の容姿について軽薄な評を加える人間だって、そう確認して、見下げ果てたがっているように見えたから」

それきり、暫《しば》し、沈黙が続いた。その事自体が、相手の言葉が正鵠《せいこく》を射ていた証左だ。

「どうして、そんな事を期待したの？」此方が抱えた気まずさを拭い去ろうという気遣いからか、先に口を開いたのは斯波の方だった。

尚も暫く躊躇《ためら》った後、己の口から出たのは、然し、答えになっていない言葉だ。

「わたし、自分で筆を折ったんですよ」

「それは、どうして？」

「わたしが、美し過ぎたから」

口にした瞬間、はらりと何かがまた一枚、身から辷《すべ》り落ちていった気がした。

“腕の黄金の腕輪を誰かが彼女から取り払った”

6’・2021/11/21　AM00:00　35.718264　139.782454

美とは呪いだ。

特に、人の見目かたちにおいては。殊に、わたしという人間にとっては。

「あんたは、ほんに綺麗な顔しとるねぇ」という、初めは素直に嬉しかった祖母の言葉が呪《じゅ》詛《そ》の始まりだったと、そう思うようになったのはいつからだろうか。云われた当時はその言葉を素直に受け止め、幼心にも誇らしく感じていたはずだ。事実、わたしは美しく、何処に行っても大人達からは〈可愛いね〉〈綺麗だね〉と持て囃され、子供達もまた親の言葉を真似た。まるで、天上の女神のような気分だった。誰もがわたしを賞賛し、祝福した。

そのすべてが、呪詛に転じたのはいつからか。

移動教室の間に体育着を盗まれた中学時代だったかもしれないし、その件について、〈あの子は綺麗だし。しょうがないよね〉と、誰とも知れぬ犯人をむしろ擁護するような事をクラスの女子達が話しているのを耳にした瞬間かもしれない。或いは、高校への通学電車で痴漢に遭ったと訴えた際、〈美人さんなんだから、無防備でいてはいけない〉とあべこべに注意を受けた時か、美大のキャンパス内で教場から教場へと移動する際、口を利いた事もない男に後を付け回される事が頻発した頃からかもしれない。いや、大きな〝出来事〟でなくとも、不意に投げて寄越される言葉と、絶えず身に纏わりついてくる眼差しとが、厭《いと》わしくて仕方なかった。羽虫のように寄ってくる連中が口から吐き出す好意もどきが気色悪かった。

一方ではまた、鏡に映る己の姿を前にこうも思う。確かに、これ程に整った顔かたちの人間はそう居ない、と。けれども、それの何が悪いのか。そう感じる事の何処がいけないのか。〈自分に自信を持とう〉〈胸を張って生きよう〉〈多様性を尊重しよう〉――教育者達の決まり文句にして、コマーシャルメッセージの常套句。でも、現にわたしがそれをなせば、〈自信過剰だ〉〈鼻にかけてる〉〈周りを見下してる〉と、たちまち袋叩きにされる。美しくあるというのがどれ程に厄介な事か、考えてみようともしない連中によって。けれども、やはり、判らない。何がいけない。自身が持って生まれたものを誇って、何が悪い？

答えは得られず、ただ本心を抑えて生きるうちに、遂には抗《あらが》う事にも倦《う》んだ。耳朶に幾つも穴を開け、真紅に染めた髪の片側だけを刈り上げてみたりもしたが、飛んでくる虫の種類が変わっただけだった。しまいには、周囲からの眼差しにも慣れた。諦念と達観。何の罪を負った覚えもないが、いつしか、それが自身に科された罰だと思いなし、受け容れた。だが、それでも唯一捨て切れなかったもの。それが、絵の道だった。

そうだ。美が真に堪え難い呪いと化したのは、きっと、初めて絵筆を手に取った瞬間だ。手よりも眼を鍛えなさい。絵は指でなく眼で描くものだ――それが、師の教え。自身既に高名な画家でありながら後進を育てる労を厭わない人で、わたしは特に目をかけてもらっていた。そんな師の教えを、愚かにも信じ続けた。そうすれば、美しいものを描けると疑わず。

「わたしが、美し過ぎたから」

常であれば他人に漏らす事など絶対になかった言葉だ。にもかかわらず唇からそれが零《こぼ》れたのは、何も相手に気易さを覚え始めていた為などでは決してない――が、こうして斯波の隣に座って夜の街の方々を巡る中で心が徐々に抑制を欠きつつあった事は認めざるを得ない。自ら押し込め、拘束していたはずの思いが、ひとつひとつその縛《いまし》めを解かれつつある事は。

束の間黙り込んだ後、然し、斯波は首を傾げて云った。「そんな理由で？」

「あなたには判らない」そう咄嗟に云い返して、すぐに、随分と失礼な事を口走ったものだと後悔した。当然、後に続く言葉は〝美しくないあなたには〟だ。現に口にせずとも、文脈からそうと伝わるだろう。やはり、抑制を欠いている。気まずさから、わたしは俯いた。

車内をまたも満たしかけた沈黙を退けたのは、「降ってきたね」という斯波の呟きだった。顔を上げてみれば、フロントガラスにぽつぽつと雨粒が落ちていた。今夜は快晴だと、天気予報では云っていたのに。今も、仰ぎ見た空には雲ひとつ無く、月も変わらず明瞭《はっきり》と見えているというのに、硝子の表面《おもて》には見る間に細かな雫が散っていく。幹線道路沿いに並んだ外灯の橙《だいだい》や、サイレンとともに駆けるパトカーが棚引かせた回転灯の赤。電球の幾つも付いたネットカフェの看板が投げる白。それから、月が降らせる蒼。金平糖《こんぺいとう》でもばら撒いたように、雨粒はとりどりの色を内に孕み、車が進むにつれ、尾を引いて上方へ伸びていく。

「此処でもひとつ、掬っておこうか」赤信号で車を止めると、斯波は胸元から小壜を取り出し、例の如く夜気を掬い上げた。窓を開けなくても良いのかと訝る此方に構わず事を終えるや、用は済んだとばかりに彼女はワイパーを動かした。ゴムが摩耗《まもう》しているせいか、雫が綺麗に拭われる事はなく、規則的な動きに合わせて右に左にと薄膜が引き伸ばされる。

水の膜が光を奇妙に屈折させるせいだろうか。中空《なかぞら》に浮かんだ月が、その身をふたつに分かっているように見えた。

7'. 2021/11/21　AM00:05　35.711826　139.777815
〝彼女の胸のあらゆる人を引きつける胸飾りを誰かが彼女から取り払った〟

幹線道路の路肩に車を停めると、斯波はトランクを開け、やけに嵩《かさ》のある布製のものを取り出した。何かと思って傍らから覗き込んでみれば、折り畳んで重ねられた何枚もの毛布だ。

「ちょっと手伝ってもらえると嬉しいな」という言葉に従い、わたしは彼女が胸一杯に抱え上げた内の半分ばかりを引き受ける。雨脚は随分と弱まり、霧のようになっていたが、それでも、濡れてしまう事のないよう背を丸めて掻き抱いた。

トランクを閉めて車から離れようとする斯波に、「駐禁、切られません?」

そんなものまで経費として此方で持つ事はできない。だが、斯波は、キャデラックに駐禁札を貼ろうとする人間などそうそう居ないと云って、それも笑い飛ばした。トラブルを避ける為か、高級車は芸術品か何かのように取り扱われ、触れる事すら忌避《きひ》されるのだ、と。

それからふたり、肩を並べて階段を昇った。両手でも数え切れぬ路線が乗り入れる大型駅に直結した巨大な歩道橋が、幹線道路やロータリーを股に掛けて蜘蛛《くも》の脚の如く方々に下ろした階段の内のひとつだ。昇りきると、雨に濡れたタイル貼りの床が、常夜灯の落とす橙色の灯をぎらぎらと照り返していた。歩道橋の更に上を跨《また》いで南北に走る高速道路から、其処を疾駆する車が後に残していく轟々《ごうごう》という音と、生温《なまぬる》い風とが、雨に交じって降ってくる。

広大な橋上では、光と闇とがあべこべだった。狭い感覚で立ち並んだ常夜灯があらゆる物を照らし出し、闇は、点々と設置された花壇の陰や喫煙所を囲む植え込みの足元などに身を縮こまらせている。今なら、斯波の云っていた事が判る気がした。何もかもが明るく照らし出されていながら、この風景は夜のそれ以外では在り得ない。

ぽつりぽつりと僅かに残された陰の内では、一見してホームレスと判る人々が身を横たえている。いや、目で判るよりも先に、臭いで判った。獣臭に似た臭気が鼻を衝く。

と、手近なところで寝そべっていたひとりに、斯波はつかつかと歩み寄った。腰を屈めて相手と二言三言ばかり言葉を交わし、抱えていた毛布の一枚を手渡す。それから、やや距離を置いたところで段ボールに身を片敷いた男にも歩み寄り、また一枚。そんな事を繰り返す。

「この場所の夜気を守る為ですか？」身軽になった斯波に残りの毛布を手渡しながら、わたしは訊ねた。「彼らが居なくなってしまったら、夜気もまた変質してしまうから？」

彼女は落ち窪んだ眼窩の内で目を丸くし、暫し、きょとんとしていたが、「いや、単に、寒かろうと思って」と事も無げに云って退《の》けた。芸術の為には他のすべてを犠牲にしそうな死神めいた印象からは、遠くかけ離れた言葉だ。わたしは呆れた。彼女の言葉にではない。その発想を持ち合わせてすらいなかった自分自身に、だ。いつから、わたしはそうなった？

「君がほんとうに諦めたのはさ、画家としての道かな。それとも、絵を描く事かな？」

持ち合わせの毛布を配り終えるや、両腕を天に掲げて伸びをしながら、今度も斯波は此方の心中を見透かしてでもいるかのような問いを口にした。

「どちらでしょうか」今となっては、自分でも判らない。それが率直な答えだった。またもはらりと舞い落ちるものを感じつつ、「どちらも、かもしれません。良い絵を描きたかったし、それだけの才を持った人間だと認められもしたかった。でも、どちらも叶わなかった」

何処へと向かう道行きかも判らぬまま、またも橋上を歩み出した相手に付き従いながらそう語っているうちに、ふと、自分は何をしているのだと可笑《おか》しくなった。

「やっぱり、冥界下りみたい」我知らず、呟きが漏れる。何それと云って首を傾げる相手に、シュメール神話の――と説明しかけて、やめた。何だか自己陶酔じみている。

それから、斯波は此処でも夜気を掬い上げた。外灯を背にして影法師となった彼女のシルエットと周囲の景色とを眺めながら、わたしは思う。斯波と話し、彼女が夜気を掬う様を視ているうちに、解像度が上がった気がする、と。常であれば見過していたであろう、タイルの継ぎ目から顔を覗かせた花を。遥か上空で唸る風の音を。外灯の光を朧に纏った雑居ビルの外壁の質感《テクスチャー》を。排ガスと、植え込みの土と、酔っ払いが水溜まりにして残していった小便の臭いが交じり合った臭気を。今は高精度で感じ取る事ができる。男の言葉が蘇る。

――手よりも眼を鍛えなさい。絵は指でなく眼で描くものだ。

8’．2021/11/21　AM00:40　35.713126 139.776131

〝彼女の身体の貴婦人の服、パラ衣装を誰かが彼女から取り払った〟

「まだ美大に居た頃、それなりに大きなコンクールで入選したんですよ。それで、つい舞い上がって受けた取材記事で顔を晒してしまったのが間違いの始まり。取材って云っても、ウエブ上の小さなニュースサイトですけど、〝美人過ぎる若手新人画家〟っていう馬鹿みたいな見出し付きで。以来、わたしには絶えず〝美人画家〟って言葉が付き纏いました。ご存知でしょうけど、一度ウェブに上げられた写真と実名って、もう、消しようがないんですよ。元記事が消えた後も、まとめサイトとかが残っちゃって。SNSが発達してからは特に」

――判るよ。メッセージに添えるスタンプやアイコンと同じくらい簡単に、ぽんぽんと烙印《スティグマ》が捺《お》されちゃう時代だ。けれども、だからって、筆を折る必要があったかな？

「ありました。少なくとも、わたしの場合は。グループ展でも個展でも、描き手がギャラリーに在廊するべきなんて決まりはないですし、実際、会期中に一度も足を運ばなかろうと、展示は滞《とどこお》りなく始まり、終わるものですけど、わたしは自分の絵がどんな風に観られるか、そして、人に観られる事によって絵がどんな表情《かお》を浮かべるかを、直に確かめたいと思ってたんです。別に誰と関わる事もなく、ただ、自作とそれを取り巻く空間を目にしたかった」

――わたし自身は在廊ってした事がないけど、まあ、気持ちは判らなくもないよ。

「けれども、ギャラリーに来た誰もが、わたしを透明人間でいさせてはくれませんでした。誰もが、美しさを讃えた。形象《かたち》の良さを褒めそやした。わたしの絵ではなく、わたしの。そうしてわたしが皆から視線を向けられているあいだ、絵は背ばかり向けられていました。何処でもそうでした。わたしの作を観に来たのだと口ではそう云う人も、絵と向き合う時間よりも、わたしを捕まえてあれこれと一方的に喋り続けている時間の方が遥かに長かった。それで、気づいちゃったんです。ああ、誰も、わたしの作品なんか観ていないんだな、って」

――それは、さぞ屈辱だったろうね。

「ええ。その上、『勿体ない。絵なんか描くより、モデルにでもなれば良いのに』なんて云われる事もしょっちゅうでした。でも、したいとも思わない仕事を生業《なりわい》にしなきゃいけない道理なんてないでしょう。体格が優れた人は皆、スポーツ選手になるべきですか。器用で繊細な指を持つ人は残らず楽師になるべきでしょうか。けれども、そんな思いを吐き出すと、『そんなに厭なら、硫酸でも浴びて顔を灼《や》くなり、外科手術で醜く整形するなりすれば良いのに』って、周りからはそう云われました。自身の身体に問題があるわけでも、自身の顔そのものが嫌いなわけでもないのに、どうしてそんな事をしなきゃいけないんでしょう？」

――やっかみもあったんだろうね。

「誰も好き好んで美しく生まれてきたわけじゃない。と云って、そうして生まれついた自身が嫌いなわけでもない。けど、そんな本心を口にすれば、きっと皆、わたしに石を投げる」

――それで結局？

「ええ、筆を折りました」

――わたしみたいに最初から覆面でやっていたらって思ったりもした？

「そう思う事もあったけど、本質は其処ではないんです。結局、わたしは自分の見目かたちに負けたんですよ。それを超える作を描くだけの才がわたしにはなかった。審美眼だけは優れているつもりですけど、そんな自分の眼からしても、確かに、絵よりもわたしは美しい」

——それで、実制作からは離れて文筆の道に。

「ええ、でも、それももう今日で終わりです」

——終わり？

「わたしは取材記者という仕事にも不適格だって、よく判りました。わたしがこの仕事を続けていたのは、美術への愛や憧れなんかの為じゃない。さっき、あなたが云っていた通りですよ。わたしはただ、安心したかったんでしょうね。相手の素顔を暴いて、画家なんて、皆、大した事ない存在なんだって、そう思いたかった。そんなものにならずに済んだのは自分にとって幸運だったたって、そう、自身の心を慰めたかっただけ。そうして自尊心を保ちたかっただけだったんだって、気づいちゃいました。だからもう——わたしには何もない」


雨はもう、止んでいた。

にもかかわらず、歩道橋の上を歩みながら、傍らの斯波が寄越す問い掛けに淡々と答え続けていたわたしの頬は、条《すじ》を描いて伝う大粒の雫に濡れていた。尤《もっと》も、そうと気づいたのは斯波がポケットからハンカチを取り出し、此方に差し出してきた時だ。無言のままに受け取って頬を拭い、手の中にあるそれをふと見れば、柴犬のイラストがたくさんプリントされた、子供っぽい代物だった。思わず、笑ってしまいそうになった。

「何もない、か」斯波は返されたハンカチをしまいながら、「ほんとうに、何も？」

「ええ、何も」

そっか、とだけ呟いて、彼女は黙り込んだ。それきり言葉を交わす事もなく、ただ、肩を並べて歩いた。歩道橋は駅舎の三階と直接繋がり、改札口の前は広場でもあり跨線橋《こせんきょう》でもある空間となっている。幹線道路と同じ程に幅の広い橋上は、側面に据えられた高いフェンスで横方向の視界こそ閉じられているものの、屋根は無く、夜空が遠く高く見晴るかせる。

仰ぎ見た空には、鏡写しのように並んだふたつの月が浮かんでいた。

錯覚でもなければ見間違いでもなく、確かに其処に在る更待月と十三夜月。何処か、人の双眸を思わせる様だ。在り得べからざる光景にもかかわらず、わたしは不思議とそれを受け容れていた。こんな奇妙な夜には、そんな事だってあるのかもしれない、と。

ふたつの月と、駅の入り口近くに据えられた巨大なパンダのオブジェとが見下ろす中、橋上の其処此処で地べたに車座になった人々が缶ビールやチューハイを呷《あお》り、賑やかな哄笑を上げている。かと思えば、一方ではフェンスに背を預けた恋人達が肩を寄せ合い、また一方の片隅では、疲れ果てた容子《ようす》で段ボール製の寝床に身を横たえている者も居る。そうして時折、ゴロゴロ響く雷鳴のような音と、それに続く派手な衝突音が空気を震わす。何かと見遣れば、少年とも青年とも判じ難い年頃の若者達が、スケートボードで地を叩いていた。橋の袂に設けられた十段ばかりの階段を利用して、めいめい練習に励んでいるらしい。

そうしたすべてを、柔らかな橙色の灯が包み込んでいる。

「此処は何にでもなる空間だね。宴会場にも遊び場にも寝床にもなって、人と人とを繫ぐ。一種の媒質《メディウム》だ」斯波はそう呟き、目を細めた。弧を描いた目見《まみ》は、愉しげにも見えると同時に、何処か、既に失われたものへの郷愁の色を湛《たた》えている風にも見えた。それから、スケボーに興じる若者達を指差して、「あの子達、何の為にああやって練習してると思う？」

出し抜けな問いに戸惑いつつ、わたしは改めて彼らを観察した。素人目に見ても、プロになる事や競技会で結果を出す事を求めているようには思えない。その証拠に、誰も彼も、技を試すのに失敗した時ですら笑顔でいる。それでいて、地を蹴る際、膝を曲げて腰を落とす時、そして、ボードを浮かせて宙に跳ね上がる瞬間には、どの顔にも一様に、ただの遊び事と一笑には付せない真剣な色が閃く。散々考えた末、結局、わたしは答えに窮し、「さあ。ただ、ああやって練習する事それ自体が愉しいからじゃないですか？」

「うん、きっと、そうだろうね」投げ放すような返答に対して、斯波は意外な程素直に首肯した。「わたしにも、そう見える。そう、愉しむ事自体を愉しんでいるように見える」

よく判らない問答だと首を傾げる此方に構わず、橙色の景色のただ中を歩みながら、斯波はピアスを外し、夜気を掬い上げた。壜の内に溜まったそれは、これまで目にしてきたどれよりも濃密な、あらゆる光を吸い込んでしまいそうな黒色をしていた。

「わたしはね、此処の景色が大好きだったんだ。そう、わたしが愛していたのは、夜の闇じやなく、夜の光。弱々しくて、儚《はかな》くて、だからこそ、堪らなく愛《いと》おしい」

何故か過去形で語る相手に、「今はもう、そうは思わないという事ですか？」

「いや」と寂しげに云って首を振るや、斯波は片手を持ち上げ、「もう、失われたからだよ」

彼女が宙を撫でるようにして手を下ろした刹那《せつな》、わたしは目眩《めまい》に襲われた。

視界が急激に暗くなり、あらゆる音が耳から遠のいていくような感覚――いや、感覚ばかりではない。ふと正気づけば、先まで橋上を満たしていたはずの光が減じていた。燈火が、半分ばかり落とされている。と同時に、橋の其方此方でたむろしていた人々が、肩を寄せ合った恋人達が、スケボーに興じていた若者達が、影も形も無く消え去っていた。

「ご覧」呆然と立ち尽くすばかりのわたしに、斯波は空を指し示して云う。

指の先を辿るようにして視界を持ち上げて、思わず声を上げかけた。空に浮かんでいたふたつの月が、その姿を変えていた為だ。ただささえ人の双眸のような形だと思っていたためいめいの月の中央には黒い瞳孔《どうこう》と思《おぼ》しきものが浮かび、その周囲を薄茶色の虹彩《こうさい》が取り巻いている。今やそれは、「双眸のよう」なのではなく、人の両眼それそのものに変じていた。

「このまま歩いて行こうか」驚くわたしを尻目に、斯波はそう云って再び歩み始めた。

何処へ、とは訊かなかった。畏れのせいばかりではない。彼女が足を向けている方角から、目的地は自然と知れた。最初に待ち合わせた陸橋だ。

恐らくは其処こそが、この一夜の旅路の短い終着点。そんな確信があった。

〝彼女は目を向けた、死の目を〟

9'・2021/11/21 AM01:20 35.716068 139.778408

宵っ張りの蟬《せみ》達が、つい今し方その下をくぐってきた公園の並木で哀切な声を上げている。晩秋に耳にする事などありえぬ音《ね》。だが、そんな事にすら、わたしの心はもはや頓着《とんじやく》しなくなっていた。ただ、空に浮かんだふたつの目見《まみ》ばかりが意識の内を占めていた。目。眼。

――手よりも眼を鍛えなさい。絵は指でなく眼で描くものだ。

画家になる事を諦め、職を転じてから数年後、深夜三時過ぎにわたしを呼びつけたのは、かつて件《くだん》の箴言《しんげん》を口にした師だった。画道の本筋から逸れたとは云え、当時のわたしはまだ絵画への愛着と憧憬《しようけい》を完全に失くしてはいなかった。いや、むしろ、執着と呼ぶべきか。眼を鍛える事は忘れずにいた。夜更けに呼び出された事に不審を抱きこそすれど、愚かしくも、かつて教えを授けてくれた師の制作現場を取材できる事に、歓びすら覚えていたはずだ。

アトリエまで馳せ参じると、師は顔を朱に染めて、明らかに酔っている容子だった。そうして、酒臭い吐息混じりに云ったのだ。君を愛している、と。わたしにとって長年の指針でありり続けた言葉を口にしたのと同じ口で。応えてくれるならば、幾らでも取材して構わない、と。加えて、まだわたしが学生だった頃から、君には一方《ひとかた》ならぬ情を抱いていたのだとも。

わたしの中で、すべてが瓦解《がかい》したのはその瞬間だ。以来、それまで涵養《かんよう》し続けてきた己が眼の使い方を、わたしは変えた。そう、画家という連中の本性を暴き立てる為に、と。先を歩む斯波が足を止めたのは、果たして、最初に待ち合わせた陸橋の上。彼女のキャデラックが停車した場所だった。無言のまま空を振り仰ぐ彼女に倣《なら》うまでもなく、わたしも夜空を見上げる。空のただ中で瞼《まぶた》を開いた双眸は、変わらず此方を見下ろしていた。

いや、違う。よくよく見れば、視線はわたし達が立つ陸橋の更に下方へと向けられている。わたしは目に見えぬ糸に繰られでもするようにして橋の欄干へと歩み寄り、つい数時間前にそうしたのとそっくり同じ姿勢で身を乗り出す。幾条《いくすじ》もの軌道が変わる事なく蛇のように身をくねらせている情景の中、先には無かったはずの異物が目を引いた。

総身の膚《はだ》を晒した、丸裸の、一個のヒトの亡骸だ。糸の切れた傀儡《マリオネット》の如く、四肢はてんでバラバラな方《かた》に投げ出され、歪《いびつ》に拗《ねじ》くれている。不自然な角度に折れ曲がった首は軌道わきの鉄道標識に引っ掛かり、さながら、壁に打った釘に掛けられてでもいるようだ。

「よくご覧」と背後から斯波に声を掛けられ、目を凝らして闇を透かし見ると、落下の衝撃のせいか頬がずたずたに裂け、血に塗《まみ》れてこそいるものの、亡骸の顔には見覚えがあった。

いや、見覚えがあるどころの話ではない。紛う事なき、わたし自身の顔だ。

「さて、君はどうする？」抑揚のない声が、背に問いを投げかけてくる。「お気づきの通り、彼処《あそこ》に在るのは君の亡骸だ。さて、であれば、未だ生きている君はどうする？」

「選ばせる事に何の意味があるんです？」異様な光景と不条理な問いとに前後から挟まれていながら、わたしは語気を強めた。せめてもの強がりだったのかもしれない。背後を顧み、

「彼処にああしてわたしが居るっていう事は、わたしはもう既に選んだという事でしょう？」

「理解が早いね」と、斯波は肯《うなず》いた。

そう、わたしはもうすべてを察していた。斯波は云っていたではないか。夜気には人の感情、記憶、思考が溶け込んでいる、と。であれば、彼女が方々で夜気を集めるあいだ絶えず傍らに居たわたしのそれらもまた、当然、夜気の内に含まれていると考えるべきであろう。

わたしは腕時計にチラと目を遣り、時刻を確認した。午前一時二十分。

斯波は今夜集めた夜気を用いてこれから新作を描くのではない。それはもう既に、描き上げられているのだ。そして、わたしは——十一月二十日から翌午前一時二十分にかけてのわたしの心は——その絵の中に居る。それを描く為に用いられた夜気の一部として。斯波とともに目にしてきた景色も〝斯波〟も〝わたし〟も、夜気の内に溶け込んだ、ふたりの思考と感情と記憶によって再構成された過去の亡霊《ゴースト》にほかならない。

翻って、〝わたし〟が目にしている情景の内にこうして己の屍《しかばね》が在るからには、現にそれを含んだ夜気を斯波が用いたと考えるべきだろう。とすれば、軌道上の骸《むくろ》は〝わたし〟の未来であると同時に、斯波の過去でもある。わたしが目を通す事はない——という斯波の言

葉が耳朶に蘇る。当たり前だ。記事が書き上げられる日など永遠に来やしないのだから。

「ほんとうは、今はいつなんです？　わたしとあなたにとってではなく、現実の世界では」

「判らないよ。わたしだって君と同じさ。過去のある時点で夜気に溶け出した斯波という人間の心の一部に過ぎない。あちら側のわたしがいつ絵を描き上げたかは知りようがない」

それもそうかと嘆息をひとつ。亡骸に視線を戻し、「わたしはこれから、死ぬんですよね」

「そうだね。君は今から此処で死ぬ。それはもう、変えようがない事だ」

「この欄干を乗り越えて自ら身を投げるんでしょうか。それとも、あなたに背を押されるんでしょうか」己自身の骸を見下ろしながら、背後に立つ斯波にそう訊ねた。

彼女はただ静かな声で、「さあ。君がどうやって落ちるのかも、わたしは知らない。ひとつだけ確かなのは、今のわたしは君の背を押そうなんて思っていないという事」

であれば、どうあれ最終的にその結末を選んだのはあくまでわたし自身という事か。

確かに、それも良かろうと思っているところもあった。もう何もない、空っぽで虚ろなわたしには、死こそが相応《ふさわ》しい、と。そんな事を考えて、嗚呼《ああ》、やはり冥界下りだったのだと改めて確信した。イナンナが冥界の門をひとつくぐるたびに権能と装束とを剝ぎ取られ、最後には丸裸にされたのと同じに、わたしもまた斯波によって少しずつ、わたしそのものの一部を掠め取られていたのだ。夜気という形で。そうして地に墜ちた天の女神同様、すべてを失くしたわたしは、これから死ぬ。斯波というエレシュキガルの眼前で。

「あなたが狩っていたのは夜気じゃなかったんですね」

狩りに出かけようと、斯波は最初から云っていた。獲物を追い立て、弱らせ、最後には命を――魂を刈り取る。それが狩りの本質だ。実際、彼女はそうした。対話を続けるうちに身から剝がされ、辷《すべ》り落ちていったものの正体が、今は判る。わたしという空虚の表面《おもて》に張り付き、辛うじてわたしを人の形に留めていた縛め。或いは、虚栄心や自尊心と呼んでも良い。

「あなたの獲物は、最初から、わたしだったんですね」

考えてみれば道理だ。斯波の作品は「夜」の気配だけでなく、「死」の想念もまた喚起していたではないか。その為には、「死」そのものを含んだ夜気が要るだろう。振り返ると、斯波は穏やかな微笑を湛えていた。直接手を下さぬとは云え、人を死に駆り立てる狩人には似つかわしからぬ貌《かお》だ。或いは、既に狩りは終わっているのだという満足感によるものか。

悪くはない――と、思考が其方に傾き始めていた。此処で死に、死を吸った夜気で斯波が絵を描く。斯《か》くて、わたしの死は画布に固着される。そう、マミーブラウンのように。

そう思った刹那、わたしの身を包んでいた衣服が俄に形を失い、霧消した。後には一個の〝美しい〟裸体だけが残された。眼下の亡骸に倣うように。イナンナに倣うように。

わたしは自ら欄干の上に躍り上がった。身体は思いのほか軽かった。無駄なものが夜気に溶けて剝ぎ取られたせいかもしれない。ひと揃いの脚を真っ直ぐ伸ばして直立し、磔刑図《たっけい》の如く腕を広げる。変わらず穏やかな微笑を湛えた画家に向き直り、頷きをひとつ。

わたしは上身を仰け反《の》《ぞ》らせた。そうして、反って、反って、反って。やがて、両の蹠《あしうら》が欄干から離れた。湿り気を帯びた空気が、ふわりと身を受け止める。宙に投げ出され、身を捩り、逆さになりながら、わたしは空に浮かんだ双眸を見上げた――或いは、見下ろした。

そうして、深々と嘆息をひとつ。そうだったのか、と。斯波はネティでありエレシュキガルでもあるのだと、わたしはそう思い込んでいた。けれども、違う。彼女はあくまで門番だ。イナンナはエレシュキガルの「死の眼差し」によって最期を迎えたが、それを思えば、今、わたしにそれを向けているのは彼女ではなく、空から見下ろすふたつの目見。散々《さんざ》っぱら眼差しに翻弄《ほんろう》されながら生きてきた挙げ句、視線によって殺されるとは、何とも皮肉なものだ。

けれども、嗚呼、それにしては何て――何て、慈愛に満ちた眼差しだろう。

優しくて。穏やかで。それに、柔らかい。お眠り――と、そう云われているような――

そう思った次の刹那、衝撃が身を貫いた。

10’　2021/12/10　PM04:40　35.673681　139.768934
〝イナンナは冥界から昇っていく〟

入り口で検温と手指の消毒を済ませて足を踏み入れた画廊の内は、想像以上に閑散としていた。疫病が未だ収束の兆しも見せぬこの情勢下では仕方のない事だろう。客の姿は無く、ただ、黒いエナメルのロングコートを纏った長身痩軀の人物がひとり、何をするでもなくフロアの隅に佇んでいた。コートの袖先から、タトゥーの彫られた手首が覗いている。

壁に掛けられた展示作に目を遣りながら、わたしはその人物に歩み寄り、声を掛けた。他に客は居ないのだから声をひそめる必要もないのだが、敢えて小声で、「お久しぶりです」

「君か。来てくれて嬉しいよ。こんなご時世だって云うのに」黒いマスクに覆われて見えない口元が動くたび、耳から垂れたチェーンが揺れる。「してみたよ。在廊」

彼女の姿を見て、それが展示品を物した当人だと気づく者はまず居ないだろう。コートを着たままただただ立ち尽くしている描き手なんて、見た事がない。マスクの内で苦笑しながら、かつて彼女と過ごした不思議な一夜の事を、わたしは思い起こした。

彼女のキャデラックに乗せられて、暗い街の方々を彷徨った晩の事だ。戦時中の燈火官制でもあるまいに、何処《どこ》も彼処《かしこ》も灯りが落とされ、街は闇に満たされていた。そんな闇の底を徘徊しながら不思議な力でもって夜気を集める彼女と同道し、様々な事を語り合った末、わたしは、わたしの一部を捨てた。いや、死なせたと云った方が正確かもしれない。

過去と訣別する為、陸橋の上から奈落の底へとわたしが突き落としたものに敢えて名を付けるならば、固定観念という事になるだろうか。長年、わたしの目見を曇らせていたものだ。手放した時には、随分、清々しかった。晴れ渡った夜空に浮かぶ更待月《ふけまちづき》を仰ぎ見ながら、歌のひとつでも口ずさみたいような心持ちになったのを覚えている。

絵が評価されなかったのは、わたしの美しさばかりが原因ではない。己の縹緻《きりょう》を超えるものを描けていなかったという単純な事実から、わたしは目を背けていたのだ。だが、それなら、描けば良い。ただひたすらに手を動かして、皆の眼中から描き手の存在なぞ消えてしまう程の絵を。そしてそれは、いつかで良い。まずはもう一度愉しんでみようと、そう思えた。


「わたし、辞めます」あの晩、やはりマスクの内で呟くように、わたしは云った。

橋上で掬い上げた夜気を指先で弄《もてあそ》んでいた彼女は耳ざとくそれを聞きつけ、「何を？」

「ライターを。もう今日限り。それから、また描き始めてみます」

幹線道路の路肩に停めたままの車へとふたりで引き返す道中、そう宣言した。

「原稿はどうするの？」相手はわざとめかした大仰な身振りを添えて問うてきた。

「あなたが待ち合わせを反故《ほご》にした事にします」

酷い、と云って、彼女はくつくつ笑った。黒い不織布製のマスク越しにも、笑顔が透けて見えたような気がした。そうして、「君がまた描いてくれるというのは嬉しいな」

「どうしてですか？」

「だって、わたしは君の絵が好きだもの」そう、彼女はさらりと答えた。観た事があるのかと驚くわたしに、「もう何年も前だけれどね。良い作品だったよ。わたしみたいなズルじゃなく、きちんと研鑽《けんさん》してる事が伝わってきた。取材に応じたのも、ひとつにはそれが理由」

意想外に過ぎて何だかふわふわする心持ちを抱えながら、彼女と肩を並べ、主を待つキャデラックの元まで戻ってみると、先に画家の口から自信満々に語られた言葉とは裏腹に、フロントガラスには駐禁札が貼り付けられていた。ふたりして、腹を抱えて笑った。


「あの晩に語って聞かせてくれた、あなたの力。あれは一部でしかなかったんですね」長身の画家を見上げながら、そう確認する。「あなたが持つ能力は夜気を凝《こご》め、掬い上げる事だけじゃない。そばに居る人の心の闇を夜気の内に溶け出させ、相手の内から取り除く力。それこそが、あなたが具えているもうひとつの、そして、真の力だったのでしょう?」

相手は何も答えなかった。顔を半ば覆ったマスクのせいで表情は読み取りづらかったけれど、双の眼は弧を描いていた。いつか、まだ見ぬかんばせも目にできるだろうかと模糊《ぼんやり》思う。

「あの晩以来、宣言通りまた描き始めたんですよ。ブランクが長過ぎて難儀してますけど」

今は、そうして難儀する事も含めて愉しめている。愉しむ為に描けている。と云っても、変化したのはわたしの心境だけなのだから、いずれ再び自作を発表した時には、結局また、かつてと同じ目に遭うのかもしれない。同じ轍《てつ》を踏むのかもしれない。それでも良いと、今は思える。描き続けていさえすれば、見て、観て、視てくれる人は——きっと居る。

わたしは独りでに頷きをひとつ。それから、壁に掲げられた作品に歩み寄った。黒色の濃淡で塗り込められた画布の下に、幾つかの日時と座標を記したプレートが添えられている。

・2021/11/20　PM08:58　35.716068　139.778408
・2021/11/20　PM10:00　35.734778　139.796558
……
・2019/11/21　AM00:00　35.734778　139.796558
・2019/08/16　PM11:20　35.713126　139.776131

そうか。混ぜたのか。彼女が愛していたという、かつての世界の夜気を。

改めて絵に目を遣ると、今ではもう失われてしまった夜への堪らない郷愁の念と同時に、面映《おもは》ゆくなってしまうような情動が胸の底から湧き上がった。かつてわたしを縛っていたもの。縛られていた当時のわたし。それから、あの夜、わたしが捨てた〝わたし〟。

眺めているうちに、優しく、穏やかで、柔らかな心持ちになった。

安らかにお眠り。

かつての自分に、そう云ってあげたくなるような。

＊作中で使用した『イナンナの冥界下り』からの抜粋は杉勇／尾崎亨訳『シュメール神話集成』（ちくま学芸文庫）による

【異形コレクション&シリーズ関連書籍】

●《異形コレクション》シリーズ

廣済堂文庫	通巻
『ラヴ・フリーク』	I
『侵略！』	II
『変　身』	III
『悪魔の発明』	IV
『水　妖』	V
『屍者の行進』	VI
『チャイルド』	VII
『月の物語』	VIII
『グランドホテル』	IX
『時間怪談』	X
『トロピカル』	XI
『GOD』	XII
『俳　優』	XIII
『世紀末サーカス』	XIV
『宇宙生物ゾーン』	XV

光文社文庫	通巻
『帰　還』	XVI
『ロボットの夜』	XVII
『幽霊船』	XVIII
『夢　魔』	XIX
『玩具館』	XX
『マスカレード』	XXI
『恐怖症』	XXII
『キネマ・キネマ』	XXIII
『酒の夜語り』	XXIV
『獣　人』	XXV
『夏のグランドホテル』	XXVI
『教　室』	XXVII
『アジアン怪綺《ゴシック》』	XXVIII
『黒い遊園地』	XXIX
『蒐集家《コレクター》』	XXX

『妖　女』 XXXI
『魔地図』 XXXII
『オバケヤシキ』 XXXIII
『アート偏愛《フィリア》』 XXXIV
『闇電話』 XXXV
『進化論』 XXXVI
『伯爵の血族　紅ノ章』 XXXVII
『心霊理論』 XXXVIII
『ひとにぎりの異形』 XXXIX
『未来妖怪』 XL
『京都宵』 XLI
『幻想探偵』 XLII
『怪物團』 XLIII
『喜劇綺劇』 XLIV
『憑　依』 XLV
『Fの肖像』 XLVI
『江戸迷宮』 XLVII
『物語のルミナリエ』 XLVIII
『ダーク・ロマンス』 XLIX
『蟲惑の本』 L
『秘密』 LI
『狩りの季節』 LII

……以下、続刊予定……

●《異形コレクション綺賓館》——古今の傑作と新作書下ろしの饗宴——

光文社カッパ・ノベルス

第1巻『十月のカーニヴァル』
第2巻『雪女のキス』
第3巻『櫻憑き』
第4巻『人魚の血』

●《異形コレクション傑作選》（光文社文庫）
『涙の招待席』
——テーマ別傑作アンソロジー——

●《異形ミュージアム》
徳間文庫
第1巻『妖魔ヶ刻——時間怪談傑作選』
第2巻『物語の魔の物語——メタ怪談傑作選』

●《タロット・ボックス》
——タロットカード精華集——
角川ホラー文庫
第1巻『塔の物語』
第2巻『魔術師』
第3巻『吊された男』

●『夢魔たちの宝箱　井上雅彦の異形対談』（メディアファクトリー）
異形コレクション参加作家20人との対談&座談会

●『異形コレクション讀本』（光文社文庫）
十周年を記念する特別篇

光文社文庫

文庫書下ろし

狩《か》りの季《き》節《せつ》　異形《いぎょう》コレクションLII

監修　井《いの》上《うえ》雅《まさ》彦《ひこ》

2021年11月20日　初版1刷発行

発行者　鈴木広和
印刷　堀内印刷
製本　榎本製本

発行所　株式会社　光文社
〒112-8011　東京都文京区音羽1-16-6
電話（03）5395-8149　編集部
8116　書籍販売部
8125　業務部

落丁本・乱丁本は業務部にご連絡くだされば、お取替えいたします。
ISBN978-4-334-79271-8　Printed in Japan

組版　萩原印刷